# LE CINQUIÈME CAVALIER

## UNE FANTASY COMIQUE QUI BAFOUE LES RÈGLES DE LA VIE... ET DE LA MORT

JON SMITH

# DU MÊME AUTEUR

**FICTION**

The Fifth Horseman

Destiny Can Bite Me (Fang & Loathing #1)

The Stakeout Diaries (Fang & Loathing #2)

Rewrite the Dead (Fang & Loathing #3)

**YOUNG ADULT**

The Arb

**CHILDREN'S FICTION**

Toytopia

**NON-FICTION**

Once Upon A Brand

Founder Mode

The Bloke's Guide To Pregnancy

The Bloke's Guide To Babies

Get Into Bed With Google

Google Adwords That Work

Smarter Business Start-Ups

Start An Online Business

Digital Marketing For Businesses

*Pour ceux qui craignent la Mort...*
*Sachez qu'il vient pour vous et qu'il est plutôt grincheux*

CHAPITRE UN

Emma tendit la main pour se stabiliser sur le socle en cuivre de Bella, le magnifique Liver Bird qui se dresse en sentinelle au sommet d'un dôme blanc, surplombant la Mersey et faisant face au Wirral et au nord du pays de Galles.

Les jambes tremblantes à la fois d'effort et de peur, elle s'arrêta un instant pour tenter de reprendre son souffle. Elle passa une main dans ses longs cheveux auburn, avalant de grandes goulées d'oxygène et regrettant d'avoir annulé son abonnement à la salle de sport plus tôt dans l'année. Une forte et soudaine rafale de vent venue de la mer d'Irlande s'abattit sur elle, ses vrilles élémentaires griffant la peau exposée de ses mains tandis que la morsure du froid lui montait aux yeux. Alors qu'elle maudissait son choix pour ce bâtiment emblématique, se rendant compte que ce n'était pas la première fois qu'elle laissait la forme l'emporter sur la fonction, elle marqua une pause pour admirer la vue imprenable sur le front de mer – forgée dans le sang, la sueur et les larmes par l'histoire maritime et culturelle de la ville, à la fois ancienne et nouvelle, bonne et mauvaise.

La raison pour laquelle les clowns de l'UNESCO avaient dépouillé la ville de son statut de site du patrimoine mondial resterait à jamais un mystère. Cependant, avec une nonchalance typiquement liverpuldienne, elle chassa cette pensée et tenta de se concentrer sur la tâche à accomplir.

Tout le monde vaquait à ses occupations – sur Pier Head, sur le Strand, sur leur téléphone – affairés par leur journée. Affairés par leur vie. Peu de gens levaient les yeux, ce qui arrangeait bien Emma. Elle avait l'habitude d'être ignorée. De se fondre dans la masse. C'était un comportement acquis lorsqu'elle était enfant, vivant sous les règles strictes de ses parents, qui croyaient fermement qu'on devait voir les enfants, mais pas les entendre. Elle s'était entraînée à rester silencieuse, à se faire toute petite et à rester en arrière-plan. Cela avait donné lieu à une enfance solitaire, mais paisible.

Mais au grand dam d'Emma, une fois partie à l'université, elle avait eu du mal à désapprendre ce comportement et, par conséquent, à se faire des amis et à les garder. Ou à se faire remarquer par les professeurs, même quand elle levait la main. Ou à se faire remarquer par les garçons, bien qu'elle fût célibataire et tout à fait prête à faire des rencontres.

Cependant, ce qui exaspérait le plus Emma, c'était de ne pas être remarquée au travail, peu importe sa diligence ou le nombre de nouveaux contrats qu'elle rapportait. Ce n'était jamais Emma qui était célébrée dans la newsletter de l'entreprise, et ce n'était jamais Emma qui était proposée pour une promotion. Emma était juste... là. Une valeur sûre au fond de la pièce. La fiable Emma. L'Emma qui ne ferait pas de mal à une mouche. La même Emma qui venait de recevoir un formulaire P45 et une lettre de licenciement magnifiquement rédigée où son deuxième prénom et son nom de famille étaient inversés. Voilà à quel point la direction et ses collègues avaient appris à la connaître en dix-huit mois.

Pour une fois, debout à côté du symbole de Liverpool, à plus de quatre-vingt-dix mètres au-dessus de la ville, elle était reconnaissante que personne ne la remarque. Elle n'avait pas vraiment envie de leur rendre leur regard. Elle n'était pas là pour se faire dévisager ou pour devenir une sorte d'attraction de rue.

Pas avant d'avoir sauté, bien sûr.

À trente et un ans, tous les articles en ligne tentaient de la convaincre qu'elle était dans la fleur de l'âge. En réalité, son échelle de bonheur affichait une erreur ; la mesure était si basse. Elle ne papillonnait pas et n'était pas non plus casée avec âme sœur. Elle ne pouvait pas se permettre de louer son propre appartement, encore moins de devenir propriétaire, alors elle était en colocation. Elle faisait de longues journées dans une compagnie d'assurance ingrate, pleine de gens ternes et gris. Elle gagnait assez d'argent pour s'en sortir, mais pas assez pour vraiment *vivre*. Elle n'avait jamais franchi ce plafond pour rejoindre ceux qui « s'en sortent assez bien pour planifier un avenir ». Ainsi, elle n'avait jamais pensé avoir un avenir – juste une série d'erreurs passées et d'angoisses présentes.

Quelqu'un finit par lever les yeux et la vit, plissa les paupières pour s'assurer qu'il ne se trompait pas, secoua la tête en signe de réprobation et s'éloigna. Elle soupira. Était-elle vraiment si banale ? Elle se trouvait jolie, d'une manière discrète. Un visage en forme de cœur, un nez en trompette, et deux petites fossettes quand elle souriait – ce qui, pour être honnête, n'était pas arrivé si souvent dernièrement. Son souffle fut happé par un changement de brise et lui revint au visage. Elle sentit le café et un peu de vomi. Pour son dernier repas, elle n'avait eu qu'un café tiède plus tôt dans la matinée. Ce n'était pas juste de partir avec une odeur si désagréable dans le nez. Rien n'était juste.

— Emma !?

Quelqu'un l'appela alors qu'une main s'abattit sur le dôme, cherchant une prise. Un bras puis une tignasse de cheveux noirs suivirent bientôt. Mark, son grand colocataire dégingandé, leva les yeux vers elle. Ses yeux de cocker étaient écarquillés de peur, à la fois pour lui et pour elle.

— Merde, soupira Emma. Il avait trouvé la lettre et avait clairement ignoré les instructions de ne l'ouvrir qu'après dix-neuf heures. Elle aurait dû s'en douter ; sa curiosité enfantine était à la fois attachante et exaspérante – et prévisible. Maintenant, elle devait faire ce qu'elle avait à faire avec un public.

Elle fit un pas vers le bord.

— N'approche pas, Mark.

Il se hissa sur le dôme, évaluant la distance jusqu'à la patte de Bella. Il n'arrivait pas à croire ce qu'il voyait. Sa meilleure amie et colocataire avec rien d'autre derrière elle qu'un ciel gris pour amortir sa chute.

Une autre forte rafale secoua les entretoises métalliques qui soutenaient la statue du Liver Bird, projetant les cheveux d'Emma dans ses yeux. Elle détourna le visage, autant pour éviter le froncement de sourcils réprobateur de Mark que le vent.

— Ne te retourne pas, la supplia-t-il, et elle resta plantée là où elle était. — Il y a un... rien derrière toi.

Elle se tourna lentement pour voir ce qu'il voulait dire.

Il grimaça. — Non, ne regarde pas !

— Je sais qu'il n'y a rien, dit-elle.

— Eh bien, ne tombe pas dedans ! s'exclama-t-il. — D'aussi haut, tu vas mourir.

Elle laissa retomber ses bras et soupira.

Mark la regarda d'un œil critique. — Sérieusement ?

— C'est fini pour moi, Mark, a-t-elle dit. Tu sais combien de temps ça va me prendre pour tout rembourser ? Dans des années, je serai toujours coincée dans ce même merdier. Je serai vieille, incontinente et déjà mourante, et je n'aurai toujours pas économisé assez pour verser un apport pour un petit T2 qui a besoin d'une grosse rénovation. Autant que je... Elle s'est retournée, et Mark a de nouveau eu le souffle coupé. Autant que je laisse tomber.

Elle s'est laissée glisser calmement et s'est assise sur le dôme, les jambes nonchalamment étendues devant elle, et l'a regretté aussitôt, tandis que le métal glacial aspirait le peu de chaleur qui lui restait à travers sa jupe en coton et ses collants fins. Elle a dû maintenir son équilibre alors qu'elle oscillait. Un peu trop détendue, et elle tomberait ou glisserait. Et ça, elle ne le voulait pas... enfin, elle ne voulait pas *encore* le faire. Il ne fallait pas que Mark soit là pour voir ça. Elle devait le faire partir. Ses dents se sont mises à claquer tandis qu'un trio de mouettes tournait autour d'eux, voulant clairement se poser et criant leur frustration face à la présence d'humains sur leur perchoir préféré.

Mark a lutté contre tous ses instincts primaires qui lui hurlaient de redescendre en lieu sûr et, à la place, il a grimpé à quatre pattes *vers le haut* du dôme, enlaçant les pattes du Liver Bird et s'y accrochant comme si sa vie en dépendait. Il a jeté un œil par-dessus le bord, juste assez pour voir le sol en contrebas, mais pas plus. Regarder le trottoir d'une telle hauteur... lui aussi frissonnait, mais pas de froid.

— Allez. On descend, on va boire un verre à l'Albert Dock et on en parle.

— Je ne suis pas coiffée.

— Tu es très bien comme ça.

— *S'il te plaît.*

— On peut s'en sortir, a-t-il insisté.

— S'en sortir, s'est-elle moquée. Justement, non, on ne peut pas, parce que je me suis fait virer. Encore.

— C'est un licenciement abusif. Tu peux les attaquer, a-t-il supposé, cherchant désespérément des options pour la faire parler.

Elle a secoué la tête. — Je suis dehors, affaire classée. Moins de deux ans, alors ils peuvent faire ce qu'ils veulent. Ils ne m'ont même pas laissé dire au revoir. Ni prendre mes affaires dans mes tiroirs. Ils m'ont juste confisqué mon badge et m'ont raccompagnée hors du bâtiment.

— Oh, a-t-il dit, choqué et déçu. Alors ça veut dire... Qu'est-ce que tu as laissé derrière toi ?

— Rien d'important, c'est juste le principe, a-t-elle dit.

— Non, attends, qu'est-ce que tu as laissé ?

— Rien ! a-t-elle insisté.

— Je sais que tu as laissé quelque chose, a-t-il dit, d'un ton plus sec, parce que ce n'est toujours pas revenu.

— Qu'est-ce qui n'est pas revenu ?

— Mon Tupperware à deux compartiments. Celui avec le couvercle rouge.

Elle a poussé un gémissement théâtral.

— Assez long pour une banane, tu te souviens ? a-t-il demandé.

— Oui, je me souviens.

— Avec le couvercle à clips ?

— Oui.

— Il fait partie d'un lot de quatre que j'utilise...

— Mark, je me suis fait virer ! Et maintenant je suis là. On s'en fiche de tes boîtes en plastique !

— C'est vrai, a-t-il dit, les mains en l'air en signe de reddition. Puis il a rapidement attrapé Bella de nouveau. Je me demandais juste où il était... Il était vide ?

— Oh, mon Dieu. Elle a secoué le bras de frustration. Je suis là pour en finir, et tu veux savoir si j'ai mangé ton curry vert thaïlandais ?

— Ben... ouais, a-t-il dit. C'était une nouvelle recette. Si je la refais, je veux qu'elle soit parfaite.

Emma a fait un geste pour lui rappeler sa situation critique, à un mouvement de main de basculer dans le vide vers la mort. — La refaire ?

Mark était dans le déni. Il lui a adressé un sourire narquois. — Ben, je veux dire... t-tu ne vas pas le faire, n'est-ce pas ?

— Quelle autre option j'ai ? a-t-elle demandé. Non, sérieusement. — Elle s'est retournée et s'est assise dos à la Mersey, ce qui était en quelque sorte pire à regarder pour Mark. — Dis-moi ce que je devrais faire, à part me tuer ? Pas de boulot, pas d'économies, j'ai plus de soixante mille d'euros de dettes et...

— On peut s'en sortir. Je travaille. Ma mère et mon père pourraient aider, peut-être assez pour couvrir ton loyer pendant quelques mois.

Emma était de plus en plus lassée de ses tactiques pour gagner du temps et s'est lentement tournée vers le fleuve. Le ferry venait d'accoster à Pier Head, tanguant sur la houle. Elle a regardé les navetteurs et les touristes se déverser sur la passerelle, heureux d'être de retour sur la terre ferme.

— Ce n'est pas impossible ! a poursuivi Mark. Rien n'est impossible !

— Tu es sûr de ça ?

— Oui !

Elle s'est retournée et lui a lancé un regard froid et empli de larmes. — Tu penses que je pourrais survivre, alors ? Si je tombe ? Ce n'est pas impossible, ça ?

— Non, c'est peu probable et ça n'en vaut pas le risque. S'il te plaît, ne fais pas ça. Mark s'est laissé tomber à genoux et a tenté de l'atteindre. Il ne pouvait pas se tenir debout — à une telle hauteur, il serait si facile d'osciller et de mourir bêtement — mais il pouvait avancer vers elle sur les genoux, et c'est ce qu'il a fait. S'il te plaît.

— Au moins, tu toucheras l'argent de l'assurance. Je t'ai mis comme bénéficiaire.

— En fait, ils ne paient pas si on se suicide.

— Tu es sérieux ?

— On ne peut plus. On ne peut plus sérieux... Comment tu peux *ne pas* savoir ça ? Tu vends des assurances.

— Plus maintenant, s'est-elle moquée. Désolée. Et elle le pensait vraiment, sincèrement, du fond du cœur.

Elle s'est mordu les lèvres, les faisant rougir, puis elle s'est penchée et l'a serré fort dans ses bras, autour du cou. Elle s'est assurée d'y mettre toute sa force, chaque once qui lui restait, car elle n'en avait plus besoin.

— Tu peux vivre sans moi. Il doit y avoir des tas de super colocs. Plus cool que moi, en tout cas. Et capables de payer leur part du loyer, a-t-elle dit.

— N-non.

— Ce n'est pas impossible.

— C'est... peu probable.

Emma a souri, se mordillant l'intérieur de la joue tandis qu'elle contractait ses bras, prête à se redresser. Mark a tendu la main et lui a attrapé le poignet.

— Attends. Il y a quelque chose que je dois te dire, a-t-il plaidé.

— Ne fais pas ça, Mark. Plus de discussion. Tu ne me feras pas changer d'avis. Je suis en colère que tu sois venu, mais honorée en même...

— Je t'aime.

Mark n'avait vraiment pas eu l'intention de le dire. Ni maintenant, ni jamais. Mais les mots étaient montés dans sa gorge comme une boule et s'étaient échappés avec une force brute.

— Pardon ? Emma a plissé le nez, incertaine d'avoir bien entendu.

C'était sa chance de s'excuser et d'en rire. Un *faux pas* dû à la pression. Elle comprendrait ; il disait toujours des bêtises.

— Je t'aime, Emma. Depuis le jour où on s'est rencontrés. Je t'aime et j'ai aimé chaque minute que tu as passée dans ma vie. S'il te plaît, ne fais pas ça.

— C'est quoi ce bordel ? Emma était incrédule.

Pas tout à fait la réaction que Mark avait espérée.

— Ne fais pas ça, a-t-elle dit. Pas maintenant. Pas ici.

— Alors quand ? Il n'y a pas de lendemain, pas si tu vas jusqu'au bout. Il n'y a pas de moment parfait. Tout ce que tu m'as laissé, c'est le moment présent.

— Qu'est-ce que tu veux que je fasse de cette information ?

— Changer d'avis serait un bon début.

— Ça, je ne peux pas le faire. Tu es un bon ami, Mark. Merci d'avoir essayé. Je suis désolée.

— Meilleur ami ?

Elle a souri. — Le meilleur des meilleurs.

Elle l'a embrassé sur la joue avant de s'écarter. Elle s'est levée pendant que Mark restait agenouillé sur le dôme, incapable de se remettre sur ses pieds. Il était paralysé sur place, rongé par les crampes et le désespoir.

— Bon, a-t-elle dit. Elle a pris une profonde inspiration, a lâché Mark et a écarté les bras.

Les gens sur le Pier Head ont levé les yeux, un peu plus alarmés. Apparemment, le fait d'écarter les bras était le signal qu'elle s'apprêtait à sauter, plutôt que de rester simplement là, les épaules affaissées et l'air morose comme auparavant. Son public en contrebas l'avait maintenant vraiment remarquée, et certains d'entre eux se sont même précipités pour faire quelque chose. Un homme est entré en courant dans le Liver Building, mais il lui faudrait un bon moment pour gravir tous ces escaliers, donc il n'y avait aucun moyen de l'arrêter. Quelques personnes ont sorti leur portable. Certaines filmaient, d'autres prenaient des selfies avec Emma en arrière-plan, et d'autres encore ont utilisé la fonction téléphone pour la première fois depuis des mois et des mois pour passer un appel.

— Emma, attends, a insisté Mark. Il a lutté contre la douleur, a poussé sur ses mains pour se relever et s'est posté derrière elle. Il n'était qu'à une glissade d'une mort certaine, et cette pensée lui a donné le vertige. Ses jambes tremblaient, et il a un peu vacillé en tendant la main pour la retenir.

— Laisse-moi partir, Mark, a-t-elle exigé.

— Sûrement pas, a-t-il dit. — Je ne vais pas...

Elle a balancé un bras en arrière et l'a giflé sur la joue. Elle s'est immédiatement sentie mal.

— Oh mon Dieu, je suis tellement désolée !

— Aïe !

Il l'a soulevée juste assez pour l'éloigner du bord. Elle s'est retournée et a essayé de le soigner pendant qu'il se tenait le visage.

— Il ne faut pas se tenir derrière une personne suicidaire. Tu risques de te faire mal, a-t-elle dit.

— C'est une histoire de bonne femme, a-t-il répondu, en se frottant toujours la joue endolorie. — Et puis, ça concerne les chevaux. Même si, c'est vrai. Il a essayé de sourire, mais les muscles de son visage étaient si tendus que cela ressemblait plus à une grimace.

— C'est pour ça que tu dois partir. Tu ne feras que compliquer les choses si tu restes.

— Eh bien, tant mieux ! Je préfère que tu sois en vie de manière compliquée plutôt que tu te compliques la vie en t'étalant sur le sol là-dessous !

— Oh, tu m'aides vraiment, là.

— Je t'aide à rester en vie ! C'est le maximum d'aide qu'un amoureux éconduit puisse apporter !

Elle a réussi à esquisser un sourire. — Ce serait plus utile si, d'une façon ou d'une autre, tu invoquais une pluie d'or sur nos têtes. Pour environ soixante mille. Ou, de l'argent liquide de préférence, c'est moins susceptible de nous assommer.

Une impasse. Leur situation était inchangée. Mark a réalisé que la sauver n'était pas ce qu'elle voulait, peu importe ce qu'il pouvait dire ou faire. Sa situation ne lui plaisait pas plus qu'à elle. Ce n'était pas juste. Et elle avait raison, son malheur n'avait pas d'issue facile. Mais il était sûr qu'ils pourraient s'en sortir ensemble. Partager, et donc diviser par deux, le fardeau.

— J'y vais maintenant, a-t-elle dit avec fermeté, et elle s'est de nouveau avancée, les bras se levant. Mark s'est jeté sur elle pour l'arrêter et a enroulé ses bras autour de sa taille. Elle lui a résisté, partant dans une sorte de pirouette alors que Mark se contorsionnait pour la ramener en haut du dôme.

— ARRÊTEZ ! a crié une voix.

L'homme en mission de sauvetage a bondi sur le toit. Son apparition soudaine a été si choquante qu'elle a fait sursauter Mark.

Pendant un instant, il a titubé au bord du vide, Emma toujours dans ses bras.

Puis il est tombé du dôme.

# CHAPITRE DEUX

Une main noueuse tenait une pièce scintillante en équilibre sur ses phalanges, entourée par un vide empli d'un silence imperturbable. Seul le cliquetis de la pièce sur les doigts osseux se faisait entendre. Il résonnait dans le néant. Des robes flottaient dans l'air sans vent, seul mouvement dans cet espace stagnant.

La pièce fut pincée entre les doigts. Le pouce se tendit, puis lui donna une pichenette. Elle tournoya dans les airs avec un sifflement plaintif, puis atterrit dans une paume à la peau tendue et vieillie. Une fleur d'adieu, un bouquet de deuil, ornait la face visible — une face de départ. Pile. Une bouche osseuse esquissa un sourire, dévoilant de longues dents d'ivoire. La silhouette fit de nouveau tournoyer la pièce.

Elle s'envola une fois de plus, scintillant un court instant. Une pirouette, un tour, puis une réception. Qu'est-ce que ce serait ? Pile, les fleurs bordant le fleuve des morts, ou Face, le crâne, le salut de la faucheuse ?

La pièce glissa de la main qui tentait de la saisir et roula au loin.

— Oh, merde.

Elle tomba de la barque et créa la première ondulation sur les eaux silencieuses, brisant la quiétude illusoire avec un *ploc* pâteux et distinct.

Le passeur s'accroupit, le corps chancelant, et se pencha par-dessus bord, les yeux chassieux de vieillesse et de ressentiment, essayant de localiser son trésor perdu. L'eau profonde s'agita d'une vague d'un noir d'encre, puis redevint d'un blanc placide.

— Hmmm, grogna-t-il.

Le passeur regarda à l'arrière de sa barque. Il n'avait que ses rames, une lanterne et un sac vide. Plus de pièces pour s'amuser...

— Fait chier.

Il agrippa les poignées des rames et laissa les pales s'enfoncer juste sous la surface de l'eau. Il se mit à ramer. De coups de rame doux et réguliers, l'embarcation disparut dans la brume épaisse.

---

Mark contemplait le ciel pendant sa chute. Il était gris et partout, et, un instant, il le confondit avec le sol de son enfance en hiver. Les rares fois où il avait neigé, les chasses-neige municipaux transformaient la gadoue et la saleté de la route en un monticule gris sur chaque trottoir. Une fois, il avait joué dedans et avait lancé des boules de neige pourries couleur de cendre sur son frère jusqu'à ce que sa mère leur crie dessus à tous les deux pour avoir ne serait-ce que touché à cette saleté immonde. Pendant très longtemps, il avait cru qu'elle parlait de la neige en général, et c'est ainsi qu'il en était venu à la détester.

Jusqu'au jour où il avait rencontré une fille nommée Emma, qui aimait la neige et lui avait réappris à l'aimer. Et ils vécurent heureux pour toujours. Contre vents et marées, ils avaient relevé les défis et surmonté toutes sortes d'épreuves terribles. Comme la fois où il avait laissé échapper ses vrais sentiments pour elle, puis lui avait accidentellement fait une suplex depuis le toit... C'est à ce moment-là qu'il revint à lui, alors que la vue du trottoir dallé qui se rapprochait à toute vitesse le ramenait brutalement à la réalité.

Emma hurlait. Elle était restée lucide et éveillée tout le temps. Rien n'avait défilé devant ses yeux. Elle avait passé toute la matinée à réfléchir, à se préparer mentalement à ce moment précis. Elle s'était déjà débarrassée de tout ça par avance, ce qui la laissait sans souvenirs engourdissants et réconfortants pour la distraire alors qu'elle filait vers sa mort.

Elle en voulut à Mark, juste un peu, mais ça passa. La mort la terrifiait douloureusement. Pourtant, elle croyait encore que ce qu'elle faisait était la bonne chose à faire. C'était la seule issue. Les alternatives étaient la pauvreté, un travail dénué de sens qui l'asservirait à une vie qui ne valait pas la peine d'être vécue, ou la honte de retourner dans un foyer qui était obligé, mais pas fier, de l'accueillir à nouveau. Être un fardeau pour ses parents, un fardeau pour sa colocataire, un fardeau pour elle-même — avec tout le monde qui marchait sur des œufs autour d'elle pendant des années — et pourtant, personne n'était là pour porter ses fardeaux à elle. Ce n'était pas juste. Surtout pas pour Mark.

Lui, en revanche, ne s'était pas préparé à ce moment. Pas du tout. Et c'était un problème. C'était un homme organisé. Un adepte des listes. Si ce n'était pas gribouillé sur un Post-it, ça ne faisait pas partie de ses plans. Plonger d'un grand immeuble et dévaler vers la rue en enlaçant sa colocataire ne figurait même pas dans les objectifs supplémentaires de ce mois-ci — la liste mentale de tâches bonus qu'il se créait pour se pousser à se dépasser, que ce soit en mangeant moins de glucides, en soulevant plus de poids, ou en lisant au moins deux chapitres avant de se coucher.

La journée avait commencé comme n'importe quelle autre. Il était allé au travail, était rentré chez lui et, comme il restait encore une semaine avant la paie, il avait essayé de dépenser le moins d'argent possible durant ses heures d'éveil. Puis il avait remarqué la lettre, collée sur la porte du frigo avec un magnet ébréché *Visitez Chypre* — il n'y était jamais allé ; ses parents le lui avaient offert avec d'autres articles de cuisine usagés mais encore utilisables quand il avait emménagé dans l'appartement.

Il parcourut la lettre et se mit à courir. Simplement courir, aussi vite qu'il le pouvait vers le Liver Building, tout en se maudissant d'avoir pris le chemin des écoliers pour rentrer du travail et de ne pas avoir trouvé la lettre plus tôt. Se demandant s'il atteindrait Emma à temps, ou s'il arriverait juste à temps pour assister aux conséquences.

Alors qu'il fonçait vers sa propre fin, il était fier de tout ce qu'il avait accompli, mais se souvenait qu'il restait tant à faire — notamment les trois tâches inachevées de sa liste du jour. Au fond de lui, il regrettait de ne pas s'être exprimé plus tôt et d'avoir dit à Emma ce qu'il ressentait. Mais il ne l'avait pas fait. Il avait trop peur du rejet. Et maintenant, le moment où il était enfin vraiment connecté au monde, et surtout à Emma, serait son dernier. Ce n'était pas juste.

Le trottoir se rapprochait. Ils sont passés devant les fenêtres du sixième, puis du cinquième, puis du quatrième étage. Tout cela semblait prendre un peu plus de temps que prévu. Les derniers étages ont défilé à toute vitesse, les fenêtres qu'ils croisaient offrant un bref aperçu des bureaux derrière. Une plante en pot. Un homme en costume gris dans un bureau privé. Une femme avec un cardigan rouge. Quelqu'un qui faisait une présentation devant un grand écran.

Mark et Emma ont eu la même pensée au moment même où les marches de l'entrée principale sont apparues : ils s'en seraient bien mieux sortis s'ils avaient fait les choses différemment.

Alors qu'ils pouvaient presque tendre la main et toucher le pavé, ils ont tous les deux fermé les yeux instinctivement, se préparant à un ultime et fatal fracas.

Et puis ils se sont mis à tomber… sur le côté.

Ils auraient dû percuter le sol. Violemment. Os et chair s'écrasant sur la chaussée. Mais l'impact catastrophique auquel Emma et Mark s'attendaient tous les deux n'a tout simplement pas eu lieu. Au lieu de ça, ils ont survolé la grande entrée du bâtiment et longé la série de fenêtres de l'espace de coworking du rez-de-chaussée. Puis ils se sont de nouveau élevés dans les airs, dépassant les fenêtres du premier, du deuxième et du troisième étage, pour s'éloigner complètement du Liver Building.

À cet instant, la seule chose à laquelle Mark pouvait penser, c'était pourquoi diable y avait-il une odeur d'herbe aussi distincte — de pelouse, plutôt que de la variété narcotique.

Un bras fin et osseux s'est enroulé autour de leurs deux tailles. Mark a gardé les yeux fixés sur le sol qui défilait loin en dessous, comme s'il était traîné par un avion. Emma a repris ses esprits un peu plus vite et s'est retournée pour voir ce qui les avait attrapés. Par-dessus le sifflement de l'air dans ses cheveux flottants, elle a entendu le claquement de sabots et la respiration haletante d'un grand cheval.

— Allez, montez.

Une voix grave et retentissante a résonné dans leurs têtes alors qu'ils étaient hissés et installés sur le dos du cheval. Les bras fins se sont rétractés et replacés dans leurs cavités avec deux claquements osseux et bruyants. Une silhouette en robe se tenait devant eux sur la selle du cheval blanc et pâle qui volait dans le ciel. Mark s'agrippait à la croupe de la monture comme si sa vie en dépendait, tandis qu'Emma peinait à passer sa jambe par-dessus pour s'asseoir correctement.

— Aïe ! Dans les pattes du diable, a dit la voix. Reculez un peu.

— Quoi ? a lancé Emma.

Un bras squelettique est sorti de la robe noire flottante et a pointé son giron. — Vous êtes assise sur ma robe.

Emma s'est reculée pour libérer le tissu, ce qui l'a fait heurter Mark.

— AGH !

— Oh, pardon.

— C'est mieux, a dit le cavalier en se tournant pour regarder ses passagers. Aucune raison d'être mal à l'aise, que le voyage soit court ou non.

— Putain de bordel de merde ! s'est exclamé Mark.

— Non, a annoncé le cavalier. Pas exactement. Ce n'est pas la supposition la plus étrange que j'aie entendue, cela dit. D'un coup de son talon botté et en tirant sur les rênes, le cheval a viré brusquement et s'est élevé plus haut dans le ciel.

Emma avait des questions. Beaucoup de questions. Certaines étaient évidentes, bien qu'étranges, même si elles s'avéraient vraies. Elle savait que le cavalier était la Mort. Ce ne pouvait être que lui. Un squelette dans une robe noire à califourchon sur un cheval pâle, avec une voix distinctive qui semblait vous forer le crâne et vous faire mal aux yeux. Et ils volaient, ce qui n'était peut-être pas réel. Mais pourquoi n'avaient-ils pas percuté le sol ? Avaient-ils percuté le sol ? Elle était sûre qu'elle s'en serait souvenue si c'était le cas.

— On est morts ? a-t-elle demandé, se décidant pour l'hypothèse la plus pressante qui restait à vérifier.

La Mort a penché la tête et haussé les épaules. — C'est compliqué.

— On peut redescendre, s'il vous plaît ? a supplié Mark.

— On a déjà percuté le trottoir ? a demandé Emma. Est-ce le dernier flash de notre conscience alors que nos cerveaux s'écrasent sur les marches ?

— Non, a confirmé la Mort. Mais... eh bien... Faute de pouvoir offrir une explication correcte, la main droite de la Mort a fait apparaître, de nulle part, un sablier ouvragé. Emma s'est retournée et a relevé Mark. Comme auparavant, il s'est cramponné à elle, mais avec bien moins de risques de la faire basculer de leur seul point d'appui lors de leur vertigineuse ascension dans le ciel.

La Mort a secoué le sablier. Un peu de sable semblait collé à l'intérieur de l'ampoule supérieure. Les derniers grains tenaient bon, formant une minuscule croûte contre le verre transparent. La Mort a tapoté le verre pour essayer de les libérer. Elle l'a secoué, délogeant le monticule du bas. Mais le sable était fermement coincé, et elle a murmuré devant ce spectacle obstiné. — Vous voyez ? Trop tard.

— Trop tard pour quoi ? a demandé Emma.

— Pour vous, a-t-elle dit. Ce maudit verre s'est embué de l'intérieur. Votre dernier instant était déjà censé être passé. Le sien aussi, mais maintenant que vous êtes là... Je ne sais pas ce que je vais faire de vous.

— Eh bien, ce n'est pas vraiment de notre faute, a dit Emma. Pas la peine d'être impolie. Elle a tendu la main vers la petite plaque de laiton fixée au bas du sablier — son nom complet et sa date de naissance gravés en Comic Sans.

— S'il vous plaît ! a dit Mark. Pour l'amour de Dieu, faites que ça s'arrête ! Déposez-nous juste en bas, à Sefton Park. On peut rentrer à pied. N'importe où, en fait. Juste... déposez-nous doucement. Au niveau du sol. Ou garez le... cheval et laissez-nous descendre, pour qu'on ne tombe pas du tout.

— Non, a dit la Mort, et le sablier a disparu. Sa main s'est tendue et une poignée en a jailli. Alors qu'elle tournait, celle-ci s'est transformée en un nœud de bois spiralé, au bout duquel se trouvait la grande lame incurvée d'une faux. Elle l'a brandie par-dessus son épaule, offrant à Emma et Mark une vue parfaite de l'outil avant de le faire tournoyer droit devant. Une fissure s'est ouverte dans l'air, crépitant d'éclairs indigo. La fissure s'est élargie en un trou noir d'encre, traversé d'arcs électriques aux flashes soudains et lumineux.

Emma a passé ses bras autour de Mark pour l'étreindre.

— C'est, a-t-il dit, la chose la plus improbable qui pouvait arriver.

— Ça pourrait être pire, a-t-elle dit. Il est peu probable qu'on survive à ça, maintenant.

— Ouais, mais ce n'est pas impossible.

Le cheval a plongé à travers la brèche et ils sont partis. Personne ne les a vus arriver ou repartir avant que le portail ne se referme derrière eux.

La Mort les a emportés, corps et âmes...

# CHAPITRE TROIS

La Mort. La fin de tout, l'obstacle insurmontable, l'ultime instant de toute vie.

La figure de la Mort, le squelette en robe de bure avec sa faux, était le visage éternel du dernier et plus grand mentor de l'humanité. Il était inévitable. Chacun de ses traits était destiné à provoquer une peur ancrée et inhérente à toute vie humaine. Un corps sans chair était, sans l'ombre d'un doute, mort. La compréhension de ce fait résonnait à travers divers domaines de la psychologie humaine comme une façon d'expliquer la personnification quasi universelle de la Mort en tant que figure mythique.

Il se présentait sous de nombreuses formes, mais presque toutes étaient sans visage, squelettiques, et si souvent sur un cheval aussi pâle que le crâne caché sous la cape sombre ou aussi décharné que son cavalier. Et la faux, son outil, était la leçon sublime de la finalité de l'homme. Naître, grandir, s'épanouir, puis être récolté à son apogée — une faux les fauchant net. Dans les yeux vides de la Mort, l'homme n'était rien de plus que des brins dans un champ, ondulant comme une mer d'ambre.

Cette Mort-là, la même, vivait dans un charmant cottage blanc au crépi tyrolien.

Le jardin de devant était rempli de fleurs, disséminées parmi les roseaux et les chiendents figés dans une verdure perpétuellement naissante. Elles se trouvaient juste en vue d'un grand fleuve aux couleurs irisées, comme si du pétrole avait été soigneusement cultivé pour former une pellicule sur son courant, et ainsi chaque ondulation projetait un arc-en-ciel de lumière réfléchie. Plus loin se préparait une tempête – éternellement en gestation au-dessus d'un lieu assombri plein de montagnes et de vallées couvertes d'ombres permanentes.

Tel un avion léger, le cheval pâle descendit au galop et ralentit pour un atterrissage le nez en l'air. Il trottina sur le sol en direction d'une écurie sur le côté de la maison. Emma et Mark prirent un moment pour contempler la majesté et l'étrangeté du nouveau monde dans lequel ils venaient d'être projetés. En amont, sur la rive gauche du fleuve, il y avait un vide infini, où il semblait que rien n'existait. Le long de la berge se trouvaient d'autres demeures de tailles et de conceptions architecturales variées, certaines du côté de la Mort et d'autres de l'autre côté de l'eau sans pont.

Alors que leur pâle monture entrait au pas dans l'enclos pavé, Emma se sentait complètement perdue. Partager une selle avec Mark n'avait pas été au programme. Pas plus que d'avoir un bras enroulé autour de la taille de la Mort. Bien qu'elle ait passé toute la journée — et, en vérité, la majeure partie de la semaine — à penser à sa mort et à son exécution, elle n'avait jamais envisagé la possibilité d'une vie après la mort. Elle se sentait résolument mal préparée et pas assez bien habillée.

Le cheval pâle soupira en s'arrêtant devant la porte d'une écurie, plongeant aussitôt son nez dans un abreuvoir en granit et buvant bruyamment. Mark détendit ses doigts crispés et blanchis, réalisant qu'ils serraient encore l'arrière-train de la créature dans une poigne de fer. Il s'excusa silencieusement auprès du cheval, craignant que s'il prononçait les mots à voix haute, la vieille jument puisse lui répondre. Et découvrir maintenant que le cheval pouvait parler risquait de le faire basculer, pour la deuxième fois de la journée.

Il essaya de donner un sens à leur environnement. Le cottage, l'enclos, le fleuve encadré de montagnes sombres, et ce qui ressemblait à une tempête en formation à l'ouest — rien de tout cela n'était bien différent de son expédition pour le Prix du Duc d'Édimbourg dans la région des Lacs.

— Ça doit être le Cumbria, dit Mark. Regarde, tu vois ? C'est comme un immense terrain de camping. Je parie qu'ils ont des sports nautiques.

— On ne peut plus être en Angleterre, objecta Emma. Je ne pense pas qu'il y ait un endroit en Angleterre avec un... vide.

— Le centre-ville de Birkenhead s'en rapproche pas mal...

La Mort grogna en descendant de cheval. Emma et Mark suivirent et tentèrent timidement de caresser la bête pour la remercier de ne pas les avoir désarçonnés. Pendant ce temps, la Mort utilisa sa faux comme une canne pour commencer à remonter le chemin vers sa maison. Il boitillait.

Mark se tint assez près d'Emma pour murmurer. — Tu sais ce que j'ai dit, juste avant de...

— Pas ici, Mark, chuchota-t-elle en retour, faisant un premier pas vers le cottage. Je suis encore en train de digérer... eh bien, tout ça.

— C'est juste que... j'espère que ce n'est pas, tu sais, bizarre entre nous maintenant.

— Ça ne l'est pas, répondit Emma.

— Eh bien, le ton que tu emploies indique plutôt que si.

— Quel ton ? Écoute, je... Emma s'arrêta et attendit que Mark la rattrape, se penchant vers son oreille. Ne le prends pas mal. Mais que tu me déclares ton amour, n'importe quel autre jour, ça compterait comme la chose la plus bizarre au monde. De tous les temps. Mais, étant donné ce qui s'est passé d'autre aujourd'hui. Ce qui *est* en train de se passer... Je pense qu'on devrait mettre cette conversation de côté, et ne plus en parler. D'accord ?

— Entendu. Mark essaya de sourire et mima une fermeture Éclair sur ses lèvres avec son doigt, mais malgré ses efforts, il ne put cacher la peine sur son visage.

La Mort était presque à la porte d'entrée du cottage.

— Tu sais monter à cheval ? demanda Mark, changeant de sujet.

— J'ai pris des leçons une fois, chuchota-t-elle, quand j'étais enfant, mais on ne faisait que tourner en rond, tenus en longe.

— Tu penses que faire voler un cheval, c'est très différent ?

— Je ne vais pas voler le cheval de la Mort ! chuchota-t-elle. Si c'est ce que tu suggères...

Mark regarda autour d'eux d'un air théâtral. — Je ne pense pas qu'on puisse attendre un bus.

— Vous deux ! beugla la Mort. Sa voix, ancienne et impérieuse, fit trembler l'air même et résonna dans leurs crânes un instant, juste au cas où ceux du fond n'auraient pas suivi. Il était impossible de l'ignorer. Ne traînez pas. Entrez.

— Oui, monsieur ! s'écria Mark. La Mort entra et laissa la porte entrouverte pendant que Mark se rapprochait d'Emma. Quel est le protocole pour entrer dans la demeure littérale de la Mort ? Je devrais faire une génuflexion ou quelque chose comme ça ?

— Comporte-toi bien, dit-elle. On ne sait pas où on est, ni ce qui se passe. On ne sait pas à qui on a affaire. Ça pourrait être *Rencontre avec Joe Black*, comme ça pourrait être *Beetlejuice*. Il faut être prudents.

— Ouais, mais si on lui cherche des noises et qu'il nous met dehors, est-ce que ça voudra dire qu'on retourne sur Terre ? Est-ce qu'on devra rester ici si on est trop dociles et polis ?

Emma a réfléchi à la question. Elle avait voulu mourir. Elle n'avait pas compté sur une vie après la mort, mais elle était prête à se prêter au jeu. Toute la douleur, la peur et la solitude écrasante qui avaient hanté ses pensées pendant des années avaient soudainement disparu. Et c'était une sensation agréable. Jusqu'à présent, toute cette histoire de mort était un pas de géant dans la bonne direction. Et elle savait, sans l'ombre d'un doute, qu'elle voulait rester morte. Mark, elle en était sûre, devait penser exactement le contraire. Il était le maître des petits caractères et il allait se concentrer sur les détails, la clause de sortie, l'article 50 qu'il pourrait déclencher pour remonter le temps et les faire retourner dans leur appartement merdique de Liverpool. Elle devait jouer serré. Garder Mark de son côté, mais s'assurer qu'il ne trouve pas un moyen de les faire revenir *sur* le plancher des vaches.

— On va aviser, dit-elle. S'il veut qu'on reste, on jouera les idiots jusqu'à ce qu'il nous mette dehors. S'il veut qu'on parte, on se montrera polis et on essaiera de rester.

Il lui fit un pouce en l'air et la précéda dans le salon. La décoration était excentrique. Quelques bibelots pendaient aux murs, principalement des crânes et des tableaux ; il y avait clairement un thème. Au-dessus de sa cheminée, la Mort avait une variante de la Cène où tout le monde était un squelette. Le portrait d'un homme squelettique aux incrustations d'or était accroché près d'une fenêtre. Un buste d'Apollon, mais squelettique, trônait sur une bibliothèque. Chaque livre était une grande chronique de la mort. Beaucoup étaient des livres sur la guerre ; la seule exception était un exemplaire écorné de *Cinquante Nuances de Grey*.

— Coquin, pouffa Mark.

— Chut, siffla Emma en pressant Mark d'arrêter de dévisager le décor et de continuer à suivre leur hôte.

Hormis ces décorations, la maison était meublée de manière assez standard, bien qu'un peu spécialisée. Tout datait des années soixante-dix environ, avec des designs ondulés aux couleurs psychédéliques qui avaient clairement résisté à de longues périodes de décoloration. La moquette était épaisse mais usée par les passages, et n'était douce avec ses longues mèches que dans les coins, près des murs. Le plafond était étonnamment haut pour un cottage, offrant largement assez d'espace pour qu'une voix puisse y résonner.

Il n'y avait aucun signe de la Mort ici, alors ils continuèrent dans le couloir et jusqu'à la cuisine.

— Oh, des briques apparentes, très tendance. Mark hocha la tête d'un air approbateur, passant son doigt sur le bar, puis le vérifiant pour la poussière. Propre et bien rangé, en plus.

— On n'est pas en train de visiter un appart, lança Emma, avant d'ouvrir immédiatement les portes du four et de la machine à laver et de fourrer son nez dans les placards.

Les appareils ne manquaient pas, mais ils semblaient tous dater de la même époque que les meubles : vieux mais fonctionnels, comme une capsule temporelle de la Grande-Bretagne d'après-guerre, avec une touche occasionnelle de disco des années soixante-dix.

— Pas possible ! Un Marathon. Mark était presque sur le point de bondir de joie à la découverte de l'ancêtre de la barre Snickers. Quinze pence. Je me sens millionnaire. Regarde comme il est gros !

À ce stade, Mark et Emma faisaient plus que jeter un coup d'œil furtif dans les placards. Pour un observateur extérieur, ce qu'était la Mort alors qu'il considérait le duo depuis le seuil de la cuisine, ils ressemblaient à une paire de cambrioleurs très affamés. Toutes les boîtes de conserve et tous les paquets de nourriture étaient des choses mortes, des marques disparues qui n'étaient plus disponibles, provenant d'entreprises défuntes du monde réel, et qui avaient trouvé leur chemin jusqu'au simple manoir de la Mort.

— Hum, hum. Depuis l'embrasure de la porte du couloir, la Mort leur fit signe.

Il tourna les talons, et Mark et Emma refermèrent rapidement les portes des placards et le suivirent. La Mort se déplaçait en boitillant avec une étonnante aisance dans la maison, les menant au-delà de l'escalier et à travers une double porte jusqu'à son bureau.

Il tendit la main vers son fauteuil en cuir, puis se laissa tomber dedans, retira sa capuche et laissa l'air entrer dans les orbites de son crâne. Sa mâchoire s'ouvrait chaque fois qu'il émettait un son. Elle ne bougeait pas comme s'il parlait ; elle était simplement soit fermée et silencieuse, soit ouverte et bruyante.

— Véronique ! appela-t-il.

— J'arrive ! répondit un accent français enjoué depuis le haut de l'escalier. Peu après, une jeune fille d'à peine dix-huit ans, avec de longs cheveux blonds attachés en une tresse complexe et vêtue d'une robe de deuil noire, apparut au coin du couloir et entra dans la pièce. Elle s'exclama en voyant la compagnie supplémentaire. Oh, mon Dieu, monsieur. Des invités ?

— Ne vous réjouissez pas trop, dit-il. Ils ne resteront pas longtemps.

Mark et Emma échangèrent un regard entendu. La comédie commençait, mais pour des raisons très différentes.

— Enchantée de faire votre connaissance, dit Emma en tendant la main pour la saluer. Je suis Emma. Voici mon colocataire, Mark.

— Nous ne faisons que trépasser, dit Mark. Je veux dire, passer.

Ils eurent tous les deux un sourire narquois à cette mauvaise blague. Véronique rit sincèrement avec eux et prit la main d'Emma. Emma pouvait sentir les os sous ses gants. Elle était comme elle, juste un peu plus morte qu'eux.

— Très heureuse de vous rencontrer, dit-elle. Je suis Véronique. L'assistante de la Mort. Sa seconde main. Son... Oh, monsieur ?

— Quoi ?

— Comptiez-vous retourner faucher d'autres âmes bientôt ?

La Mort grogna. — Non. Ceci a...

— Et aviez-vous oublié les courses ? demanda-t-elle. Et l'exemplaire de *Heat* que j'avais demandé.

La Mort se frappa le front de la paume. — C'est vrai.

Véronique soupira. — Si vous me le permettez, je peux y aller moi-même. Mais je vous l'avais pourtant si gentiment demandé, et vous aviez accepté, comme vous le faites souvent...

La Mort frappa l'accoudoir en cuir de son fauteuil. — J'ai des choses considérablement plus importantes dont je dois me soucier que de savoir quelle célébrité a ruiné sa vie cette semaine !

— Eh bien, pas moi, se plaignit-elle.

La Mort grogna de nouveau ; une autre dispute inutilement commencée et terminée sans faire avancer le moindre accord.

— Euh... fit Emma. À notre sujet ?

— Vous avez dit que nos sabliers s'étaient coincés ? suggéra Mark.

— Hum, oui, dit la Mort. Il sortit deux sabliers, les faisant apparaître dans sa paume d'un simple tour de doigts. Les ampoules presque vides étaient en haut. Lorsqu'il les retournait ou les inclinait, tout le sable restait bloqué en place. — Des imitations en plastique bon marché. Il fait un peu humide par ici, vous savez, la rivière... J'ai dû laisser vos sabliers dehors lors d'une promenade ou quelque chose comme ça, et de l'humidité s'est retrouvée piégée à l'intérieur.

— Du riz pourrait peut-être régler ça, suggéra Emma. Quand on mouille son téléphone, on est censé le mettre dans du riz sec pour absorber l'humidité.

— Ou du gel de silice, ajouta Mark, voulant se rendre utile. On en trouve des sachets dans les boîtes des appareils électroménagers, comme les bouilloires, les grille-pain, ce genre de choses. C'est à ça que ça sert.

— Exactement ! Emma claqua des doigts en se tournant vers Véronique. Du gel de silice, tu peux retenir ça ?

Véronique hocha la tête, sans être sûre de ce qui se passait mais heureuse d'être incluse.

— Bon, continua Emma, et pendant qu'elle va chercher ça, on peut rester dans le coin et...

— Vous n'allez pas rester, insista la Mort.

— Génial ! s'enthousiasma Mark. On part avec Véronique et on vous fiche la paix... Enfin, je veux dire, le crâne.

La Mort les dévisagea un instant, puis se leva de sa chaise. Il traversa la pièce pour s'attarder devant une rangée d'ornements muraux. Des faux, des armes d'hast, des hallebardes, des piques et de longues haches de toutes sortes et de toutes cultures étaient suspendues sur une ligne horizontale, du sol jusqu'au plus haut point du plafond. La Mort passa une main sur l'une d'elles.

— Vous êtes des resquilleurs de sable, dit-il. Vous avez échappé à la mort sur un coup de tête, en dépit des prédictions. Mais votre sable devait s'écouler quoi qu'il arrive. Même si cela est retardé de quelques heures, quelques jours ou quelques années, vous étiez censés mourir à ce moment-là. Une erreur causée par de la condensation ne vous sauvera pas la vie.

— Mais, dit Mark, vous nous avez sauvés. Vous nous avez empêchés de percuter l'autre voiture. Il avait du mal à donner un sens aux maigres informations dont il disposait.

— Je ne vous ai pas *sauvés*, dit la Mort. Je vous ai amenés ici, comme n'importe quelle autre âme, pour que vous passiez à autre chose. Et votre prochaine étape se trouve par là. Il montra la porte du jardin, qui s'ouvrit d'elle-même. La seule chose en vue était la rivière.

Le Styx. Comme le groupe de musique.

— Donc, nous sommes catégoriquement morts... Les lèvres d'Emma s'étirèrent en un début de sourire.

— Non. La Mort se massa les tempes, frustré.

— Alors on est encore vivants ? demanda Mark en ramassant son sablier, tapotant la croûte de sable collée à l'intérieur du bulbe supérieur. Il le secoua pour faire bonne mesure.

— Pas exactement. Trouvez Charon, dit la Mort, et dites-lui... Dites-lui ce que vous voulez.

Il semblait que la Mort avait tout simplement baissé les bras et leur avait ordonné de s'en aller. Bien qu'il fût clair qu'ils n'étaient pas les bienvenus ici, Mark et Emma n'étaient pas plus avancés sur leur état de santé actuel. Ils se tournèrent vers Véronique, qui regardait son supérieur d'un air inquiet. Puis elle se tourna vers eux avec compassion et leur fit un signe de tête silencieux signifiant qu'ils devaient y aller. S'il vous plaît.

Ils sortirent par la porte ouverte et regardèrent le sentier sinueux qui descendait vers la rivière.

— Alors... murmura Mark, est-ce que tu sais piloter un bateau ?

# CHAPITRE QUATRE

L'épais brouillard qui s'échappait du Styx était plus qu'humide. C'était comme entrer dans un sauna froid. Il était aussi gris que le ciel au printemps, mais partout, en trois dimensions. Mark et Emma se tenaient la main en y pénétrant pour ne pas se perdre en chemin vers la rive.

— Quelle peut bien être la largeur de ce fleuve ? se demanda Mark.

— Il ne me semble pas si large que ça, dit Emma.

— Voyons voir. Mark ramassa un galet lisse sur la berge, le cala entre son pouce et son index, et l'envoya ricocher sur l'eau, mais il disparut dans le brouillard après le premier rebond. — Au moins quatre ricochets. J'ai toujours le coup de main.

Emma ricana. Elle ramassa une grosse pierre et la lança aussi loin que possible à deux mains. Elle atterrit dans un grand « plouf » quelque part dans le brouillard. — Il est plutôt large. Je crois que je n'ai pas nagé dans une rivière depuis l'école primaire.

— Moi, je n'ai jamais nagé ailleurs que dans une pataugeoire. Jamais, admit Mark.

— Ce n'est pas vrai ; on est allés à Ayia Napa l'année où on s'est rencontrés, non ?

— Je suis allé à la plage, mais je ne me suis pas baigné.

— Oh.

— Et l'océan, ce n'est pas comme un fleuve, expliqua Mark. Les mouvements sont tous... C'est vers le rivage, alors qu'avec un fleuve, c'est plutôt latéral.

— C'est ça. Emma hocha la tête avec enthousiasme. — Ce sont des manières différentes de nager.

Mark lorgna l'eau, un plan s'échafaudant dans sa tête. — Dis, peut-être que si on se noie ici, on retournera en arrière ?

Emma s'arrêta et tenta de lui lancer un regard réprobateur à travers le brouillard. — Tu as l'air assez pressé de mourir. Encore. C'est ironique, vu les efforts que tu as faits pour m'en empêcher.

— Je veux vivre. Il faut juste trouver comment nous ramener sur... Terre, dit Mark avec pragmatisme, absolument certain de pouvoir appliquer la logique à leur situation difficile. Peut-être qu'ils devaient se tuer dans les limbes pour pouvoir revivre ?

— Mais moi, je ne veux pas y retourner, dit Emma. — J'ai choisi ça. Bon, pas *ça* exactement. Mais la mort, quoi qu'il en soit.

— Pas moi. Et je ne veux pas être mort. Tu ne vas pas m'en vouloir d'avoir essayé de t'arrêter, si ?

Elle soupira. — Tu as bien merdé ton opération de sauvetage. Écoute, j'étais tout à fait saine d'esprit quand j'ai planifié ce que je faisais à ce moment-là. J'y avais bien réfléchi. Même au mal que ça pourrait te faire. J'avais accepté ça.

— Et tu l'as quand même fait, articula-t-il, la douleur évidente dans sa voix. — Tu as quand même décidé... d'essayer de le faire, sans même me le dire. Et si je n'avais jamais trouvé ta lettre ? Ou si j'avais attendu sept heures passées ? Et si j'étais parti me balader à Pier Head par hasard au moment où tu as sauté, et que tu m'étais tombée dessus ?

— Ça aurait été vraiment nul, et très improbable.

— Ou pire encore, si je n'étais pas arrivé avant et que j'avais glissé sur ta cervelle ?

— Et si tu étais juste resté à la maison sans te donner la peine de me trouver ? dit Emma, qui commençait à s'énerver. — Comme tu étais censé le faire.

— Alors j'aurais été un coloc de merde, non ?

Le craquement du bois et le bruit de l'eau barbotant interrompirent leur dispute. Une silhouette émergea du brouillard, d'abord une ombre se découpant sur l'air blanc ivoire, puis un homme, voûté dans des haillons rehaussés d'incrustations de pièces de monnaie et de fines tresses dorées. Sa peau était tendue sur de vieilles mains osseuses et une longue barbe mouillée pendait de son visage.

— Deux âmes, pour la traversée ? demanda une voix obsédante.

— Êtes-vous Charon ? demanda Emma en retour.

— C'est bien moi, dit-il en désignant l'embarcation en bois à côté de lui. — Le passeur du Styx. Avez-vous de quoi payer le péage ?

— Un péage ?

— Une pièce d'or, dit-il, puis il ouvrit la bouche et tira la langue, — perchée ici, sous la mâchoire. Avez-vous apporté pareille chose ?

Mark sortit son portefeuille et fit tinter quelques pièces. — J'ai soixante pence en monnaie. Je ne suis pas obligé de la mettre dans ma bouche, n'est-ce pas ? On peut sauter cette étape ?

— Beurk, grogna Charon. — Où est votre cavalier ?

— Il est parti faire une sieste et nous a laissés nous débrouiller.

— On est des rescapés du sable, dit Emma. — Quoi que ça veuille dire. La Mort nous a réclamés en avance parce que son sablier s'est humidifié.

— Hmm ? grommela Charon. — Ça n'était pas arrivé depuis près de cent ans ! Qu'a-t-il donc fait pour rendre ce métier si pénible ?

— Je ne pense pas que ce soit sa faute, dit Mark. — Il pense que c'est le fleuve. Ou le brouillard. Ou peut-être que le sablier en simili acajou « trop beau pour être vrai » qu'il a eu sur AliExpress était vraiment, euh, trop beau pour être vrai.

Charon serra sa rame avec une tension menaçante. — Si vous n'êtes pas morts, alors vous ne mettrez pas un pied sur ma barque.

— Est-ce que cette barque peut nous ramener sur Terre ? demanda Mark. — Dans le monde des vivants ? Idéalement, nous aimerions ne pas être morts, alors si vous pouviez...

— Parle pour toi, l'interrompit Emma.

Charon sortit la rame de l'eau et la pointa sur Mark. L'eau huileuse éclaboussa le sol, puis retourna vivement rejoindre les profondeurs troubles, comme si elle était sortie nue de la salle de bains pour tomber nez à nez avec sa belle-mère.

— J'ai dit non ! s'exclama-t-il. — Vous êtes trop lourds. Ma barque coulera si je vous transporte, avec toute votre chair, vos entrailles et vos morceaux. Les âmes seulement, et uniquement celles qui peuvent payer le péage.

— Eh bien, qu'est-ce qu'on est censés faire ? demanda Emma. — On peut remonter le fleuve à pied ?

— Vous ne trouverez rien par là, prévint Charon. — Rien que les limbes infranchissables, où les pauvres âmes sans péage errent pour l'éternité, pour se noyer dans le fleuve ou se morfondre sur ses rives, regrettant à jamais les terres qu'elles auraient pu atteindre.

— Que se passe-t-il s'ils se noient ? demanda Mark, plein d'espoir.

— Avez-vous déjà respiré de l'eau ? demanda Charon. — Pour toujours ? Dans vos poumons faits uniquement pour l'air ?

— Oh.

Charon eut un rire cruel. — Pauvres de vous. Volés à votre propre mort par une simple erreur. Le pauvre salaud décharné doit s'en mordre les doigts à cause de vous en ce moment. Il gloussa. — C'est un faucheur colérique quand il fait une connerie. Très colérique.

— Il avait l'air plus morose que sinistre à ce sujet, proposa Emma, si ça peut aider.

— Je parie que oui. Charon rajusta sa cape et remonta dans sa barque.

— QU'EST-CE QUI SE PASSE ICI ?

Le hurlement de la Mort déchira le brouillard d'une rive à l'autre, et une vague d'eau huileuse repoussa la barque. Il avait l'air furieux — aussi furieux qu'on peut l'être quand on porte une veste en tweed et un pantalon de golf à losanges, tenant un *sac réutilisable* Tesco plein de riz basmati dans une main et une bouteille de deux litres de lait demi-écrémé dans l'autre. L'exemplaire de *Heat* que Véronique lui avait demandé était roulé dans la poche de sa veste.

— Pourquoi êtes-vous encore là, tous les deux ? demanda-t-il. — Montez dans la barque.

— Ils ne monteront pas dans ma barque ! insista Charon.

— Si, ils monteront, ordonna la Mort.

— Non.

— Si.

— Non !

— Ils le *feront*.

— Sûrement pas !

La Mort soupira, cédant. — Bon. J'avance leur péage.

— Votre crédit ne vaut plus rien ici, dit Charon. Il repoussa la barque plus loin de la rive d'un coup de rame. — Trop de viande. Trop gras, trop dodus.

— Hé ! cria Emma.

— Je crois qu'il parle de moi. Mark se tapota le ventre, en essayant de le rentrer.

— C'est votre problème ! lança Charon alors qu'il disparaissait dans la brume. — Votre erreur ! Il continua de crier d'autres rejets jusqu'à ce qu'il soit hors de vue dans le brouillard blanc. La Mort soupira et fit demi-tour pour partir. Mark et Emma se tenaient au bord de l'eau, ne sachant pas s'ils devaient le suivre ou rester sur place.

— Il ne nous prendra pas, n'est-ce pas ? dit Emma.

— Non, admit la Mort.

— Alors, dit Mark, plus inquiet qu'avant, que devons-nous faire ?

La Mort ne répondit pas. Il s'éloigna, tout simplement. Comme un vieil homme rentrant de l'épicerie du coin après avoir dépensé sa dernière livre sur un ticket à gratter au lieu de recharger le compteur électrique, et qui maintenant ne pourrait plus faire chauffer sa soupe. Toute cette épreuve avait été de trop.

Il ne leur interdit pas de le suivre, alors Mark et Emma traînèrent derrière lui. Le brouillard revint les envelopper et s'accrocha à eux. Leurs vêtements étaient humides. Mark frissonna sous une brise égarée.

— Il ne m'a jamais vraiment répondu, dit Mark. — À propos de la noyade.

— On devrait considérer qu'on est en vie. Plus ou moins, dit Emma. — On est juste perdus. On... on est arrivés dans un autre pays sans visa. On sait qu'on peut être ici, mais officiellement, on n'est pas le bon type de citoyen pour rester. Comme Tom Hanks dans un aéroport. C'est comme ça que je choisis de le voir.

— C'est une bonne chose, alors. Il y a encore une chance. Une heureuse coïncidence. Je peux faire avec.

— C'est franchement malheureux. Emma traîna des pieds comme une gamine capricieuse.

La Mort s'arrêta à la porte et les attendit, juste pour s'assurer qu'ils venaient, mais avec le vague espoir qu'ils ne le feraient pas. — Je le répète, ne prévoyez pas de rester longtemps. Si vous le pouvez, rendez-vous utiles à Véronique pendant que vous êtes là. Je ne tolérerai pas que vous soyez un fardeau pour moi. Ni pour elle.

— Oui, monsieur, approuva Mark.

— Ne m'appelez pas *monsieur*, exigea la Mort. — Pas de familiarités. N'attendez aucune récompense ou faveur. Je m'attends à ce que vous traversiez cette rivière d'une manière ou d'une autre, et vous pouvez me croire.

— Et là, on sera morts ? demanda Emma. — Morts et enterrés ?

— Oui, confirma la Mort.

— Fabuleux.

Le cavalier grogna et entra dans sa chaumière. Mark et Emma s'échangèrent des regards sévères. Bien sûr, ils s'étaient déjà disputés pour ce qui semblait être des décisions de vie ou de mort — le Brexit, les vaccins, regarder ou non le premier épisode d'une nouvelle série en sachant pertinemment que s'ils commençaient, ils finiraient par tout enchaîner jusqu'à cinq heures du matin et se sentiraient horriblement fatigués le lendemain, l'éternel débat sur l'ajout ou non de jambon dans une carbonara, ou à qui revenait le tour de vider le lave-vaisselle, les deux parties soutenant mordicus l'avoir fait la fois précédente — mais c'était différent. C'était véritablement une question de vie ou de mort. Ils étaient aux antipodes l'un de l'autre et aucun des deux n'était prêt au moindre compromis. D'une certaine manière, Mark était content que les choses en soient arrivées là. Il regrettait d'avoir avoué ses sentiments à Emma au moment le plus inopportun, et il regrettait encore plus sa réac-tion. S'il pouvait tirer une quelconque consolation de cette journée, c'était le fait qu'il était encore en vie, ou assez proche de l'être.

# CHAPITRE CINQ

La vie chez la Mort — une ironie en soi — était d'une grande monotonie. La Mort se retirait dans son bureau au bout du couloir principal. Il n'y avait pas de télévision, car ce média n'était pas encore mort. La Mort possédait cependant une radio Marconi qui diffusait exclusivement des mélodies funèbres, des ballades lugubres et des chansons sur la mort interprétées par des musiciens décédés depuis longtemps ou plus récemment.

La Mort s'allongeait dans son fauteuil inclinable préféré et lisait pour tuer le temps. Soit il ouvrait l'un de ses nombreux livres sur l'histoire des défunts, soit il faisait apparaître un journal contenant les notices nécrologiques de personnes célèbres comme ordinaires, et les vies qu'elles avaient autrefois menées.

Véronique s'occupait de la maison et des dépendances. Elle gardait tout en ordre, propre, sans poussière, et maintenait une impression générale de stérilité dans la demeure. Elle lui donnait l'aspect d'une pièce de musée plutôt que d'un foyer habité — ce qui, dans l'esprit de Mark, était tout à fait approprié. Elle donnait à l'endroit l'apparence et l'atmosphère de la demeure de la Mort. Si c'était trop vivant, cela aurait fait l'effet d'une mauvaise blague.

Mark essayait d'ignorer sa nervosité et de s'installer sur le canapé rigide devant la cheminée, qui semblait n'avoir jamais accueilli le moindre feu. Froide comme la mort, comme la plupart des choses ici. Emma, quant à elle, essaya d'être un peu plus proactive.

— Est-ce qu'on peut faire quelque chose ? demanda-t-elle.

— Hmm ? fit Mark.

Mais Véronique tapa dans ses mains et désigna la cuisine. — En fait, oui.

Emma la suivit dans la pièce au sol en linoléum. Elle paraissait un peu plus grande qu'elle n'en avait l'air. La porte de derrière donnait sur un autre vaste champ où des fleurs se mélangeaient à diverses sortes de blé en pleine croissance, tel un champ laissé en jachère après une année de négligence.

— Ne faites pas attention à ça, dit Véronique. Au jardin, je veux dire. Je n'arrive pas à m'en occuper.

— Pourquoi est-ce que ça pousse ? demanda Emma. J'imaginais que, au royaume de la mort, il n'y aurait... rien ?

— Que des cailloux, de la terre et du gravier ? Quel ennui. Cette vie après la mort n'est pas si terrible. Elle devient redondante au bout d'un certain temps... un peu lassante. Le pire, c'est la longue attente que les choses se passent. De temps en temps, monsieur revient avec des histoires de mort extravagante qui l'ont amusé, ce qui m'aide à me souvenir de ce que c'était d'être en vie.

— Il y a combien de temps que vous êtes morte ? demanda Emma. Je suis désolée si c'est un sujet sensible pour les morts, mais...

Véronique se tourna vers elle avec un sourire malicieux. — Vous savez ? Cela fait maintenant cent quatre ans. Cent quatre ans que je ne suis plus en vie. Elle afficha un sourire enjoué révélant des fossettes.

— Oh, dit Emma. Je suis désolée ? Elle essaya d'avoir l'air à la fois heureuse et navrée, afin que l'assistante de la Mort entende ce qu'elle préférait, mais sa voix trahit surtout sa confusion, ce qui était assez juste.

— J'étais infirmière, expliqua Véronique, sur les lignes de front de la Grande Guerre. Les tranchées étaient l'incarnation même de la mort. J'ai cru que l'Enfer était remonté des entrailles de la terre et avait remplacé la campagne, la rendant noire et morte sur des kilomètres. Et les hommes là-bas... Il y avait tant de morts, je savais que ça devait venir d'un autre monde. Cet enfer de la guerre était tout ce que nous connaissions.

Aucun moyen d'y échapper, nulle part où aller. Seulement mourir, ou vivre puis se battre jusqu'à la mort à nouveau.

— Mon Dieu, dit Emma.

— On dirait un supporter d'Everton, lança Mark en les rejoignant dans la cuisine.

— J'ai été sauvée d'un poste de triage et emmenée à travers les tranchées par un homme courageux. Il m'a portée pour me protéger. Il a dit que ma vie valait plus que la sienne. Si lui mourait, ce serait un fusil de moins pour tirer, mais si je mourais, mes mains guériraient bien moins de soldats. Je pensais que c'était mal ; « Vous ne pouvez pas avoir raison ! », j'ai dit. « Vous ne pouvez pas mourir pour moi ! » Et le nuage jaune est descendu pour nous étouffer. J'ai essayé de courir, pour lui faire honneur, lui prouver qu'il avait raison et qu'il en était digne. Mais ce n'était pas mon destin. Je me suis sentie flotter dans les airs après avoir suffoqué dans un air empoisonné et brûlant. Et puis j'étais ici.

— C'est atroce, dit Emma.

— Apparemment, conclut Véronique, si j'avais vécu, des vies auraient pu être sauvées. Mais leur vie ou leur mort n'aurait pas mis fin à la guerre plus rapidement. J'ai été amenée ici et on m'a donné le choix : je pouvais traverser le fleuve vers ma mort ou rester de ce côté-ci pour accomplir un dessein plus grand que moi. J'ai décidé de rester, avec le message du soldat dans mon cœur.

— Est-ce que vous aidez ou soignez beaucoup de gens ici ? demanda Emma.

— Non, non. Pas du tout. Elle secoua la tête. Mon aide est surtout superficielle. D'infirmière à domestique, voilà ce que je suis devenue. Mais ce n'est pas si mal. En restant, j'ai appris à apprécier tellement de choses de la vie et de la mort — et la Mort elle-même, aussi. Cependant, il est... comment dire ? C'est un *bougon* ces derniers temps. La tâche qui lui incombe est vraiment sinistre, et elle ne s'arrête jamais, peu importe ses efforts pour tenir le rythme.

— Il n'est pas sorti chercher d'autres âmes depuis que nous sommes ici, n'est-ce pas ? dit Mark de l'autre côté du bar. A-t-il arrêté de, euh, faucher à cause de nous ?

— Les gens meurent, que la Mort soit là pour les guider ou non, dit-elle. Seulement, sans ses conseils, ils sont condamnés à errer et à trouver leur chemin jusqu'ici à travers le vide. Ceux que la Mort emmène sont conduits plus directement au fleuve, et tous meurent de manières qui ne sont pas entravées par les autres cavaliers.

— Les cavaliers ? reprit Mark. La Guerre, la Maladie, et… la Faim, c'est ça ?

— La Peste et la Famine, le corrigea Véronique. En fait, vous pourrez les rencontrer. Bientôt !

— Est-ce qu'on devrait, cependant ? demanda Mark nerveusement. Je crois que je préférerais ne rencontrer aucun cavalier. À part un gendarme, peut-être. Ou un joueur de polo.

Emma le regarda avec une profonde inquiétude perplexe. Puis elle comprit et son expression se détendit aussitôt.

Mark gloussa. — Tu as cru que je parlais de water-polo ?

— Oui, dit-elle. C'est ce que j'ai cru.

Véronique ouvrit les portes du garde-manger, remarquant immédiatement que les choses n'étaient pas tout à fait là où elle les avait amoureusement placées auparavant. Emma et Mark regardèrent partout sauf Véronique ; Mark se mit même à siffloter pour tenter de renforcer son innocence. Mais ses yeux le trahirent lorsqu'ils se posèrent sur la barre Marathon qu'il convoitait. Véronique la prit et la lui lança.

— Bon appétit.

— Merci. Mark l'attrapa au vol, s'émerveillant une fois de plus du poids de la barre et de la générosité de Mars Wrigley.

Dans la cuisine de la Mort, tous les grands groupes alimentaires de base étaient représentés par des marques disparues et des modes culinaires depuis longtemps passées, pour la plupart issues des années soixante-dix. Veronique sortit une sélection d'amuse-gueules de fête kitsch tout préparés et les posa sur le comptoir : des saucisses cocktail, un plat à gratin profond rempli de quiche, une demi-orange piquée de cure-dents retenant des morceaux de jambon et de fromage, tel un sputnik carné et lacté, et un moule en gélatine contenant un énorme trifle.

— Pour son anniversaire, expliqua-t-elle. J'ai organisé une fête. Une surprise… avec ses camarades invités pour célébrer !

— C'est une charmante attention, dit Mark. Toute la troupe de l'apocalypse sous le même toit. Loin de la Terre pour une soirée.

— Le monsieur a besoin de se divertir, dit-elle. Je ne voudrais pas dire du mal du maître, mais le travail commence à lui peser. Ce n'est pas votre faute, non. De nombreuses failles sont apparues, et il ne trouve plus le temps de les réparer. C'est la nature malheureuse de son travail. Plus de gens meurent, et il a moins de temps pour trouver ceux qui sont dignes de sa fauche.

— Une petite fête sympa avec de vieux amis, dit Emma. Ça devrait lui remonter le moral. Et s'il est de bonne humeur, il sera peut-être enclin à travailler un peu plus sur ses *failles*, non ?

Veronique hocha la tête, et Emma réalisa qu'elle pourrait se révéler une alliée précieuse dans sa quête pour mourir convenablement en traversant le fleuve.

— Alors, dit Emma, se sentant ragaillardie, comment pouvons-nous aider, si tant est que nous le puissions ?

— Nous devons réarranger le salon, répondit Veronique, dresser la table et préparer les cadeaux pour les invités avant qu'ils n'arrivent.

À cet instant précis, on frappa trois coups à la porte. Légers, mais fermes.

Veronique eut un hoquet de surprise, tapa dans ses mains d'excitation et courut vers l'entrée. Mark et Emma ne bougèrent pas de la cuisine et observèrent trois silhouettes pénétrer dans la pièce, vêtues de grands apparats de diverses époques. Ce devait être les cavaliers : Guerre, Pestilence et Famine.

Guerre était équipée d'une armure de plates de style romain, avec des muscles de métal saillants et une peinture rouge vif — ou des éclaboussures de sang — qui rouillait sur le blindage de fer. Pestilence portait un masque à bec de médecin de peste et une robe couverte d'une telle saleté qu'elle grouillait de vie. Une motte de terre entière reposait sur son épaule, des vers s'y tortillant librement. Puis Famine, diminutif et osseux, la peau tendue sur son corps et le visage couvert d'un voile qui ondulait doucement. Il semblait le plus faible, mais se tenait plus droit et, d'une certaine manière, plus noble que les autres.

— Oh ? dit Pestilence. Des invités ? Ils ont l'air en pleine santé. Sortez de là que je vous examine.

— Ce sont des invités de circonstance, dit Veronique. Si leur présence ne vous dérange pas...

— Cela ne pose aucun problème, dit Guerre, d'une voix de femme. Elle retira son heaume, révélant le visage d'une femme âgée, mais majestueuse et réservée.

— La Guerre est une femme ? laissa échapper Emma avant de plaquer une main sur sa bouche.

— Et pourquoi ne le serait-elle pas ? demanda Guerre. La guerre est ce qui pousse les hommes à se battre et à tuer, et il n'y a pas de motivation plus présente au cours de votre histoire, qui ait fait tourner les rouages de la bataille haineuse, que le désir d'une femme.

Emma se tourna vers Mark, qui hochait la tête en signe d'approbation.

— Mark ! Emma ! appela Veronique. Aidez-moi à mettre la table, s'il vous plaît. Nous serons bientôt prêts. Elle se tourna vers les autres cavaliers. Mettez-vous à l'aise, je vous en prie ! Puis Veronique s'éclipsa avec ses compagnons humains pour mettre en place le décor du dîner, tandis que les cavaliers s'assirent et discutèrent.

Et pendant tout ce temps, la Mort était assise dans l'obscurité de son antre, seule avec son propre mécontentement, qui grandissait lentement à mesure que les ombres s'épaississaient et que les lumières de sa pièce s'éteignaient...

# CHAPITRE SIX

La maison était sombre et étrangement silencieuse. La Mort est sorti de sa tanière dans la soirée, s'attendant à entendre l'échange d'intrigues chuchotées entre Véronique et ses invités indésirables. Il s'attendait à les entendre bavarder et potiner sur leurs futilités humaines, sur la vie des célébrités qu'ils estimaient bien plus que la leur — en raison de la supériorité perçue du métier d'acteur, d'« influenceur », ou d'autres talents insignifiants — et qu'il serait celui qui entrerait d'un pas décidé pour leur rappeler que même ces soi-disant célébrités qu'ils adulaient auraient des morts bien moins importantes que les leurs.

Mais cela aurait signifié leur rappeler qu'ils étaient spéciaux. Alors il allait se taire. Ils étaient spéciaux parce qu'il avait échoué, et il n'échouerait pas de nouveau. Les seuls mots qu'il avait à leur adresser étaient des remerciements pour l'astuce pratique d'Emma avec le riz, car elle avait fonctionné, et leurs sabliers étaient maintenant débarrassés de toute condensation. Ce n'était sûrement qu'une question de temps avant que les croûtes de sable ne sèchent complètement et ne tombent. Il pourrait, par la suite, prouver leur mort à Charon et les envoyer sur leur chemin en un rien de temps.

Si seulement il pouvait les trouver. Pour une raison quelconque,

Véronique avait laissé le salon dans le noir, ainsi que toutes les autres pièces de la maison. Il savait qu'elle et les deux autres n'avaient nulle part où aller. À moins qu'ils ne veuillent réessayer la rivière, mais sans lui pour négocier, ce serait inutile. Ils n'auraient pas non plus pu s'égarer dans le vide des Limbes — dans l'étendue infinie du néant, où l'engourdissement de la non-existence finirait par les empêcher d'avoir la moindre pensée, à tout jamais.

— Les jeunes de nos jours, a-t-il marmonné. Il a avancé d'un pas décidé, certain d'avoir mémorisé l'agencement du salon pour pouvoir trouver le chemin jusqu'à la torche sur le mur. Son profond marmonnement a couvert les légers gloussements chuchotés qui se cachaient dans le noir. — ... autant leur couper la tête et en finir...

*BONG !*

— AGH ! a rugi la Mort de sa voix caverneuse en sautillant en arrière, se tenant le genou blessé. Une voix paniquée a parcouru la pièce, se précipitant pour allumer les torches.

— Surprise !

Tout le monde était là. Véronique, Mark, Emma et les cavaliers étaient assis autour de la belle table à manger, coiffés de chapeaux de fête mal ajustés. Mark et Emma faisaient de leur mieux pour ne pas se sentir ridicules, mais ils étaient assis à côté de Guerre, toujours dans son armure d'apparat, et de Famine, toujours dans son plus simple appareil, qui étaient d'autant plus joyeux d'offrir à la Mort cette éclatante surprise. Mark a soufflé dans une langue de belle-mère et Emma a fait péter un serpentin à pétard.

La Mort a cessé de tituber et a lentement reposé sa jambe endolorie sur le sol. Il s'est tourné vers l'entrée d'où un septième grognement égaré s'était élevé, et a vu Charon se tenant sur le seuil de la porte ouverte. Sa jambe était toujours enchaînée à sa barque ; éternel passeur, incapable de traverser le fleuve sur lequel il convoyait les âmes pour l'éternité. La chaîne était juste assez longue pour qu'il puisse atteindre la porte, ils avaient donc dû organiser la fête dans le salon. Tous les meubles avaient été poussés sur le côté pour faire de la place à la table avec rallonges. Et une petite desserte avait été poussée jusqu'à la porte pour que Charon puisse rester à proximité et y poser son Babycham et son ananas.

La Mort n'a pas pu s'empêcher de sourire — en quelque sorte. On soupçonnait ou supposait toujours que la Mort souriait, car il n'avait pas de visage pour le faire. Le grognement qu'il a laissé échapper n'était pas dédaigneux, mais plutôt approbateur et juste un peu apaisé.

Ce qui signifiait que la surprise était une réussite.

---

Véronique a eu son moment de gloire au centre de la fête, mais après cela, la place a été laissée aux cavaliers. Ils ont enchaîné un assortiment de boissons, concoctées par Véronique et servies par Emma, et ont picoré la nourriture de fête présentée par Mark. Les humains et la faction à tendance humaine se sont finalement retirés dans la chambre d'amis, que Véronique avait furtivement préparée pour le duo, tandis que la Mort, Guerre, Famine et Pestilence prenaient des nouvelles.

— Ça fait un bail, n'est-ce pas ? a dit Guerre, en posant son épée contre le pied de la table. Pestilence a retiré son arc et Famine jouait avec sa balance sur la table en la penchant d'un côté ou de l'autre.

— Nous tous ensemble ? On est d'habitude si solitaires. Ou, au mieux, on se croise toujours en coup de vent, a noté Famine.

— Hmm, a affirmé la Mort.

Il était le seul à piller le hérisson de fromage et de jambon. Il glissait les cure-dents dans sa bouche et la nourriture qui s'y trouvait disparaissait tout simplement.

— C'est délicieux ! Famine a attrapé une quatrième friandise sur l'une des assiettes. — Qu'est-ce que c'est ?

— Des chapeaux hauts-de-forme, la Mort a acquiescé d'un signe de tête. — Merveilleux. Une guimauve recouverte d'une pastille de menthe poivrée, posée sur du chocolat fondu qu'on laisse ensuite prendre. L'idée de Véronique. Elle dit qu'on ne devrait les manger qu'après huit heures.

Charon a jeté un coup d'œil à l'horloge murale sur le thème de la Mort : un cavalier sombre avec deux faux en guise d'aiguilles. Elle s'était arrêtée.

— Comment peux-tu le savoir ? a-t-il demandé.

— Il est toujours huit heures passées quelque part. La Mort s'est penché et a fait basculer un chapeau haut-de-forme dans sa mâchoire ouverte, qui a disparu. — Sublime.

— Et le travail ? Chargé ? a demandé Pestilence à Guerre en se grattant le menton.

— Certains d'entre nous sont plus occupés que d'autres, a répondu Guerre d'un ton accusateur.

Tous les regards se sont tournés vers Famine.

— Ça ne me réjouit pas, a dit Famine. — C'est l'époque.

— L'époque nous a malmenés, a convenu Pestilence. — Cette ère de la médecine, de la technologie, de la longévité — les gens survivent à toutes mes maladies finement élaborées pendant des années et des années. Ils ont de la chance que j'aime tant mon travail, sinon j'aurais peut-être abandonné et pris ma retraite il y a quelque temps.

— La situation ne va faire que s'améliorer, a dit Famine en se servant une grande part de la bagatelle. — Surtout pour moi. Les gens sont payés pour forer des puits et fournir de la nourriture maintenant. Même les victimes de guerre ont à manger.

— Oh, vraiment ? a demandé Guerre avec une arrogance snob.

Famine a roulé la tête vers elle.

— J'ai toujours été fier des plus petites choses, dit Pestilence. La lèpre était ma préférée, et regarde où elle en est. Pratiquement disparue. Les dernières léproseries ont été vidées, stérilisées et transformées en hôtels de luxe. Mais la malaria... c'est une source inépuisable. Chaque moustique est infecté par moi, personnellement. Des millions de ces petits salauds qui volètent autour des points d'eau stagnante. Et le remède n'a toujours pas rattrapé la maladie. C'est un peu comme au bon vieux temps. Ça me rendrait presque nostalgique du passé.

— Chacun d'entre eux ? demanda War, incrédule.

— À la main, ouais, confirma-t-il. Une bonne façon de passer un dimanche pluvieux.

— Depuis quand il pleut, ici ? demanda Charon.

Le tonnerre gronda dans le ciel. Quelques gouttes s'écrasèrent sur son manteau.

— Des tours de passe-passe à deux sous, grommela-t-il en luttant contre la chaîne à sa cheville pour éviter l'averse.

— Mais très efficaces, sourit War. Estime-toi heureux que ce ne soit pas des grêlons de la taille de balles de tennis.

Charon vida son Babycham d'un trait et tendit son verre, espérant que quelqu'un le lui remplirait. À contrecœur, War recula sa chaise et s'exécuta.

— Eh bien, moi, je me porte à merveille, se vanta War en remplissant le récipient de Charon. Des litiges frontaliers, une obsession pour le pétrole, et une fois que tout ça sera fini... vivement les Guerres de l'Eau. Oh, j'ai tellement hâte de voir tout ça. La croissance démographique est hors de contrôle. Des pays avec des populations se comptant en *milliards* qui envoient des hommes armés de l'autre côté des frontières pendant des décennies, juste pour gagner un pouce de terrain qu'ils estiment précieux pour une nouvelle raison subjective. Et l'intrigue est juste... *ooh* ! Donnez la paix et la tranquillité à deux hommes, et ils se battront pour savoir qui a le pet le plus bruyant !

— J'aimerais que ces générations respectent les traditions, se plaignit Charon. Je n'ai pas vu une pièce sous une langue depuis une éternité. Les hommes arrivent enterrés avec des choses sans valeur, impropres aux pots-de-vin. C'est une honte. Même les millionnaires se vantent de la vie qu'ils ont menée et arrivent sans le sou, pas mieux que des paysans. Et je leur refuse la traversée, alors ils reviennent avec des *avocats* pour se plaindre. C'est de la folie.

— Hmm, dit Death, et leurs regards se tournèrent vers lui, leur hôte, pour qu'il poursuive. Tout ça est un peu excessif, non ? Tout ce travail, pour rien.

Les cavaliers sentirent que l'ambiance était sérieusement retombée. Au final, ils ne pouvaient pas élever la voix contre lui, pas avec autant d'assurance, étant donné que tous leurs efforts et toutes leurs réalisations devaient encore passer par *lui*.

— Alors, quand est-ce qu'on va rencontrer les nouveaux arrivants ? demanda Famine, essayant d'alléger l'atmosphère.

— Tu les as déjà rencontrés. Death tenta de lancer une poignée de Bombay mix dans sa mâchoire ouverte, mais il manqua sa cible et la plupart des morceaux se répandirent sur la moquette.

— On les a vus, intervint War, mais je ne dirais pas qu'on les a *rencontrés*. On ne sait rien d'eux. Ce serait intéressant d'avoir leur opinion sur notre petite discussion de ce soir. Une sorte de groupe de discussion pour avoir « la voix du client ».

— Ils sont indisposés, dit Death en buvant son hydromel à grandes goulées. Leur opinion n'a aucune importance. Ils seront bien assez tôt sous la responsabilité de Charon.

— Pas s'ils n'ont pas découvert une pièce dans leurs sous-vêtements, en tout cas, répliqua Charon en grattant une saleté sous un ongle. Tu connais les règles.

Pestilence leva son verre et le pointa vers chacun de ses compagnons cavaliers.

— Qui, lança-t-il, pensez-vous a fait le *plus* de travail parmi nous tous, hmm ?

— Moi, dit immédiatement War.

Pestilence ricana.

— Quoi, toi ? Certainement pas *lui*. Elle désigna Famine.

— Tu constateras, dit Famine, d'un ton neutre, que la famine a été l'élément clé qui a propulsé l'effrayante ascension de l'homme vers la civilisation. Dans leur histoire ancestrale, depuis leurs racines primitives, l'homme n'a jamais contesté la nature que dans sa quête de nourriture — et a souvent échoué. L'Âge de Glace à lui seul établit mon record à, oh, je ne sais pas, quelques milliers d'années d'histoire humaine non écrites — un peu plus que le tien, je pense.

— On fait les guerres, dit War, pour la nourriture. Toute mort dans le but de prendre la nourriture d'une autre terre ou d'une autre tribu compte pour moi.

— Mais l'agriculture vous a ruinés tous les deux, dit Pestilence. Et donc, quand je ruine l'agriculture, cela mène à bien pire. Un fermier malade ne peut nourrir personne, et qui reste-t-il pour se battre alors ? Les insectes ? L'air ? Cette malaria, ici, est un feu qui couve, mais je vous promets que c'est une valeur sûre.

— Au moins, tu auras toujours Alzheimer, dit War. Ça rend un homme fort assez faible pour oublier qu'il a un jour été un soldat.

— Et pour oublier de manger toute la journée, ajouta Famine.

Ils portèrent tous un toast aux mauvaises humeurs de l'humanité, tandis que Death couvait silencieusement sa colère dans son fauteuil.

— Et tout ça, dit-il finalement, chaque âme morte de quelque manière que ce soit, passe par moi.

Il leva son verre en l'air.

— À nous, trinqua-t-il. Les autres lui rendirent son geste avec stoïcisme. Death n'était pas vraiment l'âme de sa propre fête. Mais il avait raison.

# CHAPITRE SEPT

La nuit tomba sur la terre entre la vie et la mort. La nuit du sinistre au-delà était plus sombre que celle que Mark et Emma connaissaient. Il n'y avait pas d'étoiles, mais il y avait des lumières. Des chars flamboyants traversaient le ciel, tels des phares au loin. Depuis la fenêtre de leur chambre d'amis, ils regardèrent les cavaliers s'envoler sur leurs montures et se disperser à travers le vaste domaine des Limbes, du côté du Styx. Charon hoqueta et regagna la rive à pied, d'un pas hésitant, avant de disparaître dans le brouillard.

— J'aurais aimé leur parler à tous, dit Mark. Pour peut-être... obtenir des réponses.

— Des réponses à quoi ? demanda Emma.

— Par exemple... sur le fait que la plupart des gens ne meurent plus vraiment à cause d'eux. À quoi servent-ils ? Tu en es un parfait exemple. Où est le cavalier de la dépression ?

La Mort frappa à la porte de leur chambre et l'ouvrit. Ils se levèrent d'un bond de leurs chaises près de la porte et tentèrent de se montrer aimables.

— La fête vous a plu ? s'enquit Emma.

— C'est Véronique qui a tout organisé, dit Mark. C'est une femme formidable. Et elle a préparé toute cette chambre pour nous — nous avons un peu aidé, bien sûr — et nous avons supposé que nous pouvions rester, mais, euh...

— Hmph, souffla la Mort. Je n'ai ni le temps ni les idées claires pour réfléchir à ce que je vais faire de vous pour l'instant. Ce dernier Jägerbomb m'est resté en tête. Vous deux, vous resterez ici pour la nuit, et demain matin, je penserai à la suite.

— Bien sûr, dit Emma. Ce n'est pas comme si on pouvait juste... s'enfuir ou quoi que ce soit.

— Tout à fait, acquiesça la Mort. Il soupira et quitta le palier en traînant des pieds en direction des escaliers. Il les descendit et entra dans sa chambre, en face de son bureau. Sa chambre était sombre, mais différemment du salon une fois les lumières éteintes. Elle était simplement lugubre. Un endroit où la lumière ne pouvait briller, et où tout était noir. Y jeter un œil, c'était comme regarder dans l'ombre d'une ombre.

De retour dans leur chambre, Mark et Emma retournèrent à leurs chaises et se regardèrent. Leur situation demeurait tout aussi incertaine.

— On dirait qu'on partage, dit Mark en tapotant les couvertures de laine. Il se leva et commença à se déshabiller.

— Qu'est-ce que tu fais ?

— Je me prépare à me coucher. Je suppose qu'on va devoir se lever tôt. Mark jeta son jean sur une des chaises et commença à déboutonner sa chemise.

— Tu ne peux pas dormir tout habillé ?

— Beurk. Non. Je vais avoir trop chaud... Je garde mon caleçon.

— J'ose espérer. Emma contourna le lit pour aller de l'autre côté. Je ne veux pas être réveillée par un truc qui me pousse dans le dos, que ce soit une main, un coude ou autre chose.

Mark se glissa sous les couvertures et s'allongea sur le dos, le regard fixé au plafond. Il se mordit la lèvre inférieure, hésitant à dire ce qu'il pensait.

— On peut au moins parler de...

— Non, répliqua Emma en retirant ses chaussures avant de se faufiler toute habillée sous les couvertures.

— Très bien.

— Très bien.

Véronique leur rendit visite de bon matin, avant que la Mort n'émerge. Il était réveillé, mais pas d'humeur à réfléchir. Toutes ses pensées étaient des hurlements à briser les os provoqués par sa gueule de bois. Il passa la meilleure partie de la matinée à lisser ses doigts sur son crâne, essayant de calmer la douleur lancinante. Une fois de plus, Emma et Mark se retrouvèrent sans directives, et Véronique en quête de compagnie.

On aurait pu couper la tension dans leur chambre au couteau. Si Véronique le remarqua, elle était trop polie pour faire un commentaire ou laisser cela faire obstacle à une excellente idée.

— Bonjour, la salua Emma.

Véronique s'assit sur le bord du lit. — Me feriez-vous la faveur de m'accorder un moment ?

— Bien sûr, dit Emma. Nous sommes vos invités, ainsi que ceux de la Mort. Nous sommes prêts à vous accorder ce que vous souhaitez.

Véronique soupira. Quelque chose la préoccupait, peut-être en lien avec les festivités de la veille.

— Avez-vous besoin d'aide pour ranger en bas ? demanda Mark. Sans faire de bruit, pour ne pas le déranger ?

— Non, je l'ai déjà fait, dit-elle. C'était ma fête, donc mon devoir. Je ne lui demanderais jamais de m'aider. Voyez-vous, la Mort... Il est... vieux.

— Quel âge a-t-il, exactement ? demanda Emma.

— Aussi vieux que le temps lui-même, répondit Véronique.

— Et il travaille encore, dit Mark, impressionné. Ça fait passer n'importe quel retraité pour une mauviette.

— Mais il ne peut pas continuer comme ça éternellement, poursuivit Véronique. Avant même ma mort, je ne pouvais m'empêcher d'éprouver de la pitié pour lui, plutôt que de la haine ou de la peur. Il me rappelait tellement moi, traversant l'enfer de la guerre pour soigner les autres, supportant les affres de la chaleur et des blessures sanglantes, tout ça pour mettre fin à leurs souffrances. Oh, et il était plus gentil aussi, à l'époque. Mais tant de gens sont morts si vite. Et la « Der des Ders » a continué avec la Seconde Guerre mondiale, et la dizaine de guerres qui ont suivi. Il est sur les rotules depuis la Révolution industrielle. Plus il y a d'humains, plus il doit travailler pour faire passer leurs âmes de l'autre côté. Et quand elles sont coincées à errer sans moyen clair de traverser, ce à quoi il ne peut rien, les âmes qu'il fauche le traitent de paresseux. Mais il ne l'est pas, je vous le jure. Il est juste vieux, et fatigué, et... il a besoin d'aide.

— Eh bien, on ne peut pas laisser la Mort prendre sa retraite, dit Emma avec conviction. Du moins, pas avant qu'il ait trouvé un moyen de l'aider à passer de l'autre côté. Ça serait... mauvais.

— Ça serait très mauvais, approuva Mark. Si nos âmes étaient censées errer dans nos corps après la mort, pour toujours, ça brosserait un tableau plutôt horrible de l'existence éternelle pour la plupart des gens. Surtout pour nous.

— Oui, dit Véronique. Sans la Mort, les âmes habiteraient des corps inertes et ressentiraient éternellement la douleur de l'agonie.

Mark fronça les sourcils. — On sentirait encore, par exemple, notre cerveau... exploser hors de notre crâne et éclabousser les passants dans la rue ?

Véronique le fixa dans les yeux et hocha la tête. Elle toucha doucement sa gorge. — Je sentais encore le gaz moutarde dans ma gorge, des décennies après mon arrivée ici. Le souvenir de la douleur reste avec vous. Et il finit par devenir la seule chose dont vous pouvez vous souvenir. Pour toujours.

— Ouais, on a besoin de la Mort, décida Mark. Personne ne mérite un tel sort.

— Mais comment est-ce que quelqu'un pourrait l'aider ? demanda Emma. C'est un peu l'affaire d'un seul homme, d'après ce que je comprends. Est-ce que ce qu'il fait peut même s'apprendre ?

— Ce serait possible, dit Véronique. Car j'ai beaucoup appris. La Mort m'a clairement fait comprendre qu'il y a des choses qu'il peut faire que je pourrais faire, mais qu'il ne veut pas que je fasse.

— Pourquoi pas ? demanda Emma. Même moi, j'ai l'impression que ce serait déplacé d'envoyer la Mort à la supérette chercher une barre chocolatée et le dernier numéro de *Bella*.

— Eh bien, dit Véronique, si vous pouviez retourner dans le monde des vivants, que feriez-vous en premier ?

— Je vivrais ma vie avec passion. Sachant que chaque instant doit être chéri, car il pourrait très bien être le dernier, répondit Mark, sans quitter Emma des yeux.

— Bravo ! sourit Véronique en tapotant le haut du bras de Mark.

— Je ne veux pas retourner dans le monde des vivants... soupira Emma. Je veux être ici. Enfin, pas ici-ici. De l'autre côté de la rivière.

Véronique les regarda tour à tour. — Vous êtes un drôle de couple, non ? Pourquoi ne choisiriez-vous pas de vivre ? D'être ensemble ? D'aller voir le monde ? De reprendre votre vie comme prévu ?

— En fait, j'aurais dû le préciser hier. Nous ne sommes pas un couple. Nous sommes colocataires, expliqua Emma.

— Mon Dieu ! Excusez-moi, j'ai juste supposé...

— Juste colocataires, répéta Emma.

— Faute d'avoir essayé... murmura Mark pour lui-même.

— Commence pas, l'avertit Emma.

— Est-ce qu'on pourrait ? demanda Mark, pensant que la compagnie de Véronique pourrait finalement s'avérer préférable. — Revivre, je veux dire ?

— Ma vie, telle que prévue, était en quelque sorte censée se terminer à ce moment-là, dit Emma.

— Pas la mienne, ajouta rapidement Mark.

— C'est ce qui inquiète le plus *monsieur*, dit Véronique. Confier les pouvoirs de la Mort à ceux qui furent autrefois mortels altérerait un peu trop la perspective nécessaire pour accomplir ces tâches. La Mort n'a jamais été mortelle, jamais vivante. Il a toujours été tel qu'il est, toujours le faucheur. Il ne connaît rien d'autre. Il est naturel pour lui de faire ce travail. Et il sait qu'il n'est pas naturel pour d'autres de l'apprendre.

— On peut passer en revue nos alternatives ? demanda Emma. Vous savez comment c'est de l'autre côté de la rivière ?

Véronique secoua la tête. — Je ne suis jamais complètement morte, donc je n'ai jamais traversé. Personne ne revient jamais, non plus. Et Charon, le salaud, il ne donne aucune réponse. Trop amer, trop irritable pour être d'une quelconque aide. Il ne fait que se plaindre tout le temps.

— Il en avait l'air, en effet, dit Mark, du genre à vous cracher à la figure en vous disant qu'il pleut.

— Vous pensez que Charon changerait d'avis ? Peut-être qu'il traiterait mon cas comme une exception ? se demanda Emma. Peut-être qu'il laisserait tomber toute cette histoire de pièces et laisserait simplement mon âme passer, genre laissez-faire. Peut-être que si vous lui demandiez, Véronique, il pourrait écouter.

— Imagine prendre le ferry sans payer ton billet, dit Mark. La municipalité ferait faillite en une semaine. Je le vois mal accepter ça. Et il y a des millions d'âmes qui font la queue sur cette rive dans les Limbes, en attendant de passer, et aucune d'entre elles n'a de pièce non plus.

Véronique plongea la main dans la poche de son tablier et en sortit une blague à tabac et un paquet de feuilles. Elle roula adroitement une cigarette, lécha la gomme et la plaça entre ses lèvres. Elle tendit la boîte d'allumettes à Mark.

— S'il vous plaît.

Mark s'exécuta, grattant une allumette et allumant sa cigarette. Ils regardèrent tous les deux Véronique inhaler profondément et souffler un panache de fumée vers le plafond.

— À mon avis...

— Aïe ! cria Mark, jetant au sol l'allumette encore enflammée qui lui avait brûlé le doigt.

— À mon avis, reprit Véronique, vous êtes à la croisée des chemins, non ? Mademoiselle Emma, vous acceptez votre mort et souhaitez passer dans l'au-delà ?

— C'est ça. Emma hocha la tête.

— D'accord. Cependant, Monsieur Mark, vous souhaitez retourner dans le monde des vivants et avoir une seconde chance. Vrai ?

— Correcto, répondit Mark en tentant son meilleur accent français.

— C'est de l'espagnol, pas du français, espèce d'idiot, se moqua Emma.

— Peu importe. Je pense qu'il y a une solution qui pourrait vous aider, songea Véronique, mais seulement pour l'un de vous. Et le problème est... que je ne saurais dire lequel.

L'intérêt d'Emma fut piqué. — Quoi ? Quelle est cette solution ?

— Si vous aidiez monsieur dans sa fauche, il pourrait se prendre d'affection pour vous et peut-être, juste peut-être, exaucer votre vœu.

Emma et Mark échangèrent un regard, réalisant qu'ils pourraient potentiellement travailler ensemble pour atteindre des objectifs très différents.

— L'envisageriez-vous ? demanda Véronique. Devenir les assistants de la Mort ?

— Eh bien, que feriez-vous, alors ? demanda Emma. On ne voudrait pas vous marcher sur les pieds ou encombrer votre cuisine.

— Je ne suis qu'une sorte d'assistante personnelle, dit-elle. Gouvernante. Femme de ménage. Je vous demande si vous deviendriez la Mort, vous aussi.

— Woah. Attendez, dit Mark. Je pensais que vous étiez ici depuis cent ans, et il ne vous a toujours pas renvoyée ! Ce n'est pas vraiment un moyen sûr de retourner à la vie.

— Je n'ai pas dit que c'était une solution rapide. Seulement que c'était une solution possible. Et je suis heureuse ici. Je ne souhaite ni passer de l'autre côté ni revenir en arrière.

— ... Est-ce qu'il nous laisserait vraiment faire ? dit alors Mark, plein d'espoir que ce plan puisse, au pire, lui permettre de retourner à la vie et, au mieux, leur épargner l'angoisse existentielle de l'éternité inconnue au-delà des rives du fleuve.

# CHAPITRE HUIT

— **N**on, dit la Mort d'un ton autoritaire. C'est une idée répugnante, au mieux.

Véronique était assise avec la Mort dans son bureau. Il avait le sablier scandaleux d'Emma sur le guéridon à côté de lui. Il était à moitié plein de riz, dont une partie était maintenant coincée dans le goulot étroit, et — pire encore — la croûte de sable adhérait toujours fermement à la paroi intérieure. Au moins, pensa-t-il, la buée de condensation avait disparu. Il tapota une fois de plus sur le dessus pour vérifier si les grains allaient tomber ou non, mais non. Ils ne bougèrent pas.

Derrière la Mort, l'une des bibliothèques était perpendiculaire aux autres — une porte ouverte sur le Hall du Temps — à travers laquelle on voyait des rangées et des rangées d'étagères, et sur chacune d'elles se trouvait un sablier, à perte de vue. Certains étaient écoulés, des vies qui s'étaient terminées dans une grande attente. D'autres tournaient encore, des devoirs qu'il devait encore accomplir à un moment précis, pas encore atteint. Certains étaient flambant neufs. Et d'autres n'avaient pas encore commencé à s'écouler, le sable suspendu dans l'ampoule supérieure — des vies pas encore nées, attendant le premier pas de la sinistre marche vers leur fin inévitable.

La porte étant ouverte, le faible bourdonnement de la chute

constante du sable filtrant à travers le verre se propageait dans le bureau de la Mort, un bruit blanc de tamisage qui remplaçait l'air stagnant. Les chaises étaient rares. Après tout, c'était sa pièce privée, son cabinet d'étude sur le sort de la race humaine et la fin de tous ses grands desseins. Il avait un seul ornement autre qu'un sablier, accroché en hauteur sur le mur nord : une faux au design ancien, presque prototypique, avec une lame courte et peu profonde et un manche noueux fait d'une branche tombée.

— Monsieur, je vous en prie, écoutez la raison, plaida-t-elle. Cet événement est quelque peu unique, n'est-ce pas ? Une opportunité, pourrait-on dire.

— C'est un bazar opportun, affirma-t-il. Chaque instant où il n'est pas résolu est une souffrance dont je ne suis pas l'auteur.

— Alors il serait sûrement prudent de faire de la limonade avec ces citrons, non ? Je crois que c'est l'expression consacrée. Prendre une mauvaise situation, et la tordre et la presser jusqu'à ce qu'elle donne du... jus frais.

— Les jus de la vie et de la mort ne sont jamais frais. Et bien plus amers que n'importe quel citron. La Mort porta son poing à sa bouche et étouffa une toux venant du plus profond de son sternum. Je serais la risée des autres cavaliers, des autres divinités sans repos et des idoles oubliées des anciennes ères. Aucun d'entre eux n'a d'assistants — pas sérieusement. Toute leur assistance réside dans les caprices et les volontés des humains à semer le chaos dans leur propre existence, ce en quoi ils sont, pour être honnête, experts.

— Je déteste avoir à le dire, mais vous êtes fatigué, Monsieur. Vous devez le sentir. Vous ne pouvez pas nier que vous êtes devenu... fragile, dernièrement.

— Fragile ? gronda-t-il. Il frappa le bras de son fauteuil de la main et il y eut un léger *CRAC*. Ils regardèrent tous les deux. Son petit doigt était cassé, ne tenant plus que par une articulation. Il soupira et le remit en place. Je suis la Mort. Ma force réside dans le coup de ma volonté et la vitesse de mon cheval, que *vous* devez brosser aujourd'hui. Je suis trop occupé.

— À fixer du sable qui ne tombe pas ? demanda-t-elle. Ou parce que la dernière fois que vous l'avez brossé, vous n'avez pas pu vous tenir droit pendant une journée entière car votre colonne vertébrale s'était déplacée ? Si vous n'étiez pas tombé sur votre postérieur, elle ne se serait jamais remise comme il faut.

— J'étais tombé exprès cette fois-là, insista la Mort. Et non. Il y a une autre raison que même vous ne pouvez nier, tout comme la vérité que vous prétendez me cracher au visage. Ils sont humains. Ils sont sujets aux erreurs commises sous le coup de l'émotion. Ils pourraient juger en fauchant et refuser la mort à ceux qu'elle réclame. Ils verraient un enfant souffrant sur le point de rendre son dernier souffle et décideraient de le laisser vivre dans l'agonie, plutôt que de réclamer son âme, si jeune soit-elle, pour le purgatoire éternel. Ils ne comprennent pas la nécessité de la mort. Surtout pas la femme, qui a gâché sa propre vie pour la rencontrer plus vite.

Emma, qui avait écouté de l'autre côté de la porte avec Mark, entra dans la pièce à cette remarque.

— Oh, ça va bien, insista-t-elle. Vous préférez nous garder ici à attendre, à nous ronger les ongles et à grincer des dents, juste au cas où nous mourrions à nouveau ?

— Oui, dit la Mort. Et j'attends de vous que vous soyez aussi discrets que des poux à ce sujet.

— Pas des souris ? demanda Mark en se faufilant à l'intérieur.

— Les souris ne sont pas silencieuses, dit la Mort. Elles couinent et se faufilent dans les murs. Les poux sont si silencieux qu'on ne peut même pas les entendre. Et ils sont tout aussi *agaçants* que vous.

— Vous n'avez même pas de cheveux, dit Emma. Un homme chauve se plaignant de problèmes de poux ressemble beaucoup à la Mort parlant de la valeur de la vie à une femme suicidaire.

La Mort laissa échapper un petit rire sec. — Femme est un terme un peu impropre pour vous, *gamine*.

— Où est-ce, peut-être, commença Emma, que vous vous sentez intimidé par Guerre ? De voir une femme forte prendre le pouvoir avec le même niveau de grandeur que vous ? Vous pensez qu'une femme ne peut pas être la Mort aussi ?

— Le fait que vous ayez vu Guerre comme une femme en dit très long sur vous, dit la Mort. Tout ce que je vois, c'est une montagne de cadavres, et chez Pestilence une montagne d'insectes, et chez Famine une montagne de sable. Ces yeux — il enfonça un doigt dans une de ses orbites creuses — voient un monde que vous ne pouvez pas voir, un monde absolument *objectif* d'idées, pas de choses. C'est ce qui vous manque. La Mort ne peut pas être peinte dans les nuances des nombreuses couleurs de votre morale et de votre éthique. Elle est totalement noire. Et ne brille jamais, même sous le soleil !

Dans sa tirade, la Mort prit trop de grandes inspirations et fut prise d'une quinte de toux. Une mauvaise. Une toux rauque et haletante, où l'air se débattait contre sa gorge inexistante. Véronique se leva aussitôt pour s'occuper de lui et lui tapoter les omoplates, puisque c'était la partie la plus solide de son dos. Sa mâchoire se décrocha, mais il continua de tousser avec de longs sifflements rauques.

Emma et Mark restèrent en retrait un instant. Leur humeur changea. Ils étaient prêts à se battre pour leur vie, mais pas aux dépens d'un autre être, mort-vivant ou non.

— Monsieur, commença Mark après avoir ramassé la mandibule inférieure de la Mort sur le sol, sauf votre respect... je pense que vous avez besoin de nous. Même si notre séjour n'est que temporaire. Au moins, nous ne serons pas un tel fardeau si nous compensons votre laisser-aller.

— Mon laisser-aller, marmonna la Mort. Il arracha l'os des mains de Mark, remit sa mâchoire en place d'un coup sec et maîtrisa à nouveau sa respiration. — Vous croyez que la Mort peut se relâcher ? Cette simple idée va à l'encontre de ma raison d'être. Je ne me relâche pas.

— C'est peut-être pour ça que vous êtes dans cet état, dit Emma. Une éternité de devoir pèserait à n'importe qui, même à vous. Surtout maintenant que le monde est si complexe. Des gens meurent — comme moi — sans qu'une guerre, une famine ou une peste ne les pousse au bord du gouffre. Ou qui meurent dans des accidents en essayant de préserver la vie d'un autre. Elle se tourna vers Mark avec un sourire reconnaissant.

— La sentimentalité est indigne de la Mort, dit la Mort. Prendriez-vous l'âme d'un enfant dont l'heure était venue ?

— Oui, dit Emma avec assurance.

— Un homme bon qui a été assassiné de sang-froid ?

— ...Oui, affirma Mark.

— Une... famille de six personnes qui a plongé d'une falaise ?

— Oui.

— Une... une mère tuée par son propre fils ?

— Oui, approuvèrent-ils tous les deux.

— Un fils tué par sa mère ?

— Oui. Emma serra le poing avec passion.

La Mort regarda Véronique, qui essaya de lui lancer un regard rassurant. — Lui prendriez-vous son âme ?

— Quoi ?! s'exclama Véronique. Elle le lâcha et il retomba sur sa chaise.

— Serions-nous obligés ? demanda Mark. Je croyais que vous aviez un accord, elle et vous.

— Si son heure est vraiment venue, dit Emma, et si elle l'a accepté... Elle regarda Véronique, et la gouvernante lui fit un signe d'approbation.

— Hmm... La Mort toussa de nouveau. — Et l'un pour l'autre ? Mettriez-vous fin, si vous le pouviez, à la vie de l'autre à ce moment fatidique où vous étiez censés périr ensemble ?

Mark prit la main d'Emma. Ils hochèrent la tête et répondirent ensemble : — Oui.

— Wow, ça, c'est vraiment glacial, dit la Mort. Je pensais que les humains étaient censés être empathiques et... et pleins de pitié. Vous êtes prêts à descendre n'importe qui.

— Eh bien, intervint Mark, dans les circonstances actuelles...

— J'imagine que ça se tient, dit la Mort. Vous avez bien essayé de vous suicider. Vous ne devez pas être tout à fait saine d'esprit.

Emma ouvrit la bouche pour protester, mais se tut et accepta l'affront.

— Par contre, pourquoi vous êtes si désireux de m'aider, ça, je dois encore le comprendre, songea la Mort.

Mark et Véronique échangèrent un regard.

— Très bien. La Mort se pencha en avant et se mit sur ses pieds. — Je vais vous évaluer pour cette tâche. Mais sachez que ce sera dur. Plus dur encore que ce que je vous ai décrit. Pour devenir la Mort, vous devez être prêts à renoncer à votre humanité même et à peindre votre monde entier en noir.

Ils hochèrent la tête tous les deux. Véronique frappa dans ses mains avec un sourire joyeux. Elle était heureuse de voir tout le monde collaborer — Mark et Emma avec une terreur grandissante alors que le poids de leur réalité s'abattait sur leurs épaules, et la Mort avec le regard confiant et incandescent d'un milliard de vies perdues en sa seule présence.

La matinée avait été productive.

# CHAPITRE NEUF

Un statère d'or tournoyait dans le vide, une marque minuscule d'une époque ancienne, frappée bien avant que la plupart des pièces ne soient comptées. Sur une face se trouvait le buste d'Alexandre le Conquérant, roi du monde connu de son vivant, emporté prématurément par une épidémie des plus inattendues. Dans son sillage, il avait laissé un empire fragmenté par les guerres, et des famines incontrôlées à travers les plaines désertiques avaient accompagné son absence de pouvoir. Et pendant tout ce temps, tandis que le jeune roi poursuivait ses conquêtes, il laissait la Mort derrière lui, sous la forme d'immenses monticules de cadavres. Étant donné cette soif insatiable de sang et de domination, il était toujours considéré par les quatre cavaliers comme un sacré gaillard. D'ailleurs, plusieurs siècles plus tard, Pestilence admit avoir eu un faible pour Alexandre, mais le démentit fermement le lendemain, rejetant la faute de ses actes et paroles regrettables de la veille sur un vin de riz particulièrement puissant de la dynastie Jin.

Charon fit rouler la pièce sur ses doigts. Il ne se mouvait avec tant de grâce et d'assurance que lorsqu'il avait de l'argent en main. Son dos voûté s'effaçait, et sa posture se redressait quand il jouait avec son or. Son sourire en coin se figea alors qu'il lançait la pièce en l'air. Elle retomba, et il croisa le regard d'Alexandre — un homme qu'il avait rencontré et fait traverser il y a bien longtemps. Un homme qui avait eu la bonne conscience de mourir et dont la mort avait été précédée par des imitateurs censés prendre sa place. Tous se prenaient pour Alexandre — même au fond de leur âme, ils en étaient convaincus. Mais tous moururent, et toutes leurs âmes rencontrèrent le passeur ; leurs grandes manigances ne purent tromper le regard de la Mort.

Charon soupira. Autour de lui, il n'y avait que de l'eau, et ses brefs séjours sur la terre ferme n'étaient accueillis que par la dissension ou un divertissement passif à ses dépens. Il n'était que l'accessoire des cavaliers, bien qu'il soit tout aussi essentiel à l'existence qu'eux.

— Ce n'est pas juste, déclara-t-il. Il serra fort la pièce dans sa main et se rassit dans sa barque. Le bois craqua et grinça contre la surface placide du fleuve au courant lent. L'eau huileuse ondula de couleurs, puis les cercles de lumière se rétractèrent et retrouvèrent un blanc pur et sans vie.

— Ils n'ont jamais entendu parler d'un hippopotame, ou quoi ? « Oh, mais ce n'est pas une barque, Charon », dit-il, imitant d'un ton moqueur l'un de ses détracteurs. « Tu ne peux pas transporter les âmes sur le dos d'une bête, Charon. » Sans parler des éléphants, des chevaux au dos long, ou des chameaux... Toutes ces bêtes que l'homme a chevauchées pour traverser l'eau. Mais rien pour moi... Même des baleines. Une baleine se plairait bien ici.

Il se tourna et regarda l'eau. C'était son seul pilier. Ses ondulations étaient comme une voix à son oreille, qui le réconfortait et se moquait de lui à la fois. Il regarda sa pièce, l'une de celles qu'il avait arrachées à ses habits luxueux sous sa robe extérieure miteuse et imprégnée de brouillard. — Ça n'en vaut plus la peine...

Sans aucune âme à faire traverser, Charon laissait un tirage au sort décider sur quelle rive il allait accoster. La rive sud était celle des non-vivants, le lieu où les âmes rejoignaient la barque pour passer de l'autre côté. C'étaient les Limbes, le purgatoire, toutes sortes de vides sans but, un désert de l'irréel. La rive nord était celle de la longue attente, où les âmes qui avaient traversé s'attardaient pour voir qui d'autre pourrait arriver avant d'entreprendre leur dernier voyage vers le monde bien après la mort.

De grands chefs en quête de compagnons, d'apprentis et de partisans pour se souvenir de la sensation d'être en vie. Des amants séparés par les âges qui cherchaient à retrouver leurs bien-aimés. Des parents cherchant leurs enfants ou leurs propres parents dans le brouillard. De grands maîtres du passé qui cherchaient la connaissance de leur avenir. Des sages dont les paroles avaient jadis tordu la rame de Charon pour qu'il les fasse traverser sans paiement. Et les âmes endettées, à la langue bien pendue, qui promettaient un paiement qu'elles ne pourraient jamais fournir ni honorer. Il y en avait plus que Charon ne voulait bien l'admettre.

Face pour le nord, pile pour le sud. Il lança la pièce avec une vigueur rageuse supplémentaire, et elle fila sur le côté, pour sombrer dans les profondeurs troubles.

— Merde, marmonna-t-il.

L a demeure de Guerre était une maison maintes fois remaniée pour devenir ce que l'on ne pouvait décrire que comme un complexe tentaculaire. D'abord construite comme une maison longue de tradition viking, la bâtisse d'origine était depuis devenue un hall d'entrée artistique pour le reste des pièces. Des habitations de guerre de toutes les époques s'assemblaient pour former un campus monstrueux, dédié à l'étude et à la commémoration des guerres du passé. Des artefacts culturels de chaque âge ornaient ses murs, tous mortels, ou du moins, l'ayant été autrefois.

Elle avait des épées larges, ébréchées et brisées, suspendues sur des présentoirs. À côté d'elles, des lances et des épées de guerriers d'antan, chacune avec une histoire de qui l'arme avait tué et quand. Les restes de la lame légendaire Durandal, de simples fragments ébréchés de fer rouillé, se trouvaient dans une vitrine commémorative au-dessus d'une bibliothèque. À côté se trouvait la douille de la balle qui avait tué JFK.

Guerre était assise au plus profond de son complexe, dans une extension de style colonial modelée en l'honneur de la conquête génocidaire du Nouveau Monde — l'une de ses périodes les plus chères. Vêtue d'un simple tailleur-pantalon rouge rosé, Guerre était assise dans un fauteuil de bureau et contemplait un mur d'écrans. La télévision, les autres médias d'information, puis le streaming en direct étaient les champs de bataille de la guerre moderne. Elle avait un téléscripteur boursier pour suivre les entreprises liées au commerce des armes et aux sociétés militaires privées. Derrière elle se trouvaient des photos de divers dirigeants mondiaux, certains vivants ou récemment décédés, dont les efforts de guerre se poursuivaient — même après la fin de leur règne — maintenant ainsi l'activité de Guerre.

Un écran capta son attention. Elle attrapa l'une de la vingtaine de télécommandes et monta le volume au maximum. Un bulletin d'information en anglais — la langue qu'elle adorait le plus — décrivait un événement des plus inhabituels.

— Le retrait se déroule comme prévu, tandis que les troupes évacuent les bases militaires internationales et nationales. Les autorités ont informé la Fédération de Russie que les forces ukrainiennes seraient déployées pour gérer les problèmes intérieurs dans leurs propres villes. La Fédération de Russie a confirmé que ce retrait s'effectue dans le cadre d'une opération conjointe avec le gouvernement ukrainien.

— Quoi ? marmonna Guerre.

Un autre écran s'est allumé : deux hommes en costume se serrant la main à l'intérieur d'un bâtiment à Panmunjom, une simple structure à cheval sur la frontière entre la Corée du Nord et la Corée du Sud.

— Des ambassadeurs se sont rencontrés pour la première fois depuis des années afin de négocier la création de la première autoroute reliant les deux pays. Bien que les plans n'en soient qu'aux premiers stades de développement, la Corée du Nord a présenté cette offre comme un moyen d'entamer des pourparlers de paix par le biais du commerce mutuel.

— Allez au diable, a lâché Guerre.

Une dernière fois, un autre écran a capté toute son attention. Une conférence entre deux hommes : l'un portant une coiffe arabe et l'autre en costume, avec une épinglette en forme d'étoile de David bien en vue sur le revers de sa veste.

— Le ministre israélien a conclu la première de ce qu'il espère être de nombreuses discussions avec le représentant palestinien au sujet de ce cessez-le-feu. Il est trop tôt pour se prononcer, mais il semble que la paix soit pour la première fois à portée de main dans la région de Gaza. Le président américain avait ceci à dire sur ces pourparlers...

L'écran s'est éteint, et Guerre s'est pliée en deux en gémissant. Elle s'est agrippée le flanc et s'est redressée en boitant. Elle a remonté la jambe de son tailleur-pantalon et a tapoté la peau de son tibia gauche.

Il y avait une tache de sang sur sa main quand elle l'a retirée. Elle a baissé les yeux et a vu une vieille blessure, oubliée depuis longtemps, qui venait de se rouvrir. Sous son armure, son corps n'était que cicatrices, mais toutes étaient guéries et endurcies. Aucune blessure n'aurait dû pouvoir se rouvrir. Pas après si, si longtemps...

---

Suite à leur conversation qui tenait lieu d'entretien d'embauche, Veronique avait rempli la grande baignoire en laiton d'eau chaude fumante et avait poussé Emma à aller se détendre et se ressourcer, disant aux hommes de la maison, en des termes on ne peut plus clairs, de ne surtout pas s'approcher de la salle de bain pendant un moment.

Mark a attendu son tour dans la salle à manger, dévorant le petit-déjeuner que Veronique lui avait préparé. Même s'il aspirait à retourner dans son appartement, vivant, et loin de cet endroit, il s'était déjà beaucoup attaché à la gouvernante de la Mort, et surtout à ses pâtisseries. Quand Emma est entrée, il a ramassé les dernières miettes de croissant dans son assiette avec un doigt humecté.

— Qu'est-ce que tu portes, bon sang ? s'est esclaffé Mark.

Gênée, Emma a caressé le tissu de sa tenue d'emprunt : une blouse de travail bleu marine et un pantalon marron ample.

— Veronique a pris mes vêtements à laver pendant que j'étais dans le bain. Ceux-ci étaient devant la porte.

— Ils font ressortir tes yeux.

— Vas-y, moque-toi, champion, a souri Emma d'un air entendu. Il y a aussi des vêtements de rechange pour toi.

---

La Mort a toussé. Il l'a fait librement et presque avec arrogance, en direction de Mark.

Emma a adressé un grand sourire à Mark, pensant qu'elle s'en était mieux sortie que lui, avec l'énorme pantalon à tartan et le pull à losanges jaunes qu'il avait reçus en cadeau. Le groupe s'était retiré dans le salon, que Veronique avait réaménagé pour mieux faciliter leur entretien. Elle a allumé un feu dans la cheminée, ce qui, d'une manière ou d'une autre, a rendu la pièce plus froide. Le feu a volé toute la chaleur pour lui-même, laissant Mark et Emma grelotter tandis que la Mort, confortablement installée dans ses robes épaisses, tenait un journal à la main.

— Savez-vous monter à cheval ? a-t-il demandé.

— J'ai monté à cheval quand j'étais petite, a dit Emma. Pas très long-temps, mais je me souviens des bases.

La Mort s'est tournée vers Mark.

— Prêt à apprendre, a-t-il dit en levant le pouce.

La Mort a grogné, amusée. — Savez-vous lire un sablier ?

— O-oui ? a répondu Mark. Il suffit de... le regarder, non ?

— On pourrait le croire, a marmonné la Mort. Savez-vous faucher ?

— C'est une métaphore ? a demandé Emma. Ou un terme commercial ?

— Avec une faux.

— Je sais faire, a affirmé Mark. Je l'ai fait, une fois. Quand j'étais jeune, on a passé l'été dans un cottage près d'Abersoch. Un voisin m'a fait tondre sa pelouse, mais il aimait le calme, alors il m'a appris à utiliser une faucille sur l'herbe.

— Je me suis coupée les cheveux une fois, a dit Emma. Et je n'ai plus jamais joué avec des objets tranchants. Mais si c'est une question de pratique...

— Pouvez-vous juger la vie d'un homme, a demandé la Mort, bien vécue ou non, d'un simple regard dans ses yeux ? Et entendre l'histoire de tous ses péchés rien qu'au dernier soupir qui passe ses lèvres ?

Les deux se sont tus pour réfléchir à leurs réponses, et à la meilleure façon de dire non.

— J'ai vu une vidéo YouTube une fois, sur l'interrogatoire d'un criminel célèbre, a dit Mark. Et comment ils savaient qu'il mentait, genre... par la façon dont il clignait des yeux et regardait le plafond quand il déformait la vérité. Donc, je pense que je pourrais apprendre le reste.

— Non, vous ne pouvez pas, a dit la Mort. Pas à moins de vous arracher les yeux et de voir le monde à travers le prisme objectif de l'absolution.

— C'est une opération facultative ? a demandé Mark.

La Mort a posé son journal sur le guéridon à côté. — C'est sans espoir, inutile, et même pour plaisanter, ce n'est pas du tout divertissant. *Mais* c'est nouveau et unique. Vous défiez déjà le statu quo à un degré troublant. Par conséquent, je suis disposé à vous voir essayer. Mais comprenez bien, c'est un grand inconvénient pour moi. Surtout que je suis le seul cavalier tellement surchargé de travail qu'il a besoin de prendre des apprentis. Si vous réussissez, vous réussirez exclusivement en mon nom. Votre succès sera mon succès, et vos échecs seront *vos* échecs. C'est bien compris ?

Emma a soupiré. — Oui, je connais bien ce genre de travail.

Et c'était bien vrai. Emma mettait les autres en valeur au bureau. Créer une présentation au pied levé pour l'équipe de vente sous prétexte qu'« avec PowerPoint, tu te débrouilles tellement mieux que moi ». L'e-mail envoyé tard le soir aux fournisseurs pour s'assurer que tout était en ordre pour l'événement du lendemain, auquel elle n'était même pas conviée. C'était elle qui achetait le lait de sa poche pour que la direction puisse offrir un café aux invités. Pas un mot de remerciement, pas la moindre reconnaissance.

— Mais il n'y a pas d'échappatoire facile, dit Death. Tant que le dernier grain de sable de votre sablier ne sera pas tombé, vous serez à mon service. Et ensuite, vous traverserez la rivière, tous les deux.

Mark fit un clin d'œil à Véronique, sa complice, mais cette fois, elle ne lui rendit pas son sourire. Quelque chose dans le ton de Death lui avait fait comprendre, sans l'ombre d'un doute, que les chances que Mark retourne sur Terre autrement que pour récolter les âmes des morts étaient quasi nulles. Mais Mark ne le remarqua pas. Il était à fond.

— Et pour le péage ? demanda Emma.

Death frappa du pied sur le sol. — Mon pied dans la gueule de Charon lui servira de péage s'il me défie. Puis un quint de toux le prit et sa voix se brisa. Il se tapota la poitrine pour libérer sa respiration. — Mais d'abord, vous aurez besoin d'un entraînement...

# CHAPITRE DIX

Le royaume des morts, la terre entre deux vies, la salle d'attente de l'éternité était vaste et désorganisé. Mais comme dans toute contrée immense où l'ordre n'existait pas et où les occasions se faisaient rares, l'humanité avait trouvé un moyen d'instaurer un ordre, même dans la mort. Ceux qui n'empruntaient pas le ferry pour traverser le fleuve le faisaient soit avec une grande intention en tête — pieuse ou non —, soit s'attardaient en raison d'un lien fatidique avec la non-mort. Les âmes perdues du purgatoire refusaient de le rester et se rassemblaient donc en communautés, qui se développaient ensuite avec le temps, émergeant du néant pour s'établir dans ces terres sauvages.

Véronique attacha une charrette à l'arrière du cheval blême et sauta dedans avec Mark et Emma, tandis que la Mort, à califourchon sur sa monture, les tirait vers la grande contrée des Limbes pour leur servir de guide. Âgée de seulement 104 ans en tant que spectre errant dans l'éternité, elle avait appris à connaître ceux qui s'adonnaient à leur châtiment sans but dans le marasme ambiant et leurs nombreuses inclinations.

Le premier groupe que les deux apprentis en formation devaient visiter se révéla étonnamment accueillant. Un groupe de moines Shaolin les attendait dans un temple construit brique par brique, au fil des millénaires, à partir de la boue du sol et de la chaleur de leurs propres disciples éternellement en flammes servant de brasiers de forge. Leur dévote détermination persistait même dans la mort et même face aux conflits avec leurs propres croyances.

La Mort déposa les autres et attendit qu'ils descendent de la charrette. Véronique la détela et le laissa partir.

— Je reviendrai, dit-il. J'ai encore des devoirs à accomplir. Je ne peux pas vous faire la leçon éternellement.

— J'ai l'impression d'être à nouveau un gamin, dit Mark. Qu'on dépose à l'école. Tu crois qu'il nous aidera pour nos devoirs après avoir fini son travail ?

Le cheval blême hennit, les interrompant de son cri mortel.

— Votre éducation ici portera sur le maniement de la faux, leur cria la Mort. Bien que toutes les vies soient égales dans la mort, les accomplissements de la vie restent attachés à l'âme sous cette forme. Et ces têtus refusent d'accepter qu'ils sont morts.

Un moine s'approcha, sa posture empreinte d'un grand respect. Il était plus âgé, peut-être la soixantaine, et exceptionnellement bien bâti.
— Nous attendons que notre chemin vers l'illumination s'ouvre et nous attendrons une éternité notre chance de renaître.

— Je vous ai déjà dit que ça ne marchait pas comme ça ! s'exclama la Mort, avant de faire claquer les rênes et de s'envoler dans le ciel tandis que le moine s'inclinait devant lui. Véronique resta près de la charrette pendant que le moine accueillait Mark et Emma.

Ils parcoururent le domaine avec leur guide et contemplèrent les structures que l'homme était capable d'ériger dans les plaines autrement sans relief de la non-création. Tout était fait de terre cuite. De grandes cloches étaient polies et pressées les unes contre les autres avec une telle force que l'argile robuste en venait à imiter le métal qu'elle aurait dû être. Leur nourriture, également faite de boue, était préparée avec un soin et un souci du détail si distincts que chaque plat bougeait et sentait comme s'il était réel.

— Comment tout ça fonctionne, exactement ? demanda Emma.

— Shaolin, expliqua le moine, est une voie de discipline, pour façonner son corps comme un temple dédié à Bouddha, et accepter l'illumination non pas dans cette vie, mais dans un millier d'autres...

— Je veux dire, pour l'argile et tout ça, le corrigea Mark. Désolé de vous interrompre.

— Ce n'est rien, dit le moine. J'aurai toujours une occasion de finir. Quant à la façon dont les choses sont fabriquées ici, le simple désir humain a façonné nos créations.

— Vous n'êtes pas censés vous débarrasser de tout désir, vous autres ? demanda Mark.

Le moine se retourna et lui fit face avec un sourire, puis lui donna une pichenette sur le front. — Ne faites pas le malin.

— Vous n'êtes pas censés prôner la paix et la tranquillité, vous autres ? demanda Emma.

Il se tourna vers elle. Elle plaqua sa main sur son front pour se protéger, mais il lui donna plutôt une pichenette sur le nez. Tous deux restèrent chancelants sous le coup d'une douleur surprise.

— Si, répondit le moine, mais nous n'aimons pas nous faire prendre pour des imbéciles. C'est pourquoi, dans la vie, nous entraînons nos corps. La voie de Shaolin était une voie de guerriers, non pas émoussée par les enseignements de l'illumination, mais affinée. Les sectes se sont séparées quelque temps après ma mort en celle que vous connaissez — celle de la ségrégation pacifique et de la méditation profonde — et la classe guerrière qui a défendu Bouddha à chaque carrefour des conflits de l'histoire. Ceux qui tuaient n'étaient pas considérés comme inférieurs aux yeux de Bouddha, car il y eut aussi un saint du bouddhisme qui atteignit la présence de la divinité pendant la guerre. Ils le suivirent au combat, tandis que les autres se contentèrent de défendre leur foyer et ne s'aventurèrent jamais au-dehors.

— Je vois, dit Mark. Il y a les moines qui se battent et les moines pacifiques.

— Et les moines en feu, fit remarquer Emma.

— Ils sont les plus dévoués, expliqua le moine. Ceux qui repoussent leur nouvelle réalité et attendent la transcendance dans les flammes. Ils brûlent pour l'éternité, sans jamais changer, toujours dans la douleur, et pourtant cela ne les dérange pas. Ils peuvent mourir un million de fois, mais si à la million et unième fois, ils s'élèvent, alors tout en valait la peine.

— Tout le monde ne peut pas faire ça, dit Mark. Évidemment.

— Ce n'est pas facile, dit-il. Ni dans la vie, ni dans la mort, de supporter les douleurs d'un monde immuable. Mais nous persévérons. D'autres ne sont pas aussi patients. Nous avons maintenu notre propre statu quo dans la mort, immuables, unifiés par les pèlerins qui s'aventurent dans le vide pour trouver d'autres âmes croyantes qui cherchent la grâce de Bouddha dans cette terre sans précédent. Par la foi, nous sommes unifiés. Nous sommes forts.

— Et ceux qui n'ont pas la foi ? dit Mark. Ou qui ont des fois différentes, comment coopérez-vous tous ?

— Nous ne le faisons pas, dit-il. D'un coup de pied, il souleva un bâton et le rattrapa en le faisant tournoyer. C'est pour cela que nous nous entraînons.

— Ah. Mark hocha la tête. Vous avez le modèle cool avec une lame tranchante au bout et les petits pompons ?

— Votre présence m'a été décrite comme étant tout à fait unique, a expliqué le moine. Vous êtes toujours en vie, n'est-ce pas ?

— Oui, a dit Mark, sans grande conviction.

Le moine a donné un coup de bâton dans la poitrine de Mark, le projetant en arrière et lui coupant le souffle. Emma s'est immédiatement avancée pour se défendre, persuadée que l'épreuve avait déjà commencé et que son nouvel instructeur testait ses prouesses au combat pour voir lequel des deux serait le plus rapide à former. Il l'a frappée à la tête, puis lui a balayé les jambes. Elle est tombée lourdement au sol. Malgré la douleur à la hanche, elle s'est vite remise sur pied. Elle s'est dit que plus vite elle maîtriserait l'art de la Mort, plus vite elle gagnerait le droit de passer de l'autre côté.

— Et vous ? Le moine a fait signe à Mark d'avancer.

Il a mis un peu plus de temps à se remettre sur pied, le souffle encore court. Il était cependant tout aussi déterminé qu'Emma à maîtriser l'art de la Mort, dans le but de s'attirer les bonnes grâces. C'était dans sa nature de vouloir plaire aux gens, donc ce n'était pas un grand changement, et il avait toujours été un grand fan de films d'arts martiaux, même s'il n'avait jamais eu les compétences ni la coordination pour en pratiquer un jour. Ce serait difficile, s'est-il dit, mais ce serait amusant.

Mark s'est avancé de nouveau, cette fois-ci avec son bâton levé comme une lance de joute.

*Vlan, vlan.*

Et il a atterri sur le sol avec un bruit sourd.

— Aïe.

— S'il y avait une lame à une extrémité, a annoncé le moine, auriez-vous survécu à ça ?

— J'y ai à peine survécu sans ! a gémi Mark.

Le moine a frappé le sol avec l'extrémité émoussée du bâton. — Nous n'avons pas oublié la fragilité de la condition humaine. Nous vous entraînerons en conséquence, jusqu'à ce que vous ayez une confiance inébranlable avec un bâton entre les mains. La lame qui s'y trouvera sera si ancrée dans vos cœurs que vous n'hésiterez pas à la manier lorsque le véritable article sera en votre possession.

— Quand j'étais gamin, j'ai coupé de l'herbe avec une faucille une fois, a dit Mark. Je peux sauter cette partie ?

Il a reçu un autre coup sur la tête. Fort.

— Debout, a ordonné le moine. Et nous allons commencer.

Le fait que leur raclée d'introduction n'était pas le commencement les a laissés tous les deux perplexes.

Veronique observait depuis la charrette, quelques morceaux de Terry's Chocolate Orange serrés dans ses mains osseuses, tandis que les deux apprentis se faisaient malmener par une foule de moines pendant un jour et demi complet avant de passer à un entraînement plus formel. À la fin, elle s'attendait soit à ce que leur dernier grain de sable tombe, soit à ce qu'ils deviennent de véritables maîtres du bâton à lame...

Et elle avait apporté beaucoup de thé et de collations pour tout regarder.

# CHAPITRE ONZE

Le temps passait dans le royaume de l'au-delà... ou presque. Le concept du temps qui passe était difficile à évaluer. La plupart des résidents du purgatoire n'avaient ni soleil ni lune, ni jour ni nuit, ni flux ou reflux d'événements. Même les moines, qui s'employaient à entraîner Mark et Emma, ne pouvaient que deviner le passage du temps — bien que l'un d'eux méditait régulièrement en frappant une cloche de son poing chaque seconde.

Ainsi, des centaines de milliers de secondes plus tard, l'entraînement de Mark et Emma a été jugé « suffisamment bon » pour être considéré comme terminé. Par conséquent, on leur a donné à chacun une faux et on les a préparés à affronter leur maître. La faux de Mark ressemblait plus à une très longue houlette, avec un crochet en métal à son extrémité, dont l'intérieur était affûté. La faux d'Emma était un peu plus courte, mesurant un peu moins que sa taille, et la lame était plus étroite, mais elle possédait une poignée solide à son extrémité.

— Ne vous inquiétez pas pour les blessures, a dit le moine. Il n'y a rien que vous puissiez faire pour m'arrêter.

— C'est encourageant, a dit Mark. Même si on te coupe en morceaux, tu continueras d'avancer d'une manière ou d'une autre ?

En guise de réponse, le moine a fait tournoyer son propre bâton à lames dans un mouvement rapide, se tranchant le cou. Sa tête est tombée, et il l'a rattrapée avec sa main toujours mobile.

— On ne peut probablement pas faire ça, a dit Emma. Elle a regardé Mark. Il a haussé les épaules. Peut-être qu'ils le pouvaient, mais ça ne valait pas le risque pour un tour de passe-passe. Le moine a remis sa tête en place.

— Nous sommes déjà morts, a-t-il dit. Nous avons accepté ce fait. Bien que ce ne soit pas notre endroit idéal pour le repos éternel, c'est tout de même un lieu de repos. La seule mort qui nous accepte maintenant se trouve au-delà de la rivière infranchissable.

— Tu ne peux pas la jouer *Opération Dragon* avec Charon, lui piquer sa barque et traverser la rivière toi-même ? a demandé Mark. En théorie ? Pour autant que je sache, ce n'est pas un homme foncièrement mauvais, mais... quelqu'un a sûrement dû y penser ?

— Il a été formellement déconseillé de le faire, a expliqué le moine. Celui qui ne peut payer pour traverser la rivière y sera jeté. Et il n'y a aucune issue, aucun chemin pour la traverser à pied — seulement une chute sans fin de pure agonie, dans un vide oublié qui s'étend sous l'eau calme.

— Et je suppose que tous les nageurs qui ont essayé ne sont jamais remontés ? a demandé Emma.

Le moine leur a foncé dessus. Le temps des paroles était révolu. Ils avaient des choses à prouver. Il a porté un coup à Mark, qui a bloqué sa lame et a reculé sur la défensive. Mark a contre-attaqué ; il a essayé d'attraper le bâton du moine avec la lame de sa faux — une manœuvre rapide, mais ratée.

Puis ce fut le tour d'Emma. Le moine a balancé sa lame vers elle. Elle a fait une roulade arrière et a projeté sa faux au loin. Le moine a sauté par-dessus. Elle a balancé sa faux à nouveau, s'est arrêtée à mi-course et l'a ramenée brusquement vers elle. Le moine a fait un salto arrière pour éviter le coup fauchant qui visait ses chevilles.

— Bien, a dit le moine. Allonger, puis ramener. Tel est le mouvement de la faux. Pour combler la distance que la mort crée entre tous les mortels, vous devez les attirer à vous par la force. Telle est la philosophie de la faux, et en l'intériorisant, vous atteindrez de plus hauts sommets de compétence.

— On a droit à une ceinture ou quelque chose ? J'ai toujours voulu dire que j'étais ceinture noire.

— Une ceinture sert à tenir son pantalon, a répondu le moine.

— Donc, c'est non, alors. Le visage de Mark s'est décomposé. Il avait l'air abattu.

Le vieux moine a eu pitié de son nouveau protégé. — Si ça compte tant pour toi. Le moine a dénoué un morceau de tissu de sa taille et l'a tendu à Mark. — Tiens.

Mark a rayonné en acceptant le cadeau, assez sage pour ne pas ricaner lorsque le pantalon ample du moine est tombé sur ses chevilles. Il a serré la ceinture dans ses mains, sa plus précieuse acquisition récente.

Ils se sont tous deux inclinés cérémonieusement devant le moine. Leur entraînement était terminé. Non pas qu'ils fussent des maîtres, mais ils étaient suffisamment compétents. Hors de son propre corps, aucune âme mortelle n'aurait la présence d'esprit de leur résister. Et elle ne serait sans doute pas armée non plus. En vérité, leur entraînement intensif semblait démesuré.

Quoi qu'il en soit, ils ont quitté le vaste complexe des moines et sont retournés auprès de Véronique.

— Comment ça s'est passé ? a-t-elle demandé.

Mark a tapé sa faux sur le sol. — Nous avons atteint le niveau d'illumination et les compétences de combat ancestrales d'un dieu guerrier.

— On a surtout compris par quel bout tenir ces trucs très pointus et tranchants, et quel bout balancer sur quelqu'un, a clarifié Emma.

— Oh, splendide, a dit Véronique. Monsieur devrait être bientôt de retour. Vous pourriez, peut-être, croiser le fer comme de nobles combattants, pour prouver que votre premier pas a été fait, non ?

— Ce serait peut-être un peu culotté, a poliment insisté Mark. Je veux dire, il est très bien entraîné, aguerri même, à ça. Ça ferait un peu *impoli* de dire : « oh, d'accord pépé, voyons voir ce que tu as encore dans le ventre ». « Je viens juste d'apprendre à faire mes lacets tout seul ; faisons la course », non ? Ce serait- ce serait présomptueux de notre part de faire ça, n'est-ce pas ?

Emma, qui sentait bien que Mark cherchait désespérément à se défiler d'un tel défi, se sentait légèrement plus confiante. — Est-ce qu'il utilise vraiment sa faux, tu sais ?

— Il en a toujours une sur lui, a-t-elle dit. Et il en change au fil des saisons. Je suis sûre que certaines avaient juste besoin d'être réaffûtées. Mais non, il ne le fait pas. Il remplace tout l'objet. Jette le bébé avec l'eau du bain. Les autres cavaliers ont leurs outils du métier, et ils semblent toujours fiers de les exhiber. C'est peut-être plus pour l'esthétique que pour le combat. Mais je suis partie avec lui de mon plein gré quand je suis morte. Et j'en étais bien contente. Alors, peut-être que je n'ai tout simplement pas vu l'usage qu'il a de sa faux dans ses activités quotidiennes, à part pour tailler le jardin.

— Des âmes rebelles, dit Mark. Celles qui ne partent pas facilement. Ce genre-là ?

— Des voyous, ajouta Emma.

Puis, un bruit soudain et tonitruant vint d'en haut. Les sabots d'une terreur ancestrale emplirent l'air, tels des battements de cœurs étrangers envahissant les poitrines des vivants et des moins fortunés. Une pulsation mortelle sema une sensation atroce dans l'air et dans le sol, favorisant la croissance de filaments ténébreux à la surface, comme si la terre elle-même tremblait de peur. La Mort arriva sur son cheval blême, une ombre flottante de robe traînant derrière lui, une faux étincelante sur l'épaule.

Il mit pied à terre, et tout devint silencieux. Les coups de sabot de son cheval blême firent taire les tremblements du sol. Il n'avait pas vu les deux resquilleurs depuis un bon moment, et cela semblait lui convenir. Sa posture s'était redressée, bien que sa santé semblât toujours défaillante. Même pour un squelette, il paraissait pâle et maigre.

— Vous n'êtes pas morts, déclara la Mort.

— Notre entraînement a été un succès, dit fièrement Emma.

— La Mort grogna. Ce n'est... pas une *excellente* nouvelle.

— Est-ce qu'on peut seulement mourir, ici ? demanda Mark.

— La Mort descendit sa faux de son épaule, s'appuyant dessus comme sur une béquille. C'est une question fascinante à laquelle j'espérais trouver une réponse en mon absence. Mais il semblerait que non, du moins pas durant les semaines que vous avez passées ici.

— Des semaines ? demanda Emma.

— Oui, d'un point de vue terrestre, clarifia la Mort. Le temps n'est qu'une ombre fugace et un rappel de la mortalité dont ceux qui sont ici n'ont plus besoin. Millénaires, décennies, simples instants, tous se mêlent et s'entrecroisent. Le dernier moment d'une éternité pourrait coïncider avec le début d'une autre. Mais le temps poursuit sa marche quoi qu'il arrive ; ses mesures sont toutes des mensonges bien pratiques, mais ses résultats sont toujours les mêmes. Il tapota sa poitrine. Le temps est un de mes grands alliés. Bien qu'indiscipliné, il rapproche toujours les hommes de moi.

— Alors, on doit vraiment manquer à quelqu'un, dit Mark. Au moins à notre propriétaire.

— La Mort plissa les yeux, soudain curieux. Qu'est-ce que vous tenez là ?

— Ce sont les moines qui nous les ont données, dit Mark. On s'est entraînés avec toutes sortes de faux, mais ce sont celles-ci qui nous conviennent le mieux.

— Sans vouloir offenser la tienne, bien sûr, dit Emma. C'est juste qu'elle est trop... peu pratique ?

— Elle est géniale pour le fauchage, dit Mark, mais un peu lourde pour guider les humains.

— Hmm, la Mort regarda sa faux, puis le pilier du monastère le plus proche. Veronique était occupée à atteler son cheval à la calèche pour qu'ils puissent tous rentrer chez eux. Ce n'est pas une chose facile à faire, mais « peu pratique » n'est pas le mot juste.

— J'imagine, commença Mark, que plus on parle de l'aspect pratique des armes et de leur usage, plus on se rapproche du domaine d'expertise de Guerre.

— Bien que nous soyons nouvelles et que nous acceptions que tout le monde doive commencer quelque part, dit Emma, ça te dérangerait de nous montrer tes talents avec ta faux ?

— Emma ! s'exclama Mark à voix basse. Tu ne vas pas demander à notre *hôte* de faire ses preuves, quand même ?

— Je veux juste voir, insista-t-elle. Pour comparer, comment on pourrait...

La Mort fit tournoyer sa faux. Pas de manière pratique. C'était un mouvement cérémonieux, plat et rapide, vers l'extérieur et sur le côté. Le grand pilier qui marquait la frontière des moines fut tranché comme un roseau fendu par une hache. Puis un grand vent suivit et renversa la structure d'argile, qui retourna à l'état de tas de boue grise et informe dans le vide sans traits.

— Après des milliers d'années, dit la Mort, on finit par comprendre. Pour vous, contentez-vous de balancer le côté tranchant sur quiconque vous cause des problèmes. Ça seul est suffisant.

La Mort se dirigea vers son cheval, utilisant sa faux comme une canne, et remonta en selle. Mark et Emma jetèrent un regard désolé aux moines qui se rassemblaient autour de leur structure perdue, soit pour la reconstruire, soit pour donner des coups de pied dans les restes. Il semblait qu'ils ne pouvaient pas rester pour aider. Ils avaient quelque chose de plus important à faire...

# CHAPITRE DOUZE

Le groupe est retourné au modeste cottage de la Mort. Mark n'a pas pu s'empêcher de remarquer l'état du jardin de devant, autrefois un terrain en friche envahi par la végétation, les mauvaises herbes, les ronces et toutes sortes de graminées sauvages. Tout avait été tondu très ras, et il n'en restait aucune trace. C'était comme si la Mort avait passé énormément de temps et d'efforts à tondre sa pelouse. Même si cela ne lui avait probablement pris que quelques coups de faux, un dans chaque direction jusqu'à la porte d'entrée.

La maison, cependant, était légèrement moins ordonnée. L'absence de Véronique se faisait sentir. Les tables et les chaises n'étaient pas à leur place, une collection de casseroles sales s'entassait dans l'évier. Des tasses usagées traînaient un peu partout. Les rideaux n'étaient pas tirés uniformément. Une faux était tombée, la lame la première, dans le plancher et avait simplement été laissée là, encastrée dans le parquet décoratif, trop profondément pour être retirée.

— Vous deux, les a appelés la Mort. Il a claqué des doigts. À son ordre, sa robe s'est transformée, d'abord en une brume opaque de ténèbres d'encre, puis en un magnifique costume droit sur mesure, qui épousait ses proportions fantomatiques comme une seconde peau —

mais qui, dans le cas de la Mort, était en fait la première. Votre prochaine leçon sur le devoir de la Mort se trouve à la fin de votre vie.

Mark et Emma se sont regardés avec une certaine inquiétude. Ils ont laissé leurs nouvelles faux à l'entrée, à côté du portemanteau inutilisé et de la collection de parapluies, tandis que Véronique jurait en français en se dirigeant vers le salon pour réparer les dégâts des quelques semaines de vie de célibataire que la Mort avait laissées dans son sillage.

La Mort les a conduits à travers son antre et la porte-bibliothèque secrète jusqu'au Hall du Temps, qui était tapissé de sabliers de tous les côtés, dans chaque espace disponible, sur ce que Mark et Emma ne pouvaient qu'estimer être des kilomètres et des kilomètres. Il s'est installé dans son vieux fauteuil usé préféré et leur a indiqué de s'asseoir également. Deux sabliers reposaient sur le côté sur la table basse aux bords dorés. Mark et Emma ont reconnu qu'il s'agissait de ceux de leur propre durée de vie, les lignes de vie symboliques et mystiques (mais bien réelles) qui les préservaient pour l'instant d'une véritable mort.

Sur un support en face d'eux se trouvaient un autre sablier vide et un plat peu profond rempli de riz basmati doublement blanchi. La Mort a dévissé l'ampoule supérieure du sablier et a pincé quelques grains de riz sur le dessus du sable, qui s'est écoulé grain par grain à un rythme infime. Il a refermé le couvercle et le leur a présenté.

— Dites-moi ce que vous voyez, a-t-il dit.

— Un bon conseil qui est suivi, a dit Emma d'un air suffisant.

La Mort a grogné après elle.

— Euh, un sablier ? a-t-elle dit cette fois.

Il a grogné de nouveau, à la limite du grondement impatient.

— La vie ? a demandé Mark.

La Mort a soupiré. — C'est, en effet, ce qui mesure la vie. Le temps qu'il reste à vivre s'écoule sous forme de grains de sable. Chaque grain est un moment, une certaine importance, et le flux est différent pour chacun. Certains s'écoulent rapidement avec beaucoup de grandeur ; d'autres ne sont qu'à moitié pleins, ou même moins, lorsqu'ils voient le jour. Chacun est une tragédie d'une durée différente, mais chacune est inévitable. Si vous preniez tout le sable qui se trouve dans chaque désert de votre monde, cette quantité de sable ne représenterait qu'une seule journée de service pour la Mort.

— Ça fait beaucoup de sable, a dit Mark.

— Ça fait beaucoup de travail... a dit Emma. Je veux dire, combien de personnes meurent chaque jour ? De n'importe quoi ? Ça doit être au moins quelques milliers ?

— Le sable perdu, a dit la Mort, ne l'est pas seulement dans la mort. Il existe une myriade de façons de faire couler le sable plus vite... et quelques moyens mystérieux qui peuvent le faire *s'arrêter*. Il a jeté un regard noir à leurs sabliers bloqués. Les ampoules supérieures étaient vides, à l'exception des croûtes de sable durcies sur les parois. Chacun contenait une poignée de riz, ce qui les faisait paraître doublement pleins.

— Vous devez apprendre à mesurer et à corriger chaque sablier, a dit la Mort, et quel timing est nécessaire pour recueillir précisément l'âme associée lorsque les derniers moments s'écoulent. Et vous devez le faire environ mille sept cents fois par jour et sortir autant de fois pour moissonner les âmes et les amener à la rivière. Car c'est en moyenne le nombre de personnes qui meurent, chaque jour, sur le territoire que vous appelez maintenant le Royaume-Uni.

— Combien de maisons le Père Noël visite-t-il chaque année ? a demandé Mark. S'il devait faire ça tous les jours, il serait lui aussi réduit à l'état de squelette.

— Est-ce que tous ceux-là sont bientôt prêts à être collectés ? a demandé Emma en désignant la pièce d'un geste. Ou est-ce qu'ils sont... là pour une autre bonne raison ?

La Mort a pris un sablier vide sur une étagère, un sans nom, sans décor, quelque chose de pur et simple. Il a ouvert le dessus et a frotté les os de ses doigts les uns contre les autres. Du sable s'est produit et a rempli l'ampoule supérieure du sablier. Il a continué à frotter jusqu'à ce qu'il n'en sorte plus, puis il a refermé le dessus. Une fois l'assemblage du sablier terminé, il l'a brandi et a passé une phalange distale sur le panneau de laiton. Sous leurs yeux, des lettres sont apparues, gravées sur la plaque à la base du sablier — Noah Archibald Simmonds.

— Ceci est une vie, a-t-il dit, qui prend forme. Sa fin a été déterminée. Bien que le destin ne soit pas certain, cette vie en son sein ne pourra jamais être remplacée, et une fois qu'elle commence à s'écouler — il a secoué le sablier et le sable s'est mis à s'écouler lentement par le col étranglé — elle persiste jusqu'à la fin.

— Alors c'est Noah qui est en train de naître ? a demandé Emma.

— Hmm, oui, a dit la Mort. Toute mort commence par la vie.

— Je pensais qu'il y aurait quelqu'un d'autre pour faire ça, a dit Mark.

— Si quelqu'un d'autre avait la responsabilité de gérer et de maintenir la vie, a répondu la Mort, pourquoi livrerait-il alors cette vie à la Mort ? S'il existait un cavalier tel que la Vie, alors distribuer la vie serait son travail, n'est-ce pas ?

— Comme une cigogne, a dit Mark.

— Ou un cultivateur de choux, a proposé Emma.

— Et laisser cette vie qu'ils ont créée sombrer dans la mort serait un échec, n'est-ce pas ? a poursuivi la Mort.

— Je veux dire, a commencé Emma, d'un point de vue économique, vous fournir des vies à faucher serait mutuellement bénéfique si vous pouviez aussi fournir quelque chose à la Vie. Comme, la stabilité ? Empêcher la population de devenir trop importante ?

— Ce cap a été franchi il y a des années, a dit la Mort. Votre satanée Révolution industrielle a rendu impossible la gestion de vos pénibles taux de croissance. Et rares sont les pays qui ont l'audace de retomber dans le négatif.

— De rien ? a dit Mark.

— La vie est une affaire de mort, a déclaré la Mort. Son importance ne peut être confiée à personne d'autre. Et si vous devenez la Mort, ou du moins si vous agissez en tant que mon mandataire, ce sera à vous de ne pas la gérer de travers.

La Mort a attrapé le levier de son fauteuil pour l'incliner. Il l'a tiré, et la pièce a commencé à descendre. Mark et Emma sont tombés alors que les murs s'élevaient autour d'eux. Le sol chutait à toute vitesse. Et de tous côtés se trouvaient les étagères et les sabliers, en quantité infinie, s'étendant dans une profondeur qu'ils ne pouvaient mesurer. Ils ont perdu de vue le plafond, puis ont continué à descendre pendant plusieurs minutes.

Puis, enfin, ils se sont arrêtés. La cheminée, la seule partie de la pièce qui n'était pas une étagère couverte de sabliers, était éteinte et remplie de sable qui se déversait comme si la pluie entrait par le conduit.

— Il y a une certaine finesse à tout ça, a dit la Mort. Une que vous devrez apprendre. Trouver la bonne quantité pour remplir chaque sablier. Il s'est levé de son fauteuil, dont le repose-pieds s'est immédiatement déplié. Il a grogné et l'a repoussé, puis a ramassé deux sabliers simples et vides. Il les leur a tendus.

— Sentez leur poids, a-t-il ordonné. Leur légèreté. Une vie sans mort n'a ni sens, ni but. Ni mesure. Mais une vie vécue trop longtemps devient un lourd fardeau. Il y a une justesse que vous devez découvrir. Une touche « juste ce qu'il faut » pour le remplir. Alors, cette vie pourra commencer, et commencer à se terminer.

Mark et Emma tenaient les sabliers, les soupesant dans leurs mains. Ils semblaient légers, en effet, bien plus légers que prévu. Le verre était en acrylique bon marché et le bois n'était rien de plus qu'un stratifié. La Mort a également apporté leurs propres sabliers. Il a donné celui d'Emma à Mark et vice-versa.

— Sentez ceux-ci, a-t-il dit.

Les deux jeunes gens ont pris leur propre vie entre leurs mains et ont comparé les poids, comme des balances.

— Ouah, a dit Mark. Il s'est tourné vers Emma. C'est... étonnamment lourd.

— Vraiment ? a-t-elle demandé.

Ce n'était pas la première fois qu'il tenait la vie de la jeune femme dans ses mains. Se souvenant de ce qui s'était passé la dernière fois, il l'a serrée un peu plus fort et s'est concentré sur le sablier vide. Il a comparé le poids d'une vie vécue, bien ou mal, et d'une autre sur le point de commencer.

— Remplissez-les, a dit la Mort, jusqu'à ce qu'ils vous semblent aussi stables que les vôtres. Il faudra une quantité de sable différente à chaque fois. Certains s'écouleront peut-être plus vite que d'autres.

Sur ce, la Mort a rabattu sa capuche sur sa tête et a disparu.

Mark et Emma se sont approchés de la cheminée et ont commencé à remplir les sabliers comme on le leur avait montré. Ils ont expérimenté avec le poids jusqu'à ce qu'il leur semble juste. L'un était un peu moins rempli que le leur — une vie destinée à s'achever avant même la leur.

L'autre était beaucoup plus dense, bien que le sable s'écoulât plus vite, une vie remplie d'événements qui se déroulaient déjà.

— Joyeux anniversaire à vous deux, a dit Mark.

— Désolés de vous avoir tués, a ajouté Emma. En... vous laissant naître.

Mark a fait la grimace. — Ouais, c'est ça qu'on devrait dire à notre premier-né, pas vrai ? S'excuser dès sa sortie de ton ventre.

— Notre premier-né ? a-t-elle demandé, incrédule.

— Je veux juste dire...

— Passons sur le fait qu'on est colocataires, qu'on n'a aucune relation au-delà du partage des factures, et qu'on est morts. Enfin, presque morts. Sachant ce que tu sais maintenant, tu voudrais quand même mettre un enfant au monde ? Elle a brandi son sablier pour appuyer ses dires.

— Aucune relation au-delà du partage des factures ? a craché Mark. Ce n'est pas grave si tu ne me vois pas comme moi je te vois. Je comprends. Vraiment. Mais notre relation, pour toi, elle est vraiment aussi simple que ça ? Aussi transactionnelle ?

— Je suis désolée. C'est très mal sorti. Emma s'est adoucie, tendant la main pour la poser sur le bras de Mark. Je ne le pensais pas. Tu étais... tu *es* le meilleur ami que je n'aie jamais eu.

— Bien rattrapé.

— Merci.

— Et tu me dois toujours vingt livres pour l'électricité du mois dernier.

Emma a ri. — Dès qu'on trouvera un distributeur.

Mark a ramassé les sabliers vides les plus proches et en a passé un à Emma. Ils ont travaillé en silence, apprenant à apprécier la valeur de la vie, pas plus d'une poignée de sable à la fois.

# CHAPITRE TREIZE

Pendant une autre longue période de temps mal définie, ils sont devenus assez doués pour tamiser le sable. Emma avait tendance à ajouter des poignées entières, puis à reverser l'excédent. Mark, en revanche, était beaucoup plus prudent, n'ajoutant parfois qu'une pincée à la fois, comme s'il assaisonnait de la viande.

— J'adore ton geste de grand chef, a dit Emma, amusée. Il ne manque plus qu'une branche de persil.

— Du moment que ça marche, a répondu Mark sans quitter le sable des yeux.

Tous deux ont soupesé leurs sabliers dans leurs mains, satisfaits des résultats. Le globe supérieur de celui d'Emma était presque plein à ras bord. Celui de Mark n'était même pas à mi-hauteur.

— Le moment de vérité ? a lancé Emma.

— Bien sûr.

Ils ont échangé leurs sabliers, vérifiant le poids.

— Impeccable. Mark a hoché la tête d'un air approbateur et a emboîté le haut du sablier d'Emma. Ce faisant, la gravure est apparue sur la plaque nominative et le sable a commencé à s'écouler en un clin d'œil. Joyeux anniversaire, Nadia.

Il a souri et a fait glisser le sablier sur le sol avant d'en prendre immédiatement un vide, s'apprêtant à recommencer le processus.

— On se croirait dans *Baby Boom*, a dit Emma en versant le sable depuis le creux de sa main. Mais en version hardcore. Sans les cris et les fluides corporels.

Après un démarrage un peu lent, ils avaient trouvé une sorte de rythme et avaient rempli bien plus de deux cents sabliers, désormais en plein écoulement, qui gisaient autour d'eux sur le sol. Nadia a été posée sur Harry — le quatrième d'Emma ce matin-là — pour commencer un deuxième niveau.

— C'est un peu fou de se dire qu'en gros, on crée des vies, a dit Emma.

Mark y a réfléchi une seconde, puis a secoué la tête. — Non, pas vraiment, si ? La partie création, elle, se passe dans des lits, par terre, dans des placards à fournitures un peu partout dans le monde. Nous, on ne fait que lancer le minuteur.

Emma a ri. — Tu compares ça à mettre deux bâtonnets de poisson pané au four pendant douze minutes à deux cents degrés ?

— Deux cent dix, si tu veux que la chapelure soit croustillante. Mais oui. Ça n'en reste pas moins incroyable et un privilège.

Tout était une question de ressenti, et ce ressenti s'accompagnait d'un mélange d'émerveillement et de terreur face à leur pouvoir. Manier une faux — un objet dangereux destiné à prendre brutalement une vie — était une chose. Mais sentir le poids et juger le temps qu'il restait dans une vie humaine en était une autre, bien différente. Leur morale était mise à rude épreuve. Ils ne faisaient que ce qui était nécessaire pour que la vie commence, mais au final, toute cette vie prendrait fin d'une manière ou d'une autre.

Ils ont continué à s'occuper des sabliers vides, mais il y en avait toujours plus à remplir et une infinité d'autres qui s'écoulaient déjà. Ils avaient l'impression d'avoir accompli très peu de choses en beaucoup trop de temps. Quand ils ont fait une pause et se sont relevés du sol, leurs jambes étaient raidies et leur dos leur semblait courbé.

— Je comprends, a dit Mark, comment ça pourrait devenir usant après un certain temps.

— C'est comme travailler à la mine, a dit Emma. À la longue, tout le corps finit par se tasser juste pour s'adapter aux conditions.

— Tu as mal aux articulations des doigts ? a demandé Mark. À force de ramasser le sable ?

— Un peu. Mais mes ongles n'ont jamais été aussi brillants.

La Mort est apparue soudainement dans l'espace, et Emma a renversé une poignée de sable par terre.

— Désolée, mon petit, a-t-elle murmuré en remettant le sable dans le sablier.

— Leçon terminée, a annoncé la Mort en tapant du pied.

Les murs sont redescendus dans le sol avec le même effet de flou qu'ils avaient connu lors de la montée. Mark et Emma ont calé leurs collections de sabliers remplis à proximité avant d'être plaqués au sol par la force g croissante.

— Vous avez appris à ressentir ce qu'est une vie en bonne et due forme, a dit la Mort. Ils ont atteint le dernier étage. Le bureau-ascenseur s'est immobilisé dans une secousse. Les sabliers ont vacillé, mais aucun n'est tombé. Le reste n'est que simple procédure. Vous ne pouvez pas altérer le sable d'un sablier déjà présent. Vous ne pouvez ni en ajouter ni en enlever. L'ajout de riz pour réduire l'humidité, en revanche, semble acceptable.

— Heureusement, a dit Emma.

— De plus, a poursuivi la Mort en se levant, quand l'un d'eux est presque vide, vous devez juger du moment et de la manière de recueillir l'âme correspondante. Certains moments sont plus manifestement mortels que d'autres. Dans votre cas, vos derniers instants étaient censés se produire sans la moindre angoisse. Mais cette fâcheuse situation vous a rendus incapables de mourir. C'est une mesure essentielle que vous devez toujours prendre : s'il ne reste ne serait-ce qu'un grain de sable, un seul instant non encore accompli, la vie ne peut être prise. Il faut attendre qu'elle s'épuise complètement, jusqu'à ce que ce dernier instant soit passé.

— Donc, si une personne très ennuyeuse, a dit Mark, s'enferme intentionnellement pour s'empêcher de vivre la moindre expérience, elle pourrait vivre plus longtemps ?

— Au final, a dit la Mort, toute chose meurt. Mais là encore, la mesure des instants et de leur importance diffère grandement. Certains hommes survivent à des guerres et pourtant tamisent leurs propres instants avec plus de létalité que le soldat qui serre son fusil derrière une barricade. L'ennui est relatif. Ces moines en sont de parfaits exemples. Certains vivent jusqu'à devenir centenaires, car ils mesurent leurs instants de manière assez différente.

— Donc, la monotonie peut faire gagner du temps, a dit Emma, en pensant à la pile infinie de demandes d'assurance qui l'accueillait chaque matin au travail et comment, finalement, cela avait été un facteur critique dans sa décision de mettre fin à ses jours. Si j'avais su ça, j'aurais fait profil bas au travail et laissé les jours filer.

— Est-ce que tous les boulots ne sont pas un peu répétitifs, quel que soit le métier ? se demanda Mark à voix haute. Il était heureux dans son travail. Le poste en lui-même, créer des publicités en ligne pour des marques de nourriture et de boissons, pouvait être un peu monotone. Il l'avait rendu intéressant en inventant des jeux de mots pleins d'esprit et des calembours pour — à son avis — améliorer le texte et l'efficacité de la publicité. Le plus souvent, cela se terminait par un appel d'un chef de marque apoplectique, qui préférait que les « petites mains ne touchent pas au génie d'un concepteur-rédacteur primé ». Et ça ne dérangeait pas Mark. Il était fermement convaincu qu'il valait mieux essayer que de rester sagement dans son coin. Mais de temps en temps, ses idées de slogans décalées fonctionnaient. La marque autorisait l'agence à s'écarter du brief et laissait les données trancher. Et ça marchait. Il les avait aidés à pulvériser leur objectif trimestriel de bouquets de brocolis vendus ou à lancer avec succès une nouvelle boisson énergisante et, dans les deux cas, l'agence en avait récolté les lauriers et on avait glissé à Mark un bon d'achat M&S de 50 £. Gagnant-gagnant.

— Les vies ennuyeuses sont simples à juger, dit la Mort. On peut les minuter de manière uniforme. Leur sable s'écoule lentement. Certaines vies, celles qui naissent malades ou pauvres, se terminent tôt et sont pourtant riches en événements. Leur sable s'écoule vite. Prenez l'un des sabliers que vous avez remplis. Vous jugerez, par vous-mêmes, la vie que vous avez condamnée.

Mark et Emma prirent chacun un sablier au hasard dans le groupe qu'ils avaient rempli et les levèrent. Celui de Mark était très plein, jusqu'en haut, et le sable s'écoulait lentement. Celui d'Emma était rempli aux trois quarts environ et le sable s'écoulait un peu plus vite.

— Donnez-leur des années, ordonna la Mort. Fiez-vous à votre première impression.

— D'accord, dit Emma. Ce type, Jack, va vivre jusqu'à plus de quatre-vingt-dix ans et ne fera pas grand-chose de sa vie. Près d'un tiers de son existence passée à vivre de sa retraite.

— Celui-ci, Maisy, dit Mark. Hum... la cinquantaine ? Peut-être ? Une vie assez palpitante.

— Un chiffre, dit la Mort. Entier et définitif.

— Quatre-vingt-onze ans, évalua Emma.

— Euh, balbutia Mark. Hum, quarante-cinq... non, cinquante-cinq. Cinquante-trois ? Dans la cinquantaine, mais cinquante-huit ? Peut-être cinquante-sept ?

La Mort arracha le sablier des mains de Mark. — Combien de temps est-ce assez long ? Si cela ne tenait qu'à vous, vous leur laisseriez toutes les chances de se sauver et d'éviter leur fin inévitable. Pourtant, d'un point de vue pratique, vous êtes à l'opposé de leur salut. Même si vous pouviez doubler le sable dans ce verre, cela signifierait quand même qu'ils devront connaître une fin par votre main. Celui-ci s'arrête à quarante-neuf ans. Vous avez été trop généreux dans votre jugement. Même si vous pensez que c'est injuste, vous devez être cruel et ne reconnaître que ce que vous voyez, ce que vous savez être vrai.

— J'avais raison ? demanda Emma.

— Quatre-vingt-douze ans, dit la Mort. Pas mal.

Emma hocha la tête avec assurance, tandis que Mark boudait un peu. Il n'était pas contrarié de s'être trompé dans son estimation, mais la façon dont il s'était trompé et le sermon sévère qui avait suivi l'avaient un peu piqué au vif. Il était trop plein d'espoir et trop fier de l'humanité pour être le juge sinistre qu'il devait être au-delà de la frontière de la vie, ce qui n'était pas une si mauvaise chose. Il n'était pas assez cynique et austère pour avoir une foi aveugle en sa capacité à condamner les autres.

Mais la Mort, si. Et Emma était... douée en maths, donc c'était logique.

— Quand un sablier est vide, expliqua la Mort, il est placé dans la collection. Une vie qui traverse la rivière est stockée, pour ne jamais être rappelée. C'est pour me souvenir des âmes qui sont entièrement passées et de celles qui attendent encore.

— Et dans l'idéal, dit Mark, on veut qu'elles passent toutes. À terme.

— Il n'y a qu'un seul passeur, dit la Mort. Il s'approcha de la fenêtre qui donnait sur la rivière et son brouillard. Un seul, enchaîné par ses propres convictions et par la tradition. La vie a changé, la culture a changé, mais rien de tout cela ne se reflète dans leur véritable fin.

— Je suis presque sûr qu'on a mené beaucoup de guerres pour savoir quelle version de l'au-delà est la bonne, dit Mark. C'est un sujet brûlant.

La Mort apporta un sablier qui s'écoulait encore, avec la plupart de son sable dans la partie inférieure. — Combien de temps reste-t-il à cette personne ?

Mark plissa les yeux pour observer le sable — la façon dont il tombait, la forme qu'il prenait — puis jeta un coup d'œil au nom sur la plaque. — Georgie !? George Banbridge ? Sans blague !

— Quoi ? demanda Emma.

— C'est un pote d'école, dit-il. De primaire. Il est toujours de ce monde, il continue son petit bonhomme de chemin ! Le monde est petit.

— Et combien de temps lui reste-t-il à *tenir* ? demanda Emma. Tu vas le savoir avant lui. Pense-y. Tu pourrais te pointer à la prochaine réunion d'anciens élèves et lui dire en face quand il va mourir.

— Je ne ferais pas ça, dit Mark. George était un chic type. Une fois, il nous a acheté un paquet de clopes à tous après l'école. On n'en a fumé aucune, on se les est juste échangées pour s'amuser.

La Mort grogna d'impatience.

Mark se ressaisit et examina de nouveau attentivement le contenu. — Euh, une bonne trentaine d'années ?

— Admettons, dit la Mort. Alors, dans une trentaine d'années, vous descendrez dans le royaume des mortels et le suivrez, pour attendre le moment fatidique de sa mort afin de recueillir son âme, c'est bien ça ? Juste errer et le regarder vivre jusqu'à ce que quelque chose le fasse mourir ?

— Euh...

— Alors que des milliers d'autres, poursuivit la Mort, meurent autour de vous, hors de votre vue et à votre insu, vous consacrerez votre unique pouvoir à cette seule âme et à aucune autre pendant un certain temps, jusqu'à ce qu'une bonne trentaine d'années se soient écoulées ?

— Eh bien, je ne devrais pas avoir à faire ça, dit Mark. Il se tourna vers Emma, incertain. Si ?

Elle haussa les épaules.

— La précision, dit la Mort, est importante. Elle vous évite de perdre votre temps avec quelqu'un qui *pourrait* atteindre son dernier moment et vous mène plus facilement à quelqu'un qui l'*atteindra*. Apprenez à mesurer la chute du sable en années. Puis en mois. Puis en semaines, jours, heures et minutes — jusqu'au moment où l'âme est mûre pour la récolte.

— Il n'y en a pas un avec moins de sable pour qu'on puisse faire un essai ? demanda Mark.

La Mort grogna et lui lança un sablier. Mark s'affola pour le rattraper.

Les sabliers étaient invulnérables à tout dommage extérieur. Mais voir Mark s'empêtrer dans sa propre anxiété offrit un bref répit à la Mort impatiente.

# CHAPITRE QUATORZE

La Mort était de sortie, moissonnant les âmes éternelles de l'humanité pour les déposer sans cérémonie dans le vide dévorant du purgatoire. Si ces âmes pensaient que leur journée ne se déroulait pas comme prévu lorsque la Mort avait fait son apparition, la situation n'allait qu'empirer lorsqu'elles se verraient moquées pour leur manque de prévoyance par la main insensible du passeur, Charon.

À la demande de Véronique, elle, Mark et Emma sortirent se promener sur le domaine.

Elle les emmena dans la prairie arrière, vers une étable délabrée de l'autre côté de la colline. — Ça, dit-elle, c'est là que monsieur et ses camarades gardent leurs chevaux de rechange.

— De rechange ? demanda Mark.

— Oui, expliqua Véronique. N'importe quel cheval dans la tempête, ou un dicton du genre. Ils ont leurs préférés, bien sûr, comme tout le monde. Les chevaux sont de bons amis et de bonne compagnie s'ils sont bien dressés. Et ces chevaux sont du genre à pouvoir transcender la frontière entre la vie et la mort, pour ramener les habitants de cet espace d'outre-vie dans le monde terrestre.

— Pourquoi des chevaux ? demanda Emma.

Véronique haussa les épaules. — Je suppose qu'ils sont trop vieux pour apprendre à conduire ?

— Je pense que les chevaux ont une grande importance pour eux, en lien avec un aspect plus large de la culture et de l'histoire humaines, dit Mark. Sinon, pourquoi Guerre ne monterait-il pas un lion, ou Famine une sorte de sauterelle géante tombée du ciel ?

— Ne dis pas de bêtises, dit Véronique. Il n'y a pas de lions ici. Les chevaux meurent et viennent ici aussi. On les dresse et on les met au travail.

— Les chevaux ont une âme ? demanda Emma.

— Tous les êtres vivants en ont une, dit-elle. Mais les animaux sauvages ne se laissent pas rassembler en troupeau si facilement. Les chevaux, si. Alors ils ont tendance à se regrouper et à trouver leur chemin jusqu'à ce pâturage pour brouter et attendre une main calme et directrice.

— Mais si tous les animaux viennent ici, dit Mark, et si nous devons suppléer aux tâches de la Mort, pourquoi ne pourrions-nous pas monter quelque chose comme un lion ?

— Je pense, dit Emma, que la question est plutôt de savoir si tu penses pouvoir dresser un lion plus facilement qu'un cheval déjà domestiqué.

Mark écouta et digéra ses paroles pour essayer de donner un sens à la situation. Mais il avait encore des questions plus urgentes alors qu'il parcourait du regard la vaste prairie. — Où sont les chiens ? Pourquoi n'y a-t-il aucun chien ici ?

— Ils se perdent, dit Véronique. Et monsieur n'aime pas les chiens. Il dit qu'ils aboient toujours après lui quand il vient chercher leurs maîtres. Ils déchirent sa robe quand ils l'attrapent. Il ne les emmène pas s'il peut l'éviter.

— Donc, il y a des chiens fantômes sur Terre ? dit Mark. Juste... partout ?

Véronique défit le loquet de l'une des portes de l'étable et frappa doucement dans ses mains. Un petit troupeau de chevaux de toutes sortes trotta dans le pré. Certains partirent au galop et fuirent les étrangers, tandis que d'autres, placides, broutaient timidement l'herbe.

— Est-ce que l'un de vous a déjà monté à cheval ? demanda Véronique.

— Moi, oui, dit Emma. Quand j'avais huit ans. Je dois admettre que tout ce qu'ils ont fait, c'est me mettre sur la selle et le faire marcher en rond sur un petit sentier, attaché à une longe. Donc pour ce qui est de monter, oui, mais... pour ce qui est de diriger, non.

— Pour moi, c'est juste non, dit Mark.

— Mark a un truc avec les chevaux, dit Emma à Véronique. Il ne leur fait pas confiance.

— Je ne vais pas encore me justifier ! se plaignit-il. Ce n'est pas un traumatisme, je t'assure. C'est parfaitement raisonnable.

— Il a entendu dire qu'ils pouvaient arracher la tête d'un homme d'un coup de dents, et il en a peur depuis.

— Ce n'était pas qu'une rumeur, c'était un récit historique authentique. Les Grecs avaient des chevaux sauvages qui avaient appris à mordre en se battant avec des pumas, et comme les chevaux sont très forts, il est logique que leurs mâchoires soient assez puissantes pour broyer du muscle. En plus, ils sont lourds et ils ont des sabots. S'ils te marchent dessus, tu meurs. Et ils sont si grands. Si tu tombes de l'un d'eux, c'est comme tomber du haut d'un char de parade. Tu meurs. Tout ce qui touche aux chevaux n'est qu'un risque de mort. On ne peut même pas se tenir près d'eux, sinon ils se retournent, te donnent un coup de sabot et te tuent. C'est comme les émeus.

Emma fit un geste de la main dans sa direction avant de se tourner vers Véronique. — Alors, vous n'auriez pas un lion qu'il pourrait monter, à la place ?

— Non, dit Véronique. Mais je pense que j'ai quelque chose qui fera l'affaire.

On donna un étalon à dresser à Emma. Elle dut faire tout le travail elle-même, l'équiper d'une couverture et d'une selle, pour se lier d'amitié avec le cheval et lui apprendre à aimer cet acte de légère servitude qui lui donnerait le contrôle. Véronique la guida et lui enseigna la manière de passer la bride. Pendant ce temps, on donna à Mark un poney Shetland – un cheval adulte de la taille d'un très grand chien. Sa tâche était bien plus facile, mais il redoutait tout de même de monter la bête. Non pas parce que c'était plus dangereux qu'un cheval de taille normale, mais parce qu'il ne pouvait s'empêcher de se trouver stupide en essayant.

— Bon, soupira finalement Mark. Il s'assit sur le dos du Shetland, qui grogna sous son poids supplémentaire. Ils restèrent immobiles un instant dans le vide. — Euh... hue ?

L'incertitude de Mark n'aida pas le poney. Il essaya de se pencher en avant pour le faire avancer, essaya de le secouer avec ses hanches. Il essaya de ne pas se sentir comme un parfait crétin, un homme adulte perché sur un jouet pour enfant en forme de cheval, mais ça ne marchait pas.

— Allez ! insista Mark. On doit y aller... moissonner des âmes et tout le tralala. Toi et moi, cheval. Une traînée de feu dans le ciel du sombre destin et des fins funestes. Il regarda vers le pré et vit qu'Emma avait finalement réussi à seller son cheval et à le faire bouger. Il ne lui restait plus qu'à le monter, mais l'étalon était un rebelle à l'esprit libre et au cœur d'or, et il n'allait pas se laisser soumettre par une humaine en qui il n'avait pas confiance.

— Regarde là-bas, dit Mark à son poney, son seul ami à portée de voix. — Elle fonce, n'est-ce pas ? Parfois, j'aimerais pouvoir faire pareil. Pas monter à cheval, ça, apparemment, je l'ai déjà fait. Mais juste... elle a même le courage de risquer sa propre vie. Pas du courage, de la certitude. La certitude qu'elle peut faire quelque chose, et alors elle le fait. Toute une vie de gens lui disant qu'elle n'était capable de rien, et elle, elle s'est lancée et l'a fait quand même. Elle n'accepte pas un « non », même pas de la part d'un cheval.

Emma a couru le long du cheval au galop et a attrapé la selle. D'un bond, elle s'est hissée, a glissé un pied dans l'étrier, a passé sa jambe par-dessus et est montée. Il a fait une petite ruade alors qu'elle s'installait en selle. Veronique est arrivée au galop à ses côtés.

— Le torse en arrière, lui a-t-elle ordonné, les hanches en avant. Monte sur ton derrière, pas sur ton entrejambe.

— Comment je fais pour le ralentir ? a crié Emma.

— Tire, a dit Veronique. Elle a tiré sur ses propres rênes et son cheval a ralenti au trot. Emma a essayé de faire de même, mais sa main a glissé et elle a tourné la tête du cheval. Celui-ci s'est naturellement déplacé dans la direction où il regardait, de retour vers l'écurie et sur la trajectoire de Mark et de sonv âne immobile et duveteux.

Mark a donné des coups de talons dans les flancs du poney. — Bon, là, on est tous les deux en danger. Allez, en route. Hue, cocotte ! On se bouge. Allez ! Tu veux finir en colle ? C'est ce qui arrive quand on reste sur la voie d'un train !

Le poney a grogné et a poussé un hennissement pathétique avant de finalement s'élancer et d'avancer pesamment. Il a fait quelques pas, puis est parti dans un petit galop sautillant, décollant instantanément du sol pour s'élever dans les airs. Comme s'il gravissait une colline invisible.

— NON ! a hurlé Mark. — Tu n'es pas censé faire ça !

— Mark ! a crié Emma en passant à sa hauteur. Elle a réussi à attraper les rênes et a stoppé son cheval d'un coup de talon. — Comment tu as fait ça ?

— Je préférerais être sur un émeu ! a-t-il hurlé. — Au moins, ça aurait du sens !

— Les émeus ne volent pas, l'a corrigé Emma.

— Ils ont des plumes ! a-t-il crié. Il montait de plus en plus haut et ça ne lui plaisait pas du tout. Veronique a fait cabrer son étalon dans les airs et a devancé le poney pour le forcer à changer de direction. Emma était assise sur son cheval et le laissait trotter tout seul pendant qu'elle regardait Mark se faire rabattre dans le ciel par un coursier noir de jais. C'était comme un nuage pourchassant un ballon d'anniversaire d'enfant.

— Un lion ne volerait pas non plus, a dit Emma. Finalement, Mark est revenu au sol, pas moins effrayé qu'avant. Un poney, c'était amusant, la chute n'était pas de bien haut, mais quand il volait, cet avantage disparaissait et le rendait encore plus dangereux qu'un cheval normal.

Les deux ont continué à s'entraîner jusqu'à ce que Veronique les emmène à leur prochaine zone d'entraînement, sur les rives du Styx...

# CHAPITRE QUINZE

Mark et Emma s'enfoncèrent dans le brouillard. Le martèlement des sabots les entraîna dans les profondeurs du marais brumeux. Emma, montant son cheval blanc taché de noir sur le poitrail, maîtrisait confortablement son étalon. Mark chevauchait à ses côtés sur son poney, dont le poil épais semblait recueillir des perles d'humidité.

— Comment s'appelle le tien ? demanda Mark.

— On doit leur donner un nom ? demanda-t-elle. Je pensais qu'il en avait déjà un.

— Je n'arrive pas à me décider pour le mien, dit-il. Rien ne semble à la hauteur de la dignité qu'il représente.

— La dignité ?

— Surtout son absence. J'ai pensé à Napoléon, mais il n'était même pas beaucoup plus petit que moi, avec son mètre soixante-dix. Toute cette histoire comme quoi il était petit, c'était surtout de la propagande, à la base, pour continuer à lui manquer de respect même pendant qu'il faisait des ravages et conquérait tous les royaumes européens de l'époque.

— C'était donc un semeur de mort, dit Emma. Même si c'était surtout par la Guerre.

— Ce qui nous ramène à cette question, souligna Mark. Nous sommes surtout responsables, je pense, des morts accidentelles ou liées à l'âge, non ? La Peste s'occuperait des maladies, et la Famine n'est pas vraiment une grande priorité dans le monde en ce moment. Dans la plupart des régions du monde, je veux dire. Oui, dans certaines, mais surtout non, et pas pour longtemps.

— C'est vrai.

— Donc, on ne devrait pas donner à nos chevaux le nom d'une horrible catastrophe ou d'un conquérant victorieux de mille batailles. Mais leur donner le nom de, je ne sais pas, causes naturelles, ça semble un peu...

— Et le temps qu'il fait ? demanda Emma. Il n'y a pas de cavalier des inondations et des incendies ? Est-ce que ça fait partie du domaine de la Peste ?

— Non, ça, c'est probablement aussi la Mort, dit Mark. Oh, et les meurtres. Tous les meurtres ne sont pas des actes de guerre.

— Mais ça pourrait l'être, dit-elle. Si la guerre doit être quelque chose d'organisé et dirigé par des chefs, ça pourrait devenir compliqué.

— Alors, dit Mark en essayant de résumer où ils en étaient, nous ne sommes pas responsables des morts par maladie...

— Si, nous le sommes, dit-elle. De la Mort en général.

— Mais la maladie, c'est la Peste.

— Veronique a été emportée par la Mort pendant la guerre, dit-elle. Donc en fait...

— C'est très compliqué tout ça, se plaignit Mark. Je suis surpris qu'il n'y ait pas plus de cavaliers. Ou au moins, plus de Morts.

— Je suppose que c'est ça le problème. Il a tout fait tout seul et ça devient un peu trop pour lui.

Comme on le leur avait ordonné, ils atteignirent le bord de l'eau et attendirent que le passeur s'approche.

— Oh, oh, oh ! Je sais comment je vais l'appeler, annonça Mark, très content de lui. Chevaucheur d'Orage. La classe, non ?

— J'aime bien. Emma hocha la tête. D'accord. Tu sais, la plupart des chevaux du Grand National ? Ils ont souvent des noms basés sur des jeux de mots. Alors, que dirais-tu de Princesse Die ?

Mark se mordit la lèvre inférieure, jetant un coup d'œil à la monture d'Emma. — Tu te rends compte, dit-il doucement, que ta Princesse Die a une énorme quéquette ?

— C'est pour le jeu de mots. Princesse Die. D. I. E. Comme dans « mourir ». La Mort.

— Je comprends. C'est juste que ce n'est pas très juste. Tu vas embrouiller le pauvre petit. Lui donner des complexes.

— Il adore ça, ronronna Emma en frottant son visage contre la crinière de l'étalon et en le couvrant de baisers. N'est-ce pas, Princesse ?

L'étalon hennit en signe d'approbation.

Charon apparut à la rame, silhouette floue dans le champ gris de l'air, puis sa barque heurta la rive. Les pièces cousues dans sa robe cliquetèrent légèrement sous l'impact.

— Merde, marmonna-t-il.

— Bonjour, dit Mark. Nous n'avons toujours pas de pièces d'or, mais nous nous demandions si vous pouviez nous en apprendre sur, euh... Il se tourna vers Emma.

— L'*anatomanship*, dit-elle en prononçant le mot avec soin. L'étude des... anats.

— Je crois qu'on appelle juste ça l'anatomie, en haut, fit remarquer Mark. C'est un peu la même chose ?

— Non, non, marmonna Charon. Il repoussa le rivage avec sa rame et se libéra du sable. Cette maudite, cette satanée rivière est plus basse qu'hier. Il n'y a pas de marées sur la rivière. C'est un présage.

— Est-ce que ça fait partie de notre formation ? demanda Mark. On doit remplir la rivière ?

— Il ne semble pas pleuvoir ici, sauf sur ordre de la Mort, dit Emma. Et il ne fait ni soleil ni chaud.

— En effet, confirma Charon. C'est donc un présage. Mais ne vous en souciez pas. Ce sera une tâche pour une autre fois, pour un être supérieur. On m'a dit que vous seriez les nouveaux messires chargés d'escorter les âmes des vivants jusqu'à cette satanée rive ?

— Oui, c'est bien nous, répondit Mark. Il essaya de bomber le torse pour paraître plus viril, mais il était toujours sur le dos d'un poney Shetland.

Charon ricana. — Le pauvre Vieux Tas d'Os doit avoir de la moisissure dans le crâne pour avoir accepté ça.

— Ce n'est pas comme si on avait mieux à faire, lui dit Emma. Nous ne sommes toujours pas *morts*, mais nous ne pouvons pas aller de l'avant.

— Quelle chance. Charon se tourna vers eux et les dévisagea. Quelle a été la cause de votre *presque* mort ?

— Euh, un suicide, admit Emma. Elle lança un regard furieux à Mark. Suite à une chute.

— J'ai essayé de l'arrêter. Mais je ne m'en suis pas très bien sorti.

— Ah, dit Charon. Un bel éclaboussement et un grand fracas. Les os, le sang et les tripes éparpillés dans tous les sens, et il ne devait pas vous rester grand-chose pour venir ici. Voici une terrible vérité que vous, les humains, n'avez pas apprise. La façon dont on vous mène au repos éternel est la façon dont vous vous retrouvez ici. Par conséquent, lorsqu'un rituel funéraire est accompli, des pièces d'or doivent être fixées sur les yeux, sous la langue, dans les poches, la veste ou même serrées fermement dans la main. Dans votre dernier souvenir, la façon dont vous quittez la vie est la façon dont vous entrez dans la Mort.

— Je ne pense pas que quiconque fasse encore ça, dit Mark. Sauf peut-être les milliardaires ? Les plus bizarres, qui construisent des temples et des monuments et ce genre de choses ?

— Oh non, dit Emma. Et s'ils avaient eu raison depuis le début, et qu'on *pouvait* tout emporter avec soi ?

— Beurk. Mark grogna de dégoût. Je peux accepter beaucoup de choses, mais ce n'est pas ce que je veux savoir en mourant.

— Oui, dit Charon, votre ignorance humaine est écœurante. C'est un acte honorable que d'apporter la valeur de la vie dans la mort, car la valeur est ce qui pousse tant d'hommes à vivre, et mourir sans elle, c'est mourir sans avoir accompli ce but. Un homme qui ne vaut même pas une seule pièce à tenir dans son trépas n'est pas un homme qu'il vaille la peine de laisser vivre.

— Et l'argent liquide ? demanda Mark. Les billets ? La monnaie en papier ?

Charon balaya l'air de la main d'un geste sévère. — Non. Des pièces. De l'or. Un alliage d'or est acceptable, tant qu'il est majoritairement composé d'or. Il a une valeur qui dépasse même ce que vous en concevez dans vos heures d'éveil.

— Pour quoi le dépensez-vous ? demanda Emma. Y a-t-il une sorte de centre commercial de l'autre côté de la rivière que nous ne pouvons pas voir ? Un casino immense ? Est-ce que les franchises qui ont fait faillite finissent aussi par atterrir ici ?

— Tu en voudrais ? demanda Mark. Elles ont disparu pour une bonne raison.

— Et ce petit resto où on mangeait à la fac ? demanda-t-elle. Le petit truc au coin de la rue qui vendait toutes sortes de tourtes ?

— Ooooh, c'est vrai, dit-il. Avec la tourte au cheeseburger.

— Je tuerais pour ça, là, tout de suite, dit Emma.

— Non, grogna Charon. Il n'y a pas de boutique de tourtes sur l'autre rive. Et vous n'avez pas besoin de savoir ce qui s'y trouve tant que vous n'aurez pas la pièce pour le voir.

— Si plus personne ne meurt avec des pièces sur soi, comment les gens font pour traverser ? demanda Mark.

— Ce n'est pas mon problème, dit Charon. Mais si une personne a la prévoyance d'être enterrée avec de la valeur sur elle, cette valeur deviendra partie intégrante de son âme. Il en ira de même pour les cicatrices ou les blessures. De même, l'âme des défunts reflétera l'état de leur corps et de leur esprit au moment de leur mort. Vous deux, si votre mort s'était déroulée comme elle aurait dû, vous auriez les mêmes os brisés et les mêmes organes éclatés que lorsque vous avez heurté le sol, et vous ne vous tiendriez pas devant moi, vous ne seriez qu'un amas informe de douleur et d'angoisse enveloppé dans un sac de peau.

Mark essaya de paraître désolé, mais pas de l'avoir sauvée. Une sorte de désolation empathique, pour l'état dans lequel elle se serait trouvée s'il n'était pas du tout intervenu.

Emma jeta un regard à Mark, empreint d'un dédain réprobateur. Elle reconnaissait qu'il avait agi dans son intérêt quand il avait tenté d'intervenir. Du moins, ce qu'il *pensait* être son intérêt. Mais non seulement il était intervenu, rendant ses derniers instants bien plus difficiles, mais il avait décidé de lui dire qu'il l'aimait. Ça, elle ne s'y attendait pas et n'avait aucune réponse à lui donner. Bien qu'elle ait rejeté sa déclaration de tout son être, cela l'avait fait réfléchir. Juste un bref instant, un «

et si » lancinant qui avait compliqué davantage les choses alors que ce dont elle avait vraiment besoin, et ce à quoi elle s'était préparée, était une clarté d'intention absolue. Pour couronner le tout, il ne l'avait pas arrêtée. Il l'avait accidentellement fait basculer par-dessus bord avec lui.

— Je ne chargerai pas, dit Charon en frappant son bateau de sa rame, quelqu'un qui saigne, qui fuit, ou qui est autrement brisé, car il n'est pas de mon devoir de les transporter jusqu'à la rive d'en face. Votre tâche est de réparer les corps qui vous parviennent brisés. En tant qu'âme, ils ne peuvent plus être blessés, et la douleur qu'ils ressentent n'est que le souvenir de celle qu'ils ont subie en mourant. Quand une âme est amenée ici, elle doit être entière. Vous devez les reconstruire tels qu'ils étaient avant leur mort, afin qu'ils soient assez présentables pour que j'envisage leur traversée.

— Et les pharaons ? demanda Mark.

— Hein ?

— Les rois égyptiens qui étaient enterrés avec leurs richesses et entourés de trésors, mais dont on retirait aussi les organes pour les placer dans des jarres pour... une quelconque raison sacrée.

— Ah, oui, dit Charon. Ils étaient toujours légers. Juste un peu plus légers que les autres. Un cerveau en moins signifie un langage en moins. Et il leur manquait aussi la langue. Des traversées très silencieuses, c'étaient. C'était le bon vieux temps.

— Donc tant qu'ils ont l'air corrects et qu'ils peuvent payer, résuma Emma, ça suffit ? Même s'ils sont remplis de sciure ou mis en flammes ?

— Oui, oui, dit Charon. Les os, surtout. Remettez-les correctement en place avant de les amener ici. Agir ainsi les aidera également à accepter leur mort, quand ils seront moins brisés qu'auparavant. Laissez un homme avec toutes ses blessures, et il deviendra haineux, mauvais et destructeur. Et je le laisserai plus vite tomber dans l'abîme profond que de supporter les divagations d'un fou durant ma traversée.

— C'est bon de savoir que vous avez des principes, dit Mark, sarcastique.

Charon ne prêta pas attention à son ton acerbe et s'éloigna à la rame.

Il n'avait rien eu à leur apprendre, si ce n'est les exigences qu'il imposait à la Mort. Mark et Emma se demandèrent alors lequel des deux vieux avatars acariâtres était la véritable fin de la vie : celui qui laissait les âmes dériver sans but, simples ombres d'elles-mêmes, ou celui qui les laissait en plan en échange d'un argent qu'il ne pouvait même pas dépenser ?

Le monde de la mort était une chose complexe et insensée. Mais c'était un monde dans lequel ils étaient tous deux prêts, et maintenant formés, à naviguer.

# CHAPITRE SEIZE

Mark et Emma étaient en bonne voie pour devenir des apprentis faucheurs. Ils ont appris à manier leurs faux, à gérer le sable, à monter à cheval, et à remettre en place os et organes dans les corps après des morts atroces, violentes et horribles. Ce travail ne consistait pas en une pratique sur le terrain, mais en un déluge de textes et d'images tirés de la collection d'encyclopédies de la Mort. Ils passaient leurs journées à grimacer devant les horreurs et la fragilité du corps humain et la manière de le remettre en état, pendant que Véronique travaillait à la touche finale de leur ascension funeste : leurs robes.

— Tu sais quoi ? a dit Mark en levant les yeux de son livre sur l'éviscération humaine, espérant qu'en le lisant à l'envers, il trouverait un moyen de remettre un homme retourné comme un gant à l'endroit. J'ai un respect total pour les médecins. Comment est-ce possible de mémoriser tout ça ?

— Monsieur Mark ! a appelé Véronique. Pourriez-vous venir, s'il vous plaît ? Je dois prendre vos mesures.

Mark a posé son livre en soupirant. Puis il s'est tourné vers Emma.
— On ne m'a jamais fait faire un costume sur mesure.

— Lève les bras, regarde droit devant toi et pense à l'Angleterre.

— Je me couvrirai les yeux au cas où elle se pencherait et laisserait entrevoir une cheville.

Mark a quitté le salon et est revenu quelque temps plus tard dans une robe sombre, ample et longue jusqu'au sol, avec une capuche assortie qui couvrait son visage comme une ombre en lambeaux. Elle ne révélait que sa bouche grimaçante, qui avait été très légèrement retouchée avec un peu de fond de teint pour lui donner un teint pâle – pas un blanc squelettique, juste plus cireux et ombragé autour des joues, comme un gothique rentrant d'une virée nocturne. Il a tapé sa faux sur le sol et a essayé de bomber le torse, mais peu importe comment il bougeait son corps, l'ensemble tombait et pendait sur lui, le faisant paraître un peu grassouillet.

— Je suis devenu la Mort, le destructeur des mondes... a-t-il grondé. Non, attends... Je suis Batman.

— Tu es en chemise de nuit, a dit Emma.

Mark a retiré la capuche. Puis une autre capuche. — Plutôt un burkini, en fait.

La robe entière était composée de plusieurs couches, deux robes en une. La couche extérieure était beaucoup plus large et intentionnellement en lambeaux, comme des jeans pré-déchirés. La couche inférieure était unie et ajustée à son corps, une robe complète avec une couture bien cintrée qui courait de son épaule gauche à sa hanche.

— Je suis sûr que ça rend mieux en mouvement, regarde. Il a fait quelques pas rapides à travers la pièce, espérant que le tissu flotterait derrière lui. C'était plus ou moins le cas. Il a refait un petit sprint jusqu'à sa place initiale et a essayé de voir si le rendu était aussi bon qu'il le pensait.

— Est-ce que ça flotte ? a demandé Mark en se déhanchant vers Emma. Je veux donner l'impression de glisser vers eux.

— On dirait la veuve de la pub Scottish Widows qui pensait toucher un gros héritage, mais qui a découvert que Hamish avait claqué toutes leurs économies en putes et en rails juste avant sa mort prématurée, a dit Emma, puis, changeant sa voix pour un ton rauque et graveleux, elle a ajouté : « Maintenant, elle aura sa vengeance ! »

— Ça me va, a insisté Mark. Ça marchera, tant que j'ai l'air imposant en volant dans le ciel. J'espère qu'il y a assez de tissu en trop pour cacher le poney afin que personne ne puisse le voir.

— Madame ! a appelé Véronique. C'est à votre tour.

Emma s'est levée et est passée devant Mark en se dirigeant vers le couloir.

— Ça, j'ai hâte de voir, a dit Mark avec un hochement de tête.

Emma a eu un rire méprisant et a suivi Véronique.

Mark s'est attardé dans l'embrasure de la porte, s'exerçant à marcher. Il a eu un instant l'envie d'essayer de jeter un coup d'œil, mais a chassé cette idée. Étant donné tout ce qui restait non dit entre eux, ajouter « voyeur » à son casier judiciaire n'allait pas faciliter leurs futures conversations. De plus, ils étaient au pays des morts. Rien ne tuait plus l'ambiance qu'une tentative de suicide qui s'était transformée en un double suicide qui n'avait qu'à moitié fonctionné.

Mark est vite retourné à la lecture de son livre, non par plaisir, mais parce qu'il voulait rester pragmatique. Vêtu des vieilles robes de la Mort, recousues par Véronique, il voulait rester calme et bien informé de ses futures fonctions – pour être funeste.

Il a ouvert un livre sur la sexualisation de la mort rituelle dans différentes cultures. Les liens entre le sexe et la mort dans la religion. Les obsessions grivoises non dissimulées de De Vinci lorsqu'il concevait toutes sortes d'œuvres d'art chrétiennes. Les liens qui unissaient l'entrejambe de l'homme aux croix qu'il a portées à travers les âges. L'anatomie féminine et la façon dont tout était assemblé...

Il a posé le livre et s'est assis, les mains sur les genoux, très calmement, et a essayé de ne penser à rien. Il était en danger. Sa robe était juste assez serrée pour que, s'il se levait, on puisse deviner qu'il était plus excité qu'il n'aurait dû l'être. Il a pensé à l'Angleterre – aux dettes et aux cycles douloureux de travail abrutissant et déshumanisant, et à la maigre récompense de payer tant d'impôts et de loyer qu'il ne pouvait pas économiser pour un apport afin d'acheter une maison.

Il est passé d'une excitation extrême à une juste dose de tristesse. Quand Véronique leur avait offert une échappatoire possible, il avait sauté sur l'occasion. Il était certain que s'ils réussissaient leur coup et entraient dans les bonnes grâces de la Mort, il y aurait une chance de récompense.

Mais rien de ce que la Mort avait dit n'indiquait que la récompense serait l'occasion de vivre à nouveau. Il était bien plus probable que l'interprétation d'Emma se révèle vraie, que la Mort userait de son influence pour accélérer leur traversée du fleuve avec le nocher. Il s'est passé les mains sur le visage pour apaiser le chagrin grandissant sur son front. Puis il a entendu deux paires de pas dans le couloir, accompagnées d'un étrange grincement.

— Monsieur, a déclaré Véronique, votre colocataire est...

— S'il vous plaît, ne lui donnez pas de faux espoirs, a dit Emma.

Mark a levé les yeux. Emma portait une combinaison en cuir si moulante qu'elle épousait ses mouvements sans faire un pli. Elle ne se contentait pas de mouler sa silhouette ; elle l'étouffait presque, telle une seconde peau sombre et menaçante mais totalement révélatrice. La seule partie de sa tenue qui n'était pas noire et brillante était son visage, paré d'un maquillage vif qui ne parvenait pas à cacher ses rougeurs naturelles.

Il a adoré.

Mark a tapé dans ses mains. — Véronique, vous êtes un prodige avec une aiguille.

— Ce n'est rien comparé à la suture de plaies ouvertes, a-t-elle dit, mais c'est très amusant ! Monsieur la Mort n'a rien de tel. J'ai tout apporté moi-même.

— S'il te plaît, dis-moi qu'on ne voit pas mes tétons là-dedans, dit Emma.

Mark se pencha pour l'inspecter de plus près. — Oh, si, les voilà.

Emma se couvrit la poitrine. Le caoutchouc couina sur lui-même.

— C'était la combinaison, s'empressa-t-elle de dire. Ça... ça ne me ressemble pas du tout, je crois. La deuxième irait peut-être mieux ? Désolée.

— Ce n'est rien, dit Veronique. Je le ferai volontiers. C'est moi qui vous remercie de me laisser faire autant d'expériences.

— Oh, oui, amusez-vous bien, dit Emma. Elle s'éloigna d'une démarche rapide et couinante. — C'était le *pantalon*, insista-t-elle.

Mark regarda sa propre tenue et souhaita un instant qu'elle eût pu être un peu plus cool. Les longs lambeaux effilochés de robes élimées — et navrantes — n'étaient pas vraiment son style.

Finalement, Emma revint. Sa nouvelle tenue était assez similaire. Ce n'était plus un ensemble de latex et de caoutchouc, mais une tenue en plusieurs parties, composée d'un chemisier aux tons sombres et d'un jean slim — noir, bien sûr. Elle portait des bottes d'équitation en cuir, noires également. Elle arborait un chapeau melon à larges bords qui retombait juste assez pour cacher ses yeux et accentuer le rouge à lèvres sang qui ressortait sur le maquillage pâle de son visage. À la place d'une robe, elle avait un très long manteau — qui faisait office de robe — mais doté de boutons pour le fermer et d'une ceinture ornementale pour compléter l'ensemble.

— Très sympa, dit Mark. Prête pour une journée aux courses.

— Oui, dit Emma. Et à la fin de chaque course, tous les chevaux meurent.

# CHAPITRE DIX-SEPT

On présenta fièrement à la Mort ses deux apprentis, vêtus de leurs robes et brandissant leurs faux, à l'écurie à l'arrière. Et il soupira.

— C'était une perte de temps, marmonna-t-il.

— Vous ne pouvez pas en être certain, dit Mark.

— Oh si, je le peux, rétorqua-t-il. Vous n'avez aucune idée de la folie dont vous êtes capables, en me représentant dans ces costumes grotesques ou sur ces montures pathétiques.

— Bon, je vous l'accorde, le mien fait un peu déguisement bon marché, dit Mark, mais qu'est-ce qui ne va pas avec le sien ?

La Mort balaya la question d'un reniflement agacé, refusant de répondre.

Ils se mirent tous les deux en selle et le suivirent, lui et son cheval blême, jusque dans la prairie. Le trio chevaucha ensemble jusqu'à ce qu'ils prennent assez de vitesse pour s'élever dans les airs. Mark prit le coup, en quelque sorte. Il faisait quelques embardées, mais son poney parvint à maintenir la même allure que l'étalon et la vieille jument grise de la Mort.

— Vous devez vous entraîner à ouvrir des déchirures entre les mondes, dit la Mort, pour pouvoir vous déplacer sans effort de cet endroit à l'autre. Je ne serai pas votre portier.

— Comment fait-on ? demanda Emma.

La Mort se pencha en arrière et plaça sa faux sur son épaule. Il la serra fort et la projeta vers l'avant, comme s'il s'apprêtait à lancer un javelot, puis s'arrêta, pointant la lame droit devant lui dans le ciel. Une fissure zébrée d'éclairs violets crépitants s'ouvrit. Il plongea dessous, et la brèche se referma.

— Vous devez trancher devant vous, expliqua-t-il. Et concentrer votre volonté sur l'espace que vous avez ouvert.

— Et c'est possible grâce à la magie ? demanda Mark.

— C'est possible parce que je suis la Mort, corrigea-t-il. Et si vous l'êtes aussi, alors ça devrait être possible pour vous.

— Je crois en moi, se dit Mark tout bas. Je serai le meilleur faucheur possible.

— Croyez-y plus fort que ça, dit la Mort. Il galopa devant eux dans les airs et leur laissa de l'espace pour s'entraîner, tout en tournoyant au-dessus d'eux tel un vautour à sabots. Emma essaya la première. Elle abattit sa faux et la tendit devant elle. Quelques étincelles furtives vacillèrent dans l'air et elle leur fonça dessus. C'était comme s'approcher trop près d'un cierge magique. Elle fit un écart et baissa son chapeau pour couvrir son visage.

Mark essaya aussi. Il tendit sa faux devant lui et sentit comme un accroc sur quelque chose qui n'était pas là. Il se dit que ça devait être la bonne sensation et réessaya. Il y parvint à sa deuxième tentative et essaya de forcer par la volonté ce qu'il avait attrapé à se déchirer. Des étincelles violettes jaillirent loin devant lui jusqu'à former une couture. Ce n'était pas assez large ni assez haut pour y entrer, mais il avait bien ouvert quelque chose, pile au niveau de sa tête.

Il se demanda, une seconde, ce qui arriverait si un portail n'était pas assez grand pour laisser passer un corps entier et se refermait dessus. Pour éviter de le découvrir, il réussit à se baisser sur le côté, faisant faire à Stormrider un tonneau en plein vol, juste à temps.

— Joli vol, dit Emma. Comment t'as fait ça ?

— Alors, commença Mark, tu sais quand... quand t'as une feuille de papier, et que tu tires dessus dans deux directions opposées, elle ne se déchire pas ? Comme si tu testais juste la résistance du papier entre tes mains. Mais ensuite tu la vrilles juste un tout petit peu pour faire une petite entaille, et tu tires à nouveau, et d'un coup elle est déchirée de part en part ?

— Je suppose, dit Emma.

— Comme tes bons de réduction *Clubcard*, dit-il. Tu vois comment tu tires dessus pour les séparer de la lettre, et ça ne bouge pas ? Mais tu fais une petite amorce sur le bord et paf, ils se détachent du reste de la feuille ?

— Alors je dois trancher, tirer ou tirailler ?

— Tout ça à la fois, dit-il. C'est tendu au début, mais il faut juste *vouloir* le déchirer et puis tu y arrives. Et ensuite tu dois continuer à déchirer et à arracher, mais une bonne traction suffit à démarrer le truc.

— D'accord.

Emma essaya de nouveau. Elle balança sa faux et visa. Elle sentit la même tension, comme si le crochet de sa lame s'était accroché à un quelque chose d'invisible et qu'elle voulait le mettre en pièces. Au lieu de tirer brusquement vers l'avant ou de pousser vers le bas, elle donna un léger coup de la pointe de la lame pour percer une petite déchirure. Les éclairs violets crépitèrent plus intensément, imitant la sensation qu'elle avait eue en déchirant un petit morceau de ce je-ne-sais-quoi. Puis elle tira légèrement, comme pour passer la première vitesse d'une voiture assez doucement pour entendre la transmission s'enclencher. Le trou qu'elle avait ouvert grandit lentement, trop lentement pour être assez large au moment où elle l'approcha.

Son étalon s'élança et sauta par-dessus la chose, qui éclata derrière elle lorsque le portail s'effondra. Elle haleta de stupéfaction.

— On est magiques ? demanda Mark. Ou ce sont les faux qui sont magiques ?

— Ou les costumes ? ajouta Emma.

— Ce que je me demande vraiment, c'est si on avait fait tout ça de notre vivant, est-ce que ça aurait marché ?

— Non, tonna la Mort. Ne jacassez pas. Entraînez-vous.

Sa présence anéantit la joie qu'ils éprouvaient face à leur nouveau pouvoir, mais ils restèrent concentrés sur leur tâche assez longtemps pour comprendre les nuances de la technique. À la fin, ils parvinrent tous les deux à ouvrir un trou de taille décente dans les airs, et à chaque fois ils l'évitèrent de peur qu'il ne fonctionne réellement, plutôt que par crainte qu'il soit trop petit ou couvert d'éclairs.

Ils retournèrent au sol pour accorder une pause aux chevaux après toutes ces courses en plein air. Leurs sabots n'étaient pas fatigués, mais leurs poumons si. Mark promena son poney comme un chien, tandis qu'Emma laissa le sien vagabonder seul. La Mort descendit de sa monture avec une toux et un grognement étouffés.

— Ces portails sont le seul moyen, expliqua-t-il, de vous permettre de faire l'aller-retour. Et les âmes que vous transportez doivent également ment passer par là. Une fois que c'est fait, vous les livrez au fleuve et repartez faucher de nouveau. C'est ce que vous devrez faire, un millier de fois par jour, voire plus.

— Y a-t-il assez de temps dans une journée pour en faire un millier ? demanda Mark. Disons qu'il nous faut dix minutes, pour un travail rapide et bien fait, pour prendre l'âme de quelqu'un et la ramener. On débarque, on la cueille au bout de notre faux, on la balance dans le trou, et on la dépose au fleuve. C'est comme ça qu'on fait. Dix minutes. Six par heure. Six fois vingt-quatre... Ça fait cent quarante-quatre. Même pas deux cents.

La Mort grogna. — Votre obsession pour le temps et sa perception humaine devient agaçante. Quand vous entrez dans le monde des vivants, normalement, le temps s'arrête. Vous êtes au milieu du chaos de la mort, à la fin d'une vie où il n'y a plus de moments à venir. Plus de moments signifie... ? Il attendit que Mark comprenne, mais ne patienta qu'une seconde environ. — Plus de temps ! Il ne s'écoule plus de la manière dont vous le pensez.

— Alors quand vous dites que des mois ont passé pour nous, dit Emma, est-ce que, sur Terre, nous sommes toujours en train de tomber du toit ?

— Non, dit la Mort. Vos circonstances étaient suffisamment uniques pour que vos corps réels aient dû vous accompagner.

— Ce qui signifie que nos corps réels y retourneraient, dit Mark, mais sans plus vieillir, puisque le temps ne passe pas. Même après des milliers d'« années » à faire ça ?

La Mort soupira, et son souffle rauque s'accrocha dans sa gorge inexistante, provoquant une courte quinte de toux légère. — Vous ne ferez pas cela pendant aussi longtemps. Vous êtes encore mortels. Votre sable finira *bien par* s'écouler, et d'ici là, j'en aurai assez vu de votre travail de pacotille. Jusque-là, vous pouvez travailler de manière à ne pas me décevoir, mais ne présumez pas que vous allez me remplacer — ce ne sera *pas* le cas. Je vais vous faciliter la tâche.

Il leva un doigt. Un nuage d'orage se forma juste au-dessus de sa tête pour apporter un voile de ténèbres, ce qui rendit sa robe encore plus sombre et le blanc squelettique de son visage bien plus blanc.

— Cent. Votre période d'essai prendra fin après cent moissons. Je vous assignerai les premières, et à partir de là, vous devrez utiliser votre art du sable pour savoir quelles âmes requièrent votre attention, votre art de la faux pour ouvrir le chemin qui les mène à vous le plus rapidement possible, votre art équestre pour les localiser dans la complexité de la société humaine, et votre art anatomique sera mis à l'épreuve lorsqu'elles seront ramenées ici et préparées pour le passeur. Son doigt se tourna pour pointer Mark et Emma, et le nuage s'étendit au-dessus d'eux. — Et si vous échouez, je *choisirai* de vous faire échouer et de vous jeter dans le fleuve lui-même, d'où vous ne serez pas repêchés.

Soudain saisi d'une peur paralysante, Mark tendit inconsciemment la main pour prendre celle d'Emma. Plutôt que de la prendre, elle se pencha pour une étreinte. Mark et Emma se serrèrent l'un contre l'autre. Dans l'expression de la Mort sur son visage sans traits, ils virent la présence d'une autorité redoutable qu'ils ne pouvaient nier. Après avoir été si longtemps des invités — et oseraient-ils dire, des amis — dans sa demeure, ils retournèrent à leur condition humaine naturelle et craignirent à nouveau la Mort.

La sincérité de sa promesse frappa Emma le plus durement. Elle était habituée aux menaces de la direction censées transformer une main-d'œuvre sous-performante en superstars. Elle avait aussi l'habitude d'être celle de l'équipe qui faisait son travail, et le faisait bien. Elle n'avait besoin ni de la carotte ni du bâton, elle était naturellement diligente et consciencieuse. Le problème d'Emma avait toujours été de ne pas être remarquée et de ne pas s'attribuer le mérite de son travail. Des collègues moins compétents avaient souvent profité de son sillage, mais avaient appris l'art de chanter leurs propres louanges, et le résultat net était toujours le même : c'étaient eux qui obtenaient les promotions, les augmentations de salaire et la reconnaissance.

Mais pas cette fois. Emma avait désiré la mort, et avait même été prête à sauter volontairement dans son étreinte finale. Maintenant, se trouvant dans les Limbes, elle devait prouver qu'elle était une faucheuse digne de ce nom pour éviter une éternité de tourments et, avec l'aide de la Mort, passer de l'autre côté. Elle se jura silencieusement de ne pas se contenter de fournir ce qui était demandé — mais de donner du fil à retordre à la Mort elle-même. Elle faucherait comme si son au-delà en dépendait. Parce que c'était le cas.

L'étreinte impromptue qu'il reçut d'Emma fit plus pour l'âme de Mark qu'il n'aurait pu l'imaginer. Pas un mot ne fut prononcé, et pourtant, il sut à cet instant qu'il avait eu raison d'essayer de la sauver. Il avait eu raison de lui dire ce qu'il ressentait pour elle, bien que la réaction n'ait pas été celle qu'il souhaitait. Il voyait en Emma une force que la plupart ignoraient, et quelle que soit l'appréhension qu'il ressentait face à la tâche monumentale qui les attendait, il savait qu'il ne voudrait avoir personne d'autre qu'Emma à ses côtés en ce moment. Même s'il se sentait mal préparé, sous-formé et trop bien habillé, il voulait vraiment éviter d'être jeté dans le fleuve pour l'éternité. Et ainsi, il empoigna le long manche de sa faux et salua la Mort.

— Allons chasser quelques âmes ! annonça Mark avec entrain depuis sa monture minuscule. Il tapa doucement des talons et son poney se mit en marche.

# CHAPITRE DIX-HUIT

Charon remarqua une lueur vive dans le ciel, plus proche que d'habitude de la rive du fleuve. Il eut un ricanement méprisant en ramant sur sa barque solitaire, éternel passeur de rien d'autre que sa propre déception et sa triste solitude. Les apprentis de la Mort, ces deux parvenus grande gueule, s'apprêtaient à retourner dans le monde des humains.

Ils avaient plus de pouvoir et de liberté que lui. Ses seules compagnies étaient ses pièces, dont il ne pouvait même plus profiter de peur d'en perdre davantage dans l'eau. Il en fit rouler une entre ses doigts, mais un frisson la lui fit lâcher, et elle se coinça solidement entre deux des planches formant le pont de la barque.

— Sacré idiot, se réprimanda Charon. Il se pencha et essaya de dégager la pièce avec ses doigts, mais elle ne cessait de lui glisser des mains. Il tenta d'utiliser sa manche à la place, mais en vain. Puis il se dit que ce serait peut-être une bonne idée de la faire rouler, ou d'appliquer une pression sur un seul point pour la faire sauter comme avec un levier. Il appuya dessus jusqu'à ce qu'elle soit délogée et catapultée au loin. La pièce vola, manquant de passer par-dessus bord, mais Charon la rattrapa avant qu'elle ne tourbillonne trop loin. Il soupira de soulagement et se rassit sur son siège.

Puis il sentit de l'eau autour de son pied. Quand il le souleva des planches, il découvrit que la pièce avait délogé juste assez de goudron pour transformer le petit trou en une minuscule fuite. Même ses pièces le trahissaient maintenant. Il serra la pièce dans son poing et menaça de la jeter au loin, mais se ravisa. L'or était sa seule compagnie sur la barque. Il devait en garder autant que possible autour de lui...

L e ciel de Liverpool était d'un ensoleillement inhabituel — une brève période de temps estival pour rompre la monotonie lancinante d'un printemps qui semblait sans fin. Les rues n'étaient que légèrement humides de la pluie tombée quelques heures auparavant. La journée semblait calme et joyeuse de toutes parts. Ce n'était guère un jour que quiconque aurait imaginé être son dernier.

Pourtant, Mark et Emma étaient là pour s'assurer que ce jour serait le dernier que quelqu'un verrait. Ils flottaient haut au-dessus de la ville, avec la Mort au-dessus d'eux, telle une ombre imposante d'ordre.

— Ceci, déclara-t-il, est la cité d'où vous venez. Par conséquent, je dois imaginer que vous êtes plutôt habitués à sa topographie et à sa géographie.

— Ouais, acquiesça Mark, au ras du sol.

— Vous commencerez d'ici, dit la Mort. Examinez le sablier. Tenez-le et observez le mouvement du sable à l'intérieur. Il vous indiquera où se trouve l'âme condamnée. Même tenu en biais, le sable ne tombera et ne s'accumulera que dans cette unique direction. Suivez-la et trouvez votre premier devoir.

— Puis les ramener en un seul morceau, et laisser Charon les traiter de pauvres et de sans-valeur ? confirma Emma.

— Oui, dit la Mort. S'ils meurent sans pièce, vous les confinerez au purgatoire pour l'éternité, ou jusqu'à ce que le passeur trouve une autre source de valeur dans la vie humaine à accumuler. Mais ne soyez pas trop optimistes à ce sujet. Ne traînez pas et ne flânez pas. Ne parlez pas aux morts si vous n'y êtes pas obligés, et ne répondez pas à trop de leurs questions.

— Y a-t-il une chance que nous ayons besoin de ces faux pour combattre des esprits rebelles ? demanda Mark.

— Absolument, dit la Mort. Et rappelez-vous, quand vous tranchez une âme, vous devez la reconstituer. À cette fin... La Mort sortit de sa manche un sac de toile de jute à l'aspect épais et le jeta. Il tomba sur la tête de Mark comme une bâche. S'ils ne veulent pas monter sur votre selle, ils voyageront comme des bagages.

La Mort cabra son cheval et sortit par une autre déchirure entre les mondes. Il laissa ses apprentis à leur devoir, haut au-dessus de Liverpool, avec pour seule compagnie l'effroi et la misère de leur nouvelle vocation qui s'ancrait pleinement en eux.

— Tu sais ce qui m'inquiète ? demanda Mark.

— Je m'inquiète pour beaucoup de choses, répondit Emma. Elle regarda le sablier. Il était pour Richard Baskerton, et les derniers grains étaient presque tous tombés. Elle pouvait compter le sable qu'il restait, et il s'écoulait à un rythme régulier. On s'en inquiétera après le boulot.

Mark hocha la tête et fourra le sac entre ses jambes, là où il serait probablement le plus en sécurité. Il suivit l'étalon d'Emma alors qu'ils entamaient un piqué vertigineux vers Crosby. C'était un quartier aisé auquel aucun d'eux n'était habitué, et où ils n'avaient jamais passé beaucoup de temps.

— Tu sais, ces endroits, remarqua Mark, où tu ne pourras jamais te permettre de vivre, même si tu économises pour le reste de ta vie ?

— Ouais ?

— Eh bien, on y est, et on est morts. Donc c'est vrai.

Elle hocha un peu la tête et suivit le sable. Lorsqu'ils descendirent au niveau de la rue, ils furent surpris que personne ne soit stupéfait de les voir. Les gens semblaient passer sans remarquer les deux silhouettes funestes, d'un noir d'encre, sur des chevaux volants, armées d'énormes faux aiguisées comme des rasoirs.

— Ça doit être courant par ici, dit Mark. La culture des riches. Ils ne veulent pas s'arrêter et montrer du doigt au cas où ce serait une nouvelle tendance dont ils n'ont pas encore entendu parler, et qu'ils se feraient lyncher sur les réseaux sociaux par accident.

— C'est là-dedans. Emma désigna la maison la plus proche. Comment est-ce qu'on... ?

Mark haussa les épaules. Il s'approcha de la porte et essaya de frapper. Sa main heurta la surface mais ne produisit aucun son. Sa présence tout entière était ignorée par le monde, même par la porte. Puis il regarda sa faux.

— Couvre-moi, dit-il. Il descendit les marches du porche et essaya de coincer la lame de son arme entre la porte et son encadrement. Emma regarda autour d'elle, se demandant ce qu'elle était censée faire exactement. Dans la rangée de maisons identiques, il n'y avait aucun espace autour de la maison mitoyenne pour se faufiler dans un passage ou une ruelle. Il n'y avait qu'une porte d'entrée et les maisons voisines qui l'enserraient.

Frustré de ne pas réussir à forcer la porte avec sa lame de faux, Mark donna plutôt un coup dans la serrure avec la pointe du manche de son arme. Il entendit un bruit de déverrouillage métallique et sec. Sa faux, qui pouvait ouvrir des brèches entre les mondes, avait sans aucun doute un certain pouvoir sur les simples barillets d'une serrure en laiton qui servaient de frontière entre l'intérieur et l'extérieur. Il tendit doucement la main pour ouvrir la porte et finit par passer à travers. *Maintenant*, il était intangible.

— Super, grogna Mark. Emma entra après qu'il se fut relevé. Il y a un tas de règles stupides à gérer.

Emma tenait le sablier. L'ampoule supérieure tressaillit légèrement, indiquant la direction qu'ils devaient prendre. Il ne restait que deux grains de sable. L'un tomba. Puis, enfin, l'ampoule du haut se vida. Le monde s'immobilisa. La lumière cessa et tout devint gris. Les derniers instants de la vie qu'ils étaient venus chercher prirent fin, et avec eux, le temps de cette vie. Leur devoir les liait strictement à ce destin, et ils durent donc le partager jusqu'à ce qu'ils aient accompli leur tâche.

— Allons-y, dit Mark. Je ne sais pas combien de temps on peut rester ici avant de techniquement échouer.

— Un tas de règles stupides, acquiesça Emma.

Ils montèrent tous les deux les escaliers en courant et se dirigèrent vers la chambre principale, où ils trouvèrent leur homme mort dans son lit, une ceinture autour du cou. Richard Baskerton était un conseiller municipal à l'air affable dont le mandat s'était accompagné d'une corruption considérable. Emma et Mark le connaissaient. Du moins, ils avaient entendu parler de lui. Il avait accepté des pots-de-vin de toutes sortes de groupes d'intérêt, ce qui s'était traduit par des allègements fiscaux, des manipulations de permis de construire et de bonnes vieilles enveloppes brunes qui nuisaient directement aux pauvres de sa circonscription, le tout dans le but de les pousser à partir ou à mourir de faim dans des logements froids et non chauffés.

Et, il s'est avéré que c'était un sacré pervers. Rien d'inavouable qui impliquait d'autres personnes, mais l'homme avait un penchant pour l'asphyxie auto-érotique. Il faisait souvent référence à la potence et aux pendaisons dans ses commentaires de représailles aux condamnations publiques de son comportement. Jamais la décapitation, juste la pendaison. Il était clair que cela lui occupait souvent l'esprit.

Son corps gisait, mort, horrifié, bleu et bavant, tandis que son esprit s'attardait lugubrement au pied de son lit, en sous-vêtements. — Qui... qui êtes-vous ? demanda-t-il.

— Euh... commença Mark. La situation était plus que gênante. Aucune présentation à laquelle il pouvait penser ne semblait convenir. Il venait de tomber sur un homme qui avait essayé de prendre un peu trop son pied et en était mort. Un homme horrible, qui plus est.

— Nous, déclara Emma, sommes les cavaliers de la Mort, les faucheurs d'âmes, les sinistres fantômes du destin venus vous conduire à votre destinée.

— C'est très bien. Mark frappa le sol avec le manche de sa faux en guise d'applaudissement. Un objectif clair, un appel à l'action concis. Tu aurais fait une excellente conceptrice-rédactrice.

— Merci, partenaire. Emma sourit, rayonnante sous les louanges.

— Quoi ? dit Richard. Non. Je rêve. Impossible que je sois mort. J'ai fait ça des dizaines de fois. Impossible que j'aie cassé ma pipe comme ça !

— Mais si ! dit Mark, avec la même grandiloquence qu'Emma avait initiée. Vous, qui avez étouffé la vie de vos propres administrés, vous qui avez passé la corde au cou des gens que vous aviez juré de servir, vous êtes maintenant tombé à cause du nœud de votre propre fabrication. Les entraves de vos plaisirs déments vous ont mené à la souffrance ultime !

— Monsieur, improvisa Emma, profitant de leur échange spontané, vous avez trépassé en vous la tripotant.

— Non ! cria Richard, puis il tomba sur ses genoux spectraux et se lamenta dans ses mains.

— Oh, c'est amusant, chuchota Mark.

— Ne nous amusons pas trop, dit Emma en cachant un sourire hilare. Le travail, c'est le travail.

— Ouais, mais ce genre de travail peut être gratifiant. Très gratifiant, même, ajouta Mark.

Tous deux dominaient l'esprit recroquevillé, savourant le pouvoir maintenant qu'il était entre leurs mains.

# CHAPITRE DIX-NEUF

Mark et Emma retournèrent dans l'autre monde. C'était comme un bas qui se file. On le croit beau et solide jusqu'à ce qu'il s'accroche juste comme il faut, et alors le filage ne s'arrête plus. Le portail s'ouvrit, et ils livrèrent leur proie — l'homme politique déshonoré et débraillé — au Styx pour qu'il rencontre Charon. Là, il a été renvoyé pour son offrande manquée, puis ils le laissèrent dans le vide inconfortable des esprits au repos. C'était sa faute s'il n'avait pas connu une fin en bonne et due forme.

D'un geste rapide, ils retournèrent sur Terre — mais pas ensemble. Emma émergea au-dessus de Liverpool, d'où ils étaient partis. Mark, pendant ce temps, se trouvait ailleurs.

— Oh, cool. Brighton ! s'exclama-t-il.

La jetée sur la mer était en vue et, comme d'habitude, aussi majestueusement en sous-effectif. Il n'y avait presque personne dans les rues. Quelques courageux amateurs de sports nautiques se trouvaient sur la plage, bien que les vagues n'aient pas été vraiment au rendez-vous, et toutes les boutiques semblaient attendre que les clients commencent leur thérapie par le shopping.

Il sortit le sablier de sa manche, qu'il trouvait étonnamment spacieuse et très pratique pour ranger des choses, et essaya de se repérer. Le sablier penchait vers l'est, alors il fit tourner Stormrider, à la recherche de l'âme.

Il dirigea son cheval vers le bas et commença à survoler la ville sur sa propre voie rapide privée. « Ça, c'est spécial. Le genre de vue pour laquelle les gens paieraient quelques milliers de livres. Et ils en auraient les moyens, en plus. » Il y avait juste une pointe de jalousie dans ses pensées. La vie parfaite digne d'Instagram qu'il imaginait pouvoir mener en vivant dans un endroit comme Brighton avait toujours été hors de sa portée. Même une simple visite lui semblait chère. Maintenant, ce rêve ne se réaliserait jamais.

Le sable changea. Il s'inclina légèrement vers la gauche, vers l'ouest. Il était sur la bonne piste. Et il comprit alors, potentiellement, pourquoi. Ils avaient chacun pris un sablier pour abattre deux fois plus de travail. Le sablier, ou la vie qu'il représentait, déterminait l'endroit où le portail s'ouvrait sur Terre. Il inspecta de nouveau le sablier, plissant les yeux pour déchiffrer le nom sur la plaque de laiton. Henrietta Bower. Son heure devait venir très bientôt. Il continua de suivre le chemin tracé par le sable jusqu'à ce qu'il arrive à une résidence pour personnes âgées.

Il était inévitable qu'il finisse par tomber sur un retraité d'une manière ou d'une autre. La plupart des défunts mouraient de causes naturelles. Il n'y avait pas de guerre au Royaume-Uni, à part peut-être une guerre des classes, ni de vaste réseau de grande criminalité. Le crime existait, oui, mais pas aussi organisé que ce que les politiciens voulaient faire croire aux gens. Donc, naturellement, la plupart des morts faisaient simplement partie du cours naturel des choses.

Il descendit et atterrit juste au moment où tout devint gris, et un peu indigo. Toutes les couleurs du monde devinrent « mortes ». Tout ce qui était vif, lumineux et joyeux vira au gris, et tout le reste prit une teinte morose et bleue. Ce changement saisissant le déstabilisa un court instant avant qu'il ne s'y habitue. Il avait une mission à accomplir.

Il tapota la serrure de la porte avec le manche de sa faux et la traversa. Ça, il maîtrisait. C'était un expert en effraction, et il était venu équipé. La maison était un petit appartement simple à l'extrémité est d'un village pour retraités, un campus de bâtiments en briques de faible hauteur reliés à une clinique dédiée aux soins gériatriques. Les cas les plus graves, ou ceux qui n'avaient pas de pension décente et une maison à vendre pour tout payer, n'avaient que de simples chambres et logements dans le complexe, tandis que les riches et les respectés avaient droit à leurs propres bungalows pour y mourir. Apparemment, Henrietta faisait partie de ces quelques chanceux. Mais pas assez chanceuse pour rester en vie.

La première chose qui frappa Mark à propos de l'intérieur du bungalow numéro sept fut son aspect dépouillé. Même à travers le filtre gris du temps suspendu, il était clair que chaque pièce avait été peinte de la même teinte déprimante de magnolia. Bien qu'il y eût quelques meubles, rien ne semblait assorti, et rien ne paraissait à sa place dans l'espace. Tout semblait et paraissait très temporaire. Tout avait été jeté dans la pièce d'une manière qui suggérait que ce n'était pas placé pour le confort ou la commodité, mais plutôt que les déménageurs s'étaient facilité la tâche en vue de le récupérer facilement... quand le moment viendrait inévitablement.

Les yeux de Mark furent attirés par une photo encadrée sur le mur. Il n'y avait rien de particulièrement frappant dans l'image d'Henrietta, assise entre deux hommes d'âge mûr souriants qu'il supposa être ses fils. C'était plutôt le fait que c'était la seule décoration personnelle dans toutes les pièces. Ce qui contraria le plus Mark, c'est que la vis utilisée pour l'accrocher était décentrée. Quelqu'un avait manifestement mis la photo pour que « l'endroit ressemble un peu plus à un foyer » sans vouloir prendre le temps de planter un clou dans le mur. Pourquoi s'embêter quand une vis parfaitement bonne était gâchée sur le mur ?

Mark jeta un coup d'œil à l'esprit de la vieille femme alors qu'elle se tenait au-dessus de son corps, qui gisait immobile dans un lit médicalisé.

— Oh, mon Dieu, soupira-t-elle. Qu'est-ce que le directeur va penser ?

— Henrietta ? dit Mark. Elle se tourna, une vieille femme au visage impassible, la lèvre pincée, incapable d'autre chose qu'une moue maussade. Elle vit le spectre de la mort et sa panse spectrale qui dépassait des lambeaux artistement étudiés de sa robe alors qu'il s'avançait, sa faux à la main. Je suis venu vous emmener loin d'ici.

— Oui, dit-elle. Elle se dirigea vers un fauteuil voisin dans un petit coin salon — un luxe dont elle n'avait manifestement pas profité depuis plusieurs jours, voire plusieurs semaines, et qu'elle souhaitait expérimenter une dernière fois. Mark s'invita à s'asseoir en face d'elle. Ce faisant, Henrietta soupira, et elle sembla en quelque sorte rajeunir. Beaucoup de ses rides disparurent, ses cheveux clairsemés s'épaissirent en un bouquet de boucles, son teint cireux laissa place à un hâle plus robuste, et ses yeux se remirent à briller — sans cataracte et pleins de détermination. Elle atteignit un état idéal : son esprit avait choisi de mourir tel qu'il était la dernière fois qu'elle s'était sentie vivante.

— Dites-moi, dit-elle. Est-ce qu'on joue aux échecs, maintenant ?

— J'ai bien peur que non.

— Comment est-ce ? Cette prochaine étape que je m'apprête à franchir ?

Mark s'installa un peu mieux sur son siège et essaya de paraître moins menaçant avec sa grande faux, qui les dominait tel le messager de la mort qu'elle était. Il n'était pas disposé à la poser par terre, au cas où Henrietta ne ferait que jouer à la vieille dame fragile et qu'il doive lui trancher la caboche d'un instant à l'autre. Au lieu de ça, il la posa en travers des accoudoirs, comme une barre de sécurité, et la fit pivoter pour qu'elle reste en équilibre, ce qui signifiait que la lame se trouvait juste à côté de son poignet lorsqu'il y posait son bras. Il n'y avait aucun moyen pour lui d'être convenable avec elle, malgré tous ses efforts pour être aussi distinguée dans la mort qu'elle l'avait sûrement été dans la vie.

— Je ne suis pas censé vous dire ça, dit-il. Ni grand-chose d'autre.

— Pourquoi laisser planer le mystère ? demanda-t-elle. À qui pourrais-je le dire et gâcher la surprise ? J'ai de toute évidence quitté cette vie. J'aimerais savoir comment me préparer pour la suivante.

— Ouais, moi aussi, j'aimerais bien le savoir, a admis Mark.

— N'êtes-vous pas la Mort ? demanda-t-elle.

Il a penché la tête d'un côté et de l'autre, incertain de sa propre réponse. — Dans les faits, oui. La Mort étend sa prestation de services pour y inclure un plus large éventail de... talents impliqués dans l'entreprise... euh... funéraire. Pour ainsi dire.

— Est-ce un poste accordé à n'importe qui ? a-t-elle demandé.

— Non, a-t-il dit. Mais ça fait partie de la liste des choses que je ne peux pas vous dire.

— Hmph, a-t-elle soufflé. J'ai épousé un homme d'une famille noble et j'ai survécu assez longtemps à mon premier mari pour hériter d'une fortune considérable. Ensuite, j'ai été courtisée par un jeune homme opportuniste qui voyait ma richesse comme un moyen d'améliorer son propre avenir. Cet homme a été arrêté pour détournement de fonds et allégeance à des gouvernements étrangers. Je ne suis pas étrangère aux secrets les mieux gardés de l'élite. C'est toujours révélateur d'une nouvelle direction que de poser une question simple et de ne pas recevoir de réponse simple. La simplicité, j'ai appris trop tard dans ma vie, est un répit bienvenu de l'existence elle-même. La vie est compliquée. Les gens sont complexes. Mais la simplicité est toujours si fugace. J'aurais aimé la chérir plus tôt... mais c'est l'étrange ironie du sort, n'est-ce pas ? Ceux qui sont nés dans l'opulence n'apprécient la simplicité que plus tard, une fois que tout ce qui brille a perdu son éclat. Mais ceux qui sont nés bien trop loin pour ne serait-ce qu'admirer ce qui est donné aux autres n'apprécieront jamais leur propre simplicité de la manière dont elle est convoitée.

— Hmm. Mark a hoché la tête. Il se demandait quoi faire. Il se sentait à l'aise de parler avec elle et de la laisser parler. Il n'y avait certainement personne d'autre aux alentours, et avec le temps arrêté, il n'attendait personne à proprement parler, mais il sentait que quelque chose clochait. Il s'est demandé ce qui pourrait arriver s'il la laissait simplement là, bloquée dans son dernier instant. S'il partait, là, maintenant, le temps reprendrait-il son cours ? Serait-elle condamnée à errer comme un fantôme et à regarder ce qu'il adviendrait de son corps, de son héritage et de sa fortune dans les jours suivant l'annonce de sa mort ?

Ce sort serait-il plus cruel que de l'amener au purgatoire et de la laisser errer sur la rive pour l'éternité ?

— Je vais vous dire ceci, a dit Mark, après avoir décidé ce qu'il devait partager. L'endroit où vous allez est simple. Mais c'est un degré de simplicité que vous pourriez ne pas trouver agréable.

Elle a haussé les sourcils. Pour elle, c'était une marque de grand étonnement. Mais elle a hoché la tête et a pris une dernière, profonde inspiration d'acceptation. Elle lui a tendu la main pour qu'il la prenne en gentleman. Mark a saisi sa faux et a pris sa main pour l'aider à se lever. La vieille femme est morte avec grâce, a accepté son sort avec dignité et a enduré le trajet sur le dos du poney avec un respect silencieux.

Mark l'a accompagnée en silence, mais durant le voyage, il s'est promis que si jamais il avait la chance de vivre à nouveau, il rendrait visite à sa mamie plus souvent. Tous les jours, en fait.

# CHAPITRE VINGT

Mark retourna dans le néant de la mort pour y déposer Henrietta. Il baissa les yeux le long de la berge qui bordait les plaines sans relief de l'infini et aperçut un point noir qui se détachait de son environnement, tel un grain de poivre solitaire dans un tas de sel. Il vola jusqu'à lui et rejoignit Emma sur le sol.

Mark aida Henrietta à descendre de cheval. Elle lui donna une tape polie sur la main comme pour lui dire « beau travail » et se dirigea d'elle-même vers sa salle d'attente infinie. Mark la regarda partir un instant, puis se tourna vers Emma.

— Comment ça s'est passé ? Où est ton âme ?

Elle désigna l'eau. Ou plutôt, ce qu'il y avait dessous. — Il est mort d'une overdose. Il a dessaoulé dès qu'il m'a rencontrée. Je l'ai amené ici et je lui ai dit d'attendre le passeur. Il a demandé ce qui arriverait s'il tentait la traversée à la nage. Je lui ai dit qu'il coulerait et ne remonterait jamais à la surface, et il a juste… Elle laissa retomber son bras.

— Pauvre type, dit Mark. Enfin, pas de problèmes, n'est-ce pas ? Aucun souci ?

— Aucun.

— Tu n'as pas eu à le charcuter et à le recoudre ?

— Non. Il s'est juste accroché. Il a un peu pleuré. Je crois que la drogue contenait une bonne partie de la souffrance intérieure qu'il avait accumulée pendant des années. Il ne se supportait pas sans ça.

— Eh bien, c'est triste, dit Mark. La mienne n'était qu'une gentille vieille dame. Je n'ai pas eu le cœur de lui dire que rien ne l'attendait ici. Rien qu'une vaste étendue ouverte et infinie de néant et...

Tous deux entendirent un cliquetis de métal non loin de là. Ils se retournèrent et virent Henrietta monter prudemment à bord de la barque de Charon. Mark courut pour examiner la scène.

— Qu'est-ce que c'est que ça ? demanda-t-il.

Charon sourit et ouvrit le poing. Il tenait deux épaisses et magnifiques boucles d'oreilles en or, des plaques pleines avec fermoirs à crochet, et une alliance en or ; un cadeau d'adieu qu'Henrietta lui avait volontiers offert. Elle était morte avec certains de ses bijoux.

— C'est tout juste assez pour le prix de la traversée, dit Charon. L'alliance elle-même, que tant de gens apportent, ne vaut presque rien, mais vous, ma chère, êtes une âme honorable et également chérie.

— Je pensais que vous n'acceptiez que les pièces, dit Mark.

— L'or, c'est de l'or, répondit Charon. Il plongea sa rame dans l'eau et éclaboussa un peu la robe de Mark. Ça deviendra monnaie sonnante et trébuchante après avoir béni ma poche assez longtemps. Faites attention, ma chère. Vous pouvez vous asseoir sans crainte dans la barque, mais ne vous levez point, ou vous ne trouverez nul fond à ce lac.

— Pouvez-vous me dire ce qu'il y a de l'autre côté ? demanda Henrietta.

Charon eut un petit rire et parla à voix basse, et ils s'éloignèrent suffisamment dans la brume au-dessus du fleuve pour que sa voix bourrue n'atteigne plus la rive sur laquelle Mark était coincé.

— Hum, souffla Mark. Eh bien. Il mit les mains sur ses hanches, et Emma le rejoignit, tenant son cheval et le sien en remorque. Alors, les femmes ont plus de chances que les hommes d'atteindre l'autre rive...

— Qu'est-ce qui te fait dire ça ?

Il se pinça une oreille entre le pouce et l'index et la remua.

— On dirait que... ? questionna Emma.

— Ce n'est pas une partie de mimes. Je veux dire que les hommes ne sont généralement pas enterrés avec des boucles d'oreilles en or.

— Ah, réalisa-t-elle.

— Ni avec des colliers, des chaînes de cheville ou des tonnes de bagues.

— Certains si, le corrigea Emma. Les grands pontes de la mafia. Les rappeurs. Les influenceurs d'Instagram.

— C'est vrai. Et les supporters de Manchester United.

— Mais de manière générale, oui, tu as raison.

— Si on retourne à la vie, dit Mark, on devra s'assurer d'avoir toujours de l'or sur nous. Au moins quelques onces. Je préfère risquer ce qui se trouve de l'autre côté plutôt que de rester coincé ici pour l'éternité.

— Et les pauvres ? demanda Emma. Ceux qui meurent les mains vides, sans rien posséder ?

— Derniers dans la vie, derniers dans l'au-delà... Mark hocha la tête. C'est une très mauvaise pioche, dans l'ensemble. J'ai voté travailliste toute ma vie. S'il te plaît, ne me dis pas que ces salauds de conservateurs avaient raison depuis le début et que tout n'est qu'une question de pognon.

— Ne t'en fais pas. Emma frotta l'épaule de Mark. Ils n'ont jamais raison. Même quand ils ont raison, ils ont tort. Elle pinça les lèvres, l'air curieux, puis attrapa sa sacoche et en sortit un sablier. Dépêchons-nous de passer au suivant, tous les deux. Pour nous changer les idées et ne pas devenir fous.

— On en est vraiment déjà au point, dit Mark, où nos vies sont devenues si compliquées qu'on doit se distraire avec le travail ? La dernière fois qu'on s'est fait ça, tu as essayé de te tuer.

Emma soupira. — La dernière fois, c'était parce que j'étais prise dans un étau économique qui me traitait comme une citoyenne de seconde zone dans mon propre pays, parce que j'osais vouloir plus d'options pour planifier mon avenir. Là, c'est un peu différent.

— Ça concerne toujours l'avenir, dit Mark. Et ironiquement, on a toujours besoin d'une richesse personnelle substantielle pour progresser.

Emma ne discuta pas davantage. Elle monta en selle et s'attendit à ce que Mark la suive. Et comme c'est elle qui avait le sablier, elle pouvait créer et fermer le portail à sa guise. Mark se prépara et décolla du sol au moment où Emma s'élançait. Il la rattrapa juste à temps alors qu'elle balançait sa faux vers l'avant et ouvrait le portail vers...

Nulle part. Le néant. Aucune ville en vue. Rien que des collines verdoyantes et du brouillard. Malgré leurs corps spectraux, ils pouvaient sentir un frisson dans l'air et une odeur humide et terreuse.

— On est en Écosse ? demanda Mark.

— Tu crois ? demanda Emma. Elle regarda autour d'elle à travers les nuages qui recouvraient le sol et repéra au loin un château, ancien mais vénérable, avec son propre parking surplombant un lac peu profond. Oui, je crois bien que oui.

Mark plongea dans le brouillard. Emma le suivit. Ils passèrent un certain temps au-dessus des routes de campagne étroites, à travers les vallons et les collines verdoyantes, en admirant le paysage. C'était leur domaine, pour ainsi dire, à quelques centaines de kilomètres de là tout au plus, et pourtant, l'endroit leur semblait absolument lointain et inconnu.

Emma suivit le sable en faisant un long détour, survolant à haute altitude les forêts, les ruisseaux et de parfaites petites collines. Ils s'imprégnèrent de tous les paysages, sans percevoir aucune des odeurs des bois perpétuellement humides.

Puis tout devint gris. Tous les verts s'estompèrent en un éclair. Le ciel s'assombrit, le brouillard se fit plus mince et l'eau prit une teinte noire, menaçante et opalescente. Emma n'eut pas besoin de regarder pour en avoir la confirmation : le dernier grain de sable était passé. La partie de plaisir était terminée, non pas qu'elle ait jamais été censée l'être. Ils devaient trouver sur-le-champ l'habitant de ce nouveau royaume qui leur était destiné. Sinon...

Ils continuèrent de suivre le sable qui frôlait le bord du verre pendant plusieurs minutes. Ou du moins, des minutes relatives à leurs sens et à leur vitesse, qui était très élevée. Ils s'enfoncèrent de plus en plus loin dans la nature sauvage, ne croisant ni villes ni villages, mais seulement des contrées où davantage de châteaux égarés semblaient surgir des flancs de colline.

— J'espère qu'il n'attendra pas longtemps, dit Mark.

— Il sera content de nous voir, dit Emma. J'en suis sûre.

Finalement, le sable changea de direction pour se diriger vers un lieu : une petite porterie de l'autre côté de douves décrépites, avec un pont-levis pourri à côté d'une passerelle à armature de fer parfaitement fonctionnelle. C'était un château historique qui donnait sur une route de campagne, une sorte de piège à touristes. Et le seul châtelain, qui était là pour le week-end, était mort à table, se tenant la poitrine, avec un dîner de haggis intact dans son assiette.

L'esprit de l'homme était celui d'un vieil Écossais bourru, grinçant des dents et d'apparence robuste, avec des bras épais et une barbe épaisse.

— Qui êtes-vous ? exigea-t-il. Vous entrez chez moi en pleine journée sans même avoir rendez-vous. Vous savez la quantité de travail que j'ai à faire avant le prochain lever de soleil ?

— Monsieur... commença Mark.

— Regardez-vous ! lança l'homme. Habillés comme des fantômes de pacotille sur un char de parade. Et vous, mademoiselle, avec votre grand chapeau, vous n'avez jamais entendu parler des parapluies ? On ne porte pas son toit sur la tête quand il y a un plafond au-dessus de soi !

— Oh, il va adorer Charon, dit Mark.

Nous sommes la Mort, dit Emma. Et vous êtes mort. Nous sommes venus pour vous emmener...

— Vous croyez que j'ai le temps de m'allonger et d'être mort ? dit l'homme. Il s'accroupit à côté de son propre visage suffoquant et lui hurla dessus. — RÉVEILLE-TOI ! L'œil tressaillit. — RÉVEILLE-TOI, PARESSEUX DE MERDE ! ON NE TE PAIE PAS POUR DORMIR PAR TERRE !

— Monsieur, vous êtes mort, dit Mark. Vous ne pouvez rien y faire.

L'homme se releva et tenta de le frapper. Mark recula par instinct, ne sachant pas si le coup le toucherait, mais pas assez téméraire pour le vérifier.

— Ne me dites pas comment parler à mon propre corps, dit-il. Si celui qui est par terre, c'est moi, alors qui suis-je, moi, ici ?

— Votre âme, dit Emma, que nous devons emmener...

— Jamais de la vie ! dit-il. Il leva les bras et brandit ses poings. — Vous ne m'entraînerez pas dans votre fosse infernale, démons de malheur ! Allez chier dans la bouche de Satan et dites-lui que c'est de ma part !

— Nous ne travaillons pas pour Satan, dit Mark. Nous ne l'avons même jamais rencontré.

— Oh, se moqua l'homme, vous êtes si bas sur l'échelle du diable que vous n'avez même jamais parlé à votre patron ? Des pompistes de l'au-delà, c'est ce que vous êtes. Des employés de rayon qui rêvent un jour de passer au comptoir du poissonnier, c'est ça ? Ai-je tort ?

— Monsieur, dit sévèrement Emma, nous sommes autorisés à vous ramener *en morceaux* si nécessaire. Elle tendit le sac, une besace de toile de jute à peine assez grande pour servir de sacoche de selle. La menace plana dans la pièce, bien réelle, mais l'homme continua de rire.

— Alors, vous avez sacrément intérêt à le faire ! dit-il. Il chargea, les poings levés, en hurlant.

Emma et Mark s'étaient entraînés pendant des semaines sous la tutelle experte du moine guerrier déterminé. Ils avaient renforcé ces apprentissages en se plongeant dans les nombreux ouvrages d'anatomie de la vaste bibliothèque de la Mort, mémorisant le nom et l'emplacement précis de chaque grand groupe d'os et de muscles. Ils réalisèrent, à peu près au même moment, qu'il y a une différence énorme entre *savoir* comment faucher une âme avec une arme blanche à deux mains et l'*utiliser réellement* pour trancher le fantôme d'un autre être humain dans la seule intention de lui couper des morceaux. Cette soudaine nécessité de transformer la connaissance théorique en application pratique en aurait déconcerté plus d'un.

Mais pas Emma et Mark. Non, ces deux-là étaient prêts à découper, décidés et capables d'appliquer leurs leçons en situation réelle sans un instant d'hésitation.

L'homme s'avança, lança son moignon d'épaule vide vers Emma et se retourna, confus. Mark avait habilement tranché le bras de l'homme. Il tomba mollement sur le sol et continua à se crisper tout seul. L'Écossais rit. — Je parie que vous ne referez pas ça !

Emma frappa et lui trancha la tête. Son corps resta debout, confus et sans but, comme s'il était devenu aveugle et sourd d'un seul coup, tandis que sa tête fantomatique roulait sur le sol.

— Oh, mais c'est absolument parfait, ça, continua-t-il d'un ton moqueur depuis le sol. Vous croyez que j'ai besoin d'un corps pour vous réduire en bouillie ? J'ai des mots si odieux que votre diable se boucherait les oreilles et pisserait dans son froc en les entendant. Je connais des jurons que le Christ lui-même n'aurait pas pensé à bannir de ses saintes écritures, trop profanes pour l'Enfer et trop singuliers pour le Paradis. Je...

Mark ramassa la tête par la barbe et la mit, avec le bras, dans le sac. Il regarda Emma, et ils regardèrent tous les deux le corps, qui errait toujours dans la pièce en frappant aveuglément tout ce qui se trouvait à proximité.

# CHAPITRE VINGT-ET-UN

Quelques âmes à peine après avoir commencé leur véritable apprentissage, Mark et Emma appréciaient déjà l'expérience. Ils y prenaient vraiment goût. Dans sa vie d'avant, le travail d'Emma avait été monotone et répétitif, avec peu de chances de promotion ou de reconnaissance, et elle avait aspiré à quelque chose qui lui semblerait épanouissant et gratifiant – ou, à défaut, juste un peu de reconnaissance et de considération.

Bien que Mark tirât une certaine satisfaction de son travail de graphiste, celui-ci passait toujours au second plan derrière sa véritable passion : l'écriture de sitcoms. Il était prolifique, sa plume était bonne et il avait même remporté quelques concours, mais il lui était impossible de trouver une société de production qui accepte ses projets. À la place, il gardait la tête hors de l'eau grâce à son travail de graphiste pour une agence de publicité, et passait ses soirées et ses week-ends à créer de nouveaux scénarios pour ses personnages.

La nature du travail en agence consistait à enchaîner les missions et à passer rapidement à la suivante. Il s'agissait avant tout de trouver une solution rapide, avec peu de temps pour apprendre à connaître le client ou ses propres clients, ce qui signifiait que c'était à peine plus qu'un travail à la chaîne déguisé en liberté créative.

Ils n'en étaient qu'à leurs premières âmes, mais jusqu'ici, tout allait bien. Malgré l'enjeu de taille – littéralement la vie et la mort – leur tâche revêtait une belle simplicité. Arriver à l'heure dite, faucher et guider l'âme jusqu'à la rive. Clair, défini et binaire, avec peu de place à l'interprétation. Un peu comme nettoyer une terrasse au Kärcher, le travail bien fait procurait une gratification instantanée et, semblait-il, assez de variété pour que les choses restent intéressantes et nouvelles.

Même s'ils étaient heureux, il était clair qu'une mort heureuse, ça n'existait pas. Ce qui s'en approchait le plus, c'était quelqu'un qui désirait mourir, pour finalement réaliser que rien ne l'attendait de l'autre côté – et ce genre de fin n'était que la dernière lueur d'une vie déjà baignée dans une obscurité sur laquelle il valait mieux ne pas s'attarder.

C'était épuisant émotionnellement, mais physiquement, ils ne se sentaient pas encore si fatigués. Le pire, c'étaient leurs bras, et les épaules qui actionnaient leurs faux. Le dos de Mark était un peu endolori à force de se pencher pour s'agripper à son poney pendant qu'il avançait, mais il s'y habituait. Le plus lourd à porter pour eux, c'était les peurs, les questions et les sentiments sans réponse concernant ce qu'ils faisaient et voyaient – et la crainte de savoir si la Mort finirait par approuver leur travail.

Ce voyage en particulier les avait menés à Londres, et ils longèrent Big Ben le long de la Tamise, traversèrent jusqu'à Waterloo et arrivèrent à un hôpital. Bien sûr, c'était un endroit naturel où trouver de nombreux morts, un lieu où les gens venaient passer leurs derniers moments futiles à combattre la maladie ou les blessures.

Leur cible, Thomas Berringer, était un jeune homme aux cheveux en bataille et au physique avantageux. Une jeunesse tragique fauchée par une violence hideuse qui avait requis la présence de plusieurs policiers à son chevet pendant qu'il mourait, et qui l'avait maintenu menotté au lit où il reposait. La scène était poignante. Mark et Emma se sentaient tiraillés à l'idée d'entrer et traînèrent dans le couloir aux tons mauve sale alors que le temps continuait de s'écouler.

Bien qu'on lui eût prouvé à maintes reprises qu'elle avait spectaculairement tort, Emma continuait de croire que les gens étaient fondamentalement bons mais faisaient parfois de mauvaises choses – plutôt que d'accepter que le monde était plein à craquer de connards qui prenaient un plaisir extrême dans le malheur des autres. C'est en s'accrochant désespérément à cette hypothèse qu'elle justifiait, du moins à ses propres yeux, pourquoi des « amis » d'école lui avaient volé son argent de bus, la forçant à rentrer à pied tous les jours, sans qu'elle ne le dise jamais à ses professeurs ou à ses parents. C'est ainsi qu'elle se persuadait que si d'autres s'attribuaient le mérite de son dur labeur au bureau, c'était de sa faute de ne pas avoir protesté, plutôt que de la leur d'en avoir profité. Plus important encore, c'était le comment et le pourquoi elle avait contracté des prêts qu'elle pouvait difficilement se permettre pour alimenter l'addiction au jeu de sa sœur aînée, Claire, qui avait promis – encore et encore – de rembourser l'argent, avec intérêts, si seulement Emma pouvait lui prêter de quoi miser sur son prochain pari infaillible... Ce n'est que lorsque les pertes d'Emma atteignirent la somme ahurissante de soixante mille livres et qu'elle fut tout simplement incapable d'obtenir plus de crédit que la prise de conscience qu'elle ne reverrait jamais un centime s'imposa à elle.

Et pourtant, en évaluant la scène qui se déroulait devant elle, et malgré toutes les preuves du contraire, elle y vit une possible injustice.

— Qu'est-ce qui a bien pu se passer, à ton avis ? demanda Emma à voix basse, bien qu'ils fussent invisibles, intangibles et pas du tout perceptibles physiquement par les autres.

— Je veux dire, commença Mark, il a manifestement fait... quelque chose.

— Pourquoi on n'a pas de fiches ou d'antisèches ? Des petits résumés de qui sont ces gens ?

— Je pense que ce serait un peu contre-productif, vu qu'on doit juste les trouver et les faire passer de vie à trépas.

— L'expression, c'est « pousser hors », corrigea-t-elle.

Mark plissa les yeux. — Ah oui ?

— « Pousser quelqu'un dehors », comme dans expulser.

Mark plissa les yeux de nouveau. — Et c'est quoi au juste, le « trépas » ?

— Je ne sais pas... Chaque fois qu'on est arrivés, il y avait une histoire derrière, non ? Aussi minime soit-elle, tout ce qu'on voit, c'est comment ces gens meurent. Et s'il aidait quelqu'un ?

— Aider qui ? demanda Mark. Un cartel ? Des braqueurs de banque

? Je doute que des policiers se tiennent à son chevet avec des menottes à son poignet parce que *c'est lui* la victime.

— Mais si c'était le cas, pourtant ? demanda Emma. Une sorte d'histoire de vengeance, où il aurait tout abandonné, sa liberté, son avenir, et maintenant sa vie, pour venger quelqu'un d'autre ?

— Quelle importance ? demanda Mark. La raison pour laquelle... Écoute, si la Mort était là, tu sais très bien qu'Elle nous ferait la leçon précisément sur ce sujet. Il prit une voix grave et démoniaque, pas tout à fait comme celle de la Mort, mais dans l'esprit des manières menaçantes du cavalier. — Apprendre à connaître les gens vous rapproche d'eux et rend plus difficile de leur prendre la vie. C'est votre devoir, n'y pensez pas.

— Oh, je sais tout ça, dit-elle, mais quand même...

— « Je sais tout ça », c'est pratiquement la conclusion de cette phrase, dit-il. Si tu sais tout ça, alors il n'y a plus rien à dire.

— Mais il y a quand même quelque chose à dire, dit-elle, parce que et si...

— Je ne crois pas que j'aie envie d'entendre ça, dit-il.

— Et si on avait le choix, commença-t-elle, et Mark se boucha les oreilles en se mettant à fredonner, de le laisser vivre un peu plus longtemps pour faire ce qui doit être fait ?

— Et ce serait quoi ?

— Eh bien, peut-être qu'il est innocent ?

Mark plissa de nouveau les yeux en la regardant. — C'est parce qu'il ressemble à un membre de boys band, c'est ça ?

— OU..., dit-elle sur la défensive. Ou, peut-être qu'il est coupable, et que la mort n'est pas une échappatoire pour lui. Lui donner assez de temps pour tenir jusqu'au procès, ou plus longtemps. Ou peut-être qu'il pourra mieux s'expliquer... Je ne sais pas. Je ne veux juste pas poireauter en me demandant pourquoi lui et pas les dizaines d'autres à cet étage qui sont malades et qui attendent juste leur tour.

— Eh bien, si tu veux prendre ce risque, dit Mark. Mais tu risques non seulement de t'immiscer dans le domaine de la Mort, mais aussi de voler une de ses ressources qu'on ne nous a pas données à la légère, pour pervertir une partie très importante du cycle de la vie sur un coup de tête, juste parce qu'on le peut. Écoute, je ne suis pas contre le fait de piquer quelques fournitures de bureau pour moi. Je l'ai fait. Tous ces post-it et ces ramettes de papier d'imprimante qui sont apparus comme par magie dans l'appart ? Ce n'est pas moi qui les ai achetés. Ma chaise ? Personne ne s'en servait. C'est anodin. C'est pas grave. Ça, on peut le faire. Si on déteste vraiment quelqu'un, on peut le charcuter et lui dire que c'est la procédure. Facile, simple. Mais maintenant, réfléchis à ça : ça, c'est encore nous qui faisons notre travail, comme prévu, sans accroc. C'est juste nous, faisant notre travail. Si on ne fait pas le travail, alors quoi ?

— ... C'est vrai, dit-elle. Elle y réfléchit une seconde de plus et attendit que Mark la rattrape. Exactement. Alors quoi ? On fait ça à la manière de la Mort ou... quoi ?

— Eh bien, il nous balancera dans le fleuve.

— Mais c'est enfreindre les règles, dit-elle.

— C'est lui le patron, dit Mark. Il peut enfreindre les règles. C'est comme ça que le pouvoir fonctionne.

Emma se moqua et traversa le bureau du poste des infirmières, vexée.

— Ça ne me plaît pas non plus, mais c'est *comme* ça que ça se *passe*.

C'est à peu près à ce moment-là qu'ils remarquèrent qu'ils n'avaient plus de temps. Les couleurs de l'hôpital s'estompèrent, ce qui ne semblait pas très différent de la normale. Tout n'avait été que blancs et gris au départ, mais quelques panneaux changèrent, et toutes les blouses des infirmières et des aides-soignants qui couraient de part et d'autre passèrent en niveaux de gris.

L'homme dans la chambre émergea de son propre corps et regarda autour de lui. Il se tapota les vêtements et fit rouler son poignet dans sa paume avant d'apercevoir le premier faucheur dans le couloir : Mark. Leurs regards se croisèrent. L'homme parut craintif une seconde, puis s'adoucit et s'avança.

— Hé, mon pote, dit Thomas, d'un ton très suave et amical. Emma se cacha aussitôt dans la pièce voisine pour observer. Thomas tendit la main, puis la retira. Euh, bon, je suppose qu'il est un peu tard pour ça, non ?

— Un peu, dit Mark. Il lui serra quand même la main.

— Ah, encore de chair et de sang, remarqua Thomas. Je pensais que je toucherais un squelette.

— Pas cette fois, dit Mark. Thomas Berringer, je suis venu pour vous emmener dans l'autre monde. Vers votre nouvelle éternité. Votre temps est écoulé, et vous...

— Ouais, mais euh, commença-t-il, c'est un peu un problème pour moi, en fait.

— Oui, dit Mark. La mort est un problème pour la plupart des gens. Le problème final. Le dernier de tous ceux qu'ils auront jamais.

— Eh bien, ce n'est pas un problème pour *moi*, à proprement parler, admit-il, vu ce qui m'attendait. Des accusations montées de toutes pièces pour éloigner un homme de sa femme. Ce complot est profond, mec. Je te le dis, tu le sais peut-être même déjà. Toi qui es la Mort omnisciente et omnipotente. Tu dois savoir qui est le vrai coupable dans tout ça.

— Hmm, fredonna Mark. Il n'en savait rien. Sa dispute avec Emma avait porté précisément sur le peu de choses qu'ils savaient sur ceux qu'ils venaient faucher, ce qui lui convenait car cela simplifiait le travail. Mais il voulait voir à quel point il avait raison.

— Je ne peux pas vous ramener à la vie, dit Mark. C'est impossible. Mais si vous avez quelqu'un que vous voulez voir avant de partir, quelque chose que vous avez besoin de savoir, alors peut-être...

Thomas inclina la tête et frappa dans ses mains. C'était suffisant pour lui. Espérons que ce le serait aussi pour Emma...

# CHAPITRE VINGT-DEUX

Mark chevauchait son Shetland — un cheval sinistre et intimidant de l'au-delà, comme il l'assurait à son passager — sur les nombreuses routes et ruelles urbaines du monde austère et gris du dernier instant estompé de la vie. Thomas Berringer avait eu droit à des adieux sans pareils, à être pardonné et sermonné par le fantôme de ses Noëls futurs. Mais il avait reçu son cadeau avec plusieurs mois d'avance. Près de six mois d'avance, en fait.

Emma, pendant ce temps, avait compris le plan de Mark et le suivait d'en bas, là où un cheval devrait être, à une distance respectable du poney pour pouvoir voir sans être vue. De toute façon, Thomas était trop captivé par la vue de Londres d'en haut pour y prêter beaucoup d'attention.

— C'est incroyable, frérot, dit Thomas. Il se tenait fermement avec ses cuisses pour pouvoir écarter les bras et sentir la brise fantôme dans l'air immobile. Quelle façon de voyager, hein ?

— Ça fait le boulot, dit Mark. À ce propos, où va-t-on ?

— Harlesden, dit-il. Il pointa vaguement une zone au nord-ouest de leur position. Mark fit obliquer le poney pour quitter leur trajectoire hors de l'hôpital. Il avait décidé de voir quelle aurait pu être la fin de l'histoire de Thomas, d'extrapoler à partir de ce qu'il pouvait voir et trouver par lui-même, puis de le frotter sous le nez d'Emma si ça s'avérait être quelque chose de vraiment terrible. Autrement, ce serait une bonne façon de perdre du temps et de prouver que leurs efforts seraient mieux employés à simplement jouer les taxis pour les esprits qu'ils trouvaient avec le moins d'interaction possible.

La principale crainte de Mark concernait le sable dans leurs propres sabliers, toujours invisible mais omniprésent, telle une horloge cassée à un tic-tac du minuit de leur création tout entière. S'ils glandaient au moment où leur temps s'écoulait, il imaginait que cela annulerait une grande partie de la grâce et de la bonne volonté qu'ils avaient acquises. Le poney n'était pas un poney vivant ; il venait de l'au-delà. S'ils n'appartenaient à aucun des deux mondes, qu'adviendrait-il de lui ?

Ces derniers grains de sable, tant qu'ils restaient coincés, étaient la seule barrière empêchant Mark de devenir lui-même une âme. Tant qu'il restait de chair et d'os et qu'il accomplissait bien ses devoirs mortuaires, il y avait une chance — bien qu'infime — qu'il soit renvoyé sur Terre.

Mark était parfaitement conscient qu'il était toujours dans son propre corps. Thomas, non. Leurs interactions physiques faisaient partie d'une sorte de singularité de leur situation. Thomas était un pur esprit qui pourrait probablement apprendre à aller et venir à sa guise s'il en avait l'envie. Mais perdu dans un seul instant du temps, les dégâts qu'il était capable de causer seraient minimes. Un seul esprit problématique vaudrait un rapport. Leur apprentissage était en jeu.

— Là-bas, en bas. Thomas montra du doigt. Cet immeuble, juste là.

— Les appartements ?

— Le premier au coin de la rue, à côté du parc.

Mark descendit en piqué et atterrit juste devant un immeuble d'appartements. Il était d'architecture brutaliste, un ancien HLM, et chaque appartement valait maintenant un peu moins d'un million de livres. Dire qu'il était délabré était un euphémisme. Des gamins étaient dehors — de jeunes adolescents qui semblaient avoir fini de s'échanger des coups et qui étaient maintenant affalés sur le trottoir pour souffler un coup avant de continuer. Des garde-robes entières de vêtements étaient suspendues à des cordes à linge et des rampes sur les balcons, dont les fenêtres étaient scellées par des grilles en fer.

Cela ressemblait à un endroit d'où un homme comme Thomas, avec ses bras tatoués et sa mort sous la garde de la police, aurait pu venir. Mais il était humain. Il avait son propre vécu. Mark supposait simplement que ce vécu était terrible et voulait le prouver. Emma avait fait sa propre supposition et avait hésité, mais s'en était tenue à satisfaire sa propre curiosité envahissante. Elle avait le pouvoir d'apprendre, alors pourquoi s'en priver ?

Thomas entra directement par la porte d'entrée ouverte de l'immeuble. Il monta au troisième étage et s'approcha d'une porte. Sa main passa à travers la poignée. Il s'appuya contre la porte, à moitié défait, jusqu'à ce que Mark le rejoigne.

Mark frappa à la porte, ce qui la déverrouilla. Puis il attrapa Thomas par l'épaule. — Avec moi, dit-il.

Il n'était pas sûr que ça marcherait. Et si ça ne marchait pas, il prévoyait de sauver la face en brandissant sa faux pour achever Thomas, jeter les morceaux dans le sac et l'expédier directement dans les Limbes, histoire d'avoir l'occasion de mettre la bouilloire en marche, d'ouvrir les biscuits à la crème et de s'affaler sur l'un des fauteuils de la Mort.

Mais ça fonctionna, et ils se retrouvèrent tous les deux à l'intérieur de l'appartement exigu où une femme était penchée sur le dossier d'une chaise, une cigarette aux lèvres, en train de regarder la télévision.

L'appartement avait connu des jours meilleurs. Les interstices où le sol rejoignait le mur étaient tous sales, et la plupart des plinthes manquaient. Des toiles d'araignée pendaient dans les coins sombres, les abat-jours étaient tous d'une nuance jaune nicotine mais avaient probablement été bleu ciel à l'origine. La moquette était déchirée et élimée, exposant toute une rangée de lattes de parquet là où le propriétaire n'avait tout simplement pas pris la peine de la remplacer et en avait fait une sorte de chemin décoratif. L'évier de la cuisine était rempli de vaisselle, et des éclats de verre avaient été poussés sous la cuisinière, qui n'avait plus qu'un seul brûleur en état de marche, les autres étant tous cassés.

— Elle a nettoyé l'endroit, dit Thomas. Heh. On s'est sacrément disputés ici.

Mark resta neutre et silencieux, mais la scène se dessinait lentement. Il aperçut Emma par la fenêtre. Elle avait garé son cheval dans les airs et grimpait en quelque sorte le long du mur pour trouver un angle de vue à travers la fenêtre sans se faire voir.

Thomas, en tant qu'esprit, fit le tour pour passer derrière la femme. — Vetti, murmura-t-il. Tu m'entends ?

— Non, interrompit Mark. Votre présence ne peut plus affecter ce monde.

Thomas recula et hocha la tête. Puis il jeta un regard en direction de Mark. — Mais la vôtre, elle peut. Mark plissa les yeux en le regardant. — Vous avez ouvert la serrure, pas vrai ? Le truc que vous avez... Ça doit être pratique. Il se dirigea vers Mark, d'un pas un peu guilleret. Comme s'ils étaient les meilleurs amis du monde et qu'il voulait juste lui demander une petite faveur un peu osée. — Je parie que vous pouvez ouvrir toutes sortes de choses avec ça.

— Je peux, dit Mark, en éloignant inconsciemment la faux. — Mais moi seul.

— Ah oui ? fit Thomas avec un hochement de tête sarcastique. — Vous en avez de la chance, alors. Rien pour les autres. Tout ce pouvoir rien que pour vous.

—... Oui, acquiesça Mark. — Je vous ai amené ici pour que vous puissiez la voir, une dernière fois. C'est le seul réconfort que je puisse vous offrir en attendant le jour, peut-être, où vous parviendrez à la revoir.

Thomas hocha la tête. Il mit les mains dans ses poches et afficha un sourire crispé et douloureux. Il feignit d'accepter. Puis il plongea sur la faux. Mark recula jusqu'au comptoir du petit-déjeuner. Thomas l'agrippa et les pans en lambeaux de sa robe glissèrent. Mark recula jusqu'à ce que son dos heurte le mur à côté de la cuisinière. Thomas le tenait à la gorge et tenta de le frapper. Les coups étaient sans effet ; il ne souffrait pas et ne sentait rien, si ce n'est une bise glaciale et vive qui s'estompait dans sa peau. C'était comme si un réfrigérateur lui toussait dessus.

Quand Thomas réalisa que ses coups étaient vains, il s'en prit directement à la faux elle-même. Il l'agrippa à deux mains. À la surprise de Mark, la prise du fantôme était solide. C'était une entité spirituelle, un instrument spectral de l'autre monde. Le corps de Mark était immunisé contre les esprits, comme il l'avait toujours été, mais la faux et sa robe ne l'étaient pas. Et son poney ne l'était probablement pas non plus ! Le fantôme parvint à arracher la faux des mains de Mark d'une torsion et la tira à lui.

— Non ! hurla Mark. Comment avait-il pu être aussi stupide ? Ne pas écouter les conseils des autres était une chose. Ne pas écouter ses propres conseils était impardonnable. Pour prouver à Emma qu'il avait raison, pour marquer des points dans une compétition imaginaire, il avait tout risqué et avait lamentablement échoué. Il n'y avait aucun moyen de faire passer ça pour une erreur accidentelle auprès de La Mort. Il n'y avait pas de clause de sortie du type « Je prends juste mes marques, je ne referai pas deux fois la même erreur... ». Ce que Mark avait fait contrevenait à la quasi-totalité de la liste des choses à ne surtout pas faire, en une seule fauche.

Thomas pointa la lame droit sur lui.

— On ne peut pas l'utiliser, hein ? dit-il. Une folie soudaine s'empara de lui – ou plutôt, le vernis du type sympathique et un peu culotté s'était finalement craquelé, révélant le dingue qu'il avait toujours été. – C'est ce que le flic a dit avant que je lui prenne sa matraque télescopique et que je la lui enfonce dans la gorge ! C'est ce que mon associé m'a dit : « Ce surin n'est pas pour toi, Tommy ! Cette fille n'est pas à toi, Tommy ! Elle appartient à quelqu'un d'autre ! » Eh bien, elle est à MOI maintenant ! Elle est entre MES mains ! Ça veut dire qu'elle m'appartient ! C'est le cas, c'était le cas, elle l'est, et elle le SERA !

Thomas brandit la faux, triomphant, prêt à frapper.

Mark se cala contre le mur, les poings serrés, les muscles des jambes tendus. Mark n'était pas seulement fâché contre lui-même, il était furieux que cet horrible salopard ait eu l'audace de profiter de sa bonne volonté. Dans n'importe quel autre scénario, il aurait été paralysé par la peur, bien conscient des dégâts que la faux lui infligerait. Mais la colère – la rage absolue que Mark ressentait – l'emporta sur toute envie de se recroqueviller ou de se tortiller. Au lieu de ça, Mark s'élança en avant, prêt à arracher les membres de son adversaire à mains nues...

La tête de Thomas se détacha et tomba derrière lui. Son corps se figea, raidi par la peur, tandis qu'il fixait du sol la botte soigneusement placée sur son front. Emma était entrée par la porte-fenêtre du balcon et avait privé Mark de l'occasion de lui faire passer un sale quart d'heure.

Mark récupéra sa faux et renversa le corps. Emma recula et laissa Thomas s'écraser le visage contre le sol.

— Je suppose, dit Emma, que c'est pour ça qu'on ne devrait pas se mêler de la vie antérieure des défunts.

— Je ne pense pas qu'ils seront tous des meurtriers, dit Mark. Ses mains tremblaient encore sous l'effet de l'adrénaline.

Emma hocha la tête. — Peut-être ceux qui sont menottés à des lits, par contre...

— S'ils ont déjà été jugés, on est d'accord pour s'en tenir à ce jugement ? Si on se trompe...

— On ne juge personne, dit Emma. — Pour ce qu'on en sait, c'est de ça qu'on s'occupe de l'autre côté du fleuve.

— C'est vrai, dit Mark. — C'est exactement ça, et on ne devrait plus poser de questions à ce sujet.

— Ce n'est pas moi qui l'ai amené ici, lui rappela Emma.

— C'est vrai. Laissons planer le mystère, dit Mark. Ils hochèrent la tête et soupirèrent. Puis Mark donna un petit coup de pied dans le corps. — Il faut qu'on demande un plus grand sac.

# CHAPITRE VINGT-TROIS

Cinq de faits, quatre-vingt-quinze à faire.

Mark et Emma retournèrent dans les plaines du purgatoire, reconstituèrent Thomas et le laissèrent avec pour seul guide le cours lointain du fleuve pour le mener à son destin auprès de Charon. Il resta silencieux pendant qu'ils travaillaient. Apparemment, la perte de sa vengeance ultime, et d'environ 75 % de sa masse corporelle précédente, avait suffi à le faire taire.

Ils s'étaient mis d'accord sur le fait qu'il était plus simple de faire profil bas, de se taire et de se mettre au travail. De vivre dans la mort comme ils avaient vécu dans la vie.

Mais cette idée dura le temps du décollage jusqu'à leur retour par le portail. Elle tourna au vinaigre en un temps record. La perspective d'une éternité de servitude contraignante n'était tout simplement pas attrayante. Alors, ils se mirent d'accord sur quelques concessions tandis qu'ils se rendaient vers leur prochaine proie.

— Un, dit Emma. On devrait toujours prendre les routes panoramiques. Voir ce qu'on peut des régions du Royaume-Uni où on n'est jamais allés, tant qu'on en a l'occasion.

— Deux, ajouta Mark. Ne pas se mêler aux drames de fantômes, aussi captivants soient-ils. La mort, c'est la mort. Il est temps de passer à autre chose.

— Trois, continua Emma. Ne pas juger. Il n'y a ni bien ni mal. La mort est la fin. La punition n'est pas de notre ressort.

— Quatre, dit Mark en agitant le doigt. S'ils méritent vraiment une punition, on les découpe en morceaux et on les met dans le sac.

— Et on subit un retour mouvementé, opina Emma.

— Et panoramique, si possible !

— Vraiment les laisser mariner au milieu de leurs propres morceaux de corps pour qu'ils réfléchissent à ce qu'ils ont fait.

Mark eut un petit rire. — Ok, cinq. Hum… Pas de course contre les trains.

— Pourquoi pas ?

— D'accord, tu marques un point.

— On a vraiment besoin d'une cinquième règle ? demanda-t-elle. Je crois qu'on a déjà couvert tous les points importants.

— Oh ! s'exclama Mark. Il leva la main pour attirer son attention. — Cinq : s'il y a une… situation compromettante, impliquant la présence, ou l'absence, de vêtements, chacun s'occupe de ce qui… lui correspond. D'accord ?

Emma hocha fermement la tête. — Bien pensé. Parce ce que je détesterais, c'est d'avoir à entrer dans la chambre d'un homme qui a fait une attaque pendant qu'il se la tripotait, en faisant peut-être un AVC et en s'en donnant à cœur joie.

— Et je ressens la même chose, dit Mark. Exactement la même chose. Concernant le fait d'entrer chez des femmes nues. Mais je pense que c'est moins gênant et moins conflictuel si on s'en tient à notre propre sexe.

— Oui, d'accord, dit Emma. Elle tapota le côté du sablier et examina le nom – Shahir bin al Marik. — On a eu de la chance jusqu'à présent avec des gens qui parlaient anglais, mais s'ils ne le parlent pas ?

— On ne parle pas une sorte de… langage universel directement dans leur esprit, ou un truc du genre ?

— Je ne sais pas, admit-elle. Je ne suis pas sûre. Il nous faut un système. En fait, peut-être qu'il vaut mieux ne pas parler du tout ? Jusqu'à présent, tout le monde nous a reconnus comme la Mort, du moins assez pour ne pas vraiment remettre en question ce qu'il se passait.

— Juste un signe de la main puis on leur montre le cheval, suggéra-t-il.

— Oui !

— Ce qui fonctionnera très bien pour toi, parce que tu ne les invites pas sur un poney.

— Eh bien, ouais.

— Oh ! s'exclama Mark. Je viens de penser au numéro six.

— Six ? Vraiment ? Si on en veut plus, autant aller jusqu'à treize.

— Pourquoi treize ? Bref, celle-ci, je pense, est bonne. Mais c'est complexe, alors écoute-moi bien. Il prit une inspiration et organisa ses pensées avant qu'elles ne sortent toutes de sa bouche dans le désordre. — Alors, personne n'est content de mourir, n'est-ce pas ?

— Non, jamais.

— Même si c'est par choix, on ne peut pas supposer qu'ils seront contents.

Emma hocha lentement la tête.

— Alors, il se peut qu'ils ne veuillent pas venir avec nous, dit-il.

— Ce serait un problème.

— Dans ces cas-là, expliqua-t-il, il faut qu'on commence à être ouverts. Donc, voilà comment ça devrait se passer : on arrive, on tape la faux sur le sol – ce qu'il fit –, on montre qu'on ne plaisante pas et on leur indique la monture. Je serai un peu plus insistant, en montrant clairement que ça ne me plaît pas plus qu'à eux, et ensuite on se met en route. S'ils ont besoin d'un peu de réconfort, s'ils ne croient pas que c'est réel ou s'ils font une dépression nerveuse, alors on peut parler, mais on ne peut pas tout leur dire. On doit juste leur dire le minimum pour les faire monter sur le cheval. On ne découpe les gens que s'ils nous attaquent ou essaient de voler nos faux ou quelque chose comme ça. Fais-moi confiance, si quelqu'un pleure, s'agite, te tape sur la poitrine, ça ne fait pas mal. Et ils ont probablement juste besoin de pleurer un bon coup à cause de... tu sais, de la mort.

— D'accord.

— Et on peut leur parler, et les écouter si c'est ce qui les décide à venir avec nous.

— Donc, juste en cas d'urgence, dit Emma, se montrer empathique et les traiter comme des humains ?

— Oui. Sinon… qu'on leur coupe la tête.

— Le train-train quotidien.

— Le train-train quotidien, soupira-t-il.

Le monde vira au gris, leur signalant que le temps qu'ils avaient si bien employé était terminé et que leur devoir devait commencer immédiatement.

— Bon, dit Mark. On y va.

Mark et Emma trouvèrent leur cible dans la rue. Son cou était tordu d'une manière qui paraissait terriblement anormale en bas de quelques marches en béton. Son esprit se trouvait à une certaine distance. La boussole du sablier d'Emma ne pointait que vers le corps, soulignant un tout nouveau problème si une âme décidait de partir un peu en vadrouille.

Mark s'approcha le premier, spectre sombre avec un poney mignon et absolument aucune émotion. Shahir, un homme arabe avec une barbe épaisse et une casquette sur la tête, regarda Mark avec peur et dédain avant de lui crier dessus. Malheureusement, c'était dans une langue que Mark ne connaissait pas, ce qui le fit immédiatement douter de sa théorie selon laquelle ils parlaient maintenant une sorte d'espéranto éthéré. Shahir cria de nouveau, semblant en colère, mais il n'y avait toujours rien à quoi Mark pût se raccrocher.

Puis Shahir se retourna et tomba à genoux. Il posa les mains au sol et se prosterna en prière. Mark resta immobile, ne sachant pas comment gérer la situation. Il se tourna vers Emma, qui attendait non loin, derrière un arbre. Elle lui fit signe d'avancer. Il hocha la tête et s'approcha de l'homme, attendant que Shahir se calme, jusqu'à ce que seul le son de sa respiration haletante contre le pavé ne subsiste entre eux.

— Vous êtes mort, dit Mark. Shahir leva la tête, les larmes aux yeux, et Mark hocha la tête.

— Non, dit Shahir. Ses lèvres bougeaient différemment des mots que Mark entendait. Et il les entendait d'une voix monocorde, semblable à celle d'un système téléphonique automatisé. — Cela ne se peut pas. Ce n'est pas ce pour quoi je me suis exercé. Vous n'êtes pas la main qui doit m'emporter.

— Je ne peux pas vous aider, dit Mark. — Je ne peux que vous guider.

Shahir baissa la tête, vaincu. Il se releva et fit les cent pas, se frotta les yeux, et luttait de toute évidence contre ce à quoi il faisait face. Il regarda Mark droit dans les yeux avec une intensité extrême et se remit clairement à crier — bien que Mark n'entende qu'un ton monocorde et robotique. — Ma vie n'a pas été vaine. Non. Je le jure.

Mark posa la main sur l'épaule de Shahir. — Aucune vie n'est vaine.

La lèvre de Shahir trembla. Il se pencha et étreignit Mark. Mark avait toujours eu un faible pour les bonnes accolades et il répondit volontiers à son étreinte, lui tapotant le dos. C'était comme frapper la surface d'une baignoire remplie d'eau, mais il tint bon. Il soutint Shahir par l'épaule sur tout le chemin jusqu'au poney, ce qui fit rire Shahir. Puis il le mit en selle et tous deux s'envolèrent dans le ciel. Emma arriva d'en haut et s'occupa du portail. À partir de là, le reste n'était qu'une question de procédure. Shahir s'éloigna dans le vide pour retrouver ceux de sa foi, convaincu que sa terre promise ne se trouvait pas de l'autre côté du fleuve, mais quelque part dans le désert des croyances mortes.

— D'accord, dit Mark. — Alors, comme cas d'essai, c'était plutôt pas mal. En quelque sorte. On peut parler d'autres langues, et si l'esprit n'est pas près du corps...

— C'est une bonne raison de les atteindre *avant* que le monde ne s'éteigne, dit Emma. — C'est probablement un point sur lequel la Mort voudrait insister.

— Ce qui contredit le premier point, sur le tourisme.

— Oh, ouais.

— Il faut vraiment qu'on maîtrise ça plus vite.

— C'était bien, cela dit.

— Hein ?

— « Aucune vie n'est vaine », répéta-t-elle. — « Je ne peux que vous guider. » Regarde-toi, sage esprit gardien de l'au-delà. Tellement grave. Elle tira sur sa robe d'un air enjoué. Mark hocha légèrement la tête au compliment. Son maquillage pâle vira à un rose très léger. — Dans quel film tu as entendu ça ?

Mark se mit à rire. — Pas du tout ! Non ! Je ne ferais pas ça !

— Sept : pas de citations de films, dit Emma.

— Et s'ils sont de grands fans ? Qu'ils sont morts en portant un t-shirt promotionnel et que je connais leur personnage préféré et des tas de répliques cultes ?

— Seulement pour les enfants, dit-elle, — en extension du point six.

— Et pour les grands enfants ?

— Eux, ils ont droit au sac, toujours.

— Ça me paraît juste.

Six âmes récupérées. Enfin, les apprentis commençaient à prendre le coup de main. Le jeu de la vie et le travail de la mort étaient à leur portée.

# CHAPITRE VINGT-QUATRE

Les apprentis de Death parcouraient le plan mortel pour accomplir sa tâche, ce qui lui laissait un peu de temps libre pour penser et se morfondre. N'aimant pas cette sensation de gâchis, il a décidé de recevoir un peu de compagnie, comme il le faisait de temps à autre. Une partie de poker, un de ces vieux jeux transmis au fil des ères passées, qui entraînait toutes sortes de tourments dont il pouvait se délecter avec ceux qui partageaient des devoirs si similaires.

War, Pestilence et Famine se sont joints à lui. Une partie à quatre était plus facile à gérer et à régler qu'une partie à cinq. En plus de ça, Charon était réticent aux paris ; en fait, il y était pratiquement allergique. Même les jetons sans argent, dont la seule valeur fiduciaire reposait sur la confiance et les bons moments, étaient de trop pour que Charon s'en sépare.

Chez Death, le poker était toujours une affaire agréable. En partie grâce à l'humour de potache, et en partie grâce au frisson et à la possibilité que le vainqueur rafle toute la mise. Mais c'était surtout parce que Véronique en profitait pour faire étalage de ses talents culinaires — en particulier ses connaissances en pâtisserie — ce qui donnait lieu à un assortiment de délices faits maison.

War est apparue dans un tailleur-pantalon sobre et élégant qui tombait parfaitement sur sa silhouette noblement robuste. Elle arborait toujours le même air suffisant de victoire, peu importe la main qu'on lui distribuait, et n'avait aucun tell évident, mais ne faisait jamais tapis. Pestilence est venu avec une écharpe qui étouffait un raclement de gorge occasionnel. Il n'était que symptômes lorsqu'il était affligé d'une mauvaise main, donc son silence signifiait généralement qu'il avait quelque chose de bon. Famine manquait toujours de cartes royales, mais relançait souvent fort quand elle tenait de petites paires. Et Death ne tirait que des mains mortes.

Ils étaient tous à la merci de la rivière et du flop pour déterminer le cours de leur partie. Malgré une série de malchance qui durait depuis des décennies, Death s'est habillé de façon appropriée. Il portait des lunettes de soleil sombres sur ses orbites vides et cachait son visage squelettique à tout moment. Il arborait son casque de Walkman, les coussinets d'oreille orange élimés contrastant étrangement avec sa cagoule d'un noir d'encre. Son crâne creux servait de haut-parleur pour que tous puissent profiter de sa cassette usée de Wham!. Il fallait bien l'observer pour savoir s'il souriait ou non, sans aucune lèvre. Au final, ce n'était qu'un jeu de hasard et d'amusement. Personne ne repartait perdant, à moins de se sentir comme tel. Et aucun d'entre eux ne se sentait ainsi.

Famine a coupé les cartes et a commencé à battre le jeu ; les couleurs habituelles avaient été remplacées par des Crânes, des Épées, des Mouches et du Sang.

— Je vous le dis, a commencé Pestilence, je sens qu'une nouvelle ère approche.

— Comment ça ? a demandé Famine.

— Il y a ces histoires que j'entends, a-t-il commencé, en cherchant à se gratter sous son écharpe, sur des essais cliniques qui font de nouvelles découvertes, et des laboratoires du monde entier qui intensifient la recherche génétique. Ils essaient de décoder et de reprogrammer des bactéries trouvées chez des animaux sauvages pour inverser les effets chez les humains. Les apothicaires prennent leur envol. Ça pourrait être une autre révolution de style industriel si ça continue : une *pharmalution*. Je ne sais pas si je peux suivre le rythme sans devenir complètement dingue.

— Quel mal y a-t-il à ça ? a demandé War.

— Eh bien, ce serait trop, a-t-il dit d'un ton neutre. Trop de morts, pas assez de souffrance. La mort n'est pas mon objectif, tout bien considéré.

— En effet, a dit Death. Un fléau moderne mènerait, principalement, à une hécatombe chez les personnes âgées et à l'écoulement lent de leurs vies à travers le tamis de la prédisposition génétique. Mais si tu cibles les jeunes, il n'en restera plus après pour contracter une nouvelle maladie en pleine floraison.

Famine a distribué deux cartes à chaque joueur.

— Au moins, tu as quelque chose à faire, a dit Famine. La production alimentaire et les stocks ne cessent d'augmenter. À tel point que les gens jettent maintenant de la nourriture. Dieu merci pour ça ; c'est la seule bonne nouvelle que j'ai au quotidien. Tu imagines ! Des tonnes et des tonnes laissées à pourrir et à être gaspillées ; mais c'est seulement parce que les gens ne peuvent pas la manger assez vite.

Ils ont tous jeté un œil à leurs cartes.

— Il y a toujours quelqu'un, a dit War, qui ne mange pas assez à sa faim. Elle a poussé une belle pile de jetons vers le pot. Je suis.

— Pas avant que je relance, a dit Famine.

— Hmph, a soufflé Death en suivant.

Pestilence a reniflé et grogné. — Il commence à faire plus froid dehors, au fait ?

— Il ne fait ni froid ni chaud, a dit Death. Il ne fait rien. Toute perception dans les Limbes en est une qui est importée.

— Oui, a dit Pestilence, mais j'ai l'impression qu'il fait plus froid.

— Peut-être que le fleuve monte, a dit War. Ce n'est pas arrivé depuis... jamais, mais ce serait possible.

— Trop d'âmes damnées qui tentent la traversée à la nage, a dit Famine. Qui avancent péniblement au fond, formant un barrage pour bloquer l'eau. Un barrage de damnés.

— Peu probable, a dit Death. Bien que Charon manque de passagers. Je ne serais pas surpris que les eaux montent pour réclamer toute la rive, ne laissant aucune trace des âmes laissées à errer.

— Ça a toujours été comme ça, les Limbes ? a demandé War.

— Je suis là depuis plus longtemps que vous tous, a dit Death. D'un nombre incalculable d'instants. Avant que l'homme ne conspire pour faire la guerre, ne découvre la maladie, ou ne meure de faim pendant la chasse. Seul l'avènement de la société nous a réunis, mais cet endroit a toujours été le terrain de jeu des condamnés, et à l'époque, les eaux étaient assez peu profondes pour que les cœurs d'acier aillent errer de l'autre côté par leurs propres moyens.

— Pauvres d'eux, a dit War. Désormais tenus en compagnie seulement par ceux qui n'ont jamais eu à se salir les pieds dans la moindre flaque de boue.

— Ne plains pas les morts qui ont déjà traversé, a dit Death. Ils ont échappé à ce destin.

Tous les regards se sont tournés vers Pestilence, qui avait toujours une démangeaison dont il ne pouvait se défaire. — Oh, euh, je me couche.

— Ha ! a ricané War. Quel dommage. Elle a abattu ses cartes. Elle avait une paire de dames pour battre la dame haute de Famine.

Les yeux se sont tournés vers Death. Il a grogné et a posé ses cartes.

— Eh bien, ça c'est une main à garder, a dit Pestilence.

— Oh, a haleté Guerre en voyant la main de Mort.

— Aucune pitié pour ça, a lâché Famine.

— Une couleur, a dit Mort. Que des crânes.

— Le paquet t'aime bien pour une fois, a dit Guerre. C'est la première main gagnante que je te vois tirer depuis une éternité.

— Ce jeu n'a pas tout à fait une éternité, a dit Mort d'un ton neutre en ramassant le pot. Mais ça fait plaisir de voir une bonne main de temps en temps. Il a mélangé les cartes et s'est préparé à distribuer la main suivante.

Peste a toussé. — Désolé. Excusez-moi, continuez.

— Est-ce que tu es en train de faire pourrir un nouveau microbe en toi ? a demandé Guerre.

— Euh, peut-être, a-t-il dit. La vérité, c'est que je me suis laissé tenter par quelques nouveaux projets. Je suis encore indécis pour deux d'entre eux — dans le sens où j'essaie de les rendre aéroportés.

— Tu comptes enfin te lancer ? a demandé Famine. Mettre le monde entier hors service ?

— Non, a soupiré Peste. Les vivants ont ruiné tous ces plans quand ils ont entrevu un rêve prophétique dans mon propre esprit d'une rage aéroportée et qu'ils ont fait tous ces films de zombies gores et affreux.

Maintenant, tout le monde a la paranoïa de la survie face aux zombies, et ils sont tous prêts à y faire face. Tout ce qui peut être guéri avec une balle ne fonctionnera pas.

— L'Amérique tient bon, a déclaré Guerre fièrement, en se tapotant la poitrine avec le poing fermé. Elle s'est penchée en arrière et a grimacé aussitôt, massant la douleur qu'elle ressentait à l'épaule.

— Trop bon ? a demandé Famine. Il a attrapé une autre pâtisserie maison sur le plateau entre lui et Mort — l'une des nombreuses qu'il avait mangées, plus que quiconque ce soir-là.

— La guerre est devenue trop statique, a-t-elle dit. Que des véhicules et des drones, de la cyberguerre, et ce genre de choses. Plus personne ne se lève et ne court partout avec des épées, des lances et des arcs comme au bon vieux temps. Maintenant, je me bousille le dos à apprendre le code logiciel pour suivre la façon dont les gens ont appris à se faire du mal les uns aux autres. Avant, il fallait prendre un solide maillet sur une cheville pour estropier un homme... maintenant, il suffit de bloquer son accès à Internet.

— De telles guerres sans mort, a dit Mort, n'ont aucune gloire. Aucun sens.

— Mais beaucoup de richesses à se faire, a dit Guerre. Les idéaux du passé ont été troqués contre des actions et des parts. Les croyances des gens — que certains ont encore — ne valent plus qu'ils meurent en masse pour elles. Il y a une valeur, très certainement, mais j'ai trouvé que la résolution manquait cruellement ces derniers temps. Les besoins primaires sont tous satisfaits. Elle s'est tournée vers Famine. — Ce qui ne me contrarie pas autant que ça pourrait te contrarier, toi.

— Bof. Famine a hoché la tête. — Un effondrement va se produire. Quand les humains se regarderont eux-mêmes, puis regarderont la planète en se demandant où et comment ils vont cultiver la nourriture dont ils ont besoin pour nourrir tant de monde, la famine commencera. Et la planète, elle aussi, mourra de faim avec eux. Il s'est rempli la bouche de pâtisserie, et toute la crème a giclé pour remplir sa joue. — Les déserts sont mes amis à notre époque. Tu verras. Toute résistance est futile. L'eau sera le nouvel or.

— Mais ils essaieront de résister, a dit Mort. Il a distribué les cartes, deux pour chacun d'eux, puis il a soigneusement posé le flop, le tournant et la rivière au milieu de la table. — Et le plus souvent, ils réussiront.

— C'est bien dommage, a dit Guerre.

La première carte était un cinq de Crânes. La deuxième était un quatre de Sangs. Les mises ont été placées autour de la table : Guerre a relancé. Famine a suivi. Mort a relancé. Peste a suivi, se maintenant dans la partie. Mort a retourné la rivière : le six d'Épées. Un autre tour de suivi et de relances. Tout le monde était encore en jeu, et tout le monde se sentait confiant. Toutes les mains ont été révélées.

Mort a gagné, avec une hauteur roi. Personne n'avait ne serait-ce qu'une paire, chacun d'entre eux espérant la quinte. C'était une mauvaise main pour tout le monde, une manche morte. Mort a pris le pot, tout à fait considérable, et si un crâne sans lèvres pouvait sourire, il souriait à cet instant. Il a passé le jeu de cartes mélangé à Peste pour qu'il coupe.

— Ne marque plus tes cartes, a prévenu Mort.

— Hé ! Quoi ? Non, a protesté Peste. Ce n'était pas intentionnel.

— Pourquoi d'autre aurais-tu amené des puces ici ? a demandé Guerre. Et les aurais-tu laissées commodément sur la carte ?

— Ça a marché une fois pour moi, a dit Famine. Marquer les cartes avec du sang.

— Ouais, c'est ça qui a fait s'agiter les puces, a dit Peste, les mains en l'air en signe d'innocence. C'est toi qui as commencé, je suis juste celui qui s'est fait prendre.

# CHAPITRE VINGT-CINQ

L'écho de tirs. Une panique générale s'empara des rues. Des civils couraient dans toutes les directions.

Des fêtards sortirent en trombe des pubs et des restaurants pour voir s'il y avait quelque chose qui valait la peine d'être filmé avec leur téléphone et se mirent rapidement à courir eux aussi, sans savoir quoi ils fuyaient, ni dans quelle direction il valait mieux se diriger. Mark et Emma arrivèrent juste à temps pour rester planer au-dessus de la scène et observer le chaos qui régnait en bas. En quelques secondes, la rue, d'ordinaire animée en ce vendredi soir, devint déserte.

Ils entendirent le hurlement des sirènes.

— Vraiment ? dit Mark. On est aux États-Unis, tout à coup ?

— Non, regarde. C'est l'Arndale, dit Emma en montrant le toit immense du centre commercial. Triste à dire, mais on est exactement là où on doit être… à Manchester.

— La joie, dit Mark. Un crime par arme à feu.

— Oui, oui, dit Emma. Enfin, on n'est pas procureurs, on est des faucheurs. On a juste besoin de trouver qui s'est fait tirer dessus et de les faire passer de l'autre côté.

Ils descendirent tous les deux au sol pour analyser la situation. Les sirènes annonçaient l'arrivée de la police. Un homme, vêtu d'un bonnet en laine noire et d'une veste, se tenait debout, une arme à la main, au-dessus de deux corps recroquevillés pour protéger une petite fille contre le mur. Le tireur serrait un sac à main contre sa poitrine — ce qui n'était pas incongru en soi, songea Mark, lui-même étant un grand adepte du côté pratique des sacoches pour homme — mais le fermoir étincelant en strass était la preuve irréfutable qu'il avait été volé, et que sa propriétaire légitime gisait probablement morte à ses pieds. Les yeux de l'homme allaient et venaient. Il se posta sous l'avancée en pierre d'un porche voisin et une lanterne en fer décorative oubliée depuis longtemps.

Tout s'arrêta au moment où les voitures de police dérapèrent au coin de la rue et apparurent. L'âme que Mark et Emma étaient venus chercher était en fait deux âmes : les vies des parents qui avaient protégé leur fille. Heureusement — ou pas, selon le point de vue — ce n'était que les leurs. La petite fille était indemne.

— Oh non, dit le père de la fillette. Non. Olivia !

— Olivia ! cria la mère. Ils se regardèrent sous leur forme spectrale. Ils se tenaient au-dessus de leurs propres corps, flasques et sans vie, mais toujours blottis l'un contre l'autre, protégeant la fillette recroquevillée sur le trottoir.

Emma et Mark furent silencieusement atterrés lorsque le couple décédé se mit à pleurer. Une tâche très difficile les attendait. Mark écarta Emma et l'attira à lui pour lui murmurer à l'oreille.

— Celle-ci ne me plaît pas.

— Il faut préparer notre discours, dit-elle, parce qu'ils seront inconsolables pendant tout le trajet du retour si on n'arrive pas à les convaincre que c'est pour le mieux.

— C'est mieux qu'ils soient morts ?

— Non, écoute, insista-t-elle. Ne te mets pas à leur niveau. D'accord ? Aucune sympathie. Juste le travail.

— Oui, d'accord, consentit-il, mais quand même... c'est un sacré bordel.

Mark leva les yeux vers le voleur. Il était accroupi, protégé par le porche en pierre, l'arme levée, prêt à continuer à se battre et à tuer.

— Et on doit les convaincre de passer à autre chose juste à côté du connard de kéké qui les a butés. Tu penses que ça va bien se passer ?

— Oh, oui, dit Emma. Euh... tu devrais le cacher de leur vue.

— Me tenir là comme un mur ? demanda-t-il. Juste écarter les bras pour qu'ils ne puissent pas voir derrière moi ?

— Oui, un truc du genre, dit-elle, et il lui lança un regard. Non, ça marchera. Ils ne feront pas attention à toi. Ils seront trop accablés par le chagrin et la peur pour leur fille et tout le reste pour remettre en question ta présence.

— Bien sûr, dit-il. Utiliser la survie de leur fille contre eux. C'est bien ça.

— Je m'en occupe.

Emma tapota l'épaule de Mark.

Ils avaient un plan, et ils allaient s'y tenir. Emma se tourna vers les parents toujours en deuil tandis que Mark se tenait au-dessus du criminel, pas encore appréhendé, et lança un regard plein de mépris à l'homme.

La mère et le père se tenaient l'un l'autre sous leur forme astrale. Quand ils remarquèrent la silhouette flottante d'Emma, sa faux à la main, le père se plaça immédiatement devant sa femme.

— S'il vous plaît, commença-t-il, si vous devez prendre quelqu'un, prenez-moi. Mais si c'est possible, laissez ma femme vivre.

— Peter, non, pleura-t-elle.

— Et notre fille, dit-il. Notre fille... Elle... elle doit vivre, quoi qu'il arrive.

Emma baissa les yeux. La fille était en sécurité. Aucune balle n'avait pu la pénétrer, et elle avait à peine une tache du sang de ses parents sur son chemisier. Elle était simplement assise, la tête rentrée dans les genoux, les mains sur les oreilles, dans une peur pensive, attendant que les temps difficiles prennent fin. Emma regarda de nouveau Peter dans les yeux. Il était résolu et intransigeant. Il avait en lui la volonté de se sacrifier, quoi qu'il arrive, ce qui rendait sa prise d'autant plus facile. Mais le destin avait décidé de les prendre tous les deux.

— Vous devez tous les deux passer à autre chose, dit-elle.

Peter inspira une grande bouffée d'air comme s'il allait bondir, mais sa femme le retint par-derrière.

— Peter, commença-t-elle, je suis désolée.

— Quoi ? dit-il, dégonflé et vaincu. Jen, non. Tu n'as rien fait.

— On est morts à cause de moi, dit-elle. Si j'avais... si je lui avais juste donné ce foutu sac plus tôt...

— Non, ne sois pas stupide, insista-t-il. C'était de ma faute. C'est moi qui l'ai énervé. J'ai donné le premier coup, tu te souviens ? Ça l'a rendu désespéré. Je ne savais pas qu'il avait une arme ! Je pensais que j'avais réglé le problème, sur le coup.

— Mais on est là uniquement à cause de moi, dit-elle. Je pensais que ce serait bien de faire une promenade en famille. Stupide, vraiment. Tout est de ma faute !

— Non, ce n'est pas possible, dit-il.

Jen se mit à pleurer contre sa poitrine, et il la berça simplement tout en regardant tristement dans le vague. Emma frappa sa faux sur le sol. Elle résonna d'un bruit sourd et retentissant, comme une cloche de bronze sonnant son glas final.

— On ne peut pas rester, insista Emma. Elle désigna son cheval, qui était assez grand pour eux deux. — On n'a pas le temps.

Peter bafouilla. Il se tourna aussitôt vers Olivia. — Peut-elle nous entendre ?

— N... Mais Emma ne put se résoudre à piétiner leurs espoirs évidents. Elle prit une grande inspiration et renversa la tête en arrière. — Seulement brièvement, mentit-elle. — Faites en sorte que ça compte.

Le couple s'agenouilla près de leur fille, dépassant leurs propres corps, pour murmurer des mots à son oreille, un de chaque côté. Emma se tourna vers Mark, en quête d'un peu de soutien moral. Elle fut surprise lorsqu'il lui lança un regard légèrement réprobateur. Il avait raison, bien sûr. Ses propres fichues règles. Et elle venait de les enfreindre. C'était tellement plus facile d'imaginer comment on réagirait dans une situation théorique. Maintenant, face à un couple de défunts, victimes évidentes des circonstances avec le coupable à quelques mètres de là, ce n'était plus si simple.

La Mort les avait prévenus de ne pas s'en mêler. Elle avait entendu les mots, mais sans vraiment les écouter. Au fond d'elle, elle pensait qu'ils étaient plus pour Mark que pour elle. Elle avait un travail à faire et était déterminée à l'accomplir à la perfection. La récompense en cas de succès ? De l'aide pour traverser le fleuve et un passage vers l'au-delà auquel elle aspirait. Juste faire le job. Pas de drame, pas de complications. Arriver, repartir, passer au suivant. Elle aurait dû presser le couple, les escorter jusqu'aux rives du fleuve. Il n'y avait pas de temps pour des bavardages futiles et inutiles.

Emma avait été aussi surprise que Mark quand elle avait reculé pour les laisser adresser des mots d'encouragement à leur fille.

— Papa t'aimera toujours, gémit Peter. Pour toujours. Tu es la raison pour laquelle j'ai vécu, et tant que tu vivras, papa sera heureux.

— Maman est tellement désolée, ma chérie, murmura Jen. Désolée de ne pas pouvoir être là pour te voir grandir. Mais elle veillera toujours sur toi. Alors s'il te plaît, *s'il te plaît*, fais de ton mieux.

— Fais de ton mieux, mon amour, ajouta Peter. Ils tentèrent de la serrer dans leurs bras. Leurs larmes fantomatiques coulaient sur les joues de la petite Olivia. Emma n'avait jamais été aussi mal à l'aise de sa vie et se détourna de la scène, ses propres yeux commençant à s'embuer.

— Qu'est-ce qui ne va pas ? demanda Mark.

— Ça ne t'est jamais arrivé de te sentir si mal à l'aise que tes entrailles se retournent et que ça te donne la nausée ?

— Oh, pitié, ne commence pas, dit-il.

— Je n'y peux rien, dit-elle. Ça m'a fait ça à l'enterrement de ma grand-mère. Les gens pensaient que je sanglotais. Mais en fait, je ravalais ma *gerbe*.

— Je ne peux pas échanger nos missions maintenant, dit-il. Je ne peux pas les faire tenir tous les deux sur le poney.

Emma soupira, et son souffle se coinça dans sa gorge. Elle l'expira et s'avança derrière le couple en deuil. — Maintenant, dit-elle d'une voix basse et soudaine. Les parents se levèrent et marchèrent devant elle vers le cheval sans un mot de plus.

Pendant qu'elle se mettait en selle, Mark leva les yeux vers la lanterne décorative au-dessus de sa tête, puis baissa le regard vers le criminel juste sous sa base pointue. Il jeta un œil à la fillette qui était toujours dans son champ de vision, entourée par les corps de ses gardiens à jamais silencieux.

Mark recula, prit sa faux et tira violemment la lame à travers la chaîne de la lanterne. Un bref crépitement d'énergie l'entoura. Puis, quelque chose changea légèrement dans ce moment suspendu, et la chaîne se détendit.

Quand Mark partit à la suite d'Emma, le temps reprit son cours normal. Le poids de la lanterne fit céder ce qu'il restait de la chaîne et défonça le crâne du tireur avant que la police n'ait eu le temps de sortir de ses véhicules. Mark retomba sur son poney.

Un instant plus tard, le voleur reprit connaissance et leva les yeux dans un brouillard teinté de gris. Un homme sinistre en robe sombre se tenait au-dessus de lui, un crochet à lame dans une main et un sac dans l'autre.

— Vous êtes censé être qui ? demanda le braqueur.

— Vous pouvez monter sur le cheval, dit Mark, ou vous pouvez monter là-dedans. Il tendit le sac vers lui.

— Je ne peux pas rentrer là-dedans, dit le voleur.

Mark frappa le sol avec le manche de sa faux. — Pas en un seul morceau, dit-il.

Et c'est ainsi qu'il ramena avec lui la troisième âme défunte, quelque peu inattendue, dans le sac, et prit soigneusement le temps de le réassembler sur la rive du fleuve, loin des défunts récemment livrés sur la monture d'Emma.

# CHAPITRE VINGT-SIX

Les choses avançaient lentement au royaume des morts. Dépourvu de jugement et de conséquences, le royaume entre les mondes n'était animé que par l'activité apparente que les cavaliers pouvaient créer par leurs visites intermittentes dans le monde des vivants. Pendant que Mort fauchait, Guerre employait des subterfuges et des voix diaboliques pour infecter la conscience d'hommes autrement bienveillants afin qu'ils prennent les armes contre leurs frères. Pestilence, quant à lui, restait principalement dans son coin, testant de nouvelles cultures en milieu vivant et tenant des notes méticuleuses sur leur efficacité. Et puis il y avait Famine, qui restait la plupart du temps chez lui, mais faisait tout de même appel à l'aide occasionnelle de la seule autre résidente des Limbes.

Véronique arriva sur le dos de l'une des nombreuses montures des écuries de Mort, impatiente de découvrir une autre facette de son invité occasionnel. La demeure de Famine était un appartement au premier étage, au-dessus d'un restaurant-buffet à volonté personnalisé. Il vivait là où se trouvait la nourriture, et il y en avait toujours. Il mangeait ce que les humains ne pouvaient pas manger, et se délectait des mets les plus rares qui, en pratique, n'étaient plus comestibles sur Terre.

Famine ouvrit la porte. Il était toujours en forme et bien nourri, un affront à sa nature même, pour montrer que toute la nourriture qui venait à manquer dans son sillage allait bien quelque part et à quelqu'un, laissant ceux qu'il croisait souffrir de la rage de la jalousie en plus de la misère de leur faim, et connaître le véritable désespoir. Pourtant, il parut plus mince à Véronique. Peut-être parce qu'il avait ouvert la porte vêtu d'un vieux débardeur et d'un caleçon élimé.

— Ah, salut, dit-il. Content que tu sois venue.

— C'est un plaisir, dit-elle. Monsieur Mort est dans son antre toute la journée et m'a interdit de le nettoyer, mais ne le nettoiera pas luimême. Il est en pleine réflexion, je crois, sur les progrès de Mark et Emma.

— Qui et qui ? demanda Famine. Oh ! Ces deux-là, oui. Ils s'en sortent bien ?

— Apparemment, oui, dit-elle. Ils sont partis et revenus sans même prendre un repos ou une tasse de thé pour accomplir leur devoir.

— C'est une bonne chose, dit Famine. Euh, eh bien, entre, je t'en prie. J'aimerais ton aide, si tu peux.

— Je ferai de mon mieux, répondit-elle. Elle entra et regarda autour d'elle. Le buffet était dans un triste état. Une tête entière de vache Holstein servait de pièce maîtresse avec une pomme Taliaferro dans la gueule. Tout autour, les sections de légumes exotiques et de fruits rares, tous disparus, étaient détrempées et flétries. De fins raisins persans qui avaient été cueillis jusqu'à épuisement au début de la vinification avaient tourné, mais de la mauvaise manière. D'étranges choux-fleurs bleuâtres encadraient de minuscules poulettes de Cornouailles, sèches à la peau ridée. De la viande de mammouth avait développé des taches brunâtres pour avoir été laissée crue. Des cuisses de dodo étaient bancales dans leur plat.

— Oh, ne fais pas attention à tout ça, ma chère, dit Famine. Juste quelques vieilles collections dont je ne me suis pas encore occupé. Ce pour quoi j'ai besoin d'aide se trouve à l'arrière, s'il te plaît.

— Certainement, dit-elle. Elle passa derrière le comptoir et entra dans la cuisine. L'endroit était immonde. Tous ses instincts de femme d'intérieur se déclenchèrent en même temps. Elle attrapa le torchon le plus proche, mais constata qu'il était déjà sale.

— Ignore le désordre, s'il te plaît, dit-il.

— Tu es sûr ? demanda-t-elle.

— Oh, ce n'est rien que je ne puisse arranger plus tard. C'est juste que... euh... Son estomac gargouilla. Il s'interrompit. Son corps et son esprit tout entiers parurent s'arrêter un instant tandis qu'il luttait contre une crampe de faim. Très bien, oui. Euh, as-tu entendu parler du bruant ortolan ?

Véronique marqua une pause. L'état de la cuisine submergeait ses sens. — Oui.

— C'est français, je crois, dit-il. Le plat, en tout cas. Et tu es française.

— Oui, dit-elle, mais c'est un mets aristocratique, en quelque sorte. Un plat royal fait pour ceux qui... Je suis désolée, monsieur, mais je dois faire une remarque sur l'état de votre cuisine.

Famine hocha la tête. — Je l'ai un peu négligée, c'est vrai. Mais tout ça dans le but de chercher des moyens, nouveaux comme anciens, de m'adonner à la culture gastronomique. Petit à petit, bouchée par bouchée, ces cultures se perdent, et quand un aliment cesse d'être mangé, il doit donc me parvenir. Toute franchise qui disparaît, leurs recettes et leurs ingrédients viennent à moi, et je peux me délecter de ce que l'humanité ne peut plus avoir. C'est un marché honnête, je dirais, d'avoir un approvisionnement infini de tout ce qui ne peut être fabriqué ou trouvé sur Terre. Et comme ces pratiques s'éteignent, il ne me reste plus qu'à les préserver.

— Alors, l'ortolan, c'est fini ?

— Pas encore, dit-il. Je pense que ce n'est qu'une question de temps, et je veux être prêt. Je veux savoir comment le préparer correctement pour que, lorsque l'espèce et les habitudes disparaîtront, je puisse les préserver. Bon, j'ai ça... Il se pencha vers un placard de restauration en acier inoxydable et en sortit un oiseau entier, encore vivant. C'était un petit oiseau d'apparence simple, qui avait été gavé au point de pouvoir à peine voler. Euh, c'est une sorte de pigeon, pas du tout la même chose, mais assez similaire pour que je me dise qu'on pourrait s'entraîner avec.

— Un pigeon ? dit-elle, avec une moue dégoûtée. Ne sont-ce pas des oiseaux malades ?

— Seulement ceux des villes, dit-il. Et seulement ceux qui passent leur temps à finir les kebabs sur les trottoirs du centre-ville un samedi soir. Celui-ci...

Comme s'il entendait qu'on insultait ses congénères, l'oiseau battit des ailes et devint fou, sautant d'un comptoir à l'autre. Des plumes volèrent partout. La plupart se collèrent aux taches qu'elles touchaient sur chaque surface. Famine esquiva l'oiseau qui fonçait sur lui. À cause de son poids, il ne pouvait se déplacer qu'en paraboles.

Véronique attrapa une marmite épaisse et l'abattit sur l'oiseau, le piégeant dessous, contre le comptoir. Il bruissa un instant, puis tout redevint calme.

— Bien joué, dit Famine. Belle prise. De petites bêtes énergiques.

— Monsieur, commença-t-elle, j'aimerais nettoyer cet endroit avant que nous commencions à cuisiner.

— Mais pourquoi ?

Véronique soupira. — On ne peut commencer à cuisiner dans un lieu où les bonnes manières et l'étiquette ont été oubliées. La cuisine est l'aboutissement de soi et de son environnement. On ne se contente pas de cuisiner dans n'importe quel taudis ou trou d'où l'on a rampé, ni près du désordre que l'on a fait. Il existe un dicton humain : « on ne mange pas où l'on merde », sinon on mélange les deux. Et cela va au-delà d'une simple raison d'hygiène. C'est la sensation même de propreté qui rend la nourriture bonne. Tu cuisines là où c'est propre, et le plat semblera propre et aura un goût propre. Si tu cuisines au milieu de la crasse, tu cuisineras un plat misérable.

Famine hocha la tête. — D'habitude, je mange et je cuisine comme ça me chante. C'est peut-être pour ça que j'ai tout le temps faim ces derniers temps. Je ne mange pas correctement parce que l'environnement n'est pas correct.

— Ce plat, poursuivit Véronique, même si nous ne le préparons pas dans les règles de l'art, est une sensation. Il y a de meilleures façons de manger un oiseau que ce que nous nous apprêtons à faire. Mais c'est le protocole qui lui donne ce *je ne sais quoi* de passionnel.

Famine opina du chef avec un sourire. Ils se mirent au travail et nettoyèrent la cuisine ensemble. Famine n'était pas aussi passif ni aussi obsessionnellement affairé que Mort. En fait, il était clairement sous-exploité. Véronique était ravie d'avoir un partenaire pour faire le ménage. Il la souleva comme une ballerine pour qu'elle puisse épousseter et récurer les taches poisseuses près du plafond. Elle prépara une mousse de savon puissant pour venir à bout de la crasse et de la graisse accumulées qui s'étaient figées en cristaux de stalagmites sur les plaques de cuisson à gaz.

Ils passèrent la cuisine au peigne fin, de fond en comble, jusqu'à ce qu'elle leur renvoie le reflet brillant de leurs progrès. Ils frottèrent les marmites et les poêles ensemble et s'éclaboussèrent de bulles de savon. Le puissant produit nettoyant brûlait les yeux et la gorge de Véronique, mais leur jeu les fit glousser à travers ce combat savonneux. Puis, le moment de cuisiner arriva enfin.

La première étape était déjà accomplie ; l'oiseau avait été gavé et était bien gras. La deuxième étape était la préparation. Famine se procura une bouteille d'eau-de-vie de raisin provenant d'anciennes vignes géorgiennes, un alcool de quelques degrés plus fin et plus mordant que l'armagnac réclamé par la recette. Puis Véronique noya l'oiseau vivant dans le liquide jusqu'à ce qu'il ne bouge plus. La troisième étape était le rôtissage. Nul besoin de garniture. Les plumes tombèrent d'elles-mêmes tandis que la peau bien enrobée se mit à luire d'un glaçage collant.

Une fois prêt, l'oiseau fut servi entier. Famine sortit un grand couteau de boucher — fraîchement nettoyé et aiguisé — et le coupa en deux dans le sens de la longueur pour le partager.

— Ce n'est pas orthodoxe, dit-il, mais je pense que cet oiseau est un peu gros pour un seul appétit.

— Merci, dit-elle. La toute dernière étape consistait à se mettre une serviette sous le menton et à manger l'oiseau à l'abri du regard de Dieu, car l'acte était si impie qu'il pouvait, à Ses yeux, changer un saint homme en monstre.

— Ah, c'est vrai, dit Véronique en recrachant un petit morceau. L'oiseau devrait être beaucoup plus jeune.

— C'est vrai, dit Famine avec un craquement sec d'os entre ses dents. C'est à ça que sert la pratique. C'est en forgeant qu'on devient forgeron. On ne réussit pas toujours du premier coup.

Il continua de manger malgré tout, os compris, tandis que Véronique découpait et extrayait délicatement la viande comestible. Dans l'ensemble, le plat restait très savoureux, tout à fait digne de la table de Famine.

# CHAPITRE VINGT-SEPT

Mark descendit en piqué vers la rive, un homme à sa suite. Un homme craintif, hésitant, qui regardait tout ce qui l'entourait avec de grands yeux interrogateurs. Il était dégingandé et maigre, presque décrépit. Il était mort en détention préventive en prison, en attendant son procès. Ce n'était pas un homme bon du tout, mais il était mort à présent, et n'avait plus besoin du jugement d'un cavalier.

— Le passeur ne tardera pas, dit Mark. L'homme hocha la tête, et Mark s'envola pour sa prochaine mission. Après une courte attente et un roulement de brouillard contre la rive, le batelier Charon accosta au bord de l'eau.

— Alors, dit-il, qu'as-tu à m'offrir en échange d'une traversée sur ce fleuve des damnés ?

L'homme ouvrit la bouche et sortit une babiole en or de dessous sa langue. C'était une montre en or massif. Le mécanisme interne avait cessé de fonctionner, car le temps n'avait plus d'importance dans l'au-delà, mais l'essentiel de sa composition était de l'or ouvragé et façonné. Et pour Charon, tout or était de l'or. Il accepta la montre, la frotta contre sa manche pour la nettoyer et gloussa en son for intérieur devant sa prime pendant que l'homme montait lentement dans la barque.

— Et c'est parti alors ! s'écria Charon. Tiens-toi bien pour ne pas tomber à l'eau, sinon je te perds dans le courant ! Il s'éloigna de la rive en ramant, enfin en compagnie et enfin payé. Tu es le premier depuis bien trop longtemps à me rétribuer pour mes services. Ça fait bien trop longtemps, et ça dure encore, que les mains des vivants s'accrochent trop à leurs aumônes après la mort. C'est censé être un acte plus noble, de donner sa fortune à celui qui t'accueille dans la mort. Mais cette pratique s'est perdue depuis longtemps. Dis-moi pourquoi tu as fait ça. Quelle grande pratique honores-tu pour m'apporter cet or ?

L'homme haussa les épaules. — Je l'avais cachée, dit-il. Je l'avais volée, alors je l'ai cachée.

— Tu ne savais pas quelle faveur te serait accordée ici, sur ce fleuve, si tu présentais un gage de passage au batelier ?

Il haussa de nouveau les épaules. — Aucune idée, répondit-il d'un air morne.

Charon sourit. — Tu savais qu'il fallait le faire. Tu aurais pu la cacher n'importe où, mais sous la langue, c'est une tradition consacrée. Tu vends ta langue au silence dans la mort, pour ne plus jamais parler jusqu'à ce que le passeur prenne le péage de ta bouche. C'est une marque de respect.

— D'accord. L'homme hocha la tête.

Charon devint sombre et finit le trajet en bougonnant. Le brouillard se déchira et révéla une nouvelle rive, couverte de roseaux et de plantes ondoyantes.

— Marche, dit Charon, jusqu'à ce que tu trouves la croisée des chemins, et prends celui qu'il te faudra.

L'homme descendit de la barque et s'avança, sans un mot, sans but, à travers le voile de brume. Ses pas étaient si légers que les roseaux pliaient à peine à son passage. Il se transformait déjà en une forme éthérée, sans le poids de la culpabilité ou de la conscience. Charon grogna et prit le courant pour se diriger plus loin le long de la rive, où se trouvait sa demeure. Il regarda de nouveau la montre et força le verre du cadran. De ses longs ongles, il arracha tout ce qui n'était pas en or ou de valeur et le jeta à l'eau avec indifférence, comme s'il retirait une peluche de sa robe. Il empocha ce qui restait. Tout compte fait, c'était une juste récompense pour services rendus.

Sa barque heurta un ponton en bois branlant et il en sortit en traînant les pieds, une chaîne solidement fixée à sa cheville, et remonta le sentier battu jusqu'à sa maison. Elle était faite d'or, chaque surface, recouverte de pièces, de lingots et de babioles ; des morceaux scintillants assemblés comme des briques au petit bonheur la chance. Chaque pièce d'or qu'il avait collectée depuis des temps immémoriaux et à travers les millénaires, qu'il s'agisse de lingots de nobles et de souverains morts reconnaissants ou d'offrandes fortuites de roturiers, tout se retrouvait en ce seul endroit : un immense trésor, telle une colline entièrement faite d'or en vrac.

Il passa devant quelques colonnes instables et entra dans un salon où se trouvait le trône d'un roi viking, celui sur lequel le cadavre du roi était arrivé, partiellement roussi par ses funérailles en mer. De nombreux autres objets de valeur issus de civilisations disparues depuis longtemps, principalement de l'Égypte antique, complétaient son espace de vie. Il se voûta et s'assit sur le trône, balançant ses jambes.

La chaîne le tira brusquement en arrière. Il était presque à la limite de sa portée géographique — lié métaphoriquement et physiquement à sa barque — mais pas tout à fait. Il tira un peu sur la chaîne. Les maillons de fer cliquetèrent en se libérant d'un poteau massif fait de diverses tiges d'or enroulées de cordons d'or provenant de quelque sépulture divine inconnue. La force de la chaîne en métal qui se tendait ébranla légèrement une partie du mur. Charon grogna et se dandina jusqu'au mur pour le réparer.

— Pas assez pour un rafistolage, dit-il en soupesant la montre dans sa main. Mais ça servira quand même à quelque chose. Il se promena jusqu'à ce qu'il trouve un autre endroit qui avait besoin d'être consolidé, d'autres tiges, poignées et autres outils assemblés en une colonne qui pouvait soutenir un plafond. Il inséra le boîtier de la montre dans un interstice entre deux coiffes d'or ornementales, comme un maçon rejointoierait le mortier du mur d'un garage délabré. Ce n'était pas un ajustement parfait, mais ça ferait l'affaire.

— Et voilà, dit-il. Il tapota la colonne de la main, fier de sa solidité. Dès qu'il l'eut fait, le mur voisin fut fragilisé. Il se mit à vaciller. Charon regarda, incapable d'arrêter le processus. Le mur d'or s'effondra sur lui, puis sur le reste du bâtiment, et se déversa en un magnifique glissement de terrain qui dégringola le long de la colline vers le fleuve. Charon poussa un long soupir de soulagement en voyant son précieux or s'arrêter juste avant d'atteindre l'eau.

Il haussa les épaules et s'assit sur le tas fraîchement ameubli. Celui-ci bougea légèrement sous lui. C'était plus solide que le contraire, comme être allongé sur un rocher qui se brisait lentement sans jamais cesser d'être rigide et dur. Intraitable, immuable, éternellement statique, un bien permanent. L'or était l'antithèse de la mort. Ainsi, les morts l'apportaient pour prouver que la valeur de leur vie était quelque chose qui pouvait survivre à leur fin. Cela prouvait et réfutait la mort à la fois, car l'or ne pouvait pas s'éteindre. Il ne pouvait qu'être perdu.

Charon bougeait ses bras de haut en bas, tel un enfant faisant un ange dans la neige, et se blottissait dans ses richesses comme sous une couverture qui l'enveloppait de toutes parts. Tout était à lui. Aucune autre âme damnée n'en avait besoin. Les cavaliers n'étaient jamais convaincus qu'il possédait une telle fortune quand il s'en vantait et niait toujours que ce fût une obsession. À quoi bon avoir tant de richesses qu'il ne pouvait ni dépenser ni transformer en autre chose ? Ils ne comprenaient pas.

— Ils ne comprendront jamais, marmonna-t-il. Il ramassa une pièce et la fit tournoyer dans les airs, au-dessus de son visage. Il la fit passer par-dessus puis par-dessous ses phalanges, d'avant en arrière. De doigt en doigt. — Comment le pourraient-ils ?

Charon fit rouler distraitement la pièce jusqu'à ce qu'il sente ses doigts se crisper. La pièce tomba et le frappa sur le nez. Il ne grogna même pas, il gémit simplement d'avoir perdu de vue celle-là et chercha du regard une autre à ramasser. Il plongea la main dans le monticule de pièces et les sentit s'écarter sur son passage comme un liquide solide. Puis il en trouva une qu'il ramassa, une ancienne pièce ottomane frappée sous une dynastie vieille d'innombrables ères. Il l'examina, pile et face, et la fit tourner entre ses doigts de plus en plus vite.

Jusqu'à ce qu'il la perde. Il appuya trop fort, si bien que la pièce s'échappa de sa prise, vola au-delà du mur et atterrit sur les rochers schisteux de la berge. Charon se redressa d'un bond et la suivit. Derrière lui, les pièces s'entrechoquèrent dans une cascade métallique tandis qu'il poursuivait celle qui rebondissait sur les pierres. Il la rattrapa presque et se pencha pour la saisir au vol.

Mais quelque chose le retint. La chaîne à sa cheville le tira brusquement en arrière. Elle s'était accrochée à une autre colonne dorée qu'il avait lui-même érigée. Il ne put que regarder la pièce rouler et rebondir juste hors de sa portée. Elle était à un cheveu de l'eau, mais trop loin pour être récupérée, les vagues du fleuve venant la lécher.

Charon se retourna et donna des coups de pied frénétiques pour libérer sa chaîne de ce qui l'entravait. Il n'avait besoin que de quelques centimètres de jeu pour l'atteindre. Il tendit tout son corps pour se pencher. Son doigt toucha la pièce — une joie brève — mais quand il essaya de la pincer contre le rocher pour la ramener, elle bascula et glissa de sa main moite pour finir dans l'eau avec un ploc, le fleuve accueillant son butin dans ses profondeurs.

— Merde, grogna-t-il. Il tira de nouveau sur sa jambe et gagna les quelques centimètres qu'il cherchait, mais un peu trop tard. Il lança un regard méprisant à ses chaînes avant de remarquer qu'elles étaient lâches. Certains maillons s'étaient étirés. Pas assez pour se rompre, mais plus que jamais auparavant...

# CHAPITRE VINGT-HUIT

De retour au turbin, Mark et Emma se dirigeaient vers un hôpital, se préparant à affronter tout ce qui pouvait les y attendre.

Ils étaient déjà allés dans des hôpitaux, principalement pour emporter les personnes âgées ou les malheureuses victimes du hasard, et tout s'était toujours déroulé sans accroc. Les morts acceptaient leur sort et étaient généralement bien contents d'être délivrés des souffrances de leur condition. Et ils étaient tous adultes. Cette fois, c'était différent. Le sablier les guida au-delà des portes du service de pédiatrie, et Mark et Emma échangèrent un regard inquiet alors qu'ils se préparaient à entrer, tandis que le monde avait encore un peu d'éclat.

— Espérons, dit Mark, que ce soit un jeune très mature qui a beaucoup entendu dire à quel point il était courageux et sa situation malheureuse, et qu'il ne se fait pas trop d'illusions sur ses chances.

Ils traversèrent le service et virent de nombreux enfants qui frôlaient la mort, mais luttaient farouchement contre elle. Leurs chances semblaient bonnes. Ils avaient appris vite, non seulement à lire les sabliers, mais aussi à évaluer la vie restante de quelqu'un à distance avec une marge d'erreur raisonnable. La plupart des enfants ici avaient un avenir décent devant eux. Certains étaient sur la sellette. Ils en cherchaient un qui n'avait plus de temps du tout.

Et ils le trouvèrent au service de réanimation chirurgicale pédiatrique.

— Il se pourrait, dit Mark à voix basse, qu'un médecin ou une infirmière soit mort. Peut-être.

Emma leva le sablier. L'ampoule du bas, la plus pleine et presque complète à quelques grains près, était très peu profonde. À peine quatre ans tout au plus. Elle secoua lentement la tête alors que les derniers grains se préparaient à tomber. Ils se précipitèrent à l'intérieur, dépassant les infirmières et les médecins dans le couloir — incapables de les bousculer physiquement mais courtois néanmoins — jusqu'à ce que le sable à l'intérieur change de direction et que le sablier les pointe directement vers une chambre où un groupe d'infirmières était rassemblé autour d'un lit.

Ils entendirent une tonalité longue et continue, puis le monde devint gris.

— Nous allons entendre ce son si souvent, dit Mark. Au moment où le temps s'arrêta et où l'instant final d'une vie prit fin, les sons se retirèrent également, à l'exception de leurs voix et du cri plaintif d'un enfant. Le regard de Mark croisa celui d'Emma. Aucun des deux ne voulait le faire. Emma leva un poing et le projeta deux fois en avant. Mark secoua la tête et articula « Non », mais Emma hocha la tête.

Mark s'était glissé dans son nouveau rôle avec aplomb, il en savourait même de nombreux aspects, mais transporter les enfants le faisait toujours hésiter. Il n'avait pas particulièrement l'instinct paternel et avait peu d'expérience avec les enfants, à l'exception d'une visite trimestrielle pour voir son neveu de six ans, Jack.

Pour Mark, c'était une question de justice — ou de son absence. Un adulte avait eu une chance de vivre. Une chance de faire la différence. Sa vie avait pu être difficile ou facile, mais il avait vécu et aimé, fait des erreurs, et, espérons-le, s'était amusé en cours de route. Les enfants, non.

Malgré ses réticences, il savait qu'Emma ne trouvait pas cela plus facile, ils devaient donc décider qui tirerait la courte paille cette fois-ci.

Ils n'avaient pas de paille, alors ils jouèrent à pierre-feuille-ciseaux pour savoir qui irait. Sa feuille contre la pierre d'Emma — elle perdit. Mark n'était pas content d'avoir gagné. Personne n'était gagnant ici, en réalité. Emma vérifia son costume, l'ajusta pour qu'il soit moins osé et appuya sa faux contre le mur extérieur. Elle entra et chercha la source des pleurs.

Un petit garçon, Robert, errait dans la pièce, les mains jointes, marmonnant et pleurnichant à toute vitesse. Emma pouvait le voir, mort, sur le lit, avec les médecins et les infirmières atterrés autour de lui. Ils étaient furieux de ce sort cruel, incapables de sauver le pauvre garçon malgré tous leurs efforts. Désormais, la seule aide qu'il pouvait recevoir se trouvait entre les mains de la Mort qui l'attendait.

— Robert ? demanda Emma. Le garçon se tourna vers elle. Elle se pencha et essaya de lui sourire. — Bonjour.

— NON ! cria Robert. Il courut se cacher derrière l'un des médecins.

— R-Robert ?

— Non, répéta Robert. Il essaya de s'agripper à la jambe du pantalon du médecin, mais ses petites mains passaient constamment au travers. — Non. Va-t'en !

— Robert, mon grand ? dit Emma. — Euh... Elle se releva, se détourna et articula pour elle-même : « Qu'est-ce que je suis censée dire, bon sang ? »

— Plus jamais, gémit Robert. — J'ai plus mal au ventre. Je veux pas y aller. Va-t'en !

— Tu n'as plus mal ? demanda Emma. Elle se pencha et essaya de le voir. Il se déroba derrière la jambe du pantalon et hocha la tête. — C'est bien ! Ça veut dire qu'il est temps... d'aller ailleurs.

— Non, dit-il. — Maman va arriver.

Emma ne put retenir son sourire. Elle se redressa et se tourna pour pousser un cri silencieux vers la fenêtre. Elle ne trouvait pas le transport des âmes d'enfants plus facile que Mark.

— Maman a dit que quand j'aurai plus mal au ventre, on pourra rentrer à la maison, continua Robert. — Et qu'elle me donnerait de la glace.

— Je... Je peux t'avoir une glace, Robert, dit Emma.

Il secoua la tête d'un air de défi. — Non ! C'est maman qui me donne de la glace. Dans mon lit !

— Robert ? dit Emma. — Pourrais-tu rester ici, s'il te plaît ? J'ai juste besoin d'aller chercher ta maman. D'accord ?

Robert sortit lentement de sa cachette et hocha la tête. Emma sourit et recula dans le couloir où Mark attendait.

— Oh mon dieu, je ne peux pas faire ça, murmura-t-elle désespérément. — Pas ça.

— Je sais que c'est dur, dit-il, mais...

— Ah, c'est vrai ? dit-elle, incrédule. — Et tu saurais à quel point c'est dur ? Combien d'enfants as-tu dû convaincre d'accepter la mort et leur expliquer qu'ils ne reverraient plus jamais leur mère ?

— Six, contre deux pour toi, répondit-il immédiatement. — Non pas que je tienne les comptes ou quoi que ce soit...

— J'ai juste envie de pleurer et de les prendre dans mes bras. Emma serra et desserra les poings en faisant les cent pas.

— Alors fais-le, suggéra Mark. — Mets-toi à leur niveau. Fais-leur un câlin si tu en as besoin, serre-les fort et dis-leur que tout ira bien.

— Mais ça ne va pas bien se passer, n'est-ce pas ? Ils sont morts.

— Et peu importe la douleur, la souffrance ou l'horrible accident qui vient de se produire, c'est fini. Pour toujours.

Il mima le geste de se pencher et de ramasser l'enfant comme s'il attrapait un chien. La bouche et les yeux d'Emma s'agrandirent lentement.

— Je veux dire, ça l'emmène là où il doit aller, dit-il.

— Il en est hors de question, dit-elle. Pas pour ça. Si tu veux le mettre dans le sac, ce sera à toi de le faire.

— D'accord, très bien, dit Mark. Alors je vais le faire. Il entra d'un pas décidé dans la chambre. Emma attendait au coin du mur, sans se presser de l'arrêter.

Robert se tenait sur la pointe des pieds, essayant de voir son corps sur le lit.

— Tu veux de l'aide pour monter ? demanda Mark. Robert leva les yeux vers lui, incertain.

— Qui es-tu ? demanda-t-il.

Mark s'accroupit pour se mettre au niveau de Robert. — Eh bien, je suis la Mort, répondit-il.

Mark s'était retrouvé dans une situation similaire avec son neveu Jack des centaines de fois. Les enfants adoraient les jeux de rôle et l'astuce consistait à établir rapidement les règles et à se lancer dans le jeu.

Les accents ridicules aidaient aussi. Il avait été divers personnages de dessins animés, le maître de Jack, un vieil homme qu'ils suivaient dans le supermarché et, plus récemment, alors que Jack avait grandi, des footballeurs célèbres.

Cette fois, cependant, Mark ne faisait pas semblant. Il était la Mort et il devait expliquer qui il était et quel était son but d'une manière qu'un enfant de quatre ans pouvait comprendre.

Emma se mordit la lèvre. Mark continua d'offrir à Robert son plus beau sourire de gentil, bien que le gamin ne semblât pas comprendre le mot « Mort », aussi simple fût-il.

— C'est ton nom ? demanda Robert.

— Oui, dit Mark. Et mon travail. Je viens emmener les gens qui sont morts dans l'autre monde.

Robert regarda de nouveau le lit. Mark se pencha et souleva Robert dans ses bras pour lui permettre de se voir.

— C'est qui, ça ? demanda Robert.

— C'est toi, dit Mark. J'ai bien peur que tu n'aies pas survécu à l'opération. Tu es mort.

Robert contempla son propre visage endormi et les médecins et infirmières, figés dans le temps tout autour de lui. Il commençait à comprendre, lentement.

— Pourquoi ils sont tous fâchés ? demanda-t-il.

— Parce qu'ils ont essayé de te sauver, dit Mark. Ils ont fait de leur mieux, mais ils n'ont pas pu.

— Pourquoi pas ? demanda Robert.

Mark assit Robert au bout du lit pour soulager ses épaules et se pencha de nouveau pour le regarder droit dans les yeux. Un fin voile de larmes couvrait déjà ses propres yeux. — Ça ne dépendait pas d'eux, répondit-il. Si ç'avait été le cas, tu serais en vie parce que les meilleurs infirmières et médecins s'occupaient de toi. Mais personne ne peut prévoir ces choses. Ça arrive, tout simplement. Je suis désolé, jeune homme. Mais... Mark essuya une larme. Robert tendit la main et la posa sur la joue de Mark, pour le réconforter. Mark leva les yeux et vit les mêmes larmes monter aux yeux du garçon.

Mark ouvrit les bras, et Robert s'y blottit. Le garçon pleurait, plus doucement qu'avant, tandis que Mark le portait jusqu'à son poney dans la réception des urgences. Emma les ramena tous les deux, à travers le portail, jusqu'à la rivière, où Mark reposa Robert.

— Tu vas peut-être rester ici un moment, dit Mark, mais tu es un garçon courageux, n'est-ce pas ?

— Est-ce que ma maman viendra ici ? demanda-t-il.

— Un jour, dit Mark. Mais d'ici là, tu devrais te faire des amis et être heureux, d'accord ?

Robert renifla et hocha la tête. Mark lui fit un signe de la main et laissa le petit bonhomme s'éloigner sur le sentier de la rivière, disparaissant de leur vue dans le néant. Mark se tourna et poussa un long soupir tremblant. Il regarda Emma, qui était encore un peu secouée, et tenta de détendre l'atmosphère. — Je fais aussi les premières communions et les bar-mitsvas, si ça t'intéresse de réserver.

Emma éclata à la fois d'un rire et de gros sanglots. Mark lui emboîta le pas, les larmes coulant librement sur ses joues. Ils firent une pause jusqu'à ce que leurs cœurs se calment. Emma rejeta ses cheveux en arrière et essuya son maquillage qui avait coulé. — Je ne sais pas comment tu as fait pour te retenir si longtemps, dit-elle.

— En cuisinant des oignons, répondit Mark. On finit par apprendre à... se retenir.

Emma gloussa et s'adossa à son cheval. — Tu ferais un bon père.

Mark sourit en hochant la tête. — Merci.

— Je ne pense pas que j'aurais eu un enfant. Je l'aurais probablement oublié dans le train par accident ou j'aurais oublié de le nourrir. J'arrivais à peine à m'occuper de moi-même.

— Tu n'aurais peut-être pas sauté, cela dit, avec un petit à charge, dit Mark.

Emma ricana. — S'il avait pleuré autant que ça, j'aurais peut-être sauté plus tôt.

Ils rirent tous les deux avant que le poids de ce qu'ils venaient de vivre ne les frappe avec un temps de retard. Ils redevinrent silencieux et se remirent au travail, acceptant qu'avec le temps, la situation deviendrait trop sinistre pour en plaisanter. Juste une malheureuse fatalité du métier...

# CHAPITRE VINGT-NEUF

La chaumière de la Mort était devenue une sorte d'aire de service, avec un Days Inn attenant où Mark et Emma pouvaient se reposer. Après tant d'allers-retours dans le royaume des vivants, ils y revenaient pour une courte pause, un thé et des biscuits, ou une brève sieste dans la chambre d'amis avant de reprendre leur course d'endurance consistant à s'occuper des innombrables défunts, pendant que la Mort gérait de façon bien plus productive et efficace les morts du reste du monde. Cela signifiait qu'il y avait toujours quelqu'un dans les parages ou de passage dans la chaumière pendant que Veronique travaillait.

L'endroit était animé — une situation inhabituelle au vu des ères de non-vie stagnante qui avaient précédé, mais elle en était plutôt contente. Le ménage ne la dérangeait pas. Elle redoutait bien plus la solitude. Ainsi, elle était reconnaissante de chaque occasion de dépoussiérer ou de balayer la saleté ramenée du monde des vivants.

Elle ne se souvenait pas non plus d'avoir jamais reçu autant d'appels des autres cavaliers. On aurait dit que tout le monde avait besoin d'aide et n'était prêt à en demander que maintenant. C'était comme si la Mort avait créé un précédent en envoyant Emma et Mark, et que, soudain, les autres cavaliers se sentaient autorisés à réclamer leur propre assistance.

Elle partit au galop à travers les plaines du purgatoire jusqu'à la modeste maison de plain-pied qui servait de demeure à Pestilence. Sa pelouse était généralement soit morte, soit fleurie d'une sorte de vie turgescente, mouchetée des couleurs affreuses de diverses maladies virulentes, toutes des expérimentations ou des pathologies éradiquées depuis longtemps du monde, qui venaient s'envenimer librement dans ce paysage autrement immuable.

Elle frappa à la porte et sentit immédiatement une pellicule moite sur sa surface. Même la porte était malade et flegmatique. Elle essuya sa main sur le pan de son tablier et entendit une toux misérable de l'autre côté tandis que Pestilence venait ouvrir. Il n'était jamais aussi « sain » que Famine ou Guerre, mais il n'avait jamais paru malade pour autant. Il avait un teint qui pouvait rendre n'importe quelle horrible maladie douce en comparaison. Seulement, cette fois, il semblait souffrir plus intensément.

— Ah, bonjour, dit-il en jetant un œil par la porte. Veronique, euh, c'est un peu embarrassant. Merci d'être venue ; j'espérais pouvoir vous demander un service ?

— Oui, bien sûr, dit-elle. Mais si vous vous attendez à ce que je fasse le ménage... Je crains de ne pas savoir par où commencer ni par où finir.

— Oh, non, dit-il en agitant la main. Ce n'est pas... Cet endroit a son propre désordre organisé. Tout est exactement là où ça doit être. Y compris les germes. En fait, je suis en train de travailler sur quelque chose et je ne peux pas y aller moi-même pour l'instant, mais j'ai besoin d'un sujet de test.

Veronique haussa les sourcils.

— Pas vous, ma chère, dit-il. Un mouton. C'est une maladie ovine destinée à supplanter certaines souches de... Il se recula et éternua dans l'autre direction avant de poursuivre. ... moutons et de chèvres qui sont préférées au... Un autre éternuement. ... bétail. Plus largement répandue, par la laine. Soyez un amour et ramenez-moi un agneau, si vous pouviez. De n'importe où, mais d'un endroit industriel — un exportateur net. Mais aussi bio. Les moutons d'élevage sont tous stériles avec la quantité d'antibiotiques qu'on leur injecte.

— Un mouton ? demanda-t-elle. Avec de la laine épaisse.

— Oui, s'il vous plaît, dit-il. N'importe quel mouton fera l'affaire, je pense. Je ne veux pas trop abuser, c'est juste que...

— Non, ne vous inquiétez pas. Je comprends. Vous êtes en plein travail, vous ne pouvez pas partir. Je vais le faire.

— Merci. Il soupira. Mon cheval n'a pas le moral ces derniers temps et je ne veux pas le stresser... Il s'interrompit, semblant s'étouffer puis avaler quelque chose qui s'était accumulé et avait débordé dans sa gorge. Vous comprenez.

— Je serai de retour tout de suite, dit-elle.

— Merci. Il referma la porte et fut pris d'une autre quinte de toux. Elle n'en pensa rien. Il travaillait avec des maladies toute la journée, tous les jours. Sans sujets fiables, il expérimentait probablement l'efficacité de ces choses sur son propre corps. Mais elle ne l'avait jamais entendu ni vu paraître aussi malade auparavant.

Veronique fit s'élever son cheval haut dans les airs et sortit une toute petite paire de ciseaux à tissu courbés, qu'elle fit pivoter pour ouvrir son propre portail. Elle était la première personne à qui la Mort avait appris à percer le voile entre les mondes avec ce qu'elle avait sur elle : une trousse de médecine de campagne. Elle avait gardé les ciseaux de cette boîte d'origine et les avait modifiés avec une lame plus fine et plus longue pour ourler et tailler les rideaux et les tissus, afin de pouvoir s'occuper des robes de la Mort et de réutiliser celles qui étaient depuis longtemps inutilisables en élégants rideaux occultants.

Elle apparut quelque part au-dessus d'une vaste étendue verte. Des centaines d'hectares s'étendaient dans toutes les directions, dédiés à l'élevage de toutes sortes de bétail. Elle chevaucha jusqu'à repérer quelque chose de tacheté et de blanc sur le sol et se retrouva bientôt au milieu d'un champ de moutons. Les moutons étaient tous parqués ensemble, ce qui rendait la tâche de prélever un spécimen un peu délicate. Si l'un d'eux se mettait soudain à flotter vers le ciel, les autres le remarqueraient facilement et paniqueraient. Sa présence dans le monde des vivants devait être minuscule, mineure, et facilement explicable par la banale distraction humaine.

— Veronique ?

Elle se tourna dans la direction de la voix et vit, à leur surprise mutuelle, Mark appuyé contre un poteau à l'extérieur de l'enclos. Elle lui fit un signe de la main au moment où deux chevaux passaient entre eux dans une course serrée. Emma montait le cheval perdant, et un cavalier spectral éperonnait le cheval encore vivant dans un tour de piste effréné autour de l'enclos. Veronique se hâta de traverser et enjamba la clôture. Mark l'aida à franchir le reste et décrocha sa robe qui s'était accrochée aux lattes de bois.

— Que faites-vous ici ? demanda Veronique.

Mark désigna la scène d'un geste. — Nous travaillons.

— Vous faites la course à cheval ?

Il soupira. — L'homme, Harris Furnell, est le propriétaire de cette ferme. Son cheval lui a donné un coup de sabot, mais son esprit entêté refuse de partir tant qu'il n'aura pas battu Emma dans une course de chevaux. Et c'est ce qui nous met dans cette situation difficile, car il n'arrêtera pas tant qu'Emma ne pourra pas le devancer d'un tour. Et ce n'est pas comme si on n'avait pas essayé de... — il fit un geste brusque de ses mains — de l'attraper au passage, mais il est rusé. C'est notre cas le plus difficile jusqu'à présent, et nous sommes tous les deux coincés jusqu'à ce que ce soit fini.

— Oh, je vois, dit-elle. C'est en effet fâcheux.

— Je sais, dit Mark. Il se frotta juste au-dessus des yeux. Bref, pourquoi êtes-vous ici ?

— Monsieur Pestilence a besoin d'un mouton pour tester sa nouvelle peste, expliqua-t-elle.

— Beurk, gémit Mark. Je sais que tout ça fait partie du travail, mais je préférerais qu'il ne le fasse pas. Et s'il réussissait ?

Les chevaux passèrent de nouveau au galop, au coude à coude.

— Alors cela donnera certainement du travail à ceux qui sont encore en vie, n'est-ce pas ? répondit-elle avec un sourire. J'ai eu les mêmes pensées que vous : pourquoi Guerre continuerait-elle après la Grande Guerre ? C'était le conflit final, la der des ders, et puis non. La Deuxième Guerre mondiale, la Corée et le Vietnam, le Moyen-Orient, diverses nations africaines, des guerres civiles et une rancune sans fin, l'intolérance et une soif de sang insatiable ; et Guerre était là à chaque fois pour que ça marche. Et son travail a été une réussite, la plupart du temps. Il en va de même pour la Mort. Les gens meurent, toujours. Ce n'est pas si triste quand c'est partout et que ça arrive à tout le monde. Ces choses-là finissent par faire partie de la vie.

— Quel monde, dit Mark. Je me demande ce que ça donnerait si elles prenaient toutes des vacances ensemble et nous laissaient nous détruire nous-mêmes.

— La réponse pourrait ne pas vous plaire, dit-elle. J'ai posé un jour la même question. Monsieur la Mort m'a expliqué qu'un monde sans mort devient un monde sans vie. Quand les gens connaissent les limites de leur vie, ils ne la vivent pas pleinement. Pas pour que chaque jour compte, mais seulement les derniers jours, ou les dernières semaines ou mois, afin qu'on ne se souvienne d'eux que pour leurs derniers instants sur Terre. Se forger des souvenirs chaque jour, c'est ce qui donne de la valeur à la vie humaine ; les bons comme les mauvais. Surmonter les difficultés et trouver de la force dans les moments de faiblesse font de la vie une chose que les gens aiment.

— D'accord, mais est-ce la bonne façon de le prouver ? demanda Mark, et Véronique sourit devant sa naïveté.

Le monde s'arrêta soudainement et devint gris. Le cheval à l'autre bout de l'enclos se cabra et l'esprit tomba sur le dos. Il avait admis sa défaite d'une manière ou d'une autre et mis fin au dernier moment prolongé de son trépas alors que le défi s'achevait.

— Dieu merci, dit Mark.

Véronique sauta par-dessus la clôture et se dirigea vers les moutons. Elle en choisit un qui était jeune mais dont la laine semblait épaisse pour l'emporter avec elle. Elle le souleva comme un sac de farine et le jeta par-dessus sa tête pour le faire reposer sur ses épaules.

— Vous avez besoin d'aide ? demanda Mark.

— Non, non, insista-t-elle. Laissez-moi m'en occuper. Nous avons nos propres devoirs, non ? Concentrez-vous sur les vôtres. En atteignant son cheval, elle posa le mouton et attrapa une corde pour l'attacher sur le côté de sa selle. Vous faites du bon travail, je pense, en tant que la Mort, tous les deux.

Mark inclina sa faux vers elle et fit trotter son poney pour l'aider à récupérer l'âme rebelle, qui avait sauté la clôture et s'était enfuie. Véronique observa leur performance en tant qu'équipe, la synchronisation naturelle de leur chevauchée, qui culmina avec Mark et Emma abattant simultanément leurs faux sur le cou de l'homme pour pouvoir mettre fin à leur poursuite et passer à autre chose.

Elle sourit. C'était agréable d'avoir des Morts si pleines de vie à charge, et elle attendait avec impatience leur prochaine pause au chalet...

# CHAPITRE TRENTE

La mer. Une invitation ouverte à l'exploration, à l'aventure et à d'innombrables périls. Les falaises blanches, une beauté naturelle et un repère si facile à voir que les marins d'antan pouvaient trouver refuge à des kilomètres au large dans le vieux Douvres. Un lieu de grand commerce, où les immenses navires des temps modernes empruntaient des routes maritimes invisibles pour transporter des marchandises de toutes sortes vers et depuis le continent.

Pas vraiment l'endroit idéal pour une baignade. Surtout pas si loin du rivage.

Leur tâche actuelle consistait à trouver l'âme d'une personne perdue sous la Manche. Heureusement, leurs chevaux pouvaient flotter. Malheureusement, le corps, lui, ne flottait pas.

— C'est pas bizarre, ça ? demanda Mark alors qu'il se tenait sur les vagues gelées de la mer.

— Quoi ?

— Les cadavres ne sont pas censés flotter ? Pendant un certain temps ?

— Sur une eau calme, dit Emma.

Mark baissa les yeux. — C'est vrai, et ce n'était pas calme...

— Tu ne sais pas nager, c'est ça ? demanda Emma.

Mark haussa les épaules, mal à l'aise. — Si. C'est juste que je ne suis pas particulièrement doué, voilà tout.

— Oh, c'est vrai, dit-elle. Ayia Napa. Tu es resté sur la plage tout le temps pendant que les filles et moi essayions d'apprendre à surfer. Tu sais que des rumeurs ont commencé à circuler sur toi à cause de ça, ouais ?

— Oh, ouais, je sais, dit Mark. Mes potes m'ont mis au courant. J'ai juste un peu... Il souffla. Euh, ce n'est pas important. Mais le problème, c'est... comment est-ce qu'on fait pour descendre jusqu'en bas et le récupérer ?

— On nage ? suggéra Emma. Les sabots de Princess sont plutôt bien plantés à la surface.

Mark tâta l'eau et tenta de descendre de son poney, lentement et prudemment. Il réussit à se tenir debout sur la surface de l'eau. Il se stabilisa et caressa le petit cheval pour le calmer à nouveau.

Emma descendit également et dut lutter un instant pour trouver son équilibre. — Oh, ça glisse.

— Ben ouais, non ? C'est mouillé, dit-il.

Un silence s'échangea entre eux, un silence d'une évidence douloureuse.

— On doit bien pouvoir descendre là-dessous, dit-elle. Elle se baissa et essaya d'enfoncer sa main dans l'eau. Ça fonctionna, et son bras s'enfonça lentement, jusqu'au coude. Beurk. C'est comme si on poussait dans de la gelée.

Mark fit de même et essaya d'enfoncer son pied. — Oh, tu as raison. C'est gluant. C'est bizarre.

— Comment se fait-il que traverser des murs solides soit plus facile que ça ? demanda Emma. Elle retira son bras et attrapa sa faux.

— Qu'est-ce que tu fais ?

— Je me disais, dit-elle, que si ça peut ouvrir une brèche entre les mondes dans le ciel, ça pourrait peut-être en ouvrir une à travers l'océan ?

— Comme le bâton de Moïse ? demanda Mark.

— On n'a jamais posé la question, dit Emma, mais les cavaliers viennent de la Bible. Ils *font* partie des mêmes légendes que Jésus et Dieu lui-même. Donc, ça pourrait aussi être réel.

— Ouais, mais Charon est grec, dit Mark. Je crois. Aucune rivière n'est mentionnée en Enfer. Ce n'est que du feu, du soufre et des cris, et même ça, c'est juste apocryphe. La vraie nature de l'Enfer est l'absence de Dieu, telle que décrite. Ce qu'ils décrivent comme l'Enfer est attribué à un endroit où il faisait chaud et où ils brûlaient leurs ordures, à l'époque.

Emma choisit d'ignorer la tirade non sollicitée de Mark et utilisa sa faux comme une pelle pour creuser dans l'eau. Elle parvint à découper un morceau d'eau de taille considérable et se mit à transpirer à grosses gouttes. — Ça ne marche pas, finit-elle par dire. Pas autant que je le voudrais.

— Oh oh, dit Mark. Il commença à glisser dans la gelée et s'arrêta juste au niveau de ses hanches. Bon, je crois que j'ai compris le truc, mais je ne sais pas comment faire marche arrière.

— Qu'est-ce que c'est ?

— Je pensais... à couler, dit-il. Comme quand on pense à traverser les murs, tu vois ? Mais les pieds d'abord. Et maintenant, si j'arrête de penser à rester à la surface, je me sens m'enfoncer.

— Alors, pense à voler.

— C'est ce que j'ai fait, mais ça ne marche pas vraiment. Il s'enfonça de quelques centimètres de plus dans l'eau. Oh non !

— Vite, ne respire pas.

— Quoi !? cria-t-il. Pourquoi ça ?

— Peut-être que si tu ne crois pas à la respiration, tu n'auras pas besoin de le faire, dit-elle, avec un léger sourire suffisant face à sa propre remarque.

— Oh, bien sûr, moque-toi de l'homme qui se noie, dit Mark.

— C'est ce que je fais, dit-elle. Elle sortit le sablier. D'après ça, il est juste en dessous de nous. Alors, laisse-toi couler, retiens ta respiration et tu devrais... Elle se tourna pour voir une dernière fois l'expression pathétique de Mark, mais il était déjà sous l'eau, et l'eau se refermait lentement pour l'engloutir. Sa main restait visible, et il leva un doigt pour lui faire un doigt d'honneur. Elle soupira et tourna les yeux vers Douvres, une idée en tête.

Mark, pendant ce temps, s'enfonçait tout simplement. Il retint sa respiration aussi longtemps qu'il le put, puis sentit qu'il était sur le point de s'évanouir. Il essaya de nager vers la surface et pensa à des choses qui flottent, mais rien n'y fit. C'était une descente très lente. Rien ne pouvait l'accélérer ou l'inverser. Il essaya de nager, mais ses bras et ses jambes étaient comme paralysés par la nature de l'eau. Alors, il essaya de penser à passer au travers. Et ça fonctionna.

Puis il chuta de plus en plus vite, sans rien en dessous pour le rattraper. Il hurla sans ouvrir la bouche et plongea en piqué à travers l'eau comme si ce n'était que de l'air. Finalement, il atteignit le fond et atterrit sur le ventre. Aucune douleur, mais un léger choc. Il se trouvait sur le plancher marin de la Manche. Ce n'était pas vraiment ce à quoi il s'était attendu.

— Ouah ! plaqua-t-il ses mains sur sa bouche, surpris. Après avoir sombré dans des pensées en apnée, il découvrit qu'il n'avait aucunement besoin de respirer. Physiquement, il ne pouvait pas inspirer. Il essaya, et ce fut comme tenter d'aspirer à travers un sac en plastique. Mais il n'en avait pas *besoin*. Sans souffle, sa voix n'était qu'un murmure, mais elle semblait emplir l'espace autour de lui, un peu comme le chuchotement fantomatique d'un spectre macabre au cœur de la nuit : une véritable voix de Grande Faucheuse.

Maintenant convaincu qu'il pourrait peut-être remplir son rôle au fond de l'eau, il regarda autour de lui. C'était très gris, un peu comme le monde d'en haut lorsque le temps était figé, et assez plat à l'exception de quelques collines de sable ondulantes. Le fond de la mer était parsemé de débris. Certains étaient récents et à peine recouverts d'une fine couche de sable : des morceaux de bateau, des filets perdus et d'autres détritus jetés par-dessus bord par les navires qui passaient au-dessus. D'autres vestiges qu'il découvrit étaient anciens.

— C'est un avion, dit-il en s'approchant de l'épave d'un appareil enseveli depuis longtemps. Il tenta de balayer un peu de sable. Celui-ci se détacha comme un manchon de carton bien ajusté. — Luftwaffe, hein ? Une bonne place pour vous, alors. Il contempla la majesté de la mer polluée et aperçut le mât brisé d'un navire dans la brume lointaine.

C'était un vieux voilier, rongé par la pourriture jusqu'à la moelle, à l'exception des madriers les plus épais et des parquets durs et cirés. Le butin à bord était également conservé. Il y avait de lourds vases et récipients en plomb, dont certains étaient encore scellés. — Un navire marchand ? Ou de contrebande ? Ou un vaisseau militaire ? Coulé si près de la côte, ça pourrait être n'importe laquelle de ces options, vraiment... Il fit le tour du pont du navire mort pendant un moment, et faillit en oublier sa mission.

— Le premier pirate qui aurait survécu aussi longtemps ici n'est pas un simple mortel que j'aurais à faucher, si je suis bien à la verticale de l'endroit où je suis tombé. C'était où, ça ? Mark tenta de revenir sur ses pas, mais se rendit vite compte qu'il était un peu perdu. Il retourna jusqu'au fuselage du Messerschmitt et à l'empreinte en forme de corps de son point de chute, puis patrouilla en décrivant des cercles. Il les élargit une ou deux fois avant de lever les bras au ciel en signe d'abandon.

— Où es-tu ? murmura-t-il aussi fort qu'il le put. — Allô ? Réponds-moi par un sifflement si tu m'entends ! Il se mit à siffler dans toutes les directions, comme un serpent qui s'éclaircirait la gorge. Il mit ses mains en porte-voix et tourna sur lui-même comme une sirène d'alarme.

C'est alors qu'il croisa le regard d'Emma, qui nageait vers lui en traversant le fond marin. Puis vint l'homme qu'elle tenait, traîné par le col et l'air consterné. Ils semblaient remonter des profondeurs de la roche — du tunnel sous la Manche — et prirent bientôt la direction de la surface.

— Attendez ! siffla Mark derrière eux. — Je ne sais toujours pas nager !

Il essaya de penser à des choses volantes. Finalement, il opta pour des pensées sous-marines et se propulsa en spirale jusqu'à la surface.

# CHAPITRE TRENTE-ET-UN

Mark et Emma sont descendus dans un quartier plutôt agréable de Liverpool, juste en dehors du centre-ville, dans une rangée de maisons qui avaient encore des jardins à l'arrière. De petits jardins, juste assez grands pour une table et quelques chaises, mais des endroits où il faisait bon vivre. Un endroit pour les familles. Un vrai quartier. C'était bien loin de leur propre immeuble d'appartements neufs et exigus, tout en verre et en bardage, avec des propriétaires absents et des prêts immobiliers locatifs.

— Ah, nous y voilà, a dit Emma. Dennis Perth Offdenson. Votre heure est venue.

La maison était une maison mitoyenne victorienne classique, avec peu de rénovations extérieures. Des signes de travaux sur le toit étaient visibles, mais l'ensemble semblait principalement respecter des normes de préservation pure, tout comme le reste des maisons de la rangée. Mark est entré et Emma est restée dehors en renfort, juste à l'extérieur, au cas où les choses tourneraient mal, mais cela semblait peu probable. M. Offdenson était assez âgé, à en juger par le temps restant dans son sablier. Il avait eu une vie bien remplie et le moment de sa mort est survenu très rapidement après leur arrivée, signe qu'il était déjà dans un état transitoire, attendant la main de la faucheuse.

Mark n'est pas resté longtemps dans la maison. Elle avait l'air charmante, cependant. Confortable, a-t-il pensé. Une belle amélioration par rapport à leur précédent logement. Puis il y a réfléchi. Leur appartement était principalement décloisonné, sans couloirs étroits ni angles vifs menant à d'autres pièces. Il a essayé d'estimer la surface habitable totale, sans les murs, et s'est demandé s'ils n'avaient pas été mieux lotis qu'il ne le pensait.

Il a trouvé M. Offdenson dans une sorte de bibliothèque, un bureau, où chaque mur était tapissé de rangées de livres datant clairement de plusieurs décennies, peut-être même trop nombreux pour être lus en une seule vie. La collection avait manifestement dépassé la capacité des étagères et des piles de livres, principalement des éditions reliées en cuir, formaient des tas désordonnés, certains constituant des colonnes allant du sol au plafond. Une unique lampe de bureau à faible intensité illuminait la pièce d'un bleu grisé. Un chat à poil long, figé dans son sommeil, était couché sur un petit coussin à côté de l'encadrement en laiton de la cheminée.

M. Offdenson, un homme à la barbe grise et à l'abondante chevelure blanche, était assis sur un fauteuil en cuir marron, en face de sa propre dépouille, une pipe à la main. Une fumée spectrale s'élevait à travers le plafond. Il a regardé Mark du coin de l'œil par-dessus ses lunettes à monture en chêne et les a ajustées en se tournant pour saluer son invité.

— Ah, bonjour, a dit l'homme avec un accent Scouse distingué. Vous devez être mon psychopompe, prévu pour environ 12 h 15. Il a levé le bras et a regardé sa montre. Vous êtes pile à l'heure.

— Oui, a dit Mark. Venez.

— Hmmm, a fredonné l'homme d'un air curieux. Et si je refuse ?

— Ce n'est pas une option, a dit Mark.

— Oh, vraiment ? a fait M. Offdenson. Il semblait étrangement amusé par l'ultimatum de Mark. Il s'est calé un peu plus dans son siège et a joint le bout de ses doigts. Eh bien, dans ce cas, je crains de devoir invoquer le théorème de la Fée Clochette et de vous refuser l'autorité de votre existence, mon garçon. Dommage, vraiment.

— Quoi ? a dit Mark. Nous devons y aller, monsieur. Je dois...

— Oh, quel ennui, a dit M. Offdenson en se levant et en arpentant la pièce jusqu'à la fenêtre derrière son bureau. Un ennui, en effet. Je suis un homme particulièrement instruit, voyez-vous. Un athée, par décision morale. J'ai trouvé qu'il était bien plus sincère de vivre sans les illusions d'un grand dessein, et ce, très tôt. Plutôt que de succomber à la peur ou au désespoir de vivre une vie ratée, j'ai observé le monde naturellement, organiquement – avec vérité ! Et bien que j'aie envisagé l'existence d'une âme, j'ai estimé qu'aucune entité ne pouvait détenir le pouvoir de contrôler toutes les âmes réunies à la manière d'un Dieu. Ce niveau de pouvoir centralisé n'est qu'un rêve de l'humanité – celui des dirigeants et des despotes de l'histoire – qui se reflète dans les enseignements de ceux qui ont les premiers fait sortir la civilisation de terre.

— Mec, j'ai fini mes études, a dit Mark. Il va falloir me payer si vous voulez que j'écoute ça.

— Personne, a clamé triomphalement M. Offdenson, n'échappe à l'apprentissage ! Ni à la logique. Telle est la folie des empires théologiques de l'homme. Ils fuient la logique et blâment les dieux pour leurs désastres, mais en louent d'autres, ceux contrôlés par l'empereur, pour leurs grands succès ! Ils avaient une main derrière le rideau qui les aveuglait, et ils pouvaient voir au-delà de la première illusion, celle qu'il n'y a pas de Dieu. Mais manquant de foi pour se gouverner eux-mêmes, ils ont remplacé leur conjecture par de nombreux dieux, afin de pouvoir encore se sentir contrôlés.

Mark s'est frotté les yeux. — Monsieur Offdenson...

— Mon garçon, a-t-il dit, je n'ai pas été enseignant pendant *cinquante et un ans* pour rien. Si vous comptez vous adresser à moi, je vous prierais de le faire en m'appelant "Professeur".

— Évidemment, a dit Mark, se lassant rapidement de leur conversation. J'ai beaucoup d'autres âmes à faucher, alors si vous pouviez, vous savez... vous dépêcher.

— J'aurais pu enseigner tant de choses à tant de gens, a déploré le Professeur Offdenson. Mon esprit a été gaspillé dans le monde universitaire. Ce n'est plus le monde des penseurs, mais celui des faiseurs, à qui l'on demande de réfléchir de moins en moins à chaque génération. J'ai vu cet engourdissement des esprits, cet émoussement progressif de l'intelligence de mes étudiants. Ils refusaient de me laisser leur enseigner les grandes œuvres de l'homme et leur signification, le décodage des théorèmes divins par les grands penseurs qui ont infiltré l'Église elle-même pour modifier le cours de l'humanité vers une illumination autoré-flexive. Non, ils voulaient juste des examens et des résultats. Ils voulaient des oui et des non. Ils voulaient avoir foi dans le système. Une foi sans honneur ! Et ils m'ont tenu les mains liées pour piéger mon esprit dans leur sphère d'illusion. Nous sommes maintenant à une époque où beau-coup prétendent être Dieu, créés par l'homme, *ex machina*, et pourtant personne n'est prêt à se réduire à une secte animiste de dieux multiples ! Non, ils veulent tous être l'Unique parce qu'ils ont tout le pouvoir. L'éducation, la santé, les transports... la bureaucratie est l'illusion divine de notre temps, mon garçon ! C'est ce qui nous ramène au Moyen Âge !

Mark a balayé la pièce du regard et a remarqué quelques cadres accrochés au mur — des diplômes d'enseignement primaire et diverses récompenses liées à la philosophie, dont un certificat encadré pour avoir remporté la première place à un concours de débat régional. L'homme avait une photo de lui avec un groupe d'enfants en uniforme, sur laquelle était peint en grosses lettres « Joyeux Anniversaire M. Perth ».

Mark a réprimé un rire et s'est retourné.

Le professeur Offdenson regardait par la fenêtre. Il a soupiré et a entamé ce qui semblait être une autre longue dissertation. — Dites-moi, monsieur Reaper, qui servez-vous ?

— La Mort, a dit Mark.

— N'êtes-vous pas la Mort ? a-t-il demandé.

Mark a hésité. — C'est un peu compliqué.

Il a eu un sourire narquois. — S'agirait-il d'une hiérarchie ? Le fait de laisser les âmes non fauchées à une entité inférieure qui fournit un travail qui devrait lui valoir une place bien plus élevée dans la société, mais qui se retrouve au contraire soumise aux caprices d'une élite écrasante ?

— Non, ça, c'était mon autre travail, a dit Mark.

— Mais c'est bien un travail, a dit Offdenson. Une négation de la Divinité ! Une négation de l'importance de soi ! La Mort est un concept qui échappe à tout contrôle, en dehors de toute structure systématique et que même les dogmes religieux redoutent. Mon garçon, vous ne *pouvez* pas être réel, car aucune Mort digne de ce nom ne viendrait poli-ment. Si elle existait, et si vous étiez sincère, alors je n'aurais pas cette chance de parler. C'est un appel d'un ordre supérieur, au-delà même de vous, qui me permet de respirer et de penser librement ! C'est la preuve que vous n'êtes rien de plus qu'une hallucination pour me tenir compagnie pendant que mon véritable esprit ralentit jusqu'à ses dernières synapses et s'éteint dans les ténèbres infinies. Et jusqu'à ce que ces ténèbres arrivent, je resterai ici — il s'est assis — là où mon esprit trouve le plus de réconfort parmi les grands penseurs de la Terre, à qui nous devons toute notre existence.

Le professeur Offdenson a jeté un coup d'œil du coin de l'œil et — comme il s'y attendait — Mark avait disparu. La silhouette sombre n'était plus visible. Son psychopompe personnel, envoyé pour lui rappeler la Mort dans ses derniers instants, n'avait pas pu supporter l'hypocrisie de sa propre existence. Le professeur Offdenson a soupiré et a regardé son bureau, où se trouvait un manuscrit inachevé composé de longs paragraphes d'un seul bloc écrits à la machine à écrire. Il a serré les dents de regret.

Puis Emma est apparue à travers le sol, sa faux à la main.

— Qu- Encore ? Une autre ? Ne vous ai-je pas tous réfutés indéfiniment ? L'âme offensée s'est levée d'un bond et a commencé à marcher dans sa direction. — Je dis, ça suffit ! Je dis...

Puis les ténèbres infinies sont arrivées sous la forme d'un sac sur sa tête. Mark et Emma l'ont ramené et l'ont jeté la tête la première — et surtout la bouche la première — dans la rivière limoneuse où il pourrait profiter de sa tranquille cessation d'existence et laisser le reste des Limbes en paix.

— Il y en a déjà trop qui traînent dans le coin, a dit Mark.

Emma a hoché la tête. — Et ils l'ont tous encore mauvaise d'avoir eu tort.

# CHAPITRE TRENTE-DEUX

La terre entre la vie et la mort, sur la rive sud du Styx, était plutôt calme. La Mort revint d'une longue moisson et remarqua un bon nombre de nouvelles âmes le long de la berge. Bien qu'il ne les acceptât qu'à contrecœur en tant que tels, ses apprentis accomplissaient leur devoir, et ils le faisaient bien. Personne n'avait été perdu ou oublié. Et sa propre main de professionnel avait pu trier le reste des mourants du monde sans avoir à jeter une ombre inquiète sur le pas-si-Royaume-Uni que ça.

C'était tant mieux. Il se sentait fatigué. Les éons et les âges commençaient à lui peser et s'accumulaient sur son dos osseux. En fait, la Mort s'autorisa à envisager, un bref instant, qu'Emma et Mark puissent étendre leurs responsabilités à toute l'Europe continentale, libérant ainsi davantage de son temps. Il se surprit à se voûter et utilisa sa faux pour se redresser. Son dos craqua bruyamment. Il sentit où les os de sa colonne vertébrale s'étaient déplacés et porta la main dans son dos pour les remettre en place. C'était une douleur à en gémir qui le fit rentrer au cottage en boitillant d'un pas lourd.

Il avait un moment de libre pour lui, à en juger par le nombre de sabliers encore disponibles, alors il ôta sa lourde cape et revêtit sa tenue de jardinage. Il portait une salopette en jean, une chemise écossaise, un chapeau de paille et des gants épais — il ne lui manquait plus que l'épi de blé pendant à sa mâchoire pour parfaire le tableau. Sa faux conservait sa forme naturelle, car la faux était à l'origine un outil pour couper l'herbe et restait tout aussi fonctionnelle pour entretenir les roseaux et le blé envahissants de l'au-delà.

La Mort fredonnait une vieille chanson entraînante tout en travaillant, une chanson plus adaptée au jeu frénétique d'un violon tenu par un homme cherchant désespérément à repousser les ruses moqueuses d'un spectre mortel. C'était l'un de ses genres de musique préférés, juste après les chants funèbres et le Requiem de Mozart. Des chansons entièrement à son sujet, rendues convenablement terribles par des mains humaines.

Il faucha une bande d'herbe sur le périmètre du cottage et recula pour admirer son trabalho. Le sol avait été aplani, sans qu'il ne reste ni chardons piquants ni tiges de mauvaises herbes. Il était agréable d'y marcher, comme sur un tapis de qualité. Il se tourna pour continuer sa tâche quand il vit la Guerre arriver sur son cheval, qui traînait derrière lui un tracteur composite. Elle grogna en descendant de sa monture et dut se tenir le flanc en marchant.

— Ça va ? demanda-t-il.

— Oh, juste une élongation, dit-elle. J'ai un peu trop forcé pour combattre la fatigue du repos et, eh bien, ça fait trop longtemps que je n'ai pas eu de vrais combats. Je préférerais de loin que l'humanité revienne au corps à corps, ça me donnerait quelque chose de plus actif à faire pendant mon temps libre.

— En effet, dit-il. Et le tracteur ?

— Oh, il est pour toi, dit-elle. Je l'ai trouvé dans ma collection et je l'ai reconverti en défricheur. Il a été utilisé pendant la Grande Guerre — celle dont ta fille a fait partie — quand ils devaient transformer n'importe quel véhicule en engin de service. Sa configuration d'origine était équipée d'un axe rotatif couvert de fléaux à chaînes qui frappaient le sol pour déminer. Mais bien sûr, toute épée peut servir, alors les gardes français s'en sont en fait servis... Elle rit. Ils l'ont utilisé pour écraser les troupes allemandes et leur fracasser le crâne quand elles s'aventuraient trop loin derrière les lignes ennemies.

— C'était une époque hideuse, dit la Mort, nostalgique. L'inventivité de l'homme pour encontrar des moyens de me rencontrer a toujours été passionnante à prédire et insatisfaisante à suivre.

— En tout cas, dit-elle, tu peux le prendre. Ce n'est plus qu'un outil agricole maintenant. Parfait pour ton hobby ici.

— Figure-toi que j'aime bien faucher à la main, dit-il.

— Mais est-ce que ton dos aime ça ? demanda-t-elle.

La Mort renifla et baissa les yeux. Il vit des bandages dépasser de sous la manche de son tailleur-pantalon, qui semblaient lui envelopper tout le bras.

Elle le surprit en train de regarder et rabaissa sa manche. — Juste quelques plaies, c'est tout, dit-elle. Tu as de la chance de ne pas avoir de chair à entretenir. Ça devient toute une routine quand on arrive à mon âge.

— C'est vrai, dit-il.

D'un geste las, elle poursuivit son chemin et s'éloigna, laissant le tracteur dételé bloquer la vue de la Mort sur le fleuve. Il s'approcha pour l'inspecter. Les lames de la moissonneuse étaient toutes bien affûtées — des bords en métal récupéré d'une myriade d'épées brisées et abandonnées au cours d'innombrables guerres. Des trésors pour le cavalier qui avaient été reconvertis pour un usage plus doux. Des épées transformées en socs de charrue.

La Mort monta sur le tracteur, tripota les commandes et le fit démarrer. Il fit un tour du champ extérieur et vérifia son ouvrage. En quelques minutes à peine, il avait accompli une semaine entière de fauchage, qui aurait repoussé avant même qu'il ait pu finir un tour de circuit avec ses propres outils. Il serra les dents pour esquisser sa version d'un sourire et continua, résolu à raser tout le domaine avant de se retirer pour la journée.

Quelque temps plus tard, la Pestilence passa. La Mort arrêta le tracteur à côté de lui et se pencha sur son siège métallique. — Salut.

— Je vois que tu t'es modernisé, dit la Pestilence, s'interrompant pour aspirer une respiration sifflante. Je parie que tu moissonneras bien plus d'âmes avec ça.

— Elles s'enfuiraient, dit-il. Il n'est pas assez rapide à mon goût. Ni assez maniable. Mais c'est sympa pour un peu d'entretien de pelouse.

— C'est juste, dit la Pestilence. J'aurais pu m'occuper de ce champ pour toi, si tu l'avais demandé.

— Je préférerais qu'il repousse, dit la Mort. Sans mutation.

Pestilence a ricané avant d'être pris d'une quinte de toux, ce qui a fait se reculer Mort sur son siège. — Ah, ouais. Ce serait un problème. Où est ta dame ?

— Ma quoi ?

— La Française ?

— Veronique s'occupe de la maison, a dit Mort, et de l'écurie. Là, je crois qu'elle fait travailler les chevaux.

— Bon, eh bien, a commencé Pestilence, je voulais juste lui faire un cadeau pour m'avoir aidé.

— Aidé ?

— Ouais.

Il a sorti une paire de gants en laine fraîche, finement tricotés et assemblés, juste à la bonne taille pour Veronique. La laine était noire et rayée, mais non teinte. Les fibres de la toison avaient noirci à cause de la peste qui avait affecté les moutons et les avait rendus non seulement incolores, mais totalement dépourvus de pigment, et trop lisses pour retenir la moindre teinture ou peinture. Une peste qui transformerait tous les moutons en brebis galeuses se répandrait bientôt dans les troupeaux à poil blanc et ferait s'effondrer le marché du linge neuf, un fléau pour les animaux et pour les portefeuilles.

— Je n'aurais pas pu les faire sans elle, a dit Pestilence. Et elle a l'air d'aimer le noir.

— Elle prétend que c'est son héritage wisigoth, a dit Mort. Ou une autre bêtise du même genre.

— Pourquoi tu ne la fais pas travailler un peu pour toi ? a demandé Pestilence en toussant. Tu sais, sur le terrain ? Ça a l'air de bien se passer avec les deux autres que tu as ramenés.

Mort a soufflé. — Je ne suis toujours pas convaincu. L'œuvre de la Mort n'est pas une chose à laquelle les mains des mortels doivent se mêler.

— Tu crois qu'un humain aimerait te voir faucher un champ ? a demandé Pestilence. Ou moi... dans un hôpital ? Notre temps est révolu depuis un moment maintenant. Plus de gens que jamais meurent de choses que nous ne pouvons pas contrôler. Ces cyber-machins font des ravages. Toute une flopée de virus et de vers, et je n'ai même jamais touché à ces saletés. On est dépassés. Et suivre le rythme, c'est...

Mort a senti une secousse sur le côté. Il a plongé la main dans sa poche et en a sorti un sablier qui a repris sa taille normale. Les derniers grains étaient presque tous tombés. Il l'a secoué et les a vus se détacher des parois de verre ; il n'en restait plus que quelques-uns à tomber, et il n'y avait pas de temps à perdre. Il a regardé autour de lui, mais son cheval n'était pas en vue. Le tracteur, en revanche, était toujours sous ses hanches. Il a mis le contact, a fait apparaître sa faux de nulle part et a fouetté le flanc du véhicule comme celui d'un cheval. Le tracteur a pétaradé et a entamé une montée lente et régulière dans les airs. D'un puissant coup de faux, Mort a ouvert un portail extralarge pour y faire passer son tracteur.

Pestilence est resté là, à le regarder, bouche bée. — J'aimerais pouvoir faire ça... Je n'ai même pas de voiture.

# CHAPITRE TRENTE-TROIS

Le fleuve était agité par le doux clapotis des vagues contre la rive. Trois silhouettes se tenaient dans le brouillard et furent lentement révélées à mesure que la barque de Charon s'approchait du rivage. Deux d'entre elles tenaient des faux, leurs lames en forme de faucille scintillant d'un éclat argenté. La troisième, vêtue d'une toge, se tenait les mains jointes à la taille, les yeux fermés et le visage empourpré.

Le tintement de l'or se fit entendre, porté par le vent changeant. Charon s'approcha de la rive et écarta le brouillard pour jauger la valeur du spectre qu'on lui amenait. Et celui-ci avait de quoi attirer son regard. C'était un homme de foi d'un certain âge, vêtu de riches robes funéraires et paré de babioles serties de pierres précieuses, ourlées et bordées d'or. Bagues, colliers, bracelets de bras et même ses dents... qui étaient aussi en or, pour autant que Charon pût en juger.

— Bien joué, dit Charon. Il y a trop longtemps que vous ne m'aviez pas amené une âme digne de traverser. Maintes et maintes fois, vous m'avez déçu sur ce point, et j'en ai refusé plus que je ne pourrais en compter. Mais je vois que nous sommes enfin sur la même longueur d'onde. Celui-ci va...

L'homme d'Église leva la main d'un air de défi. — Ne parle pas, Démon, commença-t-il avec un accent nord-irlandais. Laisse-moi me présenter devant le Seigneur et recevoir enfin son jugement après une longue vie passée à son service. Je ne céderai pas aux accents sombres et enchanteurs des méchants consorts du Diable et de sa clique, qui cherchent à souiller mon âme pure avant qu'elle ne puisse être vue intacte, sans erreur et sans entraves aux yeux de Dieu.

— Amuse-toi bien, dit Mark d'un ton qui trahissait son exaspération, avant de s'éloigner.

— Salut, lança Emma, manifestement très heureuse elle aussi de se débarrasser de l'homme.

Charon sentit un terrible changement d'ambiance alors qu'il se retrouvait seul avec le prêtre. C'était comme s'il commençait à peine à entendre les longs discours que ces deux-là avaient dû subir pour amener un homme de Dieu dans un au-delà sans dieu.

— Payez la dîme, exigea Charon, et je vous enverrai sur la terre où Dieu vous attend.

Le prêtre toisa Charon et leva les yeux vers le ciel brumeux. — Ô Seigneur, toi qui es le plus puissant et le plus saint, tu es mon sauveur, mon créateur et ma lumière éternelle. — Il tomba à genoux et leva les mains au-dessus de sa tête. — Je t'attends ici, au bord de ce fleuve de désespoir et de tourment, pour que tu descendes m'accueillir par les portes du Paradis et m'enfermer dans ton étreinte éternelle, dès à présent et jusqu'à la fin des temps.

— La dîme, insista Charon.

— Je n'écouterai pas, hurla le prêtre, non pas à Charon, mais d'une voix forte pour que celui-ci l'entende, ces démons envoyés par le diable qui me testent et me tentent. Je sais qu'ils sont Ton œuvre, un geste d'amour pour éprouver ma foi ultime. Mais je suis là, et je t'attends, Dieu ! Ô Seigneur ! Je te vois et je crois en toi ! Je n'entends et n'obéis qu'à toi ! Donne-moi des ailes jusqu'à ton royaume, montre que j'en suis digne !

— Des ailes ne vous feront pas traverser le fleuve, dit Charon. Seul moi le peux...

— ÔÔÔ, SEIGNEUR ! beugla le prêtre. Ton sanctuaire et ton refuge m'appellent ! Même ici, dans cet abîme silencieux, je sens ton attraction. J'entends le chant de ta création !

— Payez-moi ! dit Charon. Il frappa l'eau de sa rame, de plus en plus frustré. Je vous y emmènerai, mais... payez, bon sang...

Le prêtre retira l'une de ses bagues. — Ces choses matérielles, dit-il, ne sont pas mes chaînes. Elles ne sont pas ma valeur ! — Il se détourna et jeta l'or dans l'eau, au-delà de Charon.

Charon regarda l'objet voler, le visage d'abord surpris, puis carrément terrifié.

— Je ne suis pas lié à cette richesse en tant qu'homme. C'est seulement toi, Seigneur, qui brilles comme l'or en cette fin de toutes choses. — Il continua à retirer son or et à le jeter. Il déblatéra sur le fait qu'il était plus facile pour un chameau de passer par le chas d'une aiguille que pour un homme riche d'entrer au royaume des Cieux. Charon commença à tendre la main pour attraper les objets au vol. Quand il le fit, le prêtre le regarda et les lança à toute vitesse dans une autre direction. Il continua jusqu'à ce qu'il n'ait plus d'or, puis il commença à se dévêtir de ses robes. À ce moment-là, Charon s'en moquait. L'or lui avait échappé avant de pouvoir être sien, il était perdu.

Le prêtre déchargea son linge sur la barque de Charon. Il ne portait plus que des chaussettes à jarretières et un slip, en plus de la calotte en tissu sur sa tête. — Vois-moi, Seigneur ! Sans entraves ! Tel que tu m'as fait, non souillé par les péchés de la tentation. Vois-moi comme tu vois tout, sais tout, et laisse-moi monter à ton paradis ! — Il retira alors son slip, se remit à genoux et se mit à chanter des cantiques en se balançant. Charon détesta l'allégresse de cet imbécile et jeta les vêtements dans le fleuve avant de s'éloigner à la rame. L'homme n'avait pas d'argent, pas d'or, pas de dîme — pas même son slip kangourou — et donc, aucun moyen de traverser.

Charon retourna à son manoir doré. Il répara le mur endommagé qui s'était effondré auparavant et réorganisa les divers trônes pour changer un peu la disposition. Il hissa sa barque sur une cale sèche et utilisa des outils en or pour en réparer le fond. Il gratta quelques mains partielles et agrippées qui s'accrochaient au bois comme des bernacles, ainsi que des ongles et des dents appartenant aux âmes désespérées qui avaient tenté de s'agripper à l'embarcation sans payer et avaient fini sous celle-ci avant qu'elle n'atteigne l'autre rive.

— Maudit système ecclésiastique, grommela Charon. Il fait que des cinglés ne croient plus en la valeur de l'or. Pourquoi l'enterrer avec tout ça si c'est pour que ça finisse dans cette fichue flotte boueuse et sanglante !? — Charon haussa la voix jusqu'à crier et faillit jeter son grattoir en or dans le fleuve. Au lieu de ça, il le planta dans la cale et prit sa tête entre ses mains. Une fois remis, il finit de traiter sa barque et alla se détendre un instant au milieu de son immense trésor. Il avait utilisé des lingots entiers comme murs de soutènement principaux et empilé des pièces en segments octogonaux qui montaient en spirale jusqu'à mi-hauteur, avant de continuer en formations droites jusqu'à un plafond voûté où il avait assemblé tous ses trésors divers comme un puzzle.

Partout où il posait les yeux se trouvaient des objets d'une valeur historique et manifestement visible, et pourtant, tout cela sonnait creux. Rien de tout cela ne pouvait lui procurer ce qu'il voulait. Ce qu'il voulait vraiment. Son regard se fixa sur une icône de cheval en or, une ancienne pièce d'un temple phénicien qu'une noble prêtresse avait emportée dans sa tombe bien des éons auparavant. Son regard se durcit et il serra les dents rien qu'en la regardant. Charon parlait souvent à l'icône — piètre compagnie, mais avec la garantie de ne jamais être contredit.

— Les chevaux, songea-t-il. Même pas capables de nager. Incapables de traverser une rivière trop profonde. Ils se croient trop bien pour les bateaux, c'est ça ? Qui a décrété que les chevaux pouvaient voler, mais pas un bateau ? C'est si arbitraire. Je suis coincé ici, n'ayant un aperçu du monde extérieur qu'à travers ceux qui sont assez pitoyables ou pieux pour mourir en étreignant de l'or. Et ils parlent si peu du monde et tant d'eux-mêmes. Mon sort est resté immuable, uniquement modifié par les sables de la rivière et érigé sur ce monticule... d'iniquité.

Charon saisit une pièce et la lança contre le mur du fond. Elle rebondit et roula jusqu'à lui. Il continua de la faire rebondir jusqu'à ce qu'elle retombe à plat, puis il en prit une autre sur son siège affaissé et la fit rebondir à son tour.

— Tout ce dont ils se plaignent maintenant, c'est de l'argent. Du statut. De la richesse. De ce qu'ils ont laissé derrière eux. Des regrets tous liés à ce qu'ils n'ont pas pu gagner ou à ce qu'ils ont gagné en vain. L'argent. Pas la maladie, la guerre ou la famine. Ils ne se plaignent même pas de la mort. Ils se plaignent des banques, des prêts et des dettes. Les cavaliers ne voient pas à quel point ils ont sombré dans l'oubli. Ils pensent savoir ce qui régit le monde, mais est-ce bien le cas ?

Charon lança la pièce avec une force redoublée et manqua complètement le mur. La pièce vola au-delà de sa cabane dorée et s'entrechoqua contre les rochers, poursuivant sa course sur une trajectoire certaine vers l'eau.

— Bof, ricana-t-il. Ça n'a pas d'importance.

*Ting !*

— Tout cet or ne vaut pas plus que de la poussière, ici.

*Ting !*

— Je ferais tout aussi bien de tout jeter à l'eau...

*Ting !*

— ...et de m'y jeter à leur suite.

*PLOC !*

— Il n'y a pas besoin d'un...

*Clac !*

Charon chercha la source de ce bruit incongru et remarqua qu'un maillon de la chaîne de sa longue et incassable entrave s'était fendu. Les maillons étaient toujours connectés, mais cela lui accordait quelques centimètres de mouvement supplémentaires. Il regarda par-delà son or, vers la rive, toujours couverte de brouillard, sous lequel reposait un trésor inconnu de pièces d'or rejetées, lancées ou autrement perdues dans l'abîme. Là où la nature n'avait pas prévu qu'elles aillent.

Car si le péage du fleuve ne reposait dans la main de Charon, à quoi bon l'or venu de si loin ?

# CHAPITRE TRENTE-QUATRE

Mark et Emma se sont frayé un chemin dans le réseau d'égouts de Londres, une vaste collection de tunnels victoriens aux allures de catacombes. Ils étaient encore en excellent état de fonctionnement, ou c'est du moins ce que prétendaient d'innombrables administrateurs de la ville, gérant le ruissellement des effluents et empêchant la Tamise d'être le cloaque qu'elle était autrefois. Dans la plupart des endroits, ils étaient aussi un peu trop étroits pour les chevaux, alors les deux ont dû avancer à pied dans l'eau stagnante et immonde qui leur arrivait aux chevilles, au milieu des détritus et des fatbergs.

— Est-ce que ça a toujours été là ? demanda Mark. Malgré les tunnels étroits et tapissés de briques, sa voix ne résonnait pas, ce qui le décontenança.

— Apparemment, dit Emma.

— Ce n'est pas beaucoup plus petit que ce que nous avons loué, en fait, dit-il.

— Mieux isolé aussi, dit-elle. Mais avec plus de problèmes d'humidité.

— Pas tant que ça.

Ils ont navigué grâce aux indications vagues de leur boussole de sable jusqu'à ce qu'ils atteignent une bifurcation complexe de tunnels divergents. L'aiguille pointait droit devant, vers le mur même qui séparait le tunnel en deux.

— Tu penses qu'ils se rejoignent plus loin ? demanda Mark.

— Ce sont les infrastructures de Londres, dit Emma. À ce stade, ils pourraient monter, descendre ou faire un détour.

— On pourrait se retrouver à retourner chez la Mort, dit Mark.

— Plutôt chez Charon.

Ils échangèrent un rire puis se turent. Ils entendirent un fredonnement faible et lointain, comme si quelqu'un chantonnait une chanson loin dans le tunnel. Le son semblait provenir à la fois d'un côté et de l'autre. Mark et Emma décidèrent de se séparer et parcoururent les tunnels en courant. Ils ont serpenté, tourné et se sont divisés à nouveau, mais ont fini par revenir à la même citerne, reliée à une plateforme cubique plus standard de conception relativement moderne.

Leur cible, Phillip Coaver, fredonnait une vieille chanson des *Who* tout en maniant une truelle contre un mur pour bien tasser le mortier dans la maçonnerie, bien qu'il soit déjà de l'autre côté de la mort. Mark le remarqua le premier, alors qu'Emma apparut au détour d'un virage plus éloigné quelques instants plus tard. Il entama les formalités.

— Monsieur Coaver ? commença-t-il. Pardon, pourriez-vous poser ça un instant ?

— Pas possible, mon garçon, dit M. Coaver. Il tapota le mur pour l'aplanir avec le dos de sa truelle et racla l'excès de mortier d'un geste rapide. Son corps physique gisait contre le mur, la main crispée sur sa poitrine et les yeux fermés. Problème cardiaque. L'homme avait une soixantaine d'années mais en paraissait un peu moins. Il n'était que rides, sans aucun cheveu gris dépassant de son casque de chantier, et il avait de gros bras de travailleur.

— Monsieur Coaver, ne remarquez-vous rien d'étrange à votre sujet ?

— Pas grand-chose, non, répondit-il.

— Comme votre pouls ? dit Mark. Et le fait qu'il ne... batte peut-être plus ?

— Pas le temps de vérifier, dit-il.

— Monsieur, vous êtes mort, déclara Mark sèchement. Vous êtes décédé. C'est impressionnant que vous puissiez affecter le plan matériel à ce point — vous ne devriez pas — mais c'est comme ça, et c'est ça, la mort. S'il vous plaît, posez cette truelle et venez avec moi.

— Non, monsieur, dit M. Coaver.

— Je crains de devoir insister, insista Mark.

M. Coaver se retourna et toisa Mark de la tête aux pieds. Il se retourna, visiblement peu impressionné par ce qu'il voyait. — C'est votre boulot ? demanda-t-il.

— Il se trouve que oui, dit Mark.

— Vous racontez toujours votre vie avant de vous y mettre ?

M. Coaver se leva, truelle en main, pour égaler le facteur d'intimidation que Mark était censé dégager avec sa faux. Emma se montra pour lui prêter main-forte. Deux lames valaient mieux qu'une. Phillip se tourna et leur adressa un sourire narquois. — Tiens, tiens. Vous êtes en couple ?

— Colocataires, précisa Emma.

Phillip leva les yeux au ciel. — Quelle chance. Un homme chanceux peut bien travailler avec un bon camarade. Ça n'arrive pas toujours. Soyez contents que ça soit votre cas.

— Nous devons vraiment y aller, dit Mark.

Phillip s'avança avec assurance et tapa de sa truelle contre la faucille de Mark. Il était fort. Beaucoup plus fort que Mark. — Sacré gros outil que vous tenez là. Vous pensez vous en servir correctement ?

— Hé ! cria Emma. Elle porta un coup. Mark et Phillip esquivèrent. Phillip recula et se rétablit tandis que Mark glissa et tomba dans l'eau nauséabonde.

Phillip éclata de rire. — Tout le monde n'est pas fait pour le travail manuel, mon gars. Ne le prends pas mal. Garde tes doigts délicats pour la compta. Il rit tandis que Mark se remettait sur pied.

— Qu'est-ce qu'on fait ? murmura Mark à Emma.

— On le prend par surprise, dit-elle. On lui enlève les bras et puis les jambes.

— Façon Chevalier Noir ? dit Mark. Emma le regarda avec curiosité, puis elle comprit et leva les yeux au ciel. Ils se retournèrent tous les deux pour affronter leur cible, mais Phillip était déjà en haut de l'échelle de service et sorti de la bouche d'égout. Ils coururent pour le suivre. Emma siffla bruyamment dès qu'elle fut à la surface et hissa Mark.

— Poursuis-le, dit-elle. Ne le lâche pas, je vous retrouverai avec les chevaux.

— D'accord. Mark se lança à la poursuite de Phillip.

Le vieil homme a détalé. Il courait comme s'il était dans le dernier sprint d'un marathon, la truelle toujours à la main tel un témoin de relais. Mark n'arrivait pas à suivre la cadence et il peinait à ne pas perdre le vieil homme de vue. Mark eut des pensées profondes — comme le temps passé dans la mer — et accéléra sa course sans avoir besoin de respirer. Désormais, il n'était plus limité que par ses propres prouesses physiques en matière de course à pied.

Ce qui n'était pas fameux, alors il continua de rester à la traîne.

Phillip s'est retourné, sa truelle à la main, qu'il tenait comme un couteau de lancer, et l'a jetée en direction de Mark. Mark a levé sa faux pour la bloquer. La truelle a heurté le manche, puis a heurté le sol dans un bruit métallique. Mark a inspecté la surface immaculée de sa faux, puis a levé les yeux juste au moment où Phillip disparaissait au coin d'une rue.

Emma est arrivée en volant au-dessus d'eux et s'est lancée à la poursuite de l'homme à cheval. Il s'est retourné en la voyant arriver et s'est engouffré dans la ruelle étroite entre des maisons. Elle est restée en vol stationnaire au-dessus, attendant qu'il ressorte de l'autre côté, mais en vain. — Merde, a-t-elle craché. Elle est descendue au niveau de la rue et a constaté qu'il n'était plus dans la ruelle, bien qu'il n'ait pas atteint la rue. Puis elle a vu une ombre bouger à l'intérieur, à l'étage supérieur de l'une des maisons exiguës, alors que Phillip sortait d'un balcon pour sauter sur le suivant.

— Descendez de là ! a crié Emma. Vous allez vous rompre le cou !

— Pas avant vous, ma petite ! a-t-il répliqué.

Emma a sauté de son cheval et a franchi la porte avec prudence, où elle a reçu en plein visage un cadre photo volant, gracieuseté de ce vieil homme rusé. Il s'est précipité devant elle et a franchi la porte juste avant que Mark n'arrive au coin de la rue.

Phillip était maintenant jeune et basané, renvoyé à l'âge d'or de sa jeunesse en un jeune homme musclé, aux bras gonflés par des années de travaux pénibles. Sa chevelure était plus fournie, son visage plus fin, et ses yeux brillaient, animés d'une passion terrible. Mark n'avait pas de jeunesse idyllique à laquelle se raccrocher, alors il s'est contenté de s'arrêter, face à cette meilleure version de l'ancien senior.

— Avez-vous déjà échoué à faucher une âme ? a demandé l'homme.

— Pas encore, a répondu Mark.

Phillip a secoué la tête, déçu. — Alors vous n'avez même pas commencé à travailler. Vous savez combien de fois j'ai raté mes chantiers ?

— Pas assez souvent pour vous faire renvoyer, mais trop souvent pour avoir une retraite décente ? a deviné Mark.

— Assez pour apprendre que le travail n'est jamais terminé, a-t-il dit. Qu'un seul échec ne peut pas abattre un homme pour toujours. Qu'un mauvais chantier ne suffit pas à anéantir une vie de service et d'efforts. Si vous n'avez jamais échoué, mon garçon, alors vous ne travaillez pas assez dur.

— Je crains que nous ne puissions pas nous permettre d'échouer, a déclaré Mark. Et ce, pour *votre* bien.

Phillip a écarté les bras en signe de défi. — Je vais vous remettre les idées en place, vous qui croyez qu'il faut toujours être parfait sous peine d'être puni. Demandez à votre patron s'il a déjà fait tomber ses outils et gratté de la peinture qui n'en avait pas besoin, et s'il menace de vous renvoyer, vous saurez que ça lui est arrivé plus de fois qu'il ne peut le compter. Les bons travailleurs sont ceux qui échouent le plus souvent mais qui travaillent le plus dur pour rectifier le tir.

— Monsieur, a dit Emma. Elle a lancé sa faux et a tranché Phillip de l'épaule aux côtes dans une coupe irrégulière dont il ne pouvait se remettre. Nous apprécions votre avis. Mais nous devons vraiment y aller.

Phillip a eu un ricanement. Ses rides sont revenues, et ses muscles se sont affaissés pour retrouver leur forme ravagée par l'âge. — J'ai toujours juré de travailler toute ma vie. Et je ne me sens toujours pas mort. Que suis-je censé construire maintenant ?

— De la patience, a dit Mark.

— J'en ai déjà bien assez comme ça, a dit Phillip en se redressant, tandis que Mark disposait les parties de son corps en une pile ordonnée au moment où Tornade Céleste descendait du ciel au galop. Je suppose donc que le travail honnête réside dans l'âme.

— C'est bien ça, monsieur, a dit Mark en ramassant la moitié de son âme.

Phillip lui a tapé sur l'épaule, deux grands coups sourds de ses mains lourdes comme des masses. Il est monté en selle derrière Mark et a jeté un dernier regard nostalgique sur Londres depuis les hauteurs, alors qu'ils partaient pour l'au-delà.

— J'ai construit une partie de ça, a-t-il dit. Quelqu'un d'autre devra continuer.

— Ouais, a dit Mark. Ils ont traversé le portail et ont laissé le monde physique derrière eux, ainsi qu'une truelle cabossée gisant au milieu de la route et un travail achevé selon des normes rigoureuses que très peu verraient après la disparition de son unique artisan.

# CHAPITRE TRENTE-CINQ

Ils prirent chacun un sablier, partirent au même moment, et arrivèrent à des instants différents dans des lieux différents. Lorsque Mark apparut, le monde qui l'entourait était encore dans un glorieux Technicolor, le temps de sa cible continuant de s'écouler, tandis que celui de la cible d'Emma était révolu, et le monde était déjà d'un gris muet au moment où elle se matérialisa dans le ciel.

— Oh, génial, dit-elle dans un souffle exaspéré. Vous ne pouviez pas me laisser une chance, non ?

Son sablier indiquait le corps de sa cible ; elle n'avait plus qu'à espérer que l'esprit de celle-ci n'était pas déjà parti se promener. L'endroit était Sandyford à Newcastle, dans une simple résidence étudiante. Et la scène était assez pénible à regarder.

Emma arriva sur les lieux d'un suicide qui avait mal tourné. Non pas qu'il y ait eu quoi que ce soit de juste dans de telles circonstances, mais il était clair que tout avait été planifié différemment. L'esprit de la jeune fille sanglotait dans un coin, son corps était étalé, démantibulé et brisé, des os saillant sous sa peau après une chute sur ce qui ressemblait à une horrible œuvre d'art moderne, faite d'angles parfaitement conçus pour briser un corps à l'impact.

— Polly ? demanda Emma. Polly Harrowsoth ?

— Regarde-moi ça ! se lamenta la jeune fille en pointant un doigt tordu vers le désordre. Tout a foiré !

— Oui, c'est comme ça que ça arrive, dit Emma avec compassion. Une chose en entraînant une autre, on se retrouve sans autre...

— Non, non. Polly secoua la tête. La mise en scène ! Le décor ! J'avais tout préparé, et cette fichue corde a lâché trop tôt ! Maintenant, je suis morte, toute moche et disloquée, alors que c'était si joli et parfait avant ! Ça devait être...

— Oh, dit Emma. Donc, c'était...

— C'est *de l'art*, insista Polly. Elle se blottit contre le mur, les genoux remontés jusqu'au menton. C'est censé être une déclaration grandiose et magnifique. Maintenant, tout ce qu'ils diront, c'est : « Regardez comme son corps est devenu déchiqueté en tombant de son perchoir ». Ou pire : « Regardez comme elle était *grosse* quand elle s'est pendue... » ! Ce n'est absolument pas vrai ! Clairement !

— Oh, clairement, dit Emma. C'est la faute du crochet s'il n'a pas pu te soutenir.

— N'est-ce pas ? Je ne suis pas ingénieure. Mais peut-être que j'aurais dû... pour la belle jambe que ça me fait maintenant.

— Polly, je ne suis pas une connaisseuse en art. Peux-tu juste m'expliquer ce que... tu as fait ?

Polly se leva et entama une courte déambulation autour de l'architecture très pointue. — L'œuvre s'intitule, comme ma note le décrit, « Le Sommet de l'Apocryphe de la Femme ». Les différents pics dans la formation de cette structure brutaliste et fondamentaliste, faite de plâtre de stuc avec une armature en aluminium, représentent l'assaut de l'homme contre les arts au nom d'un pragmatisme incontesté. Et pour surmonter cette déclaration de pure fonctionnalité contre toute expression, de logique froide et d'ordre angulaire sans émotion, il faut le cœur vif et plein d'humour d'une femme.

— Uh-huh. Emma hocha la tête.

— Mais s'y ajouter simplement ne suffit pas, continua Polly. Il faut tout sacrifier pour dominer la déclaration ultime. Ainsi, le martyre est nécessaire tandis que les femmes s'élèvent au-dessus du monde de pierre froide et durement taillé par l'homme pour faire couler la couleur d'en haut, alors que leurs images sont élevées et ainsi sanctifiées.

— ...Donc tu t'es pendue, résuma Emma, plus littéralement, pour que ta présence, en tant que telle, dégouline sur les édifices de l'homme. Elle se tourna vers Polly pour obtenir une confirmation mais ne reçut qu'un soupir snob et désinvolte.

— Si tu comptes t'obséder sur des détails sans importance, alors je n'ai pas grand-chose de plus à t'offrir, dit Polly d'un ton dédaigneux. Alors bref, tu es, quoi... la Mort version dominatrice chic ?

— Je suis juste la Mort, dit Emma. Je ne suis « chic » en rien. Ni dominatrice, d'ailleurs.

— Ouais, clairement, dit Polly. Elle soupira de dépit et se dirigea vers un banc calé entre deux boîtes en forme de losange qui tenaient en équilibre sur leurs arêtes et semblaient créer une brèche dans le sol. Je voulais juste que ma vie signifie quelque chose. Parce que plus je vivrai, moins ce sera le cas.

— Mais qu'est-ce qui peut bien te faire penser ça ? demanda Emma. Tu aurais eu toute une vie brillante devant toi, pleine d'... idées et de pensées. Et de raisons.

L'ironie de la situation n'échappa pas à Emma. Argumenter avec une suicidaire sur la myriade de raisons de rester en vie. Bien sûr, ce n'était jamais aussi simple. Mark n'avait-il pas essayé de la raisonner avec des arguments très similaires ? Et n'avait-elle pas contré chacun d'eux avec une réponse semblable ? — Tu ne me comprends pas ; personne ne me comprend.

D'une manière ou d'une autre, parce que les rôles étaient inversés, il était si clair pour Emma que la décision de Polly avait été extrême, irréfléchie et inutile. C'était une jeune fille brillante, en colère contre le monde, mais avec un avenir potentiellement radieux devant elle. Emma sentit une boule se former dans sa gorge.

— Tu n'étais pas obligée de faire ça, conclut Emma.

— Si, j'étais obligée, insista Polly. C'est tout l'enjeu. La tragédie d'une femme luttant pour sa place dans le monde, c'est ça l'enjeu — le fait qu'elle *doive* se battre pour la même place que les hommes obtiennent sans aucune difficulté. C'est comme si, pour la souffrance d'une seule femme, une centaine d'hommes trouvaient le succès. Et pourtant, ils n'existeraient même pas sans les sacrifices de leurs mères et de leurs épouses et de toutes les innombrables personnes plus petites qu'ils doivent piétiner pour laisser leurs propres *marques* sur le monde. Elle désigna la déconstruction brutaliste sur laquelle son corps pendait mollement.

Emma luttait pour garder son sang-froid. À cet instant, elle comprit, pour la première fois, ce que Mark avait dû ressentir en cherchant désespérément à garder l'équilibre sur le dôme du Liver Building. Il avait lutté contre son vertige tout en essayant de la raisonner, la suppliant de revenir sur sa décision. Elle avait été tellement persuadée qu'il n'y avait pas d'autre solution. Elle s'en était convaincue elle-même, mais n'avait pas réussi à le convaincre, et elle se souvenait être devenue de plus en plus furieuse pendant qu'il déblatérait sur des Tupperware au lieu de s'écarter de son chemin. Elle lui devait probablement des excuses.

Du point de vue de Polly, elle n'avait fait que le nécessaire pour transmettre un message qui comptait plus pour elle que sa propre vie. C'était une quête noble, mais d'une exagération brutale et excessive. Ce qui marqua le plus Emma, c'était la jeunesse de la fille. Cela lui rappela les mauvaises passes qu'elle avait traversées au début de sa vingtaine, jetée dans un monde d'injustice, terriblement mal équipée et mal préparée — toujours la violette timide, oubliée et ignorée.

Ces sentiments s'étaient intensifiés avec le temps. Il n'y avait pas eu de catalyseur unique. Pas de ligne rouge clairement franchie ni de traumatisme identifiable. Plutôt le fardeau graduel et cumulatif de centaines de gouttes d'eau qui avaient fait déborder le vase et brisé la détermination d'Emma à vivre, chacune d'entre elles étant individuellement évitable, mais écrasantes une fois additionnées. De petits moments qui l'avaient informée d'un sentiment de désespoir qui avait fini par imposer dans son esprit l'idée qu'il était préférable de tout simplement tout arrêter.

— Polly, dit Emma avec un soupir, je suis désolée, mais... c'est de la merde.

— Ah, d'accord, dit Polly. Tout le monde est critique d'art. Et tu vas me faire la morale sur mon sens de la mode, c'est ça ? Vas-y, visite ma garde-robe. Prends ce que tu veux, et je te clouerai le bec avec.

— Non, pas la sculpture, dit Emma. Même si ce n'est pas mon truc. Je préfère les paysages. Mais la situation dans laquelle tu t'es retrouvée... c'était de la merde. Je suis d'accord, parfois on a l'impression que vivre ne rime à rien et que ça n'en vaut pas la peine. Je suis passée par là, et même le fait que quelqu'un me dise de ne pas le faire et d'essayer de survivre à tout ça n'a pas suffi à m'arrêter. Je... je pensais toujours qu'il y avait plus de paix au pied d'un immeuble de treize étages, sans prendre les escaliers, qu'en continuant à vivre. Parce qu'il y a dans le monde des problèmes insolubles qui nous tombent dessus.

— Alors, qu'est-ce qu'on est censés faire ? demanda Polly.

Emma haussa les épaules. — Vivre, dit-elle. Mourir ne résout rien.

Polly se leva, offensée. — Eh bien, si on doit tous mourir de toute façon, autant avoir notre mot à dire sur la façon dont on s'en va. Sur le souvenir qu'on laisse !

— Tu peux toujours essayer, dit Emma. Elle se retourna vers la scène sous leurs yeux. Mais le plus souvent, tu échoueras. Les vivants ne cherchent pas de raisons profondes dans la mort. Personne ne viendra à ton enterrement pleurer sur le fait que ta dernière œuvre d'art a été incomprise. Ils pleureront parce que tu ne seras plus là. Même tes critiques les plus virulents te regretteront. Parce qu'ils savent qu'un jour, leur vie aussi prendra fin. Et le sens et l'importance qu'ils ont donnés au monde pourraient disparaître avec elle.

— C'est de la merde, dit Polly.

Emma hocha la tête. — Les gens se forgent leur propre opinion pour se sentir mieux dans leur peau. C'est comme ça que l'art fonctionne. Cent personnes peuvent voir ce que tu as fait et en tirer des conclusions différentes, pour leur propre bénéfice. Pas le tien.

— Il devait y avoir un meilleur moyen de faire passer mon message, dit Polly. Pour que la raison pour laquelle je devais mourir de cette façon soit parfaitement claire... ou, d'une meilleure façon.

— La seule meilleure façon de mourir, dit Emma, c'est très vieux et dans son sommeil. La raison de ta mort est toujours éclipsée par la vie que tu as vécue.

Polly secoua la tête. — N'y a-t-il donc vraiment aucune dimension artistique dans la mort ?

— Je ne crois pas, dit Emma. Elle ne se prête pas vraiment à l'interprétation.

— Alors... alors je peux changer les choses ? supplia Polly. Est-ce que je peux revenir en arrière et recommencer ? Le faire mieux ? Faire une déclaration différente, avec la vie plutôt qu'avec la mort ?

Emma posa une main sur l'épaule de la jeune fille. Une main froide, factuelle. — Rares sont les gens qui aiment la façon dont ils meurent. Mais ils meurent quand même.

Polly lut le brutalisme dans les yeux d'Emma, son expression froide et anguleuse. Face à la déclaration écrasante que cela représentait, elle se contenta de hausser les épaules et d'abandonner. Emma la raccompagna et la ramena à la rivière, où elle la laissa errer. C'est là qu'elle retrouva Mark, qui était déjà revenu avec un sac à dos humain en bandoulière. La conversation attendue de longue date entre Emma et Mark devrait encore attendre un peu.

— Qu'est-ce que c'est que ça ? demanda Emma.

— Il a l'air de quoi ? grogna Mark. C'est un bouddhiste plutôt dévot. Il m'a complètement ignoré pendant un bon moment, alors j'ai dû le ramener.

— Tu penses l'emmener aux moines ? demanda Emma.

— Ouais. Mais je ne suis pas sûr de pouvoir y arriver.

Emma passa de l'autre côté et prit les jambes de l'homme. Il resta dans une position du lotus parfaite tandis qu'ils le transportaient plus loin dans le désert de l'irréel pour rejoindre ses frères d'esprit dans leur purgatoire éternel.

— Il n'a vraiment pas bougé du tout ?

— Pas d'un poil, souffla Mark.

— Il doit être plutôt content de la façon dont il est mort, dit-elle. Sacré veinard.

— Il devait surtout être content de mourir *gros*, geignit Mark. Ils traînèrent leur bagage corpulent et vivant dans le vide, puis retournèrent à leurs tâches — après une courte pause pendant laquelle Mark ne fit qu'une bouchée du buffet de charcuteries que Véronique leur avait laissé.

# CHAPITRE TRENTE-SIX

Tout allait bien au pays entre la vie et l'au-delà, à l'exception de quelques plaintes non résolues qui ne cessaient de surgir dans le cottage de la Mort. L'air était stagnant, chargé d'un film de poussière omniprésent. Le plumeau de Véronique semblait en ajouter sur les murs plutôt que de l'enlever. Elle avait donc dû recourir à la mesure plus radicale de passer l'aspirateur de haut en bas des murs. C'était bruyant, mais efficace.

Elle avait ouvert les fenêtres pour tout aérer, mais trouvait que ses efforts se heurtaient à l'assaut constant de la poussière qui semblait venir de nulle part. Elle apparaissait, tout simplement. Elle détournait le regard, et le jaune parfait du papier peint, couleur jaune d'œuf au plat, devenait d'un ton plus pâle et plus beige. Grâce au courant d'air, elle pouvait au moins surveiller les traînées de poussière qui serpentaient vers le reste du jardin.

C'était un travail solitaire que de tout garder en ordre. Jamais vraiment affairée, et pas toujours gratifiant. Elle n'avait qu'un seul occupant dont elle devait s'occuper, la Mort, et les activités de celui-ci le gardaient généralement hors de la maison pour ce qui semblait être des jours entiers. Son temps passé au pays de la mort avait émoussé sa perception du temps et de son passage. Elle était morte depuis assez longtemps pour savoir que le temps n'avait plus d'importance.

Mais la saleté restait difficile à ignorer. Son regard se posait sur chaque grain de poussière potentiel qui avait échappé à ses efforts précédents, et elle fondait dessus comme un soldat traquant sa proie dans les tranchées. Elle s'approcha à pas de loup de la collection de disques vinyles près de la fenêtre, balança un plumeau pour chasser le film de poussière sur les pochettes, et fut frappée par un retour de flamme. Le bord acéré d'un brin d'herbe lui entailla le visage entre la mâchoire et le menton avant de tomber au sol.

— Quoi ? dit-elle. Elle le ramassa et le tint en direction de l'extérieur. Au loin, elle vit une gerbe de matière, comme une explosion silencieuse qui aurait arraché tout le blé et les mauvaises herbes du sol. Elle regarda et vit son patron faucher le champ, utilisant le tracteur que lui avait offert Guerre, lequel découpait de larges étendues d'herbe courte et praticable à chaque passage.

Elle le voyait rarement travailler au jardin. C'était généralement son travail à elle. Elle avait même sa propre cisaille pour ça. Il y avait quelque chose de presque cathartique à couper les mauvaises herbes à la main, une touffe à la fois, comme si l'on tondait la toison d'un mouton incroyablement grand et fibreux. Mais c'était finalement son jardin à lui, et s'en occuper était son passe-temps favori. Il avait enfin du temps pour en avoir un, maintenant que ses apprentis s'occupaient des affaires à travers les îles Britanniques. Elle aurait bien aimé faire un petit tour sur le nouveau tracteur elle-même.

Pour l'instant, elle décida de préparer un pichet de limonade pour le rafraîchir et sortit d'un pas tranquille par la porte d'entrée, la laissant ouverte pour que la poussière s'évacue. Il y en avait presque plus à l'intérieur que dehors, maintenant. Elle arriva juste au moment où la Mort finissait de dégager un chemin le long du jardin qui descendait jusqu'à la rive limoneuse de la rivière. Il coupa le moteur et peina à descendre du siège du conducteur. De retour sur le sol, il tituba en avant.

— Monsieur ! s'écria-t-elle.

La Mort se rattrapa avec sa faux. Le manche rétrécit immédiatement, et il coinça le côté non tranchant de la lame sous son aisselle pour en faire une béquille.

— Ah, bonjour, répondit-il. Vous avez fini vos tâches ?

— Est-ce que vous allez bien ? Je pourrais le faire pour vous, proposa-t-elle, préoccupée par son air frêle.

— Je vais très bien, dit-il.

Elle le connaissait depuis un siècle environ, et bien des vies au-delà dans le passage intemporel du monde hors du temps humain, alors elle connaissait très bien ses manies. Sa respiration était courte et fatiguée. Sa posture était si voûtée qu'elle pouvait compter ses vertèbres sous son gilet de tweed. Le fait qu'il s'appuyait sur sa faux comme s'il en avait besoin lui en disait bien plus qu'il ne l'aurait souhaité.

— Vous êtes sûr ? demanda-t-elle.

Il grogna. — Oui, oui. Je sais que j'ai l'air un peu pâle, mais croyez-moi, c'est le teint qui me va le mieux. C'est une pâleur travaillée. Une sorte d'exposition calcifiée très digne et gracieuse.

Véronique évalua son travail. Il avait tondu tout le jardin, de bout en bout, pendant qu'elle se débattait avec la poussière à l'intérieur. Cela expliquait pourquoi un nuage de terre éparpillée remplissait maintenant la maison.

— Qu'est-ce que c'est que ça ? demanda-t-il en montrant du doigt le verre qu'elle portait.

— C'est pour vous, dit-elle.

Il le prit et le but d'un trait. Le liquide disparut dans sa mâchoire, qui était creuse et dépourvue de gorge, si bien qu'il s'évanouit tout simplement de la vue. — Merci, dit-il, avant de lui rendre le verre vide et de secouer quelques gouttelettes de condensation de ses doigts.

— Laissez-moi vous raccompagner à l'intérieur, dit-elle.

Il ricana. — Ce n'est qu'une courte marche pour remonter la colline. Où sont ces deux-là, d'ailleurs ?

— Emma et Mark ? dit Véronique. Je crois qu'ils ont presque fini de collecter leurs cent âmes.

— Ah oui ?

— Oui.

— Hmmm, fredonna-t-il. Ça leur a pris à peu près le temps que je soupçonnais.

— Alors ils sont en bonne voie pour vous impressionner ?

— Bah, dit-il. M'impressionner ? Pas du tout. C'est impressionnant uniquement dans le sens où ils l'ont fait, tout simplement, sans tomber de leurs chevaux pour s'écraser contre l'hideuse réalité du bitume durci. Il plongea la main dans sa poche et brandit le sablier d'Emma. La tache de sable collée sur le côté s'était maintenant cristallisée. — Tant qu'ils me resteront utiles, je reconnaîtrai leurs efforts.

— Et quand ils auront fait leurs cent premières livraisons ?

— Alors ils pourront en faire cent autres, dit la Mort. Et ainsi de suite, éternellement, jusqu'à ce qu'ils abandonnent.

— Et vous vous chargerez du reste ? demanda-t-elle, sceptique.

Il décela son ton sarcastique et remonta en boitillant le chemin vers la maison. — Bien sûr que je le ferai ! D'ailleurs, j'allais juste me reposer avant de partir pour un séjour en Polynésie, afin de chasser les victimes de noyade au fond de la mer. Une excursion captivante et vivifiante pour me délivrer de tout ce pollen et ces squames dans l'air.

— Que vous avez mis là, ajouta Véronique.

— N'est-ce pas à vous de nettoyer ? dit-il. Il entra le premier et jeta un coup d'œil aux alentours. Véronique le suivit.

À sa grande surprise, la maison paraissait maintenant bien plus propre qu'elle ne l'avait laissée. Pas la moindre trace de poussière n'était visible. Pas même dans les recoins du plafond qu'elle ne pouvait atteindre qu'à l'aide d'une échelle.

— Nous avons tous des devoirs à accomplir, dit-il. Tant que nous nous y tenons, tout ira bien.

— Oui, acquiesça-t-elle. La Mort retourna en boitillant dans son antre et se reposa dans son fauteuil. Elle le laissa tranquille, mais restait préoccupée par sa santé. Il n'était pas dans son assiette, c'était évident. Son ardeur habituelle à amener les conclusions et à faucher les vies semblait s'être épuisée dans le jardin, ne laissant derrière elle qu'un vieil homme plutôt acariâtre, au mauvais caractère et à la mémoire longue.

Quelques minutes plus tard, il ressortit, utilisant sa faux comme un bâton de marche plutôt que comme une béquille, et franchit la porte d'une démarche plus assurée, bien que toujours déséquilibrée.

Il se tourna vers Véronique.

— Si ces deux-là reviennent pendant mon absence, dit-il, et qu'ils ont rempli leur devoir envers moi, ordonnez-leur d'attendre dans l'antre.

D'*attendre*, car j'aurai à leur parler avant de décider de la suite des événements.

— J'y veillerai, dit-elle en s'inclinant. Alors qu'elle avait la tête baissée, elle remarqua une traînée de poussière fraîche, presque scintillante, qui suivait la Mort et semblait s'échapper de sous sa robe. Véronique entreprit de la balayer et de la chasser dehors. Le chemin de poussière remontait jusqu'à son antre, où la plus grande accumulation se trouvait sur son grand fauteuil inclinable.

C'était étrange. La poussière s'accumulait normalement de façon très naturelle. Elle commença à soupçonner que ce n'était pas du tout de la poussière. Elle en ramassa un peu du bout des doigts et la frotta. La façon dont elle crissait et retombait ne ressemblait pas à de la poussière domestique ordinaire. C'était plutôt une poudre dense. Elle la balaya pour la rassembler en un tas sur le porche et la laissa filtrer entre ses doigts.

Les particules furent prises dans une brise qu'elle ne pouvait sentir, qui soufflait en direction du fleuve. Tous les granules et les débris — la poussière et les résidus qui s'attardaient encore sur la maçonnerie — se soulevèrent et s'envolèrent loin d'elle. Elle se lança à leur poursuite pour voir où toute cette poussière était emportée.

Une pellicule trouble s'étendit sur le Styx tandis que la poussière s'y déposait et s'étalait comme une nappe d'huile sèche. Elle reflétait une teinte argentée sous la lumière omniprésente de l'éternité. Véronique soupira en la regardant s'éloigner. Ce n'était plus son travail de nettoyer, mais c'était tout de même une éventualité de saleté qu'elle ne voulait pas tolérer.

C'était maintenant dans le domaine de Charon, et elle savait qu'il ne fallait pas s'en mêler. Le service de la Mort était un sort bien plus enviable que celui de servante de barque.

# CHAPITRE TRENTE-SEPT

Les deux humains étaient revenus avec une autre âme qui, au lieu de s'égarer dans l'immensité du néant vide et sans âme, avait décidé de s'aventurer vers l'intérieur des terres pour inspecter le domaine. Aucune règle n'interdisait d'approcher la demeure de la Mort, ni de lui rendre visite, si ce n'est que le maître des lieux ne désirait tout simplement pas de visiteurs.

L'âme errante trouva la Grande Faucheuse vêtue humblement d'une salopette aux manches retroussées exposant ses bras osseux, accroupie au milieu d'un jardin labouré, en train de fredonner les notes du « Dies Irae » de Mozart.

— Oh, dit la Mort. Bonjour.

— Bonjour, répondit l'homme avec une grande timidité. Euh... Désolé. Je crois que je suis un peu perdu.

— Oui, acquiesça la Mort. Perdu, sans passage vers l'autre rive, et condamné à errer en vous demandant ce que l'éternité peut bien vous réserver ?

L'homme hocha la tête. — O-oui.

— Eh bien, dit la Mort, ça ne me regarde pas.

Il retourna à son jardinage, continuant comme si de rien n'était et laissant l'étranger un peu bouche bée. L'homme regarda la Mort s'occuper du jardin, plantant des graines dans la terre avec ses doigts osseux.

— Qu'est-ce que... euh... commença-t-il, élevant à nouveau la voix. Qu'est-ce que je dois faire ?

— Faites comme il vous plaît, dit la Mort. Je n'apprécie pas les invités, et il n'y a pas de travail à déléguer de la part de ceux qui sont déjà à mon service.

— Alors pourquoi suis-je ici ? demanda l'homme.

La Mort désigna l'horizon sans relief. — Pour errer dans le vide. Jusqu'à ce qu'un grand jugement dernier fasse voler cet endroit en éclats et envoie toutes les âmes perdues vers un lieu ou un autre, au service de puissances qui me dépassent.

— Comme l'Enlèvement ?

— Comme cela, dit la Mort.

— N-n'ai-je pas été un bon chrétien ?

— Hmpf, ricana la Mort. Personne n'est jamais assez bon en quoi que ce soit. C'est tout ce qu'il y a, à moins d'apporter de l'or pour traverser le fleuve. Rien d'autre ne peut être négocié.

— Donc... *tout le monde* s'est trompé ? demanda-t-il.

— Trompé ? dit la Mort. Il se releva et poussa sur ses hanches pour faire craquer son dos. En quel sens, trompé ? Avez-vous été inspiré à vivre une vie meilleure pour les autres, et pour vous-même, grâce aux enseignements auxquels vous avez adhéré ?

— Euh... en quelque sorte ? dit l'homme, incertain.

— Alors, serait-ce si mal ? demanda la Mort. Avez-vous vécu votre vie avec compassion, bienveillance et compréhension envers vos voisins comme envers les inconnus ?

— Je suppose que oui, admit l'homme. Je n'ai jamais fait de mal à personne. J'ai bien partagé un mot de passe Netflix pendant quelques mois sans le dire à qui que ce soit. Mais il n'y a pas de péché dans la Bible concernant le non-paiement des abonnements, n'est-ce pas ?

— Du vol, dit la Mort. Quoique, expliquer les systèmes de richesse qui existent à l'époque moderne aux exégètes bibliques du passé les laisserait totalement perplexes sur la manière de réguler moralement de telles choses, qui dépasseraient sûrement leur entendement.

— Ouais, acquiesça l'homme. Mais... alors, pourquoi suis-je ici ? Qu'est-ce que je fais ?

— Vous êtes ici parce que vous êtes mort, expliqua la Mort. Et il n'y a plus rien *à* faire.

— Oh, eh bien, ça craint, dit l'homme.

— En effet, acquiesça la Mort. Un silence timoré passa entre eux. Puis, la Mort retourna à son jardin et à ses semailles. Face à l'indifférence de la Mort, l'homme jugea bon de repartir errer vers l'oubli. La Mort continua de fredonner seule et finit de semer une rangée de lys araignées rouges. Il leva les yeux vers le fleuve où la silhouette familière d'un passeur émergeait du brouillard pour s'approcher de la rive.

La Mort se redressa et se dirigea vers le rivage où Charon l'attendait.

— C'est bizarre de te voir te salir les poignets, dit Charon. Tu me piques mon eau aussi, c'est ça ?

— Ton eau ? dit la Mort. Et puis, rien ne pousse dans le fleuve. J'amène mon eau du monde des vivants.

— Oh, la frime, chanta Charon d'un ton moqueur. Le parterre de fleurs de la Mort n'a droit qu'au plus pur jus de source de montagne.

La Mort eut un petit rire. — En effet. C'est une raison de plus pour entretenir des liens fréquents et équitables avec le monde des vivants.

— Sauf que ce n'est plus vraiment toi qui foules ce sol, dit Charon. Si peu de gens meurent que tu as le temps de te mettre à faire pousser la vie toi-même ?

— Hmm, dit la Mort, songeur. Ce sont ces deux-là.

— Les rebuts ?

— Oui, répondit la Mort. Ils ont presque terminé leur période d'essai. J'avais du mal à l'admettre, tout bien considéré, mais ils se sont révélés plus utiles que je ne l'avais prévu. Ils se sont bien attachés à ce devoir de la Mort. Et il y a peut-être un intérêt à cela au-delà de cette période d'essai. Je devrai peut-être prolonger cette relation à l'avenir.

— Ah oui ? dit Charon. Il sortit une pièce et la fit tournoyer entre ses doigts. Son bras se tendit, éloignant la pièce de son centre et de la prise du bateau sous lui, vers l'eau. Il fut un temps où tu étais enthousiaste à l'idée de les voir échouer et de jeter leurs corps à l'eau.

— Et je le serai peut-être encore, dit la Mort. Mais ce serait trahir ma propre équité que de les punir pour leur réussite. Jusqu'à présent, ils n'ont pas laissé une seule âme leur échapper.

— Alors, ils se débrouillent mieux que toi, hein ? dit Charon.

La Mort réfléchit sombrement un instant, considérant ces mots.

Charon serra la pièce entre deux jointures. Puis, elle glissa et tomba dans l'eau. — Oups. Charon porta théâtralement la main à sa bouche. Oh non.

La Mort se crispa soudainement sur le côté. Il plaqua une main sur ses côtes et laissa échapper un sifflement de douleur à travers ses dents serrées. Charon se rassit et observa la Mort se plier en deux sous la douleur fantôme, apparemment venue de nulle part.

— Tu as cassé quelque chose ? demanda Charon.

— Non, dit la Mort. Il prit quelques inspirations geignantes et tenta de se redresser. La douleur s'estompa, mais la résonance se propagea dans le reste de ses os. Son épaule lui fit soudainement mal, et il eut l'impression que sa jambe était légèrement déboîtée. Il fit rouler son bras et son cou pour se rajuster. Je suis resté à genoux un peu trop longtemps. Mon corps est trop habitué à travailler. Il considère la relaxation comme une agonie mortelle à abhorrer.

— Tu serais plus détendu avec plus d'apprentis, dit Charon. Tu pourrais même en mourir, d'en avoir autant dans les pattes. Tu devrais peut-être revoir ton idée d'en recruter d'autres.

— C'est bien possible, acquiesça la Mort. Bon, je m'en vais. Tu as tes propres devoirs à accomplir, j'en suis sûr.

— Oh, bien sûr, dit Charon. C'est si dur de patrouiller sur la rive à la recherche des âmes éplorées et errantes, dépourvues de toute dorure ou de la moindre valeur, qui supplient et implorent de traverser un fleuve qu'elles ne méritent pas de franchir. Peut-être que je devrais prendre mes propres apprentis et construire une flotte de barques pour couvrir toute la longueur du fleuve à travers le néant.

— Je n'en vois pas la nécessité, dit la Mort. Il n'y a qu'un seul passeur sur le fleuve. Et il a à peine assez de travail comme ça.

Le sourire ironique de Charon se mua en une moue ridée et renfrognée, que la brume qui l'entourait dissimula tandis que la Mort remontait la colline. Charon utilisa sa rame pour sonder les bas-fonds, espérant repêcher sa pièce d'or, mais elle était perdue. Tout ce qui touchait l'eau coulait jusqu'à devenir irrécupérable.

Mais la perte en valait la peine. Bien qu'il ait eu mal de se séparer de la pièce, cette séparation causa à la Mort une douleur bien pire. La théorie qu'il était venu tester ici semblait juste, mais il devait la vérifier davantage. Charon s'éloigna de la rive et remonta le courant, le dos tourné au néant et à la myriade d'âmes en attente, piégées du côté impitoyable de la post-existence.

La Mort, pendant ce temps, peinait même à enfiler sa robe par-dessus sa tête. Chaque fois qu'il tendait le bras par-dessus son épaule s'accompagnait d'un élancement de douleur soudain qu'il ne pouvait ignorer, comme si une corde tendue reliant son bras à sa poitrine était enroulée trop serrée et menaçait de se rompre brutalement.

Veronique l'entendit grogner et gémir et frappa à la porte de sa tanière.

— Monsieur ! appela-t-elle. Avez-vous besoin d'aide ?

— Aucune, dit la Mort. Il réussit enfin à glisser son bras dans la manche de sa robe. Je vais travailler. Pour me débarrasser de cette douleur lancinante.

— Êtes-vous certain d'être d'attaque ? demanda-t-elle. Mark et Emma ont presque terminé leurs tâches. Ils viennent de partir s'occuper de leur quatre-vingt-dix-neuvième âme.

— Quatre-vingt-dix-neuf déjà ? répéta la Mort. Sa mâchoire se crispa en ce que Veronique supposa être un bref sourire. Il le rejeta et tira sur sa robe pour l'ajuster. Elle lui semblait plus longue qu'auparavant, et ses jambes paraissaient perdues dessous. Il traversa lentement la pièce, craignant que ses jambes osseuses ne se prennent dans les fils intérieurs de sa cape de ténèbres et ne tirent dessus.

— Dois-je leur préparer une célébration ? demanda Veronique.

— Pas la peine de faire tant de chichis, insista la Mort. Je pourrais encore avoir des raisons de les renvoyer à la fin.

— Oh, d'accord, dit Veronique. Mais dans ce cas, je vais devoir jeter tous les champignons spéciaux que j'ai réussi à avoir à moitié prix.

— ... Spéciaux ? demanda-t-il.

— Oui. Ceux que vous aimez tant. Ce serait dommage de gâcher...

— Les matsutakes ne se périment pas, lança-t-il sèchement.

Veronique gloussa, l'ayant pris sur le fait de se soucier de quelque chose alors qu'il voulait s'opposer à son propre désir de reconnaître leur succès.

— Contente-toi de... ne pas gaspiller. Tu peux préparer ce que tu veux. Ce n'est qu'un dîner de semaine.

— Avec des invités ! dit Veronique joyeusement. Et un gâteau.

La Mort la suivit hors de la pièce. Partager son repas préféré avec ceux qui faisaient son travail à sa place...

L'idée ne lui déplaisait pas.

# CHAPITRE TRENTE-HUIT

Emma et Mark se retrouvaient une fois de plus au-dessus de Londres. Ils s'étaient habitués à ce spectacle, tant nombre de leurs fauchages d'essai les avaient menés dans la capitale. Parfois dans le sud, parfois dans le nord, le plus souvent dans l'ouest pour une raison ou une autre, et seulement occasionnellement dans l'est, désormais branché. C'était encore pour eux une sorte de virée spectrale et nomade dans la grande métropole enfumée, ainsi qu'un moment de réflexion sur ce qui aurait pu être si Mark avait décidé de poursuivre la carrière de scénariste qu'il s'était promis d'embrasser au lieu de bifurquer vers le design.

— Une fois qu'on sera des Morts officiels, dit Emma, tu penses qu'on nous enverra dans des endroits plus exotiques ?

— Quoi, comme Llanfairpwllgwyngyllgogerychwyrndrobwllllantysiliogogogoch ? demanda Mark, avec un sourire suffisant, tandis qu'il prononçait le nom à la perfection avec un accent gallois passable.

— Très bien, petit malin. Maintenant, épelle-le. Emma eut un sourire en coin, tapotant du pied avec impatience.

— Où est-ce que tu voudrais aller ? demanda Mark à la place, esquivant la question.

— J'ai toujours voulu voir l'Amérique du Sud, dit Emma. M'éloigner de plus en plus de la société jusqu'à me retrouver au cœur d'une chaîne de montagnes ou d'une jungle infranchissable, entourée par la nature, lors d'un trek exclusif à travers ses étendues.

— Quoi qu'il arrive, tu finirais par aller dans des endroits pour trouver des cadavres. Et les pauvres âmes qui s'éloignent de leur corps, non ?

— Ouais, concéda-t-elle. Peut-être que de temps en temps, quelqu'un mourrait dans un bel endroit, mais ça ne ferait qu'empirer les choses, non ? Tu irais voir un site pittoresque ou un bout de nature magnifique que tu t'es imaginé depuis l'enfance, et tout serait gris...

— C'est vrai.

— Et puis, tu serais là juste pour le travail. Une sorte de vacances de postier. Ça gâcherait le moment.

— Je pense que ce serait bien de voir d'autres pays, dit Mark. Voir comment les autres vivent.

— Comme les riches et célèbres ? dit-elle. Ils ne mourront probablement plus du tout bientôt s'ils ont l'argent pour l'éviter.

— Eh bien, s'ils meurent encore, ils ont intérêt à s'accrocher à des espèces sonnantes et trébuchantes avant de casser leur pipe, dit Mark. Sinon, ils ne traverseront pas la rivière.

— Pas si riches que ça, alors, dit-elle d'un ton moqueur.

— Mais les autres gens, en général, dit Mark. Je n'arrive pas à imaginer... On a eu une vie correcte, tout bien considéré.

Emma leva les yeux au ciel.

— Je veux dire, continua Mark, comparé aux gens qui vivent dans des huttes en pierre et des abris anti-bombes. Mais ils vivent, malgré tout ça, ils trouvent un moyen de rester en vie. Et ouais, voir des manoirs luxueux, c'est sympa, mais voir comment tout le monde vit et leur parler de la façon dont ils étaient heureux de tout ça. Je pense que c'est une expérience qui rend humble.

— Alors la Mort va venir les voir et leur dire : « Vous savez, mon appart était bien plus grand que ça à Liverpool. J'étais bien loti, hein ? »

— C'est ça, comme si j'allais dire ça comme ça, rétorqua-t-il.

Le monde devint gris. Ils s'étaient chamaillés juste un instant de trop. Heureusement, leur proie était bien en vue, juste au-dessus de la Tamise, près du pont de Lambeth. Quelqu'un était tombé par-dessus la rambarde et était mort sur le coup. Mais son âme était disjointe de son cadavre, et le fantôme avait été laissé sur le pont, dans un état de choc extra-corporel, à se regarder tomber vers la mort.

— Oh, c'est une cycliste, dit Mark avec une pointe de dégoût, en regardant les bandes réfléchissantes enroulées autour des chevilles de l'âme. Je vais régler ça vite fait si ça ne te dérange pas.

— Ne la déteste pas parce qu'elle faisait sa part pour l'environnement, dit Emma, puis elle plissa les yeux en approchant. Attends.

— Qu'est-ce qu'il y a ?

— Reste en arrière, ordonna-t-elle. Elle descendit en piqué et galopa le long de la circulation figée, arrivant derrière l'âme perdue dans sa tenue de cycliste. La femme se retourna en sursaut, puis plissa les yeux vers la cavalière sombre sur son cheval alezan.

— Emma ?

— Louise ?

Emma mit pied à terre et s'avança, un peu étourdie, vers la femme complètement désemparée qu'elle comptait saluer.

— Wow, dit Emma. Drôle de façon de se retrouver, comme ça, non ?

— Qu- C'*est* bien toi, Emma ! s'exclama Louise en détachant son casque et en le jetant au sol, ses longs cheveux blonds et bouclés tombant sur ses épaules. Louise avait à peine vieilli depuis leur dernière rencontre. Toujours grande et élancée, ses joues étaient roses de l'effort fourni pour éviter les bus londoniens et les taxis en colère. Elle tendit les bras et serra aussitôt les épaules gainées de cuir d'Emma. Ça fait des années, n'est-ce pas ?

— Depuis la fin de l'université, dit Emma en lui rendant son étreinte. Ça fait plaisir de te revoir ! Elle recula et son sourire disparut aussitôt. Oh... Mauvaise nouvelle, par contre.

— Quoi ?

— Tu es morte.

— Non !

— Ouais, désolée.

Louise se tourna vers la rambarde légèrement tordue à laquelle son vélo pendait par les rayons. — J'étais sûre d'avoir sauté à temps.

— Je crois que ton âme a quitté ton corps avant que tu ne tombes, dit Emma. Jamais vu ça avant. Mais... ouais.

Louise se retourna, confuse, puis attristée. — Alors voilà, c'est tout ?

Emma hocha la tête. Louise soupira et s'assit à côté de son vélo, le dos à la Tamise. Emma appuya sa faux contre le support du pont et s'assit à côté d'elle – un tableau de calme au milieu des expressions d'horreur figées sur les visages des passants malchanceux qui regardaient la rivière et le corps en contrebas.

— Dommage qu'on doive se rencontrer dans ces circonstances, dit Emma. Elle leva les yeux et fit signe à Mark de descendre. Son poney arriva au trot et il mit pied à terre. Louise recula en le voyant, jusqu'à ce qu'il abaisse sa capuche.

— Mark ? dit-elle, effarée.

— Oh... Louise ? Il sortit le sablier de sa manche. — Louise May Grosse ! Je savais bien que ce nom me disait quelque chose ! Enfin, je croyais, mais je ne connaissais pas ton deuxième prénom. Comment vas-tu ?

— Ça allait, jusqu'à maintenant, dit-elle. Elle se tourna vers Emma, incrédule. — Attends. Ne me dis pas que vous vous êtes *enfin* mis ensemble ?

— Quoi ? Non. On n'est pas en couple, dit Emma. — Je... On est potes.

— Meilleurs potes, la corrigea Mark.

— Colocs, précisa Emma. — En fait, il a essayé de m'empêcher de me foutre en l'air, et puis...

— Il y a eu pas mal de complications, dit Mark. — On bosse pour la Mort jusqu'à ce qu'on gagne nos ailes. Pour ainsi dire.

Louise les regarda tour à tour, puis se leva et tendit les mains comme si elle reculait devant un évier qui débordait. — Oh, mon Dieu. Je n'arrive pas à y croire.

— Quoi ? demanda Emma. — Si tu penses au fait que c'est improbable qu'on se retrouve tous comme ça parce qu'on est tous morts, alors oui, c'est troublant.

— Non, pas ça, dit Louise en soupirant. — Je n'arrive pas à croire que vous n'ayez toujours pas baisé !

— Ouais, dit Emma. — On ne se voit tout simplement pas comme ça.

— En fait... Mark leva un doigt pour appuyer ce qu'il s'apprêtait à dire, mais s'arrêta quand Emma secoua la tête.

— *Ouah !* s'exclama Louise. — On lançait des paris tous les ans. On se disait : « Ils vont finir par se sauter dessus. Ce n'est qu'une question de temps avant qu'ils voient ce que tout le monde voit. »

— Et qu'est-ce que tout le monde voit ? demanda Emma, regrettant déjà ses paroles au moment même où elles lui échappaient.

— Que vous êtes faits l'un pour l'autre. Mais que ce crétin était trop trouillard pour t'inviter à sortir.

— Ce n'est pas faute d'avoir essayé, dit Mark, un peu trop sur la défensive.

Emma se leva, les mains sur les hanches. — On est potes. On l'a toujours été, et on le sera toujours.

— Continue de te le répéter. Louise secoua la tête et se mit à rire. — Oh, Mark. Chapeau bas. Tu dois avoir des couilles comme des putains de pastèques, maintenant. L'hilarité s'estompa rapidement et le rire de Louise devint forcé, faux. C'était un rire désespéré, effrayé. — Je suis morte, dit-elle peu après. — Seule. Et vous deux, vous êtes morts ensemble ? En quoi c'est juste ?

— Oh, dit Emma. Elle regarda Mark comme si elle redoutait la tempête d'émotions à venir.

— J'étais dehors, commença Louise, — je rentrais d'un rencard avec un vrai tocard qui a passé son temps à me comparer aux autres profils avec qui il avait matché. Et vous savez quoi ? C'était le meilleur rencard que j'ai eu ce mois-ci. *Beurk !* Elle soupira avec plus que de l'exaspération. Il y avait dans sa voix un abattement qui vous vidait de toute vie. Emma tapota ses doigts les uns contre les autres, attendant un moment pour intervenir.

— Tout n'a pas été rose, dit Mark. — Je veux dire, l'intention n'était pas de mourir. Du moins, pas la mienne.

— Et pourtant, nous voilà. Emma voulait mettre fin à la discussion ; elle en avait assez de ces réminiscences et voulait vraiment passer au sablier suivant. Elle sourit.

Louise se contenta de gémir. — Il a intérêt à y avoir des célibataires dans l'au-delà...

— Il y en a, dit Emma, — mais... eh bien, tu verras.

— Des chrétiens ? demanda Louise. Mark eut un ricanement instinctif.

— Le milieu des rencontres n'est pas très développé dans les Limbes, dit Emma. — Et je suis sûre que quelqu'un a déjà essayé de lancer ça avant.

Ils montèrent tous les trois, Louise à l'arrière du cheval d'Emma, et quittèrent la scène du pont pour s'élever dans le ciel. Emma lança sa faux devant elle. Un crépitement d'éclair violet déchira l'air. Puis continua de crépiter et de grésiller.

Le portail ne s'ouvrit pas.

L'éclair continuait simplement de crépiter librement dans les airs.

— C'est bizarre, dit Emma.

Mark sentit que quelque chose tournait horriblement mal. Il tenta à son tour d'ouvrir une fissure, horizontalement au lieu de verticalement. Son portail s'ouvrit, mais à peine. Il était trop étroit pour passer. Il se baissa pour passer dessous. Toute l'énergie s'effondra sur elle-même à son passage dans une explosion étouffée et sans écho. Ce qui restait était une boule de foudre suspendue dans les airs, grise comme le reste du paysage, débordant sur la réalité momentanée du monde des vivants.

— Emma ? appela Mark. — Essaie de frapper plus fort !

— Viens ici et frappe avec moi ! lui dit-elle. Il la rejoignit à sa hauteur. Ils balancèrent leurs faux en même temps. Cette fois, la déchirure était assez grande, bien que Mark dût se laisser distancer et la suivre en file indienne pour se glisser à travers. Une fois qu'ils furent en sécurité de l'autre côté, ils regardèrent en arrière pour examiner le portail depuis la sortie.

L'éclair s'effondra dans un grondement de tonnerre, contrairement à toutes les autres fois où il s'était simplement refermé en spirale sur lui-même avec un faible grésillement.

— Eh ben ! cria Louise. — C'était fort ! Vous faites ça tout le temps, maintenant ?

— D'habitude, c'est un peu plus fluide que ça, dit Emma. Elle regarda sa faux. Quelques étincelles supplémentaires restaient collées à la lame alors qu'elle la plongeait dans un creux de paillettes fluo.

— Alors, ils sont où, ces mecs morts que je peux rencontrer ? demanda Louise.

Emma ignora l'anomalie du portail. De tous les phénomènes étranges liés à ses devoirs de cavalier de la mort, un portail raté sur quatre-vingt-dix-neuf semblait être une incohérence assez normale. Ça ne valait pas la peine de s'y attarder ou de s'arrêter. Surtout maintenant qu'ils n'étaient plus qu'à un sablier de remplir leur devoir envers la Mort.

Plus qu'une seule âme perdue avant leur liberté ou leur jugement.

# CHAPITRE TRENTE-NEUF

La journée était calme et paisible sur les berges du fleuve. Comme chaque jour depuis une éternité, il n'y avait quasiment aucune affaire. Pour Charon, c'était tout ce qui comptait. Ses compatriotes, les forces naturelles de la destruction et du désespoir du monde des vivants, étaient tous rassasiés par autre chose que le simple échange de pièces et de valeur. Ils se souciaient d'art, de diligence, de devoir : des choses qui ne pouvaient se mesurer en onces d'or.

Toute son existence tournait autour de la valeur immuable de l'or auquel l'humanité s'accrochait. Leur possessivité matérielle se prolongeait jusque dans le fleuve éternel de la mort, ce qui l'avait incité à devenir un collectionneur et un accumulateur de cette valeur qui perdurait au-delà de la fin ultime. C'était tout ce qu'il avait. Et il ne pouvait même pas la dépenser.

Mais elle avait tout de même une valeur, comme il allait le découvrir. Il rama jusqu'à la demeure de Guerre, la plus éloignée en amont, avec son extravagant domaine précédé d'une magnifique maison longue viking. Elle était la seule à lui offrir une sorte de confort au bord de l'eau, un quai où amarrer sa barque et un poteau où attacher sa chaîne pour qu'il puisse s'aventurer dans les terres juste assez loin pour atteindre sa porte d'entrée.

La longueur de sa chaîne, cependant, avait changé. Il lui restait encore beaucoup de mou lorsqu'il atteignit la porte. Presque assez pour entrer et tourner dans le premier couloir, mais pas plus loin. Il nota attentivement ce récent changement.

Il frappa à la porte. Après quelques pas lourds et hésitants, Guerre lui ouvrit.

— Charon ? Comment vas-tu ?

— Assez bien, répondit-il. Un peu mieux que toi, semble-t-il.

Guerre porta la main à son flanc, pressant une compresse de bandages blancs sur un saignement lent et léger. Elle boitait également de la jambe droite, et son maquillage s'était estompé à l'endroit où elle avait jadis si habilement dissimulé une cicatrice au-dessus de son sourcil.

— C'est juste un jour sans, dit-elle d'un ton neutre. De vieilles blessures qui me rappellent le passé.

— De meilleurs jours ? demanda Charon. Aujourd'hui, l'humanité n'a que faire de verser le sang des guerriers, alors que l'on gagne tellement plus de terrain grâce à la perte d'innocents et à des or-di-na-teurs qui accomplissent leurs atrocités sans avoir la capacité de pécher.

— Il y a encore du sang sur certaines mains, dit-elle. Cependant, le sang qui ne les atteint pas finit sur moi. — Elle sourit, toujours aussi charmante et sophistiquée, même avec du sang tachant sa paume. Elle raccompagna Charon jusqu'au bord de l'eau et regarda le quai.

— Qu'est-ce qu'on fait de ça ? demanda-t-il en poussant les planches branlantes avec sa rame. Certaines craquaient par manque d'usage et d'entretien. C'est une sorte de parabole que de devoir arracher des planches de ma propre barque juste pour lui offrir un lieu de repos, tu ne trouves pas ?

— Ça semble en effet... parabolique, dit Guerre. Elle se pencha prudemment pour inspecter le bois et la pourriture qui l'avait envahi.

Charon recula et remonta dans sa barque sur l'eau. Il attrapa une pièce cachée dans sa manche et se prépara à la jeter dans l'eau.

— C'est démodé, dit Guerre. Tel est le problème quand on utilise ce que l'homme a abandonné en matière de guerre. Mais je peux remplacer ça par un quai en béton en un rien de temps, essayer de lui donner cette allure de base navale sous-marine.

— Et ce sera plus sûr ? demanda-t-il. Je n'aimerais pas que le courant m'arrache ma barque si jamais je venais à te rendre visite.

— Ce sera très certainement plus sûr, insista-t-elle. Elle se releva dans un souffle et tapota son flanc. Tout semblait aller mieux.

Puis Charon jeta une pièce dans l'eau. Depuis sa barque, il regarda Guerre se plier en deux sous l'effet d'une douleur lancinante qui lui parcourait le corps. Il leva une main hésitante en signe de sympathie.

— Ça va, ma belle ? demanda-t-il.

— Oh, à merveille, gémit-elle. Rien qu'un peu de repos ne puisse arranger. — Sa respiration était douloureuse et saccadée. La blessure s'était rouverte et suintait maintenant de sang frais. Charon regarda le rouge écarlate se répandre sur les bandages et tacher sa main à travers tout le tissu.

— Je verrai si la demoiselle de la Mort te passe un coup de fil de courtoisie, dit-il. Elle a peut-être une réserve de pansements propres.

— J'apprécierais, dit-elle.

Charon s'éloigna du quai qui craquait en gardant un œil sur Guerre tandis qu'il descendait le fleuve. Elle remonta péniblement le sentier menant à sa maison et tomba même une fois avant que le brouillard ne la dissimule entièrement aux yeux de Charon. C'était une terrible coïncidence, mais ce n'était encore qu'une théorie. Il avait besoin de succès répétés pour prouver qu'il tenait là une pratique fonctionnelle. Et il lui restait deux autres pièces à perdre.

---

En aval se trouvait Pestilence, dans son champ, en train d'arroser des plantes aux couleurs fluo et de jeter de la nourriture déchiquetée dans un bassin d'eau stagnante recouvert d'un film multicolore de colonies bactériennes. Il salua Charon avec une chaleur sincère à son approche et l'invita à s'avancer.

— Comment vont les affaires ? demanda Charon. As-tu enfin trouvé le sombre graal qui empoisonnera toutes les eaux qui en découlent pour en faire la funeste boisson de l'homme ?

— Pas encore, non. Merci de demander, dit Pestilence. Je me rapproche, cependant. Petit à petit, je trouve de nouvelles combinaisons de maladies mortelles. C'est la manière de les propager que je n'ai pas encore tout à fait maîtrisée.

Charon acquiesça, feignant l'intérêt, puis laissa glisser une pièce dans l'eau.

— Les vecteurs de transmission restent le goulet d'étra... *ARGH !* Immédiatement, une violente quinte de toux interrompit le flot de leur discussion. Charon s'éloigna de la rive alors que Pestilence tombait à genoux. Il toussa si fort qu'il s'étouffa avec l'air qu'il avalait et se retrouva pantelant, dans un état lamentable.

— Mon Dieu, dit Charon. Tu devrais réduire ta propre exposition. Tu ne voudrais pas être la victime de tes propres œuvres.

— Ça m'irait..., commença-t-il, avant de tousser à nouveau. ... très bien.

— J'enverrai la demoiselle de la Mort par chez toi, dit Charon. Elle aura peut-être un remède pour tes maux qui n'affectera pas les sales petites bêtes que tu comptes récolter.

— Merci, dit Pestilence. Il resta plié en deux, pris de haut-le-cœur douloureux. Sa théorie s'était à nouveau avérée correcte. Si Charon avait été un homme à parier, il aurait misé une somme rondelette sur le fait d'avoir prouvé son hypothèse. Mais ce n'était pas le cas, alors il lui restait encore un test de contrôle à effectuer.

<hr>

L e restaurant-buffet à volonté délabré et la demeure de Famine se trouvaient un peu plus loin en aval. Lui aussi était dehors, l'air plus maigre et plus pâle que d'habitude, et distrait. Il fumait un sanglier sauvage entier, d'un génome éteint, près de la rive. La fumée de sa fosse se mêlait au brouillard et se transformait en un lourd nuage aérien et boueux au-dessus de leurs têtes. Charon attira son attention en lui faisant signe de la main au moment où il descendait de sa barque, et Famine lui rendit son salut.

— On a un petit creux ? lança Charon.

— Rien qu'un petit en-cas ne puisse arranger, dit Famine d'un air jovial. Il se tapota le ventre — aplati par ce qui semblait être un long jeûne — et essaya de le faire remuer, mais ne put saisir que de la peau flasque.

Charon jeta une pièce dans l'eau et regarda Famine se figer soudainement. Un air hagard envahit le cavalier — une perte de toute satiété et l'apparition d'une faim écœurante. Il était si préoccupé par la douleur et sa faim dévorante qu'il ne remarqua pas le passeur remonter sur sa barque et s'éloigner de la rive. Charon entendit le gargouillis retentissant du ventre de Famine alors que sa barque s'éloignait au fil de l'eau.

Guerre saignait, Pestilence tombait malade, Famine était affamé, et même la Mort s'estompait. Tout ça à cause d'une pièce lâchée par Charon. Il n'y avait aucun doute dans son esprit.

Il caressa sa robe d'or en gloussant. — C'est donc naturel, se dit-il. Nul ne doit rejeter sa nature. Sans quoi ce rejet s'écoulera dans le fleuve et nourrira les terres au-delà de la rive. Oui... Il gloussa de nouveau en accélérant la cadence, ramant pour retourner à son château-trésor.

Là-haut, il vit le crépitement sec d'un éclair violet dans le ciel. Les deux apprentis, les larbins de la Mort, revenaient d'une énième course inutile pour le vieux golem d'os. Charon grimaça à leur présence. Deux béni-oui-oui de plus, amenant les âmes avares d'un monde pour en importuner et en peupler un autre. Eux aussi étaient en dehors de la nature que Charon connaissait et comprenait le mieux.

Eux aussi étaient la preuve que le vent tournait.

— Six, marmonna-t-il. Six, maintenant. Trois cavaliers blêmes sur leurs chevaux, transportant les âmes fauchées du monde des mortels dans le sillage de la fureur des trois autres. Il n'est pas censé y avoir six cavaliers. Et s'il y en a, l'ancienneté dicte que l'un d'eux devrait d'abord venir de l'eau...

Charon grommela en descendant le fleuve à la rame vers son trésor. Vers sa raison d'être...

# CHAPITRE QUARANTE

Ces derniers jours avaient été éprouvants… ou quelque chose du genre. Mark et Emma flottaient dans les airs au-dessus de Belfast, leur dernière âme à bord, découpée en morceaux et fourrée dans le sac de Mark pour avoir enfreint une de leurs règles de concession. Ils fixaient le cadran de l'Albert Memorial Clock. De leur point de vue, de longues journées de travail s'étaient écoulées depuis leur mort, avec seulement quelques rares pauses pour tenir le coup et recharger leurs batteries.

— À quelle heure es-tu arrivé au Liver Building, ce jour-là ? demanda Emma.

— Deux heures et demie et des poussières, dit-il. Et des poussières, donc peut-être deux heures trente-cinq ou quarante ?

Selon l'horloge, il était 14 h 51, ce même après-midi. Selon l'estimation la plus généreuse, pas même une demi-heure ne s'était écoulée sur Terre depuis que Mark et Emma avaient été emmenés par la Mort et avaient repris son rôle de maintenir l'ordre naturel à sa place. En si peu de temps, dans toutes les îles Britanniques, cent âmes étaient passées de l'autre côté, et ils les avaient emmenées une par une dans un autre monde d'attente éternelle, un vide absolu.

— Je n'ai jamais eu un boulot où j'avais l'impression que des heures et des heures s'étaient écoulées alors qu'une seule heure était passée en réalité, dit Mark. Et j'ai oublié, c'est censé être une bonne chose ?

— Quoi ? dit Emma.

— Quand le temps ralentit… C'est ça que ça veut dire ?

— Non, le corrigea-t-elle. C'est quand on s'amuse que le temps passe plus vite.

— Ah, oui, dit Mark. Eh bien… Je ne peux pas dire que ce n'est pas amusant.

— Si je déchiffre tes doubles négations et que je me fie à l'influence du travail sur la perception du temps, ça doit être la corvée la plus ennuyeuse et la plus atroce issue de la pire erreur que nous ayons jamais faite.

Il haussa les épaules. — Ça pourrait être pire.

— Comment, exactement ? demanda-t-elle.

— Je veux dire, on sait exactement à quel point ça pourrait être pire, dit-il en secouant son sac. À peu près aussi pire que ça.

— C'est vrai, dit-elle. On pourrait être coincés sur les rives des Limbes pour l'éternité parce qu'on n'a pas mis d'or sous notre langue.

— Au moins, on serait coincés ensemble, dit Mark.

— On *est* coincés ensemble. Juste ensemble au même boulot.

— Ouais, mais ça fait passer le temps plus vite.

Elle montra la tour de l'horloge.

— D'accord, un peu plus vite, se corrigea-t-il. Et j'ai réfléchi… Enfin, j'en parlerai à la Mort quand on rentrera.

— Ah bon ?

— Ouais, dit-il. Il leva sa faux et la tint fermement. Il était un peu inquiet après que la dernière tentative ne se soit pas très bien passée. Cette fois, il la brandit, et un portail s'ouvrit facilement. Ils soupirèrent tous les deux de soulagement et le traversèrent pour retourner dans le vide familier.

Le ciel, si on pouvait l'appeler ainsi, avait une teinte légèrement plus grise, comme si un orage approchait. Mais comme il s'agissait d'un vide sans relief, on aurait plutôt dit qu'on avait baissé le contraste du téléviseur qui leur servait de panorama. Un brouillard, qui n'était pas là auparavant, couvrait une grande partie du vide, menaçant et s'étendant depuis la rivière, grimpant même à mi-hauteur du jardin devant le cottage de la Mort.

— Ça doit être le soir, dit Emma.

— Et l'été aussi, ajouta Mark.

Ils descendirent en volant et sautèrent de leurs chevaux, prêts à réassembler leur esprit belligérant pour qu'il puisse commencer à endurer sa période d'attente éternelle.

— Monsieur ! Madame ! appela Véronique. La domestique accourut vers eux d'un pas plein d'entrain. Venez, venez ! S'il vous plaît !

— Pourquoi ? demanda Emma.

— La célébration ! dit-elle. Cent âmes livrées, comme vous l'aviez promis. Monsieur la Mort a accepté un dîner pour vous remercier !

— Oh, c'est plutôt magnanime de sa part, dit Mark.

— Ou est-ce qu'il a juste accepté parce que tu as déjà fait tout le travail ? demanda Emma.

— Venez, c'est tout ! insista Véronique, donnant raison à Emma.

— Euh, et ça ? demanda Mark en soulevant le sac.

— Laissez-le, dit Véronique. Le repas est prêt. Ne le laissez pas refroidir ! C'est ma spécialité !

— Je ne vais pas rater un buffet gargantuesque de Véronique, dit Emma.

— Eh bien, moi non plus ! s'exclama Mark. Quand Véronique vante sa propre cuisine, je parie que c'est exceptionnel !

Emma partit sans lui sur le chemin de gravier. Quand il laissa tomber le sac, un léger gémissement s'en échappa.

— Écoute, mon pote, dit Mark à l'âme à l'intérieur, tu n'aurais pas dû essayer de me frapper. Et maintenant on est là et... Attends sagement, c'est tout. Tu ne vas rien rater. Tandis que le brouillard montait lentement derrière lui, il laissa le sac marmonnant et s'agitant sur le gazon court et fraîchement tondu.

Le couple fut accueilli par un assaut d'odeurs merveilleuses en entrant dans le cottage, toutes provenant d'une table brillamment décorée dans la salle à manger principale. On y trouvait un étalage de plats magnifiques, d'une poularde rôtie apprêtée et d'une soupière de soupe à l'oignon gratinée à un panier de baguettes fraîchement coupées et un plateau tournant de fromages divers, doux et crémeux. Et il y avait du vin pour tous, une bouteille chacun, et de grands verres pour le recevoir.

La Mort était assise au bout de table apparent, vêtue de vêtements décontractés avec une paire de lunettes de lecture sur ses orbites creuses. Il paraissait plus vieux, d'une certaine manière. La teinte de ses os les faisait paraître presque cassants. Son manque d'énergie était évident à la façon dont il était affalé sur sa chaise. Véronique, cependant, compensait aisément son manque d'énergie en faisant sauter le bouchon d'une bouteille de champagne qui vola en l'air et heurta une bannière qui se déroula en un message :

*Joyeux 100 trépas !*

— Félicitations ! s'exclama Véronique. La Mort leva les mains et frappa ses paumes l'une contre l'autre.

— Ah, merci, dit Mark. Tout ceci est très...

— Adorable, dit Emma. Vraiment attentionné.

— Merci, approuva Mark. Je suis content que nous ayons fait bonne impression.

— Oui, dit la Mort. Sa voix, autrefois tonitruante, semblait éteinte et faible. Célébrer son devoir est bien plus une coutume de mortels. Pour encourager une obéissance continue aux systèmes sociétaux qui assurent votre sécurité et votre longévité en échange de votre travail. Encourager cette même diligence n'a jamais été nécessaire. Mais pour vous, je suppose, on peut faire des exceptions. Vous constituez, déjà, des exceptions à part entière.

Sur ce, la Mort prit la bouteille de champagne des mains de Véronique et remplit quatre verres. Il saisit une flûte et leur fit signe de la tête de faire de même.

— Skål, dit la Mort en levant son verre.

— Santé, répondit Véronique.

Emma et Mark sourirent, ravis d'avoir obtenu une forme d'approbation de la part de la Mort.

— Tchin, dirent-ils à l'unisson en trinquant avec leurs hôtes.

— Alors, notre sable ne s'est toujours pas écoulé ? demanda Emma après avoir bu une gorgée de champagne.

La Mort secoua la tête.

— Eh bien... au moins, ce temps n'aura pas été perdu.

— Nous avons mené cent âmes à leur dernier repos, dit Mark. Ce... festin ressemble déjà à une sacrée récompense.

— En effet, dit la Mort. Et cent âmes, sans un seul échec... Cela mérite d'être récompensé. Alors que les deux s'asseyaient en face de lui, il se redressa sur sa chaise. Même moi, je ne ramène pas toujours toutes les âmes que je pars chercher.

— Vraiment ? demanda Mark.

La Mort soupira. — Elles sont si nombreuses. Et si impatientes. Certaines s'enfuient, d'autres se battent. D'autres résistent. Et puis elles s'en vont. Et moi, dans l'exercice de mes fonctions, je dois m'aventurer à en trouver une autre. Le monde ne peut pas s'arrêter pour une seule mort. Il doit persister et aller toujours de l'avant.

— C'est vrai, dit Mark. On a eu quelques... fuyards.

— Mais nous les avons rassemblés et forcés à se soumettre, dit Emma.

— Ce n'est pas toujours amusant, admit Mark. Prendre l'esprit d'un enfant, qui ne comprend pas ce qui se passe, n'est pas quelque chose que je meurs d'envie de refaire. Pardonnez le jeu de mots. C'est une affaire assez sinistre, ce fauchage. Mais... c'est une très bonne chose, je pense. Au final, tout bien considéré, ce que nous faisons a été plutôt...

La Mort poussa soudain un gémissement, non pas d'exaspération mais de grande faiblesse. Il bascula en avant, son crâne atterrissant dans son assiette. Véronique haleta et se précipita aussitôt à ses côtés.

— Mon Dieu !

— Qu'est-ce qui ne va pas ? dit Emma. Elle se leva d'un bond et contourna la table. Mark la rejoignit peu après pour voir ce qui se passait. La Mort leva la main pour apaiser leur inquiétude grandissante et recula sa chaise.

Ses jambes... disparaissaient. Elles s'étaient légèrement évanouies à partir des chevilles. Il ne restait plus qu'une traînée vaporeuse et brumeuse, comme celle d'un fantôme flottant classique.

— Il n'y a pas de quoi s'inquiéter, dit la Mort.

— Putain de merde, c'est pas vrai ? s'agita Mark, ne sachant que faire. Vous disparaissez !

— Vous m'entendez ? Emma se pencha vers l'endroit où se trouveraient les oreilles de la Mort, s'il en avait. Elle ralentit son débit, se concentrant sur sa prononciation. Vous allez bien. Les secours arrivent. Je suis Emma. Tout va bien se passer.

— Je ne fais pas un AVC, vous n'avez pas besoin de me parler comme à un bébé, répondit calmement la Mort tout en examinant la vapeur là où ses phalanges auraient dû se trouver. C'est... déconcertant.

Emma se pencha vers Véronique pour lui murmurer : — C'est ce qui arrive quand il se met à picoler ? On dirait Marty McFly dans *Retour vers le futur* !

— Non, protesta Véronique. Ce n'est jamais arrivé. Monsieur, que dois-je faire ?

La Mort leva la main et tapota la tête de Véronique. Puis il posa sa main sur elle, un geste calme et rassurant, comme il l'avait fait pour la réconforter après son trépas de nombreuses années auparavant. Il essaya de se lever, mais ses pieds ne touchèrent pas le sol. C'était comme s'il se tenait sur des blocs de glace glissante. Ses jambes tremblèrent pour le maintenir debout.

Puis, alors qu'il prenait appui sur la table, sa main perdit elle aussi une partie de sa forme physique et solide. Le bout de ses doigts devint vaporeux. L'os se mua en une fumée qui se dissipa rapidement, laissant un résidu poussiéreux sur le bois verni.

— J'ai simplement besoin de me reposer, dit la Mort. Vous deux... avez exceptionnellement bien travaillé jusqu'à présent. J'espère que je pourrai continuer à compter sur vous... à l'avenir.

— Monsieur, s'il vous plaît, supplia Véronique. Permettez-moi. Elle passa son bras sous son épaule et l'aida à retourner dans son antre. Mark et Emma restèrent seuls avec une table pleine de nourriture, et leur hôte, leur protecteur et leur employeur qui s'évanouissait au sens littéral du terme dans la pièce d'à côté.

— Je pense, dit Mark, en avalant son champagne d'une traite, que ce serait impoli de gâcher tout ça. On devrait attaquer.

— Non, ce n'est pas bien, dit Emma d'un ton grave.

— D'accord, approuva Mark. D'accord. Ce n'est pas bien.

Ils se précipitèrent pour rejoindre Véronique et s'occuper de la Mort. Il restait encore quelques secrets de ce royaume entre les mondes à découvrir. Des secrets que la Mort n'avait jamais eu l'intention de révéler...

# CHAPITRE QUARANTE-ET-UN

Véronique aida la Mort à s'installer dans son fauteuil inclinable préféré et se précipita aussitôt pour aller chercher quelque chose pour l'aider. Il était clair qu'elle ne savait pas quoi exactement, à en juger par son regard troublé et fuyant. Mark et Emma se tenaient sur le côté et regardaient à travers l'entrebâillement de la porte.

— Il se désintègre, murmura Emma.

— Il n'est pas sourd, dit Mark. Il la prit à part, un peu plus loin dans le couloir. — La Mort... peut-elle mourir ?

— C'est une devinette ? demanda-t-elle. Non, attends, ce sont des paroles. D'une chanson, c'est bien ça ?

— Non, ce que je... Je veux dire, nous ne sommes pas morts.

— Non ?

— Techniquement, non, dit Mark. Enfin. En quelque sorte. Mais il a bien été question, si je me souviens bien, que l'on nous envoie de l'autre côté comme si nous étions morts une fois notre temps écoulé — ou si nous échouions lamentablement à notre tâche, ce qui n'a heureusement pas été le cas.

— Oui, on s'en est plutôt bien sortis.

— Exact.

Ils marquèrent une pause pour se taper dans la main en guise de célébration.

— Mais là où je veux en venir, continua Mark, c'est pour les esprits ici, ou dehors dans le néant, ou même ceux comme Véronique et les autres cavaliers... Qu'est-ce qui leur arrive quand, je sais pas, ils tombent dans l'escalier ?

Emma comprit où il voulait en venir, mais tout juste. En dépit de leur symbolisme mythique et de la grandeur de leur portée spirituelle, les cavaliers et les âmes errantes du néant partageaient tous quelques petites habitudes de mortels. Une odeur de nourriture laissée de côté dans la pièce d'à côté parvint à ses narines.

— D'ailleurs, dit-elle, pourquoi est-ce qu'il mange ?

— Pas vrai ? dit Mark. Ce n'est pas pour le plaisir. Il déteste ça.

— Alors, est-ce que la Mort peut mourir de faim ? se demanda Emma.

— Et est-ce que la Famine peut... trébucher et se rompre le cou ? Ça n'a rien à voir avec la guerre ou la maladie, et ce n'est qu'un accident. Les morts aléatoires, accidentelles et brutales mais non intentionnelles semblent être la spécialité de la Mort.

— Ça et la vieillesse, dit-elle.

— Je veux dire, que nous arrive-t-il si la Mort meurt ?

Les deux échangèrent un regard mal à l'aise. Ils ressentaient le poids du temps dans cet entre-deux-mondes, bien que le temps ne s'écoulât que lorsqu'ils étaient présents pour observer son passage dans les derniers instants d'une mort programmée. Ils vieillissaient en décalage avec le reste du monde. Et la Mort aussi avait vieilli à un rythme encore plus accéléré depuis l'aube de l'histoire de l'humanité.

— Ce serait déplacé de demander si nous sommes, en fait, les premiers et seuls remplaçants qu'il ait jamais engagés ? demanda Emma.

— Tu penses qu'il pourrait ne pas être la Mort originelle ?

— Je pense que si nous restons assez longtemps, il ne restera rien d'autre de nous que nos propres os, à nous aussi.

Juste à ce moment-là, Véronique arriva dans le couloir avec un bain de pieds et une couverture chauffante électrique.

— Et elle ? demanda Mark.

— Elle est française, répondit Emma. Elle a de bons gènes.

— Les Françaises aussi se décomposent, dit Mark.

Emma secoua la tête d'un air dédaigneux.

— Excusez-moi, appela Véronique, pourrais-je vous demander de bien vouloir m'ouvrir la porte ?

Mark remarqua qu'elle tenait à peine ses affaires. Emma lui prit le bain de pieds pendant que Mark tenait la porte ouverte pour les laisser entrer. La Mort dépérissait dans son La-Z-Boy — ses pieds avaient complètement disparu jusqu'aux chevilles, et ses mains semblaient prendre le même chemin, le bout de ses doigts osseux s'évaporant presque.

Ils installèrent son attirail thérapeutique et tentèrent de le convaincre de s'y soumettre. Il n'avait pas la force de résister à leurs soins, pas même pour grogner. Il se contentait de pousser des soupirs éthérés, vaporeux. Un mince filet de poussière blanche s'échappait de sa bouche et flottait dans l'air avant de tomber comme une lente chute de neige.

— Vous allez bien, monsieur ? demanda Mark.

— Oh... non, dit la Mort d'un ton détaché. Il semblerait que je sois en train de devenir un spectre.

Mark lança un regard inquiet à Emma. — C'est... comme mourir ?

— En quelque sorte, répondit-il. Quand une âme reste trop longtemps sans surveillance, elle perd sa forme. Elle perd sa raison d'être et son identité. Elle perd la rigidité de sa forme et se dissipe pour ne devenir qu'une poussière, un orbe ou un crâne errant, jusqu'à ce qu'elle perde toute raison d'être dans un monde et s'évanouisse dans le suivant.

— Toutes ces âmes, dit Mark, ici dans les Limbes...

— En effet. Soupira la Mort. C'est aussi leur destin. Rejoindre la brume sur le fleuve. S'enfoncer sous l'eau ou effleurer la surface, en quête éternelle d'un passage auprès du passeur.

— La brume ? dit Emma. Ce sont toutes des âmes ?

— Les innombrables âmes délaissées, proclama la Mort. Sans but, mortes sans foi, perdues dans toutes les directions des annales de l'histoire. Mortes depuis assez longtemps pour savoir que leur jugement ne viendra pas, que leur Dieu ne les appellera pas. La seule raison d'être qui les soutient ensuite est la volonté de passer de l'autre côté. Celles qui entrent dans l'eau ne remontent pas, elles sombrent simplement dans l'abîme. Celles qui attendent encore plus longtemps perdent leur forme et voyagent au-dessus de l'eau comme une brume qui ne peut être reformée. Voilà ce que signifie être un spectre. Perdre sa raison d'être, et donc sa forme...

— Oh non, dit Mark. C'est de notre faute.

— Non, protesta Véronique. Ne vous blâmez pas.

— On a si bien fauché, dit Mark, que ça vous a fait perdre votre raison d'être en tant que seule et unique Mort.

— Bah ! s'exclama la Mort. Cette explosion soudaine était trop à supporter pour son corps. Il toussa faiblement jusqu'à ce que sa respiration se stabilise. — Vous êtes passables, au mieux. Je m'attendais pourtant à ce que vous perdiez une ou deux âmes dans l'exercice de votre devoir. Mais vous n'avez pas traversé le chaos de l'âge destructeur de l'homme pour voir à quoi ressemble la vraie mort. Ces âmes qui errent sur les terres — fantômes et spectres, comme les ont nommés les quelques malheureux doués du don de les voir — sont les âmes que je n'ai pas pu trouver pendant les guerres et les génocides. Pendant les grandes catastrophes du passé. Celles qui ont perdu patience et n'attendent plus que leur Dieu vienne.

— Et celles qui ont encore une forme humaine, dit Emma, y restent grâce à un sens du devoir plus grand que le désir de connaître l'au-delà ?

Mark hocha la tête. Il se demanda s'il avait vu de telles formes brumeuses se déplacer pendant l'arrêt du temps, au cours de sa récolte. Puis une inquiétude nouvelle et singulière s'insinua en lui et menaça de lui nouer la gorge.

— Est-ce que le monde est *censé* devenir tout gris et maussade quand quelqu'un meurt ? demanda-t-il.

— Quoi ? fit Emma.

— Comme si un brouillard était collé à tout ?

Emma se contenta de cligner des yeux. Elle chercha une réponse auprès de la silhouette de la Mort qui s'estompait. Il bredouilla et secoua la tête.

— C'est normal, précisa-t-il, et Mark soupira de soulagement. — Même si vous trouviez ces malheureuses âmes perdues, vous ne pourriez rien faire pour elles. C'est le prix de l'échec. C'est la marque éternelle d'un devoir manqué et perdu dans le temps... Regardez les sabliers. — Il montra les kilomètres d'étagères visibles à travers la porte ouverte du

Hall du Temps, à l'autre bout de la pièce. La récolte du jour, ceux auxquels il ne restait presque plus de temps, étaient tous des personnes âgées, ou de malheureux jeunes sur le point de connaître une fin périlleuse dans des accidents quelconques.

Et ils étaient tous maculés.

Mark en prit un et le retourna. L'ampoule supérieure du sablier était marquée à l'intérieur par plusieurs taches qui ressemblaient à des croûtes vitreuses.

— Le sable de vos sabliers reste collé aux parois, expliqua la Mort. — Comme pour ceux-là. C'est un problème que le riz n'a pas pu résoudre. La Mort, en elle-même, ne leur sied plus.

— Quel sens ça a ? demanda Emma. — Des gens meurent tout le temps. On a déjà emporté cent âmes nous-mêmes en à peine une vingtaine de minutes !

La Mort se mit à rire, toussa, et continua de rire. — Savez-vous combien de *milliers* de personnes meurent chaque heure ? Quelle misère... Quelle pauvre et insignifiante moisson vous avez rassemblée alors que vous auriez pu parcourir la surface entière du globe sans voir passer une seule minute ? Et combien *ne sont pas* mortes ?

— Monsieur, respirez, le supplia Véronique. — Conservez vos forces.

— Et alors ? dit Mark. — C'est une journée calme au bureau. Ça arrive. Tout le monde a de bonnes journées. Peut-être que toutes ces bonnes journées... se sont alignées ? — Il perdit lui-même foi en ce qu'il disait vers la fin.

— Rien de tel, dit la Mort. — Pas comme ça. Le vôtre était le premier. Je redoutais que ce ne soit pas le dernier. Mais tant que ces quelques grains ne seront pas tombés, les événements qui entraînent la fin de la vie cesseront de se produire. Et si personne ne trépasse...

— Le temps ne va-t-il pas simplement s'arrêter ? demanda Emma. — Si le temps, de ce point de vue, n'est qu'une collection d'instants vécus, et que ceux-ci s'arrêtent...

— La Fin des Temps, murmura la Mort. — Ce que nous, les cavaliers, redoutons d'accomplir. — Il se tourna vers sa fenêtre, qui donnait sur la rivière couverte par l'humidité du brouillard au-dehors. — Quand le temps lui-même prendra fin.

Mark réalisa qu'il agrippait le tissu de sa robe, les poings serrés. Il avait essayé d'exceller en tant que la Mort pour avoir une autre chance de vivre. Il n'était pas encore prêt à passer de l'autre côté, mais à présent il craignait qu'il n'y ait même plus de monde des vivants où retourner.

Emma se pencha pour lui prendre la main. Elle lui serra les doigts avec force. Elle aussi était inquiète. Pas pour elle-même, mais devant l'énormité de ce que la Fin des Temps pouvait signifier. Elle avait pris la décision de mettre fin à ses jours ; elle avait ses raisons et avait fait un choix éclairé. Mais qu'en était-il de toutes ces autres vies, représentées par les millions de sabliers qu'ils pouvaient voir et entendre dans le Hall du Temps. Toutes les vies vécues, les vies en cours, et celles qui n'avaient pas encore commencé leur voyage vers la mort.

L'ambiance pesait lourdement dans le bureau, comme si le brouillard s'y était déjà infiltré, alourdissant l'air qu'ils avaient du mal à respirer.

# CHAPITRE QUARANTE-DEUX

Ils ont parcouru les étagères des archives de la Mort dans le salon, à la recherche de livres sur son travail, sur les apocryphes de l'invention humaine, et sur tout ce qui pourrait les aider à comprendre le scénario étrange auquel ils étaient confrontés : une époque où la Mort, elle-même, pourrait mourir et où tous les autres aspects de la cruelle nature étaient bouleversés par un soudain et funeste coup du sort. Ils se sont tournés vers ses écrits personnels et ses réflexions, transmis au fil des siècles dans toutes sortes d'anciennes écritures illisibles.

— J'en ai trouvé un en allemand, a dit Mark.

— Moi aussi, a ajouté Emma. Pas mal, en fait.

— La Mort qui a une phase allemande, c'est plus logique que ce que j'aurais imaginé, a dit Mark. Il a plissé les yeux sur le texte et a essayé de le lire à voix haute. — Oh, laisse tomber... c'est du polonais, en fait.

— Encore plus à propos, a-t-elle dit. Oh, attends, ça, ça a l'air prometteur. Elle a sorti un carnet relié en cuir noir, frappé d'une signature en forme de crâne sur la couverture. Le texte à l'intérieur était écrit à la main dans un anglais simple, avec un style un peu victorien.

— « La Fin des Temps, a lu Emma, n'est pas encore advenue, bien que je craigne que son approche ne soit imminente. Ce changement irréversible de la nature, que l'homme a forgé par le fer et la vapeur, n'est que le premier coup douloureux porté à son propre et sinistre destin. »

— Merde, a dit Mark. La révolution industrielle nous a encore bien eus.

— « Par ma marque et sur le sang des martyrs, a poursuivi Emma, ne gaspillez point... les marées immortelles... » C'est très poétique, je dois lui accorder ça.

— Mais qu'est-ce que ça veut dire ?

— Apparemment, a dit Emma, cette « Fin des Temps » que les cavaliers redoutent, que nous redoutons aussi, dans notre propre contexte biblique, est *littéralement* une fin du temps. La fin du progrès et de toute l'histoire humaine, alors que les facettes de la nature qui dictent et déterminent l'emprise sur toute réalité s'immobilisent complètement. Quand il n'y aura plus de guerres pour causer le « chaos de la production », plus de maladie pour « tamiser les âmes des faibles et renforcer les forces futures », plus de famine « et donc plus de lutte pour unir tous les clans et toutes les tribus », il y aura de même « une cessation de la Mort et tous ces instants demeureront alors éternels ».

Elle a lu un autre passage clé à voix haute. « C'est l'accalmie et la paix qu'ils devraient le plus craindre, car elles annoncent le commencement le plus essentiel de leur perte. Car la première trompette qui sonnera se trouvera dans le silence de leur propre respiration, et la saisie de leur soleil qui rendra le ciel gris et nulle brise ne déplacera les nuages dans le ciel. Là où il fera nuit, il fera nuit pour toujours ; Là où il fera jour, il fera aussi nuit. Et cet instant final sera récolté lorsque le dernier fil du destin sera coupé et laissera tout l'avenir à naître. »

— Alors c'est ça ? a dit Mark. Quand les cavaliers perdent leur raison d'être et se transforment en spectres, l'humanité perd ? On *a besoin* de la Guerre, de la Pestilence, de la Famine et de la Mort juste pour continuer à vivre ?

— ... Ouais ? a dit Emma avec un haussement d'épaules incertain. C'est un destin de merde, une symbiose, mais je pige. Vu la façon dont on se comporte, c'est un peu mérité.

— Je ne mérite pas ça, a dit Mark. Ils ne méritent pas ça. Il a fait un geste en direction des étagères infinies de sabliers qui s'écoulaient.

— Eh bien, on allait tous mourir un jour ou l'autre, a-t-elle dit. Du moins, c'est ce qu'il semblait.

Les réflexions de la Mort, écrites au fil des siècles, n'avaient révélé aucun remède. Ils étaient dans la merde, et avec eux, toute la civilisation. Le bourdonnement du flux constant de sable emplissait la pièce – des millions d'instants qui se déroulaient encore pour des millions de gens, vivant leur vie dans l'ignorance.

La réalité de l'événement existentiel dont Mark et Emma étaient témoins était presque trop profonde pour être comprise. Emma a passé les mains dans ses cheveux, regardant les rangées et les rangées de sabliers bien rangés sur les étagères. Tout ça pouvait-il simplement s'arrêter bientôt ? Plus de sable ? Plus de Mort ? Plus de vie ?

— Il n'y a qu'une seule chose à faire maintenant, a dit Emma.

— Quoi ? a demandé Mark.

— Si la Mort est la seule chose qui fait avancer l'humanité en ce moment, alors il va falloir qu'on continue nous-mêmes. Faire avancer le tout, seconde après seconde. Au moins, il y aura quelque chose qui se passera comme il faut.

— Mais on ne peut pas faucher les âmes qui ne sont pas prêtes, a-t-il dit.

Emma s'est levée et a pris la main de Mark, le guidant à travers la porte vers le vaste Hall du Temps. Elle s'est dirigée d'un pas décidé vers l'étagère la plus proche, passant sa main libre sur le bois lisse des sabliers qui s'y trouvaient. Avec cent âmes fauchées et des milliers de vies pesées en grains de sable, littéralement dans la paume de leurs mains, ils savaient instinctivement comment mesurer une vie. Emma a retiré un sablier de l'étagère et a regardé la plaque nominative : Marcus Gordale.

— Cinq mois, tout au plus, a-t-elle évalué.

— Emma, on ne *peut pas*, lui a dit Mark.

Il a évité son regard aussi longtemps qu'il a pu, mais elle s'est rappro-chée de plus en plus, jusqu'à ce qu'il ne reste plus rien à regarder que son visage, qui semblait très fâché contre lui.

— Mais si on le faisait…, a-t-elle commencé.

— Ce ne serait pas juste, a dit Mark. Ne nous enlève pas ça. Être juste, c'est la seule chose qu'on peut conserver avec ce titre. Si on commence à tuer à tort et à travers, il ne restera plus personne dans le pays pour sortir des évaluations immobilières exorbitantes de son chapeau.

Emma a hoché la tête, reconnaissant son argument et plutôt ravie de savoir que s'ils s'étaient lancés dans une frénésie de meurtres prématurés, ils auraient tous les deux considéré les agents immobiliers comme des dommages collatéraux. Ils avaient vraiment beaucoup plus en commun qu'Emma ne voulait bien l'admettre.

Ils interrompirent leur discussion quand Emma aperçut Véronique dans le salon avec un drap sur le dos — un drap d'où s'échappait de la vapeur comme d'une bouilloire sur le feu. En retournant en courant dans le salon, ils trouvèrent Véronique qui se dirigeait d'un pas décidé dans le couloir, vers la porte d'entrée.

— Où vas-tu ? demanda Emma.

— À la rivière, dit-elle.

— Avec quoi ?

Véronique poussa un soupir timide et terrible. — Avez-vous mangé quelque chose ? leur demanda-t-elle. Je vous en prie, faites-le. C'est un repas que j'ai préparé pour vous.

— Véronique, où est la Mort ? demanda Mark.

Le drap bougea, et une main vaporeuse et translucide glissa de l'épaule de Véronique. Elle remonta pour s'agripper de nouveau à son bras. La Mort était appuyée contre elle, recouverte d'un drap blanc, linceul de deuil. Même pour un squelette, il avait l'air mal en point. Il lui manquait plusieurs dents. Une profonde fissure courait de son orbite droite jusqu'à sa joue.

— Markus... Emelia... grogna-t-il.

Ils s'approchèrent tous les deux, sans oser un seul instant le corriger.

— Vous... pouvez maintenant retourner dans votre monde, sans craindre la mort. Car la Mort n'a plus sa place dans les affaires des mortels.

Ni Mark ni Emma ne voulaient retourner dans leur monde pour l'instant. Pas dans ces circonstances. Pas si la Fin des Temps était imminente. Ils étaient résolus. Ils resteraient là, et feraient n'importe quoi pour aider la Mort à ne pas mourir.

— N'abandonnez pas, messire, dit Emma. Il y a encore une place pour la mort dans le monde. Nous le ferons ! Ce sera lent, mais nous pouvons...

Il leva une main pour l'arrêter. — Votre pouvoir n'est qu'un emprunt par procuration. Sans moi, vous perdrez la capacité de voyager d'un monde à l'autre. Vous devriez partir maintenant. Rejoignez les vôtres. Car lorsque je traverserai la rivière et que je me mêlerai à sa brume, ce sera véritablement la fin de tous les temps...

— Alors ne le faites pas, dit Mark. Il doit y avoir quelque chose que nous pouvons faire, ou peut-être les autres cavaliers. Ou même...

Il se tourna vers Emma, frappé par une prise de conscience.

— Mais est-ce qu'il aiderait ? demanda-t-elle.

— Il a tout autant à perdre, dit Mark. Pas de mort signifie pas d'or, non ? S'il sait quoi que ce soit, il devrait vouloir nous le dire.

— Vous parlez du passeur, dit la Mort. Ne vous donnez pas cette peine. Lui non plus ne tiendra pas. Tout comme j'ai perdu ma forme, il a sûrement perdu sa barque...

Les quatre habitants de la chaumière de la Mort furent interrompus par le bruit d'eaux vives, le grondement d'un moteur puissant, et « La Cucaracha » jouée par des cornes de brume. Mark et Emma sortirent en courant les premiers dans l'épais banc de brouillard. Maintenant qu'ils savaient ce que c'était, ils s'efforcèrent de ne pas trop inhaler les résidus d'esprits immortels. Utilisant leurs manches comme masques, ils avancèrent péniblement dans l'air dense jusqu'à la rive, où l'air était plus clair.

Un yacht ridiculement grand et ostentatoire tanguait dans l'eau. Il était en or massif, avec une rangée de six moteurs hors-bord et un vieux capitaine bourru portant plus de bijoux que de vêtements — bien qu'ils pussent distinguer un short de marin impeccablement repassé et une chemise hawaïenne.

— Eh bien, eh bien ! lança Charon. Il s'avança jusqu'au bord du pont et se pencha sur la balustrade. C'était le même vieil homme dégingandé et voûté à l'apparence méprisable. Seuls son apparence extérieure et son équipement avaient changé.

— Joli bateau, dit Mark.

— Ça, c'est vrai ! s'exclama Charon. Un changement de cap s'imposait. Je l'ai pêché après avoir jeté un précieux tribut dans les eaux, et il en est sorti, hommage des abysses de la création humaine !

— Charon ! cria Emma. C'est la Fin des Temps !

— Tiens donc ? dit-il avec un sourire narquois. On vous a tout appris sur votre boulot juste pour le voir arriver à sa fin amère, hein ? Quel sale moment pour décrocher un nouveau poste quand la boîte est en faillite ! Il laissa échapper un ricanement rauque et diabolique.

Emma et Mark se tournèrent au son de sabots au galop. L'étalon noir de Guerre, la jument alezane de Pestilence, le cheval de trait auburn de Famine, et même le destrier blême de la Mort s'avancèrent tous et s'agenouillèrent sur la rive pour déposer leurs cavaliers.

Guerre n'était qu'un amas de sang et de coupures. Sa peau était d'un rouge vif, suintant l'effluve de blessures de guerre. Famine était une enveloppe vide, un sac d'os famélique enroulé dans une peau fine. Pestilence semblait à un souffle rauque de son dernier soupir, le bleu et le vert de ses veines colorant la pâleur de sa propre peau.

Et la Mort n'était plus qu'un crâne flottant dans une vapeur épaissie et enroulée dans un drap, comme l'idée que se fait un enfant d'école primaire d'un fantôme.

— Har har har ! ricana Charon. Voyez comme vous avez été rabaissés. Plus de guerres à observer ? Plus de faim à semer ? Plus de maladies à transporter ? Oh, et vous, dit-il en pointant une canne en or vers la Mort. Le plus pitoyable de tous. Si faible que vous avez laissé deux *enfants* faire votre travail, pour pouvoir vous avachir et vous effondrer jusqu'à devenir poussière !

— Taisez-vous ! hurla Mark. Il s'avança et donna un coup de pied dans le flanc du yacht de Charon, se faisant mal au pied contre la coque en or massif.

— N'abîmez pas mon bateau ! cria Charon en retour. Ça m'a pris toute la matinée pour le lustrer, et j'en aurai besoin. Ce grand vaisseau remplacera *TOUS* les chevaux et leurs cavaliers ! Un nouvel ordre de la nature déferlera sur le monde des mortels. Et vous, vous *tous*, assisterez impuissants à cela depuis cette rive de *MA* rivière, tandis que les âmes y couleront comme un déluge !

Charon plongea la main dans une coupe en or et jeta une pluie de pièces dans l'eau comme s'il nourrissait des poissons. Chaque fois qu'une des pièces touchait l'eau, les cavaliers gémissaient et étaient réduits à des états encore plus pitoyables. Leurs corps se crispaient de douleur comme s'ils étaient criblés de balles. Mark et Emma comprirent immédiatement ce qui se passait. Ils lancèrent un regard noir au marin bourru tandis qu'il tournait la barre du yacht et mettait les gaz, effectuant un dérapage contrôlé qui les éclaboussa du facteur liquéfié d'innombrables âmes envoyées à la noyade. Puis il s'éloigna à toute vitesse.

— C'est lui ! dit Emma. Ça ne peut être que lui !

— C'est clair, dit Mark, en secouant sa robe pour la sécher. J'ai toujours voulu saccager le bateau d'un connard de riche. Maintenant, j'ai une bonne raison de le faire. Stormrider !

— Princess ! appela Emma.

Leurs chevaux vinrent à eux hors du brouillard, délabrés, fatigués, et des années plus vieux que lorsqu'ils les avaient laissés quelques minutes auparavant. Mais ils arrivèrent en portant la seule chose dont ils avaient tous les deux besoin : leurs faux. Ils se hissèrent en selle et laissèrent les cavaliers souffrants aux soins de Véronique.

Par-delà la rivière et en aval du cours d'eau, ils se dirigèrent vers la demeure de Charon...

# CHAPITRE QUARANTE-TROIS

Mark et Emma, les cavaliers auxiliaires de l'apocalypse, chevauchaient le long du fleuve, à travers l'épais banc de brouillard, suivant le spectacle scintillant du yacht doré de Charon. Ils avançaient du mieux qu'ils le pouvaient, alors que leurs chevaux, à bout de souffle, crachaient leurs derniers râles.

— Allez, Stormrider ! l'encouragea Mark. Tu n'as jamais été le plus grand, mais bon sang, tu es le plus coriace ! Le poney le plus fatal de toute l'existence !

— Continue, Princess Die ! cria Emma. Je ne tolérerai pas que tu t'écrases sur autre chose que le crâne de ce sale enfoiré.

Tandis qu'ils chevauchaient, ils dépassèrent une procession sans fin d'âmes venues des Limbes. Au loin, le grand vide sans traits qui les entourait se transforma. Il n'était plus sans traits, mais se zébra de dunes, tel un désert de craie.

— Tout change, dit Emma. Pour le pire.

— Il faut qu'on se débarrasse de ce nocher, répondit Mark. Ne serait-ce que par pure vengeance.

— Il doit bien savoir ce qui se passe, dit Emma. Assez pour pouvoir empirer les choses à sa guise.

En chevauchant, ils entendirent devant eux le tonnerre des moteurs hors-bord du yacht et, derrière eux, un grondement de sabots martelant le sol. Mark se tourna et vit Véronique qui les rattrapait sur sa propre monture, armée d'un plumeau de la taille d'une hache d'armes. Son cheval était en bien meilleur état, mais chaque foulée au galop semblait vieillir sa robe, la rendant un peu plus sombre et plus sèche.

— Monsieur ! Madame ! appela-t-elle.

— Où est la maison de Charon ? demanda Mark. On n'a jamais vraiment fait de tourisme, et il me vient à l'esprit que notre première visite sera pour l'étrangler.

— Charon est derrière tout ça, n'est-ce pas ? demanda Emma.

— Oui, confirma Véronique. Les cavaliers l'ont dit. En rejetant l'or qu'il chérit tant, il a déformé l'ordre naturel à un tel point que cela tue la Mort et blesse la Guerre.

— Et invoque la Fin des Temps, ajouta Emma.

Les trois cavaliers pressèrent leurs montures, ignorant leurs râles et leurs sifflements.

— Et le bateau ? demanda Emma. Où est-ce qu'il a bien pu cacher ça ?

— Ils ne savent pas d'où vient son bateau grandiose, répondit Véronique. C'est trop contre nature.

Mark se tourna vers elle. — Est-ce qu'on a au moins raison de penser que le tuer pourrait inverser tout ça ?

— Oui, confirma-t-elle. Mais le tuer créera un autre problème. Vous devez...

Elle interrompit sa phrase et montra le fleuve du doigt. Une grande vague d'eau effroyable et dévoreuse d'âmes déferlait vers eux, dans le sillage du bateau de Charon. Ils firent tous cabrer leurs chevaux dans les airs pour l'éviter. Stormrider resta à la traîne et s'éleva à peine au-dessus de la marée qui lui éclaboussa le ventre.

— Hauuut et loin, mon grand ! cria Mark en tirant sur ses rênes pour monter plus haut. Très loin !

— Allez-y ! lança Véronique. Traversez le fleuve !

Emma et Mark virèrent et commencèrent à traverser le large Styx par les airs, laissant Véronique derrière eux. Le brouillard s'enroulait autour d'eux tandis qu'ils avançaient, les forçant à s'élever au-dessus. De là, ils pouvaient voir le paysage interdit de l'autre rive.

Loin au-delà de la vallée obscure, deux horizons distincts se dessinaient. L'un était encombré de nuages d'orage et de redoutables éclairs, comme une approche de Manchester par la M62. L'autre côté était tranquille et calme, avec un voile de lumière douce filtrée par une brume nuageuse. Mais lui aussi était altéré par les perversions de la nature qui les entouraient. Le tonnerre s'infiltrait dans les nuages calmes, et l'obscurité prenait fin brusquement là où les nuages tumultueux s'immobilisaient et s'affaissaient, comme des glaces à l'envers dégoulinant sur les terres en contrebas.

— Oh, dit Mark. Alors, il y a bien un Paradis et un Enfer ?

— Ou il y en avait, dit Emma.

— C'est bizarre qu'ils soient voisins, dit-il. Et assez proches pour que... ce soit un problème à éviter.

— De toute évidence, il n'y a pas de plan d'urbanisme ici, dit Emma. N'importe qui peut construire n'importe quoi où il veut. Aucun respect pour les infrastructures ou l'esthétique environnante.

— En parlant de ça, dit Mark. Il montra du doigt le phare d'or étincelant en contrebas. Le manoir de Charon s'étendait sur un domaine entier. Son trésor d'or formait un quai, un canal et un rempart de château, le tout en or. Son yacht avait été rentré dans un dock-garage souterrain qui abaissait sa porte-pont-levis. Puis, un éclat d'or jaillit du rempart du château et un filet de lumière se rapprocha rapidement.

— Baissez-vous ! cria Mark.

Emma l'entendit trop tard. Un carreau doré transperça la poitrine de Princess Die. Emma fut désarçonnée de son cheval qui rua une dernière fois avant de devenir flasque dans les airs. Mark piqua pour la rattraper dans sa chute. Stormrider supporta leur poids du mieux qu'il put, mais descendit rapidement vers le sol. D'autres carreaux dorés fusèrent vers eux, mais leur descente imprévue leur permit d'esquiver les attaques venant d'en haut et d'atteindre le sol en toute sécurité.

— Comment ose-t-il ?! cria Emma en serrant fort le manche de sa faux.

— Des projectiles. Une défense de château classique, dit Mark. Après tout, *on est en train* d'envahir sa propriété. Pour le tuer.

— Ne le défends pas ! cria-t-elle. Il a tué mon cheval !

— Je ne le défends pas. Je ne fais qu'expliquer ce qui s'est passé !

Ils mirent pied à terre, et Mark tapota le museau du vieux poney. Emma rajusta son chapeau, et ils se mirent à courir accroupis à travers le brouillard, en direction de leur ennemi.

Des projecteurs éblouissants s'allumèrent et les repérèrent immédiatement. Mark se figea sur place, en pleine course, aussi immobile qu'une statue, espérant qu'ils pourraient passer inaperçus. Mais il se rendit vite compte qu'il avait l'air un peu ridicule. Un système de haut-parleurs grésilla et emplit l'air d'un son strident.

— D'où a-t-il sorti tout ça ? se demanda Mark.

— Ohé, misérables fuyards des sables ! les réprimanda Charon. Il n'y a point de place pour les traversées sans péage sur ce fleuve des damnés. Si vous cherchez votre chance d'entrer au paradis, vous devez abandonner ce qui avait de la valeur dans votre vie pour accéder à l'au-delà.

— Vous n'avez pas assez d'or, vieil avare ? demanda Mark.

— Ha ha ! ricana Charon. Si vous n'avez point d'or à offrir, alors je vous ferai une proposition ! À ses mots, une porte s'ouvrit non loin, qui semblait mener en dessous. Un marché qui permettrait à chaque âme égarée, perdue et sans le sou, de traverser ce fleuve vers son éternité promise au-delà. Un nouveau marché pour une nouvelle nature ! Entrez et parcourez cet humble labyrinthe de tourments. Si vous pouvez endurer les douleurs de vos pires peurs, le divertissement que je tirerai de votre souffrance me sera un paiement suffisant !

— Espèce de connard, dit Mark. Il leva sa faux et l'abattit pour créer un portail dans les airs. L'éclair crépita, se replia sur lui-même et implosa dans une décharge statique qui les projeta, lui et Emma, en arrière. D'accord... on dirait qu'on ne peut plus faire ça.

Charon ricana de nouveau. — Je considérerai ça comme un acompte sur vos futurs tourments. Maintenant ! Payez le tribut du passeur, et emplissez votre âme d'épouvante !

Le passage derrière la porte s'illumina de faibles lumières bleues. Emma poussa Mark en avant, la main sur son épaule. Elle était confiante. Il fallait juste en finir avec ça, puis s'occuper de lui plus tard, pensa-t-elle. Mark sembla lire dans ses pensées et hocha la tête. Ils entrèrent et descendirent les escaliers, leurs faux sur les épaules, prêtes à servir. Stormrider suivit, faible mais toujours aussi fidèle.

À l'intérieur, ce n'était pas tant un labyrinthe qu'une ligne droite menant à une maison hantée souterraine. Les murs étaient recouverts de stuc et peints d'un bleu profond nauséabond, comme s'ils traversaient le tunnel sous-éclairé d'un aquarium.

— Je ne me sens pas encore envahi par l'effroi, chuchota Mark.

— Moi non plus, dit Emma. Mais si ces moines peuvent construire un monastère avec du sable, tout est poss... AARGH !

Emma enroula son bras fermement autour du cou de Mark alors qu'ils approchaient de la première altération de la structure du couloir. Alors que jusqu'à présent les murs n'avaient été que de simples briques avec une guirlande d'ampoules nues suspendue au plafond, la tête d'une poupée chauve aux grands yeux était accrochée juste devant eux.

Puis les murs eux-mêmes se transformèrent en un assemblage de poupées qui tournaient la tête et faisaient sortir leurs yeux difformes de leurs orbites. Le sol se mit à bouger, les entraînant avec lui. Cela devint une visite automatisée à travers un cimetière de dérivés de Barbie, d'un bout à l'autre du couloir qui défilait. Emma resta blottie contre Mark, reculant devant les mains en plastique que lui tendait l'armée de poupées.

— C'est bon, dit Mark. Il passa son bras libre autour d'elle et la serra contre lui. Ne le laisse pas t'atteindre, Ems.

— Bon sang, murmura-t-elle. Comment sait-il ça sur moi ?

— Il fallait s'y attendre, il sait tout sur nous, dit Mark. Il se prend pour le juge des damnés, parce que c'est ce qu'il est.

— Je ne ferme pas les yeux, dit-elle, la tête pressée contre l'épaule de Mark, mais dis-moi quand on aura passé ce passage, d'accord ?

— Euh... Mark fit traîner le mot tandis qu'ils continuaient, puis dit enfin : C'est passé.

— Vraiment ?

Emma leva les yeux et vit que l'environnement avait changé. Ils se trouvaient dans une école primaire, flanqués de pupitres de tous les côtés. Le sol continuait d'avancer sur un rail automatisé, les entraînant plus loin à l'intérieur.

Puis, soudain, la pièce fut remplie de clowns colorés qui riaient joyeusement.

— ReEeEndsS TaAaA CoOoOpiIeEeE ààà L'aAaAvaAaAntTt, MaAaArky !!!

— Quoi ? Emma regarda la longue file de personnages au visage blanc et aux lèvres rouges, perplexe à l'idée que cela puisse être une descente terrifiante dans les peurs les plus sombres de quelqu'un.

— Ouais... soupira Mark. Il recula instinctivement un peu quand les clowns tendirent les bras vers lui ou leur jetèrent des feuilles. Il était plus agacé que terrifié. Les clowns et le fait de devoir repasser des examens ratés sont des peurs courantes, j'imagine.

— Plus ou moins courantes, dit-elle.

— Mais en les associant, continua-t-il, ça atténue la terreur, tu vois ? Il leva les yeux comme s'il s'adressait à une caméra cachée où Charon regardait. Vous ne pouvez pas simplement superposer les peurs et les faire se croiser comme ça. Elles doivent se compléter, pas se faire concurrence. Les clowns qui font passer un examen ne me font pas peur, parce que je ne passe pas l'examen, et les clowns sont juste... là, à ne rien faire. Vous avez échoué ! Vous avez perdu un client. En fait, je veux un remboursement ! Vous devriez me payer, *moi*, pour avoir traversé ce...

Mark tomba. Pas Emma. Elle le regarda, depuis sa portion de rail solide, s'enfoncer jusqu'à la taille dans un puits de substance pâteuse et pâle qui bouillonnait autour de lui.

— Les peurs de vos cauchemars, déclara Charon dans ses haut-parleurs, ne sont qu'une partie de la souffrance que j'ai l'intention de vous infliger. Le corps a ses propres peurs, ses propres poisons, qui sont communs à toute l'humanité. L'effroi solitaire des allergies est votre prochaine épreuve. Maintenant, plongez dans votre pire peur !

— Emma ! cria Mark. C'est du brie ! Je suis intolérant au fromage !

— Tu n'as pas juste quelques gaz si tu en manges ?

— Si, mais je ne sais pas ce que mon cul va faire si je suis *immergé* dedans ! À l'aide !

— O-ok. Elle positionna sa faux pour essayer de le sortir de son gouffre de fromage pendant que Charon, invisible, riait de leur malheur.

Pourtant, d'autres épreuves les attendaient, toutes bien pires que les précédentes.

Charon fit tourner une pièce entre ses doigts, puis la serra fort. Quand il ouvrit la main, la pièce était froissée et écrasée.

# CHAPITRE QUARANTE-QUATRE

Des vents glaciaux s'engouffraient avec fureur dans la tranchée où Mark et Emma se cachaient. Un peu plus loin dans leur périple, les choses avaient empiré de façon inattendue. Le couloir de réfrigération industrielle de Charon avait envoyé une vague de givre sur les murs et le sol dorés pour créer un paysage gelé et inhabitable. On se serait cru à Sunderland en février.

— Bordel, grogna Mark. C'est un peu excessif.

— Je déteste le froid, dit Emma, mais je n'y suis pas allergique.

— Ouais, et qu'est-ce qu'il y a de juste là-dedans ? cria Mark. Il dut se détourner du vent pour ne pas risquer d'avaler une goulée d'air glacial et piquant. Il jeta un œil à Stormrider, son fidèle poney, qui luttait toujours contre les assauts de la vieillesse et l'étang de fromage qu'il avait lapé. Il tenait à peine sur ses pattes tremblantes.

— Si on reste ici plus longtemps, dit Mark, on risque de ne pas survivre.

— Pourquoi est-ce que ces robes ne sont pas adaptées aux quatre saisons ? geignit Emma. La Mort doit bien aller dans les endroits les plus glaciaux de la Terre aussi souvent que dans les plus tempérés. La robe devrait en tenir compte.

— Si on a besoin de chaleur en urgence, dit Mark, alors il va peut-être falloir… Il fit un signe de tête en direction de sa monture, l'air sinistre. — Eh bien, ça sentira bien pire de l'intérieur.

— Quoi ?

— Je veux dire… Il regarda son poney couvert de givre d'un air affligé. Stormrider ne regardait même pas où il allait. Il marchait simplement derrière son maître, tel un cheval suivant sa charrette. — Je peux te porter, toi, mais… je ne peux pas porter…

— Mark, tu ne vas pas tuer ton poney.

— Je n'en ai pas envie ! s'exclama-t-il. Mais ça fait assez longtemps qu'on est là-dedans. Je crois qu'on ne s'en sortira pas vivants. Il n'a aucune raison de nous laisser passer ! Il sait qu'on en a après lui !

Emma attrapa la tête de Mark et le força à la regarder dans les yeux. — C'est exactement ce qu'il veut ! Il veut qu'on désespère au point d'abandonner notre mission.

— Honnêtement… je n'en suis pas loin.

Emma aussi sentait bien qu'ils étaient dans une situation critique. Pas seulement à cause du froid, mais à cause de l'épreuve que représentait toute leur entreprise. Elle repéra une alcôve à l'abri de la soufflerie et y attira Mark. Ils étaient protégés du vent, mais furent alors soumis à un autre tourment, plus horrible encore. Mark vit son poney bien-aimé faire ses derniers pas, tomber sur ses genoux, et se préparer à affronter la violente bourrasque glaciale. Ses yeux se fermèrent lentement. Il accepta la mort et tomba sur le flanc, raide.

Mark soupira. — J'ai eu un chien, une fois.

— Oh, Mark, roucoula Emma en se blottissant contre son épaule.

— Il s'est fait percuter par un camion-poubelle, continua-t-il.

— Oh, mon Dieu.

— Ouais. Non, bizarrement, il n'avait rien. Mais il a fait deux saltos arrière et quand il a atterri, il était raide comme un piquet. J'ai dû le ramasser et le ramener à la maison.

— C'était Bosco ? demanda Emma.

— Ouais, Bosco, confirma Mark. Il allait bien après qu'on l'a dégelé un peu dans le salon, mais il chiait toujours sur le tapis quand les éboueurs passaient.

— Pourquoi tu parles de lui maintenant ?

— ... Stormrider ressemble à Bosco, dit Mark. Juste... les pattes toutes bloquées. Mais lui, il tremblait.

— Oh... Emma le serra dans ses bras. Ils endurèrent le froid grâce à leur chaleur mutuelle et profitèrent de l'occasion pour évaluer la situation d'une manière un peu plus globale.

— Donc, on est foutus, alors, dit Mark. Ce chemin va continuer éternellement, ou alors on va tomber sur un couloir plein de radiateurs et de sèche-cheveux pour nous achever.

— Et de lampes solaires, ajouta-t-elle. La lumière seule suffirait à nous étouffer là-dedans.

— Il veut qu'on s'en débarrasse. Qu'on perde les robes. Et après, nos faux.

— Pas question, dit Emma en serrant la sienne fermement. Mark agrippa sa faux et jeta un autre regard au poney, très immobile et très mort. Pas même une minute ne s'était écoulée depuis la dernière fois qu'il avait vérifié l'état de Stormrider, et son poney était déjà couvert de givre et congelé, desséché comme une momie par le froid polaire.

— Bon, c'est clair qu'il ne fait pas plus chaud là-dedans maintenant, dit-il.

— Ne profane pas le corps de ton cheval, le réprimanda Emma. Écoute. Il doit y avoir une sorte de logique derrière tout ça.

Mark la regarda comme si elle venait de faire une déclaration bien plus grotesque. — La logique ne nous a pas vraiment réussi, ces derniers temps, dit-il. Si la logique pouvait dicter nos actions... on n'aurait pas perdu nos chevaux à cause de balistes en or, parce qu'elles n'auraient pas pu voler. Et on serait coincés du mauvais côté de la rivière à regarder un château en or à travers un nuage de brouillard d'âmes.

— Même si les choses n'ont pas de sens, dit Emma, il y a une logique derrière elles. Une logique de fou, peut-être, mais il y a un sens et un ordre dans ce qui se passe. Charon est aussi l'un de ces... êtres primordiaux et ordonnés. Il a ses propres objectifs, au-delà de nous voir souffrir.

— C'est un vrai connard, dit Mark. Ça ne veut pas dire qu'il doit être malin.

— Eh bien, donne-moi quelque chose ! exigea Emma. Donne-moi un espoir auquel me raccrocher ou un moyen de réussir ! Donne-moi la moindre raison de garder espoir contre tout ça ou... ou autant abandonner et... et je ne sais même pas ce qui se passera après ! C'est quoi la suite ? Qu'arrive-t-il à la réalité quand le temps cesse de fonctionner et que la mort n'a plus d'importance ? La mort, c'est quoi, au juste ?

— Emma, tais-toi, dit Mark. Tu deviens folle.

— Je deviens ? Mark, j'étais sur le point de sauter du toit !

— Ça, c'était avant...

— C'est encore maintenant ! Ce n'était pas il y a si longtemps !

— C'était il y a assez longtemps. J'aimerais que tu passes à autre chose. On a survécu. C'est ça qui...

— Nous ! ? répéta Emma. C'était censé être ma décision ! Mon choix !

— Mais c'était la mauvaise !

— Oh, comme c'est fâcheux pour toi ! Tu sais à quel point il te serait facile de rebondir avec une colocataire morte sur la conscience ?

— Non ! Qui voudrait emménager avec moi après un tel titre de gloire ? Même s'ils ne pensaient pas que j'en étais la cause, ils se demanderaient toujours « et si ? ». On m'en parlerait sans arrêt... et je ne trouverais jamais une colocataire que j'apprécie assez pour te remplacer.

Emma ricana mais cogna sa tête contre son torse. — Je pensais vraiment qu'on allait faire quelque chose de notre vie avec ça. On se débrouillait bien...

— On se débrouillait super bien.

— On trouvait notre voie. On allait enfin de l'avant... Elle secoua la tête contre sa robe de chambre. — Pourquoi a-t-il fallu qu'on meure pour trouver quelqu'un qui nous apprécie à notre juste valeur ?

— On dit que le rêve de la classe moyenne est mort, dit Mark. Pas étonnant que ce soit ici qu'on l'ait trouvé.

Elle laissa échapper un rire moqueur et s'écarta un peu de lui. — Je suis juste mortifiée d'avoir échoué à *tout* ce que la vie m'a envoyé, et maintenant que c'est la mort qui me lance des défis, je ne peux pas m'empêcher de galérer encore un peu plus.

— C'est mieux que de baisser les bras et... euh, balbutia Mark, de ne pas essayer. On ne peut pas vraiment mourir. Ou si, on peut, mais c'est une toute autre phase de...

— Toi, dit Emma en pointant son doigt directement contre son menton pour l'empêcher de parler, tu aurais dû suivre ton rêve et simplement écrire tes fichus scénarios. Au lieu de faire semblant d'être satisfait de travailler dans la pub.

Il haussa les épaules. — J'*étais* satisfait. Je voulais juste...

— Tu voulais faire ce qui était juste. Tu ne voulais pas contrarier tes parents, dit-elle. C'est admirable, mais tu aurais dû t'en tenir à tes idées, aller à Londres et continuer d'écrire tes sitcoms.

— Ça n'aurait pas marché. C'était une chimère.

— Tu n'as même pas essayé, rétorqua-t-elle.

— Eh bien, le genre de trucs que j'écrivais n'est même plus à la mode. L'industrie de la télé est passée à autre chose. Et je te voyais souffrir à ce boulot, crevée et *vraiment* suicidaire à cause de ça...

— Je n'étais pas suicidaire à cause du travail. J'étais suicidaire parce que je me sentais seule. Le travail était censé être mon échappatoire et j'en avais marre d'essuyer échec sur échec malgré tous mes efforts.

— Pfff. Je n'ai jamais pensé à sauter du toit après avoir reçu des lettres de refus de sociétés de production, dit Mark.

Elle hocha la tête. — C'est pour ça que j'avais besoin que tu continues d'essayer. Tu ne te laissais jamais abattre par l'échec. Tu étais toujours à deux doigts de la réussite.

— À un pas de géant, plutôt.

— Mais je croyais en toi, dit-elle. Et tu y croyais aussi. Sinon, tu aurais arrêté d'en parler depuis longtemps.

Mark soupira. — J'aurais aimé que tu n'essaies pas de sauter.

Elle sourit. — Mais je suis contente que tu aies essayé de m'arrêter.

— Vraiment ? Tu as été plutôt grincheuse à ce sujet depuis qu'on est arrivés ici.

— Je sais. Et j'en suis désolée.

— Attends ? Alors, tu regrettes ? s'aventura Mark. Le referais-tu, sachant ce que tu sais maintenant ?

Avant qu'Emma ne puisse répondre, elle aperçut quelque chose au-dessus d'eux dans le vent glacial. — Regarde !

Un papillon cristallin flottait au-dessus de leurs têtes. C'était l'un des rares signes de vie et de mouvement inhérents au néant, les ailes naissantes et frémissantes d'un être spirituel éphémère qui guidait les âmes des morts vers leur paix éternelle. L'un de ces fils d'illogisme qui devenait un spectacle familier, bien que fugace, à contempler.

— Peut-être, dit Emma, qu'il veut nous aider.

Puis, un amalgame de morceaux de poupées hideuses l'attrapa en plein vol et le broya en mille morceaux. Emma poussa un cri perçant, et Mark saisit sa faux.

— Non ! cria-t-il désespérément.

Les nombreux yeux du monstre-poupée cliquetèrent et se fixèrent sur eux. Il s'apprêta à bondir, puis disparut soudainement. Une puissante rafale d'air tailla une clairière dans la neige au-dessus d'eux et fendit les murs recouverts de glace qui les entouraient.

Ils étaient encerclés par les sabots martelant de quatre terribles chevaux. L'un était rouge comme le feu, et sur son dos se trouvait le visage ensanglanté d'un guerrier qui brandissait une épée rougie par des éons de rouille. L'un était brun comme la terre la plus fétide. La peau de son cavalier était verte, et dans ses mains il tenait un arc dont la corde était faite de longs cheveux dorés, et sur lequel était encochée une flèche faite d'un éclat d'os. Un cheval était noir et émacié, presque réduit à l'état de squelette, et son cavalier était un homme pâle et décharné à la peau cireuse qui tenait une balance en laiton dont les plateaux ne penchaient jamais.

Le dernier était un cheval blême, son cavalier bien plus pâle encore, enveloppé dans un linceul blanc, un squelette éphémère tenant brandie une lame de faucheuse. Le cavalier blême tendit sa main vers eux, leur offrant de les sortir de l'enfer dans lequel ils se trouvaient.

— Je suis perplexe, dit Mark. N'êtes-vous pas déjà tous morts ?

— Non, dit la Mort. C'est... compliqué.

# CHAPITRE QUARANTE-CINQ

Charon se prélassait sur le pont de son yacht rutilant. Il avait toutes sortes de consoles remplies de cadrans, de leviers et de jauges, divers volants – toute la panoplie de gadgets et d'accessoires dont il aurait pu rêver pour faire de la navigation sur le cours d'eau à sens unique de l'éternité un jeu plutôt qu'une corvée monotone et fastidieuse. Il avait même une pièce avec tout l'attirail de la vie nautique et un lit moelleux fait de fils d'or, monté sur des piliers d'or et des briques d'or. Et au-dessus se trouvait une tablette où il rangeait sa rame, un artefact de sa vie antérieure et des épreuves qu'il avait endurées avant que le succès ne soit à sa portée.

Il a soupiré, mais il ne se sentait pas vide. Au contraire, il se sentait plus ragaillardi et enthousiaste que jamais. Carrément victorieux. Les cavaliers qu'il enviait avaient été déchus et laissés dans un état méprisable. La nature et l'ordre qu'ils maintenaient étaient en plein désarroi, et une nouvelle ère avait commencé. Une nouvelle nature s'était abattue sur le monde des vivants, et il en était le maître.

Il a baissé les yeux vers sa jambe. Elle n'était plus enchaînée, mais toujours liée ; l'épais bloc de fer qui le rivait autrefois à son devoir avait été réduit à un piercing agressif transperçant l'os de sa cheville et à une fine chaîne, presque un fil, qui s'étendait jusqu'à la plateforme du moteur à l'arrière de son bateau. Elle le liait toujours au fleuve, ne lui permettant de débarquer de son yacht que juste assez loin pour profiter d'une partie du grand manoir qu'il avait établi, mais pas de sa totalité.

Il a soupiré.

— Toujours pas assez. Combien de plus... ? Qu'est-ce que je dois encore abandonner et *payer* pour être libéré de cette malédiction ?

Il a saisi une coupe en or remplie de pièces d'or et s'est approché du bord du pont. Il les a versées dans l'eau. Elles sont tombées en cascade dans les eaux pâles et sirupeuses en contrebas, et un grondement s'est fait entendre au loin alors que l'espace dans le vide tremblait et se modifiait. Chaque pièce provoquait un tremblement, chaque éclaboussure un changement, chaque perte de valeur dans l'abîme formait une montagne ou un gouffre au-delà du brouillard. Pourtant, il s'en moquait toujours. Sa chaîne restait tendue et solidement fixée à son propre corps, un rappel encore plus envahissant de sa servitude éternelle.

Il a soupiré de nouveau.

— Merde. Du gâchis.

Il a également jeté la coupe par-dessus bord, ce qui a provoqué un lointain coup de tonnerre. Les nuages qui s'amassaient au-dessus du passage lointain, par-delà la vallée, ont continué de tourbillonner, mêlant l'obscurité et la lumière avec des filaments de foudre entre eux.

— On dirait qu'un sale temps s'annonce. Pas le moment d'être sur l'eau.

Il est descendu de son bateau et a clopiné jusqu'à un escalator qui l'a emmené au sommet du rempart de son château. La chaîne était juste assez longue pour qu'il puisse atteindre le bord, là où se trouvait son trône nouvellement modelé. Il s'est retourné, s'est laissé tomber sur le siège rembourré et a laissé sa jambe pendre alors que la chaîne se tendait et suspendait son pied dans les airs.

Il n'avait plus rien à faire maintenant. Pas tant que les cavaliers ne seraient pas tous bel et bien morts.

Puis il a vu une lueur au loin – quatre faibles lumières qui assombrissaient le ciel et en aspiraient la vie. Une procession de quatre sinistres présages, et sur leur dos se trouvaient leurs cavaliers – et deux passagers supplémentaires qui se cramponnaient à l'arrière.

— Des intrus ! a grogné Charon. Il s'est redressé d'un bond et a sprinté en boitillant vers ses balistes. Elles fonctionnaient à pièces, étaient chargées de pièces, et à charge magnétique pour tirer son or comme munitions. Il y a inséré quelques pièces, a armé l'amorceur, et a visé pour tuer.

— Parade de canassons pour chochottes !

Il a tiré. Les pièces ont filé dans les airs comme des rayons étincelants, avec la vélocité de balles.

Bien que décrépits, les cavaliers n'étaient pas faibles. Leur agilité et leurs manœuvres expertes surpassaient leur propre manque de vitalité. Mort menait la charge et a brandi sa faux pour couper les pièces en plein vol à leur approche. Famine en a attrapé quelques-unes dans sa balance, qui se sont alors décomposées – l'or lui-même était vidé de toute valeur, ramené au néant que Famine transportait, car on ne pouvait pas manger sa propre richesse pendant que le monde mourait de faim. Puis est venue Guerre, une corne funeste dans une main, projetant un écho plaintif dans le ciel, tandis que son épée pendait, basse, dans l'autre.

— Tombez dans l'abîme ! a crié Charon. Lamentez-vous dans les ténèbres éternelles ! Il a tiré une rafale de pièces, les unes après les autres. Son or s'est brisé en éclats à la sortie du canon. Les chevaux se sont dispersés. Pestilence a été touché. Il a lancé son arc à Guerre, et Mark l'a attrapé. Puis Famine a été frappé. Il a lancé sa balance. Mark l'a attrapée aussi.

— Accroche-toi ! a insisté Mark. Je n'arrive pas à atteindre mes poches !

— Prends ça, a dit Guerre, sa voix lointaine et lasse, l'appel fatigué d'une myriade de voix dans un chant rebelle. Elle lui a tendu son épée.

— Vas-y.

— Je n'ai que deux bras, s'est plaint Mark. Ils étaient les suivants à être ébranlés et projetés hors du ciel. Mark a attrapé l'épée et l'a prise avant de sauter de l'arrière de la jument rouge sang pour atterrir sur la peau raide et osseuse du cheval pâle, derrière Emma.

— Il faut sauter, a dit Emma. Comme d'habitude.

— L'habitude où on meurt à l'impact ? a demandé Mark. Ou la nouvelle habitude ?

— La nouvelle.

— D'accord !

Mort était le dernier encore dans les airs. Les autres sont tombés et leurs corps ont dérivé – tirés par des forces inexorables vers l'eau. Les cavaliers ont sombré dans le fleuve, et leurs chevaux les ont suivis. Mort savait qu'il serait le prochain, mais ses apprentis pouvaient survivre à la confrontation.

— Charon est devenu fou, a proclamé Mort. L'ordre a été perturbé par sa rébellion.

— Alors il faut le tuer, a dit Emma.

— Oui, a dit Mort. Et ensuite...

*BOUM.*

Les tirs de DCA les ont arrachés au ciel. Mark et Emma se sont soudainement retrouvés dans le vide. La Mort a été pulvérisée. Ses os ont volé en éclats. Ils l'ont regardé tomber loin d'eux, éclats blancs se détachant sur un horizon sombre et gris, chutant jusqu'à dans les ténèbres troubles en contrebas. Emma a piqué du nez et a tenté d'atterrir sur ses pieds sur le rempart de Charon, près de son trône. Lorsqu'elle a réussi, il a sauté de sa tourelle et lui a fait face.

Mark a atterri non loin de là, sur le ventre, surchargé par les instruments des autres cavaliers. Il était presque indemne, mais pas du tout prêt à se battre.

— C'est vous deux, a grogné Charon. Vous, deux petits avortons, qui venez me chasser de mon propre château, hein ? Ce n'est pas comme vos autres missions, ma petite. Cette âme-ci ne se laissera pas emmener sans protester.

— Vous n'êtes pas une mission, a dit Emma. Vous êtes une menace existentielle pour le tissu même de l'existence.

— Bah ! s'est-il moqué. La stagnation de cet ordre misérable est pire que la mort telle que vous la connaissez. Quelle souffrance est encore causée à grande échelle par la famine ? Vos médicaments ont vaincu toute pestilence. Et la guerre ? Y a-t-il jamais eu une guerre véritablement menée au nom d'idéaux et de vertus d'hommes qui s'opposent ? Ou y a-t-il eu une autre motivation ? Sur ce, il s'est frotté les doigts et en a fait jaillir une pièce. — Un ordre supérieur se cache derrière le mince voile de votre perception depuis des millénaires. Les fléaux de l'homme sont maintenant créés par l'homme, mais aucun cavalier ne chevauche pour les faucher. La Mort est la seule constante, mais il y a une chose encore plus certaine que la mort dans la vie. Savez-vous ce que c'est, ma petite ?

— Les impôts ? a demandé Mark.

Charon a affiché un sourire sombre et mauvais. — Oui.

Emma a tenté de le raisonner. — Vous êtes en train de détruire le monde.

— Le monde va très bien ! a-t-il dit. Il continuera sans la Guerre, la Famine, la Pestilence. Même la Mort peut être suspendue en faveur de ceci, une autre fin forgée de la main de l'homme. Il a de nouveau brandi la pièce avec vénération. — L'ordre naturel a changé depuis longtemps. Vous l'avez vécu vous-même ; vous connaissez le poids que cela a. C'est plus que la vie. Plus que la nourriture, le sang ou la maladie. Cette — *valeur* — est ce pour quoi les gens vivent et meurent.

— Ce n'est pas une bonne chose, a dit Emma. Ce n'est pas parce que c'est courant que ça doit devenir une loi de la nature.

— Oh, mais si, a dit Charon en faisant sauter la pièce. Pourquoi préserver les anciennes coutumes si elles ne peuvent pas rattraper la course incessante vers l'oubli ? Les gens *paient* pour s'affamer dans un monde qui regorge de nourriture. Ils paient pour s'inoculer une maladie afin que leur propre corps puisse y résister. Ils paient et gagnent pour se battre, une position acceptée par toutes les parties au conflit, et les quelques-uns qui profitent de la guerre se font davantage entendre que les millions de gens qui crient dans une mort sans fierté. Et les gens paie-ront pour vivre. La dette sera la nouvelle mort.

Emma a serré sa faux avec force. — Qu'est-ce que vous avez dit ?

— Contemplez ! a déclaré Charon, les bras écartés, les vagues s'écra-sant derrière lui. Le Cinquième Cavalier ! LA DETTE ! Assis sur un char d'or, il traverse le ciel pour récolter les fruits d'une vie bien vécue ! Il lui a tendu la main. — Et le tribut n'est pas négociable.

Emma a donné un coup de faux. Charon a bondi en arrière, bien plus agile qu'il n'en avait l'air. Il s'est baissé et a invoqué sa rame de bois dans sa main. Elle était maintenant acérée et neuve, avec un bord tran-chant comme une scie à long manche et sans dents.

— Si la dette doit faire partie des lois de la vie et de la nature, a dit Emma, alors au diable. Je vous tue par principe !

Charon a fait tournoyer la rame avec art autour de son corps et l'a brandie, adoptant une posture qui contrait celle d'Emma. — L'intérêt principal pour commencer à me combattre est un capital trop élevé pour que des gens comme vous puissent le payer !

Sur ce, leur combat final a commencé au sommet doré du bord de l'oubli, à l'épitaphe de l'apocryphe, là où l'argent a tout conquis.

# CHAPITRE QUARANTE-SIX

Les lames s'entrechoquèrent au sommet de l'empire doré de Charon. Le Styx engloutissait son quai d'or, un bâtiment à la fois, précipitant dans l'abîme la richesse qu'il avait amassée au fil de l'éternité, tandis qu'il se battait de toutes ses forces pour imposer son nouvel ordre naturel.

Emma tenait tête à ses coups frénétiques. Sa rame, dotée d'une pelle tranchante, s'apparentait à une arme d'hast agile, avec une lame deux fois plus longue que la sienne. Et il était fort, bien plus fort qu'il n'en avait l'air. Les années de rame lui avaient conféré une force qui défiait son âge décrépit. Ses doigts noueux, presque réduits à l'état d'os, étaient exercés à soutenir le poids de sa rame. Pendant des millénaires, il avait manié sa lame contre la résistance du fleuve. Maintenant qu'il luttait pour s'élever en tant qu'Alpha et Oméga, la rame aiguisée dansait et scintillait en frappant d'estoc, en parant et en tournoyant. Il s'en prit à Emma, donnant des coups à gauche et à droite, ramant dans les airs au son du chant du métal qui la menaçait. Tout ce qu'elle pouvait faire était de parer et de reculer. Il ne laissait aucune ouverture.

Mark, pendant ce temps, était bien décidé à aider. Sa meilleure amie et consœur faucheuse – son unique et seul amour – se battait pour sa vie contre la fin de toute vie telle qu'ils la connaissaient et l'instauration d'un nouvel ordre naturel, fait d'or et de pièces, à la place de la vie ou de la mort. Il connaissait toutes les conséquences d'un échec et ne pouvait l'accepter. N'allait pas l'accepter. Il se rua, la faux prête, pour être dévié sur le côté.

— On ne vous a jamais dit que c'est *impoli* de s'interposer entre un homme et une dame ? dit Charon.

— C'est ma dame, répondit Mark.

Le passeur devenu oligarque eut un sourire suffisant, puis partit d'un rire gras. — Un amour non partagé, m'est avis.

Charon le piqua avec le bout non tranchant de la rame, et Mark fut projeté contre le mur du rempart. Bien que l'or soit classé comme un métal mou, son corps heurta les lisses lingots et le souffle lui fut coupé. Emma abattit sa faux sur le passeur, mais Charon para le coup. Puis il pivota complètement, se laissa tomber en un salto arrière, et la projeta contre le mur opposé. Il se releva d'un bond et fit une fioriture avec sa pelle-lame tandis qu'Emma se remettait lentement sur pied.

— Allons donc ! se moqua Charon. Vous n'avez pas encore le pied marin ? Je pensais que les jeunes freluquets comme vous pouvaient se battre des heures durant !

— Notre génération, dit Emma, n'arrive même pas à regarder Netflix des heures d'affilée sans fatiguer.

— Quel gâchis, fit Charon. Il chargea et reprit son assaut ; Emma fut forcée de retourner à une défense désespérée. Mark était tout aussi désespéré de l'aider. Sa faux ne servait à rien – la forme et la longueur étaient inadaptées dans l'espace confiné des remparts. Alors il ramassa l'épée de Guerre. Ou du moins, il essaya. Elle était plus lourde qu'elle n'en avait l'air, et il n'en avait jamais manié sérieusement auparavant. La poignée était trop courte pour ses deux mains, mais la lame était trop lourde pour une seule.

— Salaud, jura-t-il en la hissant sur son épaule. Il courut vers l'avant, prêt à l'abattre comme un marteau de forgeron au moment où Charon s'y attendrait le moins. — Du cœur de l'enfer, je vous porte ce coup ! Il se pencha en avant. La lame quitta son épaule et s'abattit avec assez de force pour percer les lingots d'or du sol.

Charon esquiva adroitement, utilisant sa rame comme pivot. Une fois qu'il eut retrouvé son équilibre, il frappa Mark à la poitrine avec le plat de la lame et le renvoya culbuter vers le tas d'armes abandonnées des cavaliers.

Emma passa à l'offensive. C'était maintenant Charon qui était réduit à parer, ce qu'il fit avec peu d'effort. — Nous n'avons pas le choix ! lui cria-t-elle. Nous ne pouvons rien nous permettre d'autre ! Leurs armes s'entrechoquèrent et elle se rapprocha, se glissant entre les deux lames emmêlées. — L'argent ne peut pas tout acheter !

— Et s'il le pouvait ? dit Charon. Il la repoussa et fit tournoyer sa lame derrière lui. — S'il pouvait acheter le *temps*. Ne serait-ce pas merveilleux ?

— Les mêmes problèmes ne feraient qu'empirer, dit Emma. Au final, seule une poignée de personnes resterait en vie. Le reste...

— Oui ! dit Charon en désignant l'horizon brisé. Exactement comme maintenant ! Mais à l'inverse ! Comme c'est le cas ici, avec les éternels morts et les non-vivants laissés à dépérir et à se dissiper dans la brume qui s'accroche à la surface du fleuve de la mort, le même sort peut s'abattre sur les vivants ! Une minorité trépassera, et la masse devra lutter pour trouver une valeur égale à ceux qui les ont laissés derrière. Ni la guerre, ni la famine, ni la maladie, pas même la mort ne sera là pour les empêcher de trouver un but et une valeur !

Tandis que Charon pontifiait sur sa folle perspective, Mark banda l'arc qui appartenait à Pestilence avec les deux flèches d'os noueux qui lui restaient. Il décida de les encocher toutes les deux en même temps et arma l'arc. — Souriez, espèce de fils de... *argh !* Il n'avait jamais tiré à l'arc de sa vie non plus, et lâcha les flèches avant la corde, qui lui revint en pleine figure dans un claquement sec tandis que les carreaux d'os s'écrasaient au sol. Il se pencha pour en ramasser un et réessayer, mais un trou s'ouvrit dans le sol et les flèches glissèrent à travers la fissure.

La tour s'effondrait autour d'eux. Tout l'or de la fortune de Charon était destiné à l'eau et aux deux rives. Même sa barque avait commencé à sombrer. Le dernier précipice sur lequel ils se tenaient était vacillant et instable.

— Plus vous perdez d'or, cria Emma par-dessus le chaos, plus tout cela empire.

— Tant mieux ! dit Charon. À quoi m'a jamais servi cet or ? *Voici* l'échange pour lequel il était destiné ! Chaque once de valeur apportée du monde des vivants devait changer le statut du monde ! Ils m'ont donné leur argent de leur plein gré, non pas pour honorer leur mort, mais pour la rejeter ! Pour mettre fin au cycle incessant !

— La justice est prise par surprise ! cria Mark. Il s'élança et tenta de se servir de la balance de Famine comme d'un marteau. Charon se contenta de faire un pas de côté et le laissa s'étaler sur le sol.

— Espèce d'empoté ! dit Emma.

— En fait, c'est vraiment lourd, dit Mark, la balance toujours en main.

La tour continuait de s'effriter, et les embruns de l'eau abyssale leur crachaient au visage en un nuage brumeux.

— Seul le passeur peut rester à la surface, dit Charon. Il baissa les yeux sur la chaîne à sa cheville. Le fil était devenu de plus en plus fin, presque aussi mince que du fil dentaire maintenant. — Voyez ! Mes entraves s'affaiblissent ! Ma liberté est proche ! Tout l'or et l'ordre de la vie en vaudront la peine ! Et je serai LIBRE !

— Libre de votre corps ! dit Emma. Elle frappa. Charon para le coup et fit tournoyer sa rame. Il attrapa la faux par son crochet et la lui arracha des mains. Elle se retrouva complètement désarmée. Mark se jeta aussitôt sur sa propre faux et la lui passa. Elle tendit la main pour la prendre, mais Charon l'intercepta.

— Et ça, c'est quoi ? dit-il. C'est fait pour remonter des casiers à crabes, pas pour couper des têtes. Il la jeta par-dessus son épaule, en bas du rempart. Les apprentis faucheurs se retrouvèrent sans leurs seuls outils de travail, face au passeur fou et à sa rame tranchante, entourés de meubles en or brisés et dépréciés.

— Acceptez le changement, leur dit Charon. Adoptez-le, comme je l'ai fait. Si le changement était arrivé plus tôt dans vos vies, n'en seriez-vous pas heureux ?

Emma regarda Mark. Ils partageaient le même sentiment de désespoir. Ils fixaient l'incarnation même de la dette, et celle-ci leur adressait un rictus aux dents gâtées et de travers, un sourire façon « mourez maintenant, payez plus tard », anticipant la victoire avec des yeux vitreux empreints d'une suffisance narcissique.

Puis Mark aperçut autre chose. Une lueur d'espoir.

Juste sur le côté de la tour penchée se trouvait un manche de bois, courbé et noueux, comme une branche polie, qui sortait du mur en biais derrière Emma.

Il se releva et chargea dans sa direction. Charon s'écarta et le laissa courir droit vers le vide.

— Mark ! cria Emma. Elle se précipita vers le bord et regarda en bas, là où il était tombé.

— Ha ha ! ricana Charon. Il a foncé tête baissée vers le néant. Endetté jusqu'au cou ! Rejeté dans les marées oubliées de l'immérité ! Le sort de toutes les pauvres âmes — pauvres dans tous les sens du terme — qui vivent trop longtemps et ne trouvent aucune valeur en elles-mêmes ! Telle est la vérité brutale de cette nouvelle nature. Ceux qui ne trouvent pas de valeur à vivre devraient être maudits à payer pour leur propre trépas !

Il continua de rire tandis qu'Emma se penchait au-dessus du vide.

— Vous devriez être bien placée pour le savoir, lui dit-il. N'est-ce pas vous qui souhaitiez connaître un sort similaire ? Sauter de votre plein gré dans la douce étreinte de la mort ? Et vous n'avez même pas été capable de faire ça correctement !

Le rire de Charon s'éteignit alors qu'Emma restait immobile. Il se demanda ce qu'elle pouvait bien chercher. Qu'y avait-il de si intrigant là-dessous pour qu'elle tourne volontairement le dos à son plus redoutable ennemi ? Il traversa le sol d'un pas lourd et se pencha pour regarder.

Non seulement Mark avait survécu, mais il se tenait debout, les pieds plaqués contre le mur et les mains agrippées au manche de la véritable faux de la Mort, juste sous la lame, qui était fichée dans le mur de la tour.

Mark arracha enfin la faux de son reposoir et la lança vers le haut. Il coinça sa robe dans les fissures du mur et resta suspendu, à moitié accroché à l'extérieur, tandis qu'Emma saisissait la faux de la Mort à deux mains. Charon tenta de se ruer sur elle, mais elle était déjà en plein mouvement quand il arriva, et elle abattit son arme d'un coup puissant.

Sa rame se fendit en deux. Sa chemise éclata. Sa barbe fut inégalement taillée. Le simple souffle d'air créé par sa tentative de le frapper trancha tout ce qui lui était cher. Elle s'avança, les yeux flamboyants de fureur.

— Je réduis vos taux d'intérêt, gronda-t-elle. DE MOITIÉ !

Charon fut fendu en deux, de l'épaule à la hanche. Du mur nord au sud, sa tour fut scindée de la même manière. Le sommet du rempart dériva vers l'abysse bouillonnant en contrebas. La moitié supérieure de Charon le suivit dans le fleuve avec un plouf, et il regarda le reste de son corps devenir flasque tandis qu'il flottait à la surface. Puis il rit. Il s'enfonça dans l'abysse en riant.

— Libre ! cria-t-il. Je suis libre ! Ses derniers mots avant de disparaître sous l'eau furent une célébration.

Emma se tenait au-dessus de ce qui restait de son corps, sur le dernier morceau solide de la tour, sachant qu'il suffirait d'une bonne secousse pour qu'il bascule dans l'autre sens.

— Euh, Emma ? appela Mark d'en bas. Tu l'as eu ?

— Oui, je l'ai eu, dit-elle en repoussant du pied le reste du corps de Charon. Sa jambe s'accrocha à quelque chose au passage, et le sol sous ses pieds bougea. Elle baissa les yeux vers sa cheville.

— C'était quoi, ça ? demanda Mark.

La tour finit par tomber, et le fleuve l'engloutit. Tout l'or que Charon avait amassé au fil de l'éternité se déversa dans le fleuve et se dispersa sur la rive.

Mais sans conducteur pour instaurer un nouvel ordre naturel, les marées se calmèrent, les plaines s'aplanirent, le ciel reprit son aspect normal, et le monde de la Mort redevint silencieux. Le fleuve retrouva son cours tranquille. Et des icônes d'or scintillantes s'échouèrent sur le rivage, juste à portée du précipice du vide, où les âmes perdues attendaient sans fin leur rencontre avec le passeur.

Un nouvel ordre était établi, et pourtant l'ancien ordre était toujours requis.

# CHAPITRE QUARANTE-SEPT

Une silhouette vêtue d'une toge écarlate a rampé hors de la rivière. Le tout premier être de l'existence à sortir du Styx a quitté les eaux tumultueuses en crachotant et en toussant. Guerre a rejeté la tête en arrière et a essuyé l'eau de ses yeux. Une sortie peu élégante, mais bienvenue. Elle s'est dirigée vers la rive et s'est retournée pour voir Famine et Pestilence sortir derrière elle en rampant, leurs pagnes et bandelettes trempés.

— La baignade était bonne ? a-t-elle demandé.

Pestilence a craché une eau noire qui a atterri sur la berge et a aussitôt regagné la rivière en serpentant, comme si elle était vivante. — Je n'avais pas eu à nager depuis que j'étais allé à la pêche aux... amibes mangeuses de cerveau.

— Et moi, je n'ai jamais nagé, a dit Famine. Pas mal pour une première fois.

— Pense à tous les poissons que tu aurais pu manger, a dit Guerre, si seulement tu avais appris.

Il l'a congédiée d'un geste de la main.

Puis le quatrième cavalier est revenu du néant, une vision de blancheur enveloppée dans un drap ample qui pendait de ses hanches d'une manière assez révélatrice.

— Oh, quelle honte ! Couvre-toi ! a crié Guerre.

Mort a soufflé et a essoré sa tenue saturée d'eau. — Nous avons dépassé le stade de la honte, je pense.

— C'est vrai, a dit Famine. Il s'est épousseté et s'est avancé sur une terre plus sèche. On s'est occupé de Charon, alors ?

Mort a hoché la tête. — Son obsession pour le devoir et sa découverte d'un second passage se sont combinées pour créer cette tempête de changements. Nous devrions retenir cette leçon avec soin. Les temps ont changé, et nous devons changer avec eux.

— Et ces deux-là ? a demandé Pestilence. Tes apprentis ou je ne sais quoi ?

Mort a poussé un sombre soupir. — Si je leur avais dit la vérité, je doute que leur choix aurait été différent. Ils sont... dévoués.

— C'est toujours agréable d'avoir de l'aide enthousiaste, a dit Guerre.

— Attendez, regardez. Famine a montré du doigt une forme qui était apparue au-dessus de la rivière. Le brouillard était bien moins dense, simple vestige de ce qu'il avait été, et un bateau était tout juste visible à travers. C'était une longue et spacieuse gondole avec une silhouette à la proue et une autre poussant la barque à l'aide d'une perche en bois aux couleurs vives. Les deux silhouettes, encapuchonnées de sombre, étaient d'abord courbées avec la posture avachie du défaitisme. Leurs chevilles étaient enchaînées aux extrémités opposées du bateau. Elles se sont toutes deux redressées à mesure qu'elles approchaient.

— Bonjour, par ici ! a lancé Mark. Un par un, j'ai bien peur.

— Et pas de demande de chanson ou de blague sur les crèmes glacées, a dit Emma. Pas avant qu'on ait pêché un violon en or pour en jouer.

Mort s'est avancé alors qu'ils approchaient de la rive. Ses apprentis souriaient à travers leur propre confusion, voulant une explication même s'ils semblaient déjà en connaître la réponse.

— Il doit toujours y avoir un passeur, a dit Mort, pour transporter le butin de la marche des quatre cavaliers.

— Eh bien, a dit Emma, l'ancien est mort. Et au mépris du bon sens, il *a bien* emporté sa fortune avec lui.

— Non, a fait remarquer Famine en ramassant une pièce sur la berge. Il l'a juste perdue.

Mort a acquiescé. — Le retour des pièces sur ces rives garantira qu'un grand nombre d'âmes encore bloquées pourront payer leur passage. Et ainsi, l'équilibre entre la vie et la mort restera intact.

— Mais quand on aura récupéré l'or, a dit Mark, qu'est-ce qu'on en fait ?

— Lancez une économie, a suggéré Famine. Il n'y a aucune règle sur l'utilité de l'or. Seulement qu'il est nécessaire pour traverser.

— J'organiserais une compétition pour l'obtenir, a dit Guerre. Forcer les âmes perdues à se battre pour leur droit de passage.

— Peut-être monter une affaire avec, a dit Pestilence. Devenir riche.

Mark et Emma ont échangé un regard incertain.

Emma a dit ce qu'ils pensaient tous les deux. — Si on avait été doués pour ça, on ne serait peut-être pas morts.

— On trouvera une solution, a dit Mark. Et on ne le fera pas d'une manière qui, vous savez, vous tue tous et déclenche la Fin des Temps et tout ça.

— Ça ne devrait pas être nécessaire, a dit Mort. Vous avez fait bien plus que ce qui n'a jamais été attendu de vous. Vous avez atteint un niveau supérieur à celui que j'aurais pu fixer. Et pour cela...

— Hé ! a appelé un homme. Une âme errante a couru jusqu'au bord de l'eau, agitant une pièce au-dessus de sa tête. Il a vu le squelette qui parle et qui marche lui lancer un regard en coin étincelant et s'est légèrement écarté de Mort en s'approchant du bateau. — Hé, vous. Vous faites le truc « pièce contre traversée » ?

Quand Mark a hoché la tête, l'homme lui a lancé la pièce. Il l'a attrapée et l'a examinée pendant que l'homme pataugeait sur la rive marécageuse et grimpait dans la gondole. L'homme a ensuite tapé dans ses mains et a pointé ses doigts vers le rivage.

— On y va !

— D'accord, a dit Mark. Il a glissé la pièce dans sa manche et a commencé à ramer. Assurez-vous de nous mettre cinq étoiles sur l'appli, s'il vous plaît.

— Sinon on vous jette par-dessus bord, a dit Emma.

Le bateau, et ceux qui se trouvaient à son bord, ont disparu à nouveau dans la brume avec leur passager et otage à la fois, en route pour l'autre rive. Mort les a regardés se faire avaler par le brouillard tandis que les autres cavaliers se ressaisissaient. Il a caressé son menton d'un air songeur et a sorti une paire de sabliers de l'un des plis de son écharpe drapée. *Leurs* sabliers.

Et ils avaient changé...

---

Mark et Emma se sont vite habitués à leurs nouvelles fonctions. Les âmes perdues trouvaient des pièces éparpillées provenant du grand trésor de Charon. Elles les ramassaient par terre et rejoignaient la barque à son passage, ou se battaient pour les pièces trouvées sur la rive — comme Guerre l'avait prédit — jusqu'à ce que l'une d'elles gagne ou que l'or leur glisse des doigts et disparaisse de nouveau dans les profondeurs, mettant fin au conflit avant qu'il ne dégénère au-delà de quelques gifles et noms d'oiseaux.

Un nouvel ordre s'est établi, un changement par rapport à ce qui était connu, mais rien de si nouveau que ça en bouleverse le monde. Les pièces étaient désormais une affaire de destin. Une âme errant en paix pouvait tomber sur une centaine de pièces pendant qu'un chercheur désespéré, obsédé et prêt à tout, brûlant au plus profond de son cœur de quitter les limbes de la non-création, peinait ne serait-ce qu'à en apercevoir une seule. Seuls ceux dont l'âme était apaisée et l'esprit clair et calme trouvaient facilement leur passage. Ceux qui en étaient dignes trouveraient le chemin, et ceux qui avaient besoin de repentance seraient laissés à errer un peu plus longtemps.

Comme on le leur avait dit, les choses se sont bien arrangées. Seulement, ils en étaient les seuls artisans. Pour autant qu'ils puissent en juger, le reste du monde n'avait pas changé. Ils voyaient toujours les éclairs violets de Mort traversant le voile entre les mondes. Il avait retrouvé son entrain et sa jeunesse d'antan, transportant des âmes entières — et parfois en morceaux — jusqu'à la rive, où il les assemblait et les envoyait poursuivre leur chemin. Celles qui arrivaient avec de l'argent étaient rares, mais agréables. Celles qui en trouvaient au cours de leur errance étaient bien plus fréquentes et reconnaissantes. Certaines osaient même apporter plus d'une pièce pour leur voyage, espérant une meilleure chance d'avoir une vie après la mort plus agréable, mais au final, ce n'était qu'un pourboire que Mark et Emma rejetaient à l'eau.

Mark s'était adapté à son nouveau rôle avec l'aisance qui le caractérisait. Il comprenait les règles, il comprenait pourquoi il était maintenant un passeur, et il comprenait que leur sacrifice profitait à l'ensemble de l'espèce humaine, tant les vivants que ceux à naître. Il se sentait bien avec ça, et ça ne le dérangeait pas que leur héroïsme ne fasse jamais l'objet de livres, de films ou même de mythes. Leurs actions étaient, et resteraient, l'acte de désintéressement le plus sous-estimé jamais commis.

Emma aussi était plutôt sereine face à leur nouvelle situation. D'une certaine manière, elle n'était plus qu'à un pas de son but final : traverser la rivière pour rejoindre l'au-delà. Malheureusement, ce dernier pas était empêché par le carcan de fer enroulé autour de sa cheville. L'ancienne Emma aurait pesté de voir comment, une fois de plus, elle s'était surpassée au travail — avait littéralement crevé le plafond, en fait — pour que ses actions soient à peine reconnues lors de son évaluation annuelle.

Mais leurs actions avaient été appréciées. Du moins par le petit contingent de cavaliers qui avaient élu domicile dans les Limbes, ainsi que par une gouvernante très française et très compétente.

Le fait de se retrouver littéralement enchaînés l'un à l'autre au service éternel des morts du monde entier leur apporta quelque chose qu'aucun d'eux n'avait vraiment eu au cours de sa vie, et pas du tout en tant qu'assistants de Mort : du temps pour parler. Vraiment parler.

— Je te dois une réponse, a dit Emma, après qu'ils ont salué un autre client satisfait.

— Bonne chance, parce que j'essaie de trouver la réponse depuis que j'ai sept ans.

Emma a observé Mark un instant, quasiment sûre qu'ils n'étaient pas sur la même longueur d'onde.

— Je ne parle pas de la raison pour laquelle on ne voit jamais de pigeonneaux, a-t-elle précisé.

— S'il te plaît ! Abrège mes souffrances. Je n'arrive pas à comprendre ! Attends... Une réponse à quoi, alors ?

Emma a pris la perche rouge, blanche et bleue des mains de Mark et l'a posée en travers de la gondole, lui faisant signe de s'asseoir. Puis elle s'est assise à son tour et a pris une profonde inspiration.

— Sur le Liver Building. Tu m'as dit que tu m'aimais.

Mark s'est agité sur son siège, pris au dépourvu par le sujet de la conversation. Il s'était efforcé de garder ses sentiments pour Emma sous contrôle depuis leur arrivée dans les Limbes et n'avait pas prévu d'ouvrir à nouveau cette boîte de Pandore.

— C'est vrai, a-t-il fini par répondre.

— Tu le pensais ? Ou est-ce que tu essayais juste n'importe quoi pour m'empêcher de sauter ?

— Je le pensais. Mark a regardé Emma, ses yeux bleus presque étincelants. Je le pense toujours.

— Mais pourquoi ? J'étais une vraie peau de vache. Suicidaire, même.

Mark s'était préparé à ce moment pendant la majeure partie de sa vie d'adulte. La conversation s'était déroulée un millier de fois dans son esprit — chaque nuit depuis qu'il l'avait rencontrée pendant la semaine d'intégration, tout au long de leurs années universitaires, et de leur vie d'adultes actifs. Mais à cet instant, il ne se souvenait plus d'un seul mot de son discours soigneusement préparé. Pas une des suppliques sincères qu'il avait prévues ni aucun des serments solennels qu'il voulait prononcer. Tout ce à quoi il pouvait penser, c'était le jour où il était entré par hasard dans la salle de bain, à moitié endormi, et l'avait surprise en train de sortir de la douche, quand ils avaient décidé de prendre un appartement ensemble. Comment son cœur — et, soyons honnêtes, ses reins — l'avait désirée. Chaque molécule de son être la voulait. Être avec elle. L'aimer et la chérir.

— À cause de ton cul magnifique et parfait, a lâché Mark.

— Je vois. Emma a hoché la tête. Donc, c'était juste une histoire de fruit défendu. Je suis le coup d'un soir qui n'a jamais rappelé.

— Non. Pas du tout. Merde... Laisse-moi recommencer.

Mark savait qu'il était en train de tout gâcher. Il s'est recentré, agrippant les bords de la gondole si fort que ses jointures sont devenues blanches.

— Je t'aime de tout mon cœur, de tout mon corps et de toute mon âme. Il s'est traîné vers elle sur les mains et les genoux, s'arrêtant pour écarter la perche du chemin. Je n'ai jamais aimé personne d'autre et je n'aimerai jamais personne d'autre. Tu es ma vie. Et c'est pourquoi être sur cette barque avec toi est à la fois le coup du sort le plus merveilleux et le plus douloureux qu'on puisse imaginer.

— Pourquoi douloureux ?

— Parce que tu ne me vois pas de la même façon que je te vois.

Emma a souri et a pris une des mains de Mark. Elle l'a tenue entre les siennes, savourant leur chaleur partagée. — Et si c'était le cas... ? a-t-elle commencé, sans être sûre d'être prête à finir sa pensée. Et si... je t'aimais aussi.

— C'est une question ou une affirmation ? a demandé Mark, bouche bée. C'est très important que tu clarifies.

Emma s'est penchée en avant et l'a embrassé. Ce fut le plus léger des baisers, leurs lèvres se touchant à peine. Mais ils l'ont tous deux ressenti comme une décharge électrique.

— Je t'aime, a affirmé Emma. Pas une question.

— Merde, a répondu Mark avant de se pencher pour l'embrasser à nouveau.

Cette fois, ce fut plus qu'une simple rencontre de leurs lèvres. Il y eut des langues, de la salive et des mains baladeuses alors qu'ils consommaient enfin leur amour l'un pour l'autre dans une union merveilleuse, bien que décevante de brièveté.

---

Emma et Mark élirent domicile dans une petite cabane sur la rive nord ; celle où Charon avait l'habitude de loger avant que son trésor d'or ne devienne sa nouvelle demeure. Ils la remirent à neuf avec des objets récupérés dans les demeures des cavaliers et en firent un lieu où se reposer durant les accalmies entre leurs longs quarts sur l'eau. Mais quand le travail les appelait, ils n'avaient pas le choix et aucun moyen d'y échapper en dormant. Leurs réveils étaient boulonnés à leurs chevilles. Quand le bateau partait, soit ils étaient dessus, soit ils étaient traînés sous le courant par les jambes. Mark l'avait appris une fois à ses dépens, et avait juré de ne plus jamais essayer de repousser l'alarme.

C'était du travail. C'était nécessaire. Et surtout, c'était apprécié. Entre le transport des âmes et leurs ébats passionnés, ils croisaient encore Véronique de temps à autre, alors qu'elle chevauchait le long de la rive et partageait avec eux ses dernières créations culinaires en provenance de la demeure de Death. Leurs chaînes n'étaient pas assez longues pour entrer dans une autre maison. C'était une existence solennelle et pensive. Mais au moins, maintenant, ils s'avaient l'un l'autre.

Ils firent cela pendant ce qui leur sembla être des années : des milliers de traversées, des milliers de voyages, des milliers de périples vers l'au-delà qu'ils ne pouvaient eux-mêmes atteindre. Et un sentiment de malaise commença enfin à s'installer.

— C'est de la merde totale, dit Mark.

— Mmm... ouais, finit par convenir Emma. Tu veux que je pagaie à ta place ?

— Non, pas ça, dit-il. C'est toi qui l'as fait hier. Je veux dire tout ça... tout ça. Ça.

— Ce n'est pas pire que d'être chauffeur VTC, à conduire des gens à des fêtes chics pour ensuite rentrer dans un studio ou un truc du genre, dit-elle. C'est un boulot.

— Je dis juste, commença Mark, que même si je ne ressens aucune envie de provoquer un grand bouleversement de l'ordre mondial à une échelle cosmique, je crois que je peux comprendre comment ça pourrait rendre un homme fou après une éternité ou deux.

— Ouais, eh bien, attends une éternité. La retraite est peut-être fantastique.

— Elle *l'était*, dit-il. On l'a coulée.

— Oh, c'est vrai. Elle rit. On l'a fait, n'est-ce pas ?

Leur gaieté résonna sur le lac et atteignit la rive, où quatre silhouettes attendaient leur arrivée. Mark fit accoster le bateau et se retrouva face à Death, ainsi qu'à War, Famine et Pestilence.

— Euh, pas de tarif de groupe, dit-il.

— Personne parmi vous ne compte traverser aujourd'hui, n'est-ce pas ? demanda Emma.

— Pas du tout, dit War. Bien au contraire.

Death leva la main. C'était à lui de parler maintenant, et à lui d'ouvrir le bal. Il sortit une paire de sabliers de sa robe noire et les brandit en s'approchant. Mark et Emma se rassemblèrent près du milieu du bateau et les examinèrent de leurs yeux désormais experts.

— Votre heure, déclara Death, n'est pas encore venue. Il tendit les sabliers en l'air et les leur donna.

Mark les prit et vérifia les noms. C'étaient ceux d'Emma et le sien.

— L'erreur de votre mort n'est pas encore résolue, continua Death. Le moment de votre trépas n'est pas encore arrivé.

— Eh bien, dit Mark, ça me va. Je suppose.

— Ça fera un joli souvenir, dit Emma. On pourra les mettre sur le manteau de la cheminée !

— Oh, ce sera ravissant. Mark hocha la tête.

— Non, dit Death. Ils sont à vous. Pour votre... prochaine aventure.

— Notre quoi, maintenant ? demanda Mark. Je pensais qu'on faisait ça à cause de... Il se pencha et secoua la chaîne autour de sa cheville.

Death se tourna vers War avec un signe de tête. Elle brandit son épée, récupérée dans le fleuve, et les deux autres cavaliers s'avancèrent dans l'eau vers le bateau. Famine l'immobilisa de sa carrure imposante tandis que Pestilence rassemblait les chaînes des chevilles en un paquet entre les deux passeurs.

— Nous avons conclu, déclara Death, que vous n'êtes plus aptes à porter le fardeau des passeurs. Non pas pour une quelconque faute de votre part, ni pour des problèmes de jugement injustement portés à ceux que vous avez accompagnés dans leur dernier voyage. Mais parce qu'il vous reste encore de la vie à endurer et des moments à saisir. Un avenir inconnu vous attend. Il ne peut être passé ici, dans le même instant, répété à l'infini.

— Attendez, quoi ? demanda Emma. Elle devint soudain furieuse et agrippa sa chaîne d'un air possessif. Vous nous renvoyez !?

— Oui, dit Death. Je crois que vous êtes... *surqualifiés* pour ce poste.

Emma parut blessée. Elle se tourna vers Pestilence, immergé jusqu'à la poitrine dans les vagues qui clapotaient entre elle et l'eau.

— Je vais me noyer ! s'exclama Emma. Surqualifiée ! Encore ces conneries ! Après tout ce qu'on a fait !

— Death, s'il vous plaît, ne la renvoyez pas, supplia Mark. Elle va se tuer. Et je ne pense pas pouvoir l'en empêcher deux fois.

Death soupira. Il fit signe à War de s'approcher avec son épée. Emma cessa de se débattre et s'écarta du centre du bateau. La lame de War s'abattit et s'arrêta juste avant la coque en bois, laissant les maillons de fer brisés de leurs chaînes comme des débris au fond de la gondole. Les chaînes étant rompues à la base, le reste sembla se flétrir et les entraves autour de leurs chevilles se déverrouillèrent.

Ils étaient libres.

— Laissez-vous dériver dans le vide, leur dit Death. Et vous retournerez à la vie qu'il vous reste. Quand vous reviendrez ici, ce sera avec moi. Et vous entrerez dans le cycle naturel comme prévu.

— ... Merci, dit Emma. Mais alors, qui va nous remplacer ?

Death leva la tête alors que Véronique sortait de derrière lui.

— Bon voyage, Mark et Emma ! Elle leur fit un signe de la main tandis que Famine poussait leur bateau dans le courant qui s'intensifiait. Sentant la liberté dériver à sa surface, le Styx accéléra pour chasser de son cours les âmes encore vivantes et les renvoyer dans leur propre monde. Mark et Emma se tinrent la main alors que la vitesse augmentait jusqu'à ce que tout autour d'eux ne soit plus qu'un flou de brume et de ténèbres...

Et sur la rive, un nouveau bateau émergea de l'eau. Un petit canot racé et sportif, marqué d'une croix rouge sur le côté et entièrement pourvu de coussins. Véronique sauta joyeusement dedans et sortit un long trench-coat du compartiment de rangement.

— Hum. Death s'éclaircit la gorge. Je... suis ravi que vous ayez pris ceci en main.

— Avec plaisir, dit-elle. Elle brandit un masque à gaz élimé de l'époque de la Première Guerre mondiale et s'apprêta à l'attacher. Elle le plaqua sur son visage pour essayer de parler à travers. Sa voix se mua en quelque chose de démoniaque, comme le grésillement d'une créature infernale interceptant une émission de radio. « PAYEZ LE PASSAGE OU SUBISSEZ LA TOMBE LIQUIDE ! » Elle le retira et regarda les cavaliers. — J'en fais trop ?

— Pile ce qu'il faut, répondit War.

— Ce n'est pas nécessaire, dit Death. Mais... c'est votre devoir, maintenant. Accomplissez-le comme bon vous semble.

— J'ai deux grands exemples pour me guider, dit-elle fièrement. Je ne les décevrai pas !

— Oui, dit Death. Il regarda au loin. Un faible éclair illumina l'horizon en aval du fleuve, bien plus loin qu'aucune âme n'aurait jamais pu s'aventurer. Au moins, ce sera suffisant.

# CHAPITRE QUARANTE-HUIT

La nuit était tombée et le reflet des quais de Liverpool scintillait et dansait sur les eaux noires d'encre de la Mersey. Des bâtiments classés Grade I trônaient fièrement à côté de leurs cadets d'acier et de verre, bien plus jeunes et élancés, un melting-pot architectural qui faisait écho au brassage culturel de la population. Les filles portaient des robes courtes et de longs cils, et les mecs arboraient des t-shirts moulants. Les rues n'étaient pas bondées, mais les pubs commençaient à se remplir et les taxis et VTC s'activaient. C'était samedi soir, et le mot d'ordre était de s'amuser.

Deux silhouettes sombres émergèrent d'une ruelle invisible, un espace obscur où aucun regard ne s'aventurait jamais. Ils descendirent Matthew Street, accompagnés d'une brume qui s'accrochait à leurs pieds à chaque pas. Ils s'arrêtèrent devant un immeuble de bureaux juste à l'écart du centre-ville, qui semblait fermé pour bien plus que la nuit.

— C'est dommage, dit Emma. Je ne pensais pas qu'ils mettraient la clé sous la porte en une seule journée.

— Je ne pensais pas que nous ne serions partis qu'une seule journée, dit Mark. On aurait dit des années, non ?

— Bah, c'était un boulot ennuyeux. On a l'impression d'y passer plus de temps qu'en réalité.

— Ouais. Il hocha la tête. C'est comme ça... Mais c'était un bon boulot.

— Bien payé, approuva-t-elle.

Ils soupirèrent. Ils étaient de retour à la vie. Toutes ces âmes qu'ils avaient prises, et toutes celles que la Mort avait ensuite fauchées, ne représentaient guère plus qu'une journée écoulée dans leur propre existence. Ils avaient été libérés des liens de la mort et des devoirs qui s'étendaient au-delà, les laissant profiter à nouveau de leur vie pour les quelques précieux moments qui leur restaient à vivre. Et maintenant, ils avaient un moyen de savoir exactement quand ces moments arriveraient.

— C'est un triste cadeau, dit Mark en sortant son propre sablier.

— Tu trouves ?

— C'est un peu malsain de savoir quand on va mourir, non ? dit Mark. Ça gâche tout le piment de savoir qu'il ne te reste que... c'est ça, six bons moments à vivre ?

— Eh bien, dit Emma, l'important, c'est de faire en sorte que ces moments comptent. Mille ans d'ennui peuvent s'écouler sans qu'un seul grain ne tombe.

Mark hocha la tête. — C'est vrai. Eh bien, je sais quel sera l'un de mes moments.

— Ah oui ? Lequel ?

— Cette histoire que j'ai toujours voulu écrire, dit-il. J'ai une idée du tonnerre.

— Plus personne ne lit de livres, dit-elle.

— Je pensais plutôt à un scénario, dit-il. Je pourrais même me donner un petit rôle.

Elle sourit. — Ça te dit d'aller boire un verre à l'Albert Dock ?

— Dans cette tenue ? demanda Mark.

— Oh, mince, marmonna-t-elle. Elle portait toujours sa sinistre combinaison de cuir. Est-ce que ça peut même s'enlever dans ce monde ?

— Il vaudrait mieux, dit Mark d'un ton lubrique.

— Oh, très drôle, se moqua Emma.

— Allez, viens. Une pinte. Puis il eut une prise de conscience soudaine et inquiétante. Tu as de l'argent, au fait ?

Emma plongea la main dans l'encolure serrée de sa combinaison et en sortit une pièce de monnaie — frappée du profil de Jules César et gravée à la main de lettres latines, une authentique relique d'une histoire que l'on croyait à jamais perdue.

— Donc non... dit Mark. Parce que ça, ce n'est pas de l'argent liquide.

Elle rit et lui attrapa le poignet. Il la suivit, la rattrapa, et ils s'avancèrent côte à côte vers leur avenir commun. Peu importe le temps qu'il leur restait, long ou court, ils en profiteraient au maximum, sachant pertinemment ce qui les attendait à la fin.

Leur seconde chance de vivre serait meilleure. Et la deuxième fois qu'ils mourraient, ils seraient prêts et — en tout cas pour Mark — bien plus consentants.

# LISTE DE DIFFUSION

**Vous souhaitez recevoir en avant-première des informations sur les prochaines parutions ?**

Envie d'un accès exclusif à des cadeaux, des offres spéciales et du contenu bonus ?

Vous avez l'impression que votre vie n'est pas complète sans les réflexions mensuelles de Jon sur l'écriture, la lecture et l'édition ?

Bonne nouvelle ! Inscrivez-vous dès aujourd'hui à la liste de diffusion de Jon :

**https://jonsmith.net/mailing-list**

# À PROPOS DE L'AUTEUR

Jon Smith est l'auteur à succès de 14 livres pour enfants, adolescents et adultes. Ses livres se sont vendus à plus de 500 000 exemplaires et sont publiés en sept langues. En plus d'écrire des livres, Jon est un scénariste primé, ainsi qu'un parolier et librettiste de comédies musicales, avec des productions au Birmingham Hippodrome, au Belfast Waterfront, et aux théâtres Park et Waterloo East de Londres.

Jon a eu une enfance heureuse, faite de colliers de pâquerettes, de vacances au soleil et d'un intérêt obsessionnel pour tout ce qui touche à la fantasy. Pas d'appareil dentaire, peu de boutons, un seul os cassé et un cœur brisé (pas le sien). Tout s'est passé comme sur des roulettes.

Père de quatre enfants, il vit près de Liverpool avec sa femme, Mme Smith, et leurs deux enfants d'âge scolaire. Quand il sera grand, il aimerait être bibliothécaire.

www.jonsmith.net
X (Twitter)
Instagram
Goodreads
Amazon
Facebook

# THE FANG & LOATHING TRILOGY

BAL
KON
media